KB100852

심연의 리플리

RIPLEY UNDER WATER
First published in 1991

심연의 리플리

퍼트리샤 하이스미스 지음
김미정 옮김

을유문화사

심연의 리플리

발행일 · 2023년 10월 25일 초판 1쇄
지은이 · 퍼트리샤 하이스미스
옮긴이 · 김미정
펴낸이 · 정무영, 정상준
펴낸곳 · (주)을유문화사
창립일 · 1945년 12월 1일
주소 · 서울시 마포구 서교동 469-48
전화 · 02-733-8153
FAX · 02-732-9154
홈페이지 · www.eulyoo.co.kr

ISBN 978-89-324-7497-7 04840
978-89-324-7492-2 (세트)

책값은 뒤표지에 있습니다.
잘못된 책은 구입하신 곳에서 바꾸어 드립니다.

심연의 리플리

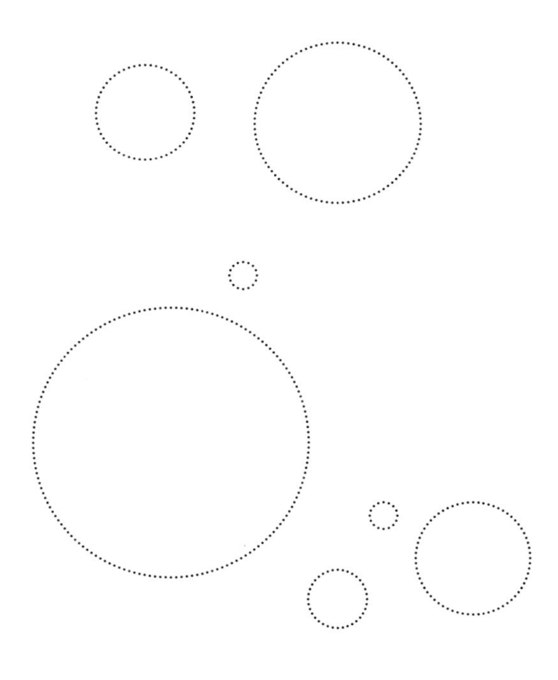

7

추천의 말 283
옮긴이의 말 291

인티파다* 도중에, 그리고 쿠르드족** 가운데, 어느 땅에서든
억압에 맞서 싸우며 결연한 의지를 피력하다가 총탄에 스러져 간
이들과 죽어 가는 이들에게 이 책을 바칩니다.***

* '봉기'라는 뜻의 아랍어. 1987년 팔레스타인에서 시작된 반이스라엘 투쟁을 의미한다.
** 독자적으로 국가를 갖고 있지 않은 민족 중 세계 최대의 유랑 민족. 인구 3천8백만 명이 중동 지역에 흩어져 산다.
*** 하이스미스는 반유대주의자로 자신을 스스로 '유대인 혐오자'라 칭했다. 1987년 이스라엘군이 모는 차에 팔레스타인 네 명이 사망한 사건을 계기로 촉발된 인티파다를 공개 지지했다. 그런 하이스미스가 깊은 관계를 맺은 동성 연인들 중에 유대인이 둘이나 있다는 사실은 역설적이다.

일러두기

— 본문의 주석은 모두 한국어판 번역자와 편집자가 작성했다.
— 인명이나 지명은 국립국어원의 외래어 표기법에 따랐으나
  일부 굳어진 명칭은 일반적으로 통용되는 것을 사용했다.

1

톰은 조르주와 마리가 운영하는 술집에서 에스프레소가 가득 든 잔을 들고 서 있었다. 엘로이즈에게 주려고 말보로 두 갑을 미리 사서 집어넣었더니 재킷 주머니가 불룩해졌다. 톰은 어떤 사람이 전자 오락기에 동전을 넣고 게임하는 모습을 구경하고 있었다.

선수가 모터사이클을 타고 화면 속으로 질주하자 도로 양옆에 있는 울타리가 화면 앞쪽으로 밀려 나오며 빠르게 사라진다. 남자가 화면을 주시하며 반원 모양의 휠을 조작하자, 화면 속 선수가 느릿느릿 달리는 자동차를 추월하고, 도로 중간에 갑자기 생긴 담장을 뛰어넘는다. 만약 선수가 제때 뛰어넘지 못하면 충돌하게 되는데, 소리는 나지 않는다. 대신, 검정 바탕에 금색 테두리를 두른 별이 등장하며 충돌 사고가 일어났음을 알린다. 그럼 선수도 죽고 게임도 끝난다.

톰은 이 모터사이클 게임(조르주와 마리가 가게에 들여놓은 것들 중에 가장 인기 있는 오락기였다)을 여러 번 보기만 했을 뿐 해 본 적은 없었다. 하고 싶은 마음이 별로 들지 않았기 때문이다.

"에이, 그건 아니지!" 바 테이블 안쪽에 서 있던 마리의 목소리가 평소와 같은 소음을 누르고 쩌렁쩌렁하게 울려 퍼졌다. 어떤 손님이 말한 의견에 반기를 드는 것 같았는데, 정치 얘기로 보였다. 마리와 조르주는 세상이 두 쪽 나도 우파였다. "잘 들어요, 미테랑*은……."

톰은 조르주와 마리가 북아프리카 사람들이 유럽으로 건너오는 걸 못마땅해한다는 사실을 상기했다.

"마리, 여기 파스티스** 두 잔!" 살집이 있는 조르주가 외쳤다. 그는 셔츠와 바지를 입고 그 위에 지저분한 흰 앞치마를 두른 채 몇 개 되지도 않는 테이블에 서빙을 하고 있었다. 테이블에 앉은 손님들은 술을 마시다가 이따금 감자칩과 삶은 달걀을 먹었다.

주크박스에서 한물 지난 차차차가 흘러나왔다.

검정 바탕에 금색 테두리가 그려진 별이 소리 없이 등장하자 구경꾼들이 동정하듯 탄식했다. 남은 목숨이 바닥나자 게임 끝. 화면에서는 소리가 나진 않아도 번쩍거리는 메시지를 집요하게 내보냈다. '동전을 넣으시오. 동전을 넣으시오. 동전을 넣으시오.' 청바지를 입은 남자가 시키는 대로 주머니를 뒤져 동전을 더 집어넣었다. 다시 게임 시작.

* 프랑스 제21대 대통령

** 아니스 향료를 넣은 술

선수는 모터사이클을 탄 상태로 바닥에 발끝을 세우고 있다가 튀어 나간다. 뭐든 각오하고 있어서 도로로 드럼통이 튀어나오자 첫 번째 장애물을 능수능란하게 뛰어넘는다. 휠을 조작하는 남자는 이를 악물고 자기 선수가 결승선을 통과할 수 있도록 기를 썼다.

톰은 엘로이즈가 가겠다는 모로코를 생각하고 있었다. 엘로이즈는 탕헤르*와 카사블랑카는 물론 마라케시**까지 가 보고 싶어 했다. 톰도 같이 가겠다고 했다. 사실, 이번 여행은 엘로이즈가 가려던 어드벤처 크루즈와는 달라서 출발하기 전에 병원에 가서 백신부터 맞아야 하는 건 아니었다. 톰에겐 아내가 가고 싶다는 짧은 여행에 남편으로서 마땅히 동행해야 할 의무가 있었다. 엘로이즈는 1년이면 두세 번은 여행 가고 싶어서 안달이 났지만, 그렇다고 그때마다 번번이 떠나는 건 아니었다. 톰은 지금은 휴가를 가고 싶지 않았다. 8월 초라 모로코는 더워도 너무 더웠다. 게다가 그가 키우는 작약과 달리아가 연중 가장 예쁠 시기라서 매일 정원에 나가 두세 송이를 잘라 와 꽃병에 꽂아 놓고 보는 게 좋았다. 톰은 그가 손수 가꾸는 정원이 마음에 들었다. 그래서 그런지 앙리도 싫지 않았다. 앙리는 톰이 크게 일을 벌일 때면 옆에서 거들어 주는 잡부였다. 덩치가 크고 힘이 장사긴 해도, 일부 작업엔 맞지 않았다.

'이상한 커플'도 머릿속에 떠올랐다. 톰은 그 둘이 부부인지 확인하진 못했지만, 중요한 건 그게 아니었다. 그 커플이 이 동네로 숨어들어 톰을 따라다니며 주시하는 것 같다는 느낌을 받았다는 점이었다. 해코지는 안 하겠지만, 그걸 누가 알겠는가? 그 커플을 처음으로 본 건 한 달 전 퐁텐블로에서였다. 어느 날 오후 톰과 엘로이즈가 쇼핑을 하고 있는데, 미국인으로 보이는 30대 남녀가 톰이라면 아주 잘 안다는 듯한 눈빛으로 리플리 부부를 빤히 쳐다보며 다가왔었다. 그들은 톰의 정체는 물론 '톰 리플리'라는 이름까지 아는 눈치였다. 톰은 공항에서 몇 번 그런 눈빛을 받아 보긴 했지만, 그런 경우는 굉장히 드물었고 최근 들어서는 거의 없었다. 신문에 톰의 사진이 실린 직후라면 그럴 수 있다고 쳐도, 지난 몇 년간 톰의 사진이 신문에 난 적은 결단코 없었다. 머치슨 사건 이후론 없었다. 그것도 벌써 5년 전 일이었다. 톰의 집 지하실 와인 저장소에는 머치슨의 피 얼룩이 여태 남아 있었다. 혹시라

* 모로코의 항구 도시
** 모로코 중앙부에 있는 도시

도 누가 저게 뭐냐고 물으면, 와인 얼룩이라고 둘러대곤 했다.

실은 와인과 피가 뒤엉긴 자리였다. 머치슨이 와인 병에 머리를 맞았기 때문이다. 톰이 휘두른 마고 와인 병에 맞은 것이다.

톰이 이상한 커플이라고 생각하는 순간, 전자 오락기 속 선수가 충돌했다. 톰은 뒤돌아서서 빈 커피 잔을 바 테이블 위에 내려놓았다.

이상한 커플 중 남자는 곱슬기 없는 검은 머리에 둥근 뿔테 안경을 썼다. 여자는 밝은 갈색 머리에 얼굴이 갸름했다. 눈동자는 회색 같기도 하도 적갈색 같기도 했다. 오묘하면서도 헛헛한 미소를 지으며 톰을 지그시 쳐다본 건 남자였다. 톰은 히스로 공항인지 샤를 드골 공항인지 모르겠지만, 어디선가 남자를 본 것 같기도 했다. 남자는 톰에게 '네가 누군지 다 알아'라고 말하는 듯한 표정을 지어 보였다. 째려본 건 아니었지만, 톰은 기분이 좋지 않았다.

그 커플과 또다시 마주친 적도 있었다. 톰이 플루트 빵을 사서 빵집에서 나오던 한낮에(아네트 여사가 쉬는 날이었거나, 점심 식사를 준비하느라 정신없던 날이었을 것이다), 그 둘이 빌페르스 중심가를 차를 타고 천천히 지나가면서 톰을 쳐다봤었다. 톰은 그 모습을 바라보며 생각했었다. 빌페르스는 퐁텐블로에서 몇 킬로미터나 떨어진 작은 마을인데, 저 이상한 커플이 왜 여기까지 온 걸까?

톰이 내려놓았던 에스프레소 잔을 앞으로 쭉 밀었다. 마침 맞은편에 마리와 조르주가 서 있었다. 마리는 붉은 입술로 활짝 웃고 있었다. 조르주는 이마가 슬슬 넓어지고 있었다. "잘 마셨어요. 저녁 잘 보내요! 마리, 조르주!" 톰이 인사하며 활짝 웃었다.

"안녕히 가세요, 리플리 씨!" 조르주가 외쳤다. 한 손은 톰에게 흔들고, 다른 손으론 칼바도스*를 따르고 있었다.

"고맙습니다, 또 오세요." 마리가 톰에게 인사했다.

톰이 입구를 막 나서려는데, 그 이상한 커플 중에 남자가 안으로 들어왔다. 남자는 평소처럼 둥근 뿔테 안경을 썼는데, 보아하니 혼자 온 듯했다.

"리플리 씨?" 남자의 발그스름한 입술에 다시금 미소가 번졌다. "안녕하세요?"

"안녕하세요." 톰은 인사를 건네며 나가려 했다.

"저희 부부가…… 혹시 술 한잔 대접해도 될까요?"

* 사과 브랜디

"고맙습니다만, 이만 가려던 참이라."

"그럼 다음에 뵙죠. 저희가 빌페르스에 집을 구했습니다. 저쪽이에요." 남자가 대충 북쪽을 가리키며 활짝 웃자, 가지런한 앞니가 드러났다. "아마 우리 이웃사촌일걸요."

마침 손님 두 명이 안으로 들어오려고 하자, 톰은 뒷걸음질로 바 테이블이 있는 곳까지 물러섰다.

"데이비드 프리처드라고 합니다. 퐁텐블로 경영 대학원에 다니고 있습니다. 인시아드, 아시죠? 그건 그렇고, 저희가 정원과 작은 연못이 딸린 하얀 이층집을 구했습니다. 천장에 연못 물이 반사돼 어른거리는 모습을 보는 순간 반해서요." 남자가 껄껄거렸다.

"그렇군요." 톰은 적당히 유쾌한 척하다가 그제야 밖으로 나올 수 있었다.

"전화드리겠습니다. 아내는 재니스라고 합니다."

톰은 마지못해 고개를 끄덕이며 억지 미소를 지었다. "그러시죠. 좋은 저녁 보내세요."

"이 동네엔 미국 사람이 별로 없네요!" 데이비드 프리처드가 작정했는지 톰의 등에 대고 고함쳤다.

우리 집 전화번호를 알아내려면 고생 좀 할 텐데, 하고 톰은 생각했다. 톰과 엘로이즈는 집 번호를 전화번호부에 등재하지 않았기 때문이다. 딱 봐도 따분해 보이는 데이비드 프리처드가 성가시게 굴 것 같았다. 키는 톰하고 비슷하지만, 체중은 더 나가 보였다. 톰은 집으로 걸어가며 생각에 잠겼다. 프리처드라는 남자가 과거 사건 기록을 파헤치는 경찰일까? 아니면 사설탐정? 그렇다면 누가 고용했을까? 톰이 앙심을 산 상대가 딱히 떠오르지 않았다. 데이비드 프리처드를 생각하는 순간, '가짜'라는 단어부터 떠올랐다. 가짜 미소, 가짜 호의. 인시아드에 다닌다는 것도 가짜로 지어낸 이야기 같았다. 그런데 그건 당장이라도 확인 가능하니, 인시아드에 다닌다는 말은 사실일 것이다. 그 커플이 부부가 아니라 CIA에서 파견한 요원일 수도 있었는데, 그렇다면 미국 정부가 무슨 이유로 톰의 뒤를 밟는 걸까? 소득세 때문일까? 신고는 제대로 했으니 그건 아닐 텐데. 머치슨 때문일까? 아니, 그것도 다 끝난 일이었다. 머치슨이 됐든, 머치슨의 시신이 됐든 발견되지 않았기에 그 사건은 묻혀 버렸다. 그렇다면 디키 그린리프? 그럴 리가. 디키의 사촌 크리스토퍼 그린리프가 이따금 다정한 엽서를 보내 주곤 했다. 작년에 호주 앨리스스프링스에서 엽서를 보내 준 크리스토퍼는 지금은 결혼해 뉴욕 로체스터에서 토목 기사로 근무했다. 심지어 톰은 디키의 아버지인 허버트 그린리프와도 원만한 관계를 유지하고 있었다. 다른 때는 몰라도 크리스마스에는 서로 카드를 주고받았다.

톰이 벨옹브르 길 건너편에 서 있는 큼직한 나무를 향해 걸어갔다. 나뭇가지가 도로 쪽으로 살짝 기울어져 있었다. 톰은 기운을 냈다. 걱정할 게 뭐 있어? 큼직한 대문을 밀어서 몸만 간신히 빠져나갈 정도로 열고 들어간 다음, 살짝 닫고 안에서 자물쇠를 걸고 기다란 빗장을 질렀다.

리브스 마이넛. 톰이 자갈이 깔린 앞마당을 걷다가 갑자기 서는 바람에 신발이 자갈 위에서 미끄러졌다. 조만간 리브스가 부탁한 장물아비 일을 또 해야 한다. 며칠 전 리브스 마이넛이 전화했었다. 톰은 두 번 다시 하지 않겠노라 밥 먹듯이 다짐하면서도, 또다시 그 일에 손을 대곤 했다. 새로운 사람을 만나는 게 즐거워서일까? 톰은 들리지 않을 정도로 짧게 웃음을 내뱉었다. 그런 다음 평소처럼 자갈 소리를 거의 내지 않고 사뿐한 걸음걸이로 현관으로 향했다.

톰이 45분 전 집을 나설 때와 마찬가지로 거실에는 불이 하나만 켜져 있었고, 현관문은 잠겨 있지 않았다. 톰은 들어가자마자 현관문부터 걸었다. 엘로이즈가 소파에 앉아서 잡지를 열심히 보고 있었다. 북아프리카 관련 기사인 듯했다.

"여보, 왔어? 리브스가 전화했더라." 엘로이즈가 고개를 들어 말하더니 머리를 흔들어 금발을 어깨 뒤로 넘겼다. "혹시 당신 말이야……."

"사 왔어, 받아!" 톰이 웃으며 흰색과 붉은색이 섞인 담배 한 갑을 엘로이즈에게 던지고, 남은 한 갑도 마저 던졌다. 엘로이즈가 첫 번째 갑은 잡았지만, 두 번째 갑은 그녀의 푸른 셔츠 앞섶으로 떨어졌다. "리브스가 급하대? 리브스-스탠리-리처드-드레이크-크로퍼드……."

"말꼬리 잇기 그만, 여보!" 엘로이즈가 말을 자르더니 라이터를 켰다. 톰은 아내가 속으로는 톰의 말장난을 좋아하면서도, 좋아한다는 말도 안 하고 웃지도 않는다고 어림짐작했다. "나중에 전화한다고 했는데, 오늘 밤은 아니래."

"혹시 말이야……." 톰은 말을 멈추었다. 리브스가 엘로이즈에게 자세히 말했을 리 없었다. 가뜩이나 엘로이즈는 톰과 리브스가 하는 일엔 관심도 없고, 지겨워 죽겠다고 대놓고 말하곤 했다. 차라리 그게 더 나았다. 엘로이즈는 자기가 모르는 게 더 낫다고 생각하는 사람이었다. 그게 빈말이라고 누가 단언할 수 있을까?

"톰, 내일은 나가서 비행기표를 사자. 모로코행 표, 알지?" 엘로이즈가 팔자 좋은 고양이처럼 노란 실크 소파 위에 맨발을 턱 올려놓더니 연보라색 눈동자로 톰을 차분히 살폈다.

"그래, 그러자." 톰은 그가 한 약속을 떠올렸다. "일단 탕헤르로 가는 걸 끊자."

"그래야지, 여보. 일단 탕헤르로 간 다음에 움직이자. 당연히 카사블랑카도 가야지."

"당연하지." 톰이 따라서 말했다. "내일 퐁텐블로에 가서 비행기표를 사자." 부부는 매번 퐁텐블로에 있는 같은 여행사를 이용하다 보니 그곳 직원들을 다 알았다. 톰은 머뭇거리다가 지금 말을 꺼내기로 했다. "여보, 있잖아. 그 커플 기억나? 미국인 같아 보이던 커플인데, 전에 퐁텐블로 길거리에서 마주쳤었지. 남자는 검은 머리에 안경 쓰고."

"그러게, 기억나는 것 같기도 하고. 그런데 왜?"

톰은 엘로이즈가 정확히 기억하고 있다는 걸 눈치챘다. "오늘 술집에서 그 남자가 나한테 말을 걸더라." 톰은 재킷 단추를 끄르고 두 손을 바지 주머니에 찔러 넣었다. 의자에 앉지는 않았다. "그 남자가 거슬려."

"여자도 옆에 있었잖아. 머리카락이 밝았는데. 미국인 아니야?"

"미국인 맞아. 빌페르스에 집을 구했대. 그 집 혹시 기억나?"

"진짜? 빌페르스에?"

"그렇다니까! 정원 연못에 있는 물이 거실 천장에 어른거리던 집 말이야." 톰과 엘로이즈는 연못에 인 물비늘이 하얀 천장에 반사돼 타원형으로 아른대던 모습을 보며 감탄했었다.

"당연히 기억나지. 하얀 이층집. 벽난로는 진짜 별로였지만. 그렇다면 그래 부부 집 근처겠네? 우리랑 같이 집 보러 다니던 사람이 그 집도 보러 갔었잖아."

"맞아, 그랬었지." 아는 사람의 미국인 지인이 파리 근교에 별장을 사려고 빌페르스에서 두어 집을 알아보던 차에 톰 부부에게 같이 가서 봐 달라고 부탁한 적이 있었다. 결국, 그 지인은 빌페르스에서는 집을 사지 않았다. 벌써 1년도 더 된 일이었다. "아무튼, 중요한 건, 검은 머리에 안경을 쓴 그 남자가 작정하고 우리 집 근처로 이사한 것 같은데, 도저히 이해가 안 가. 우리가 영어를 할 줄 알아서? 아니면 내가 미국인이라서 이 동네로 이사 온 걸까? 나 원 참. 그 남자 말로는 자기가 인시아드에 다닌다네, 퐁텐블로 근처에 있는 유명한 경영 대학원. 제일 이상한 건, 그 남자가 도대체 내 이름을 어떻게 알고, 왜 나한테 관심을 보이냐는 거야.” 톰은 자기가 지나치게 걱정하는 것처럼 보일까 봐 침착하게 자리에 앉았다. 이제 톰은 커피 테이블을 사이에 두고 엘로이즈와 마주 보게 되었다. “남자는 데이비드 프리처드, 여자는 재니스래. 혹시라도 전화 오면, 바쁘다고 하고 정중히 거절하자. 알겠지, 여보?”

“당연하지, 톰.”

“만약 그 둘이 배짱 좋게 우리 집까지 찾아와 초인종을 눌러도, 집 안으로 들여서는 안 돼. 아네트 여사한테도 일러둘게. 단단히.”

엘로이즈가 투명에 가까운 금발 눈썹에 힘을 주며 생각에 잠겼다. “대체 왜 그러는 걸까?”

이 단순명료한 질문에 톰은 미소를 지었다. “내 느낌엔…….” 톰이 망설였다. 평소라면 자신의 직감을 엘로이즈에게 털어놓지 않았을 것이다. 그런데 이번에는 말을 해 줘야 아내를 지킬 수 있을 것 같았다. “보아하니, 그 둘은 정상이 아니야.” 톰이 카펫으로 시선을 내렸다. 그렇다면 대체 정상은 뭐지? 이 질문에는 대답이 나오지 않았다. “둘이 부부도 아닐걸.”

“왜 그렇게 생각하는데?”

톰이 웃으며 커피 테이블 위에 놓인 파란색 지탄 담뱃갑으로 손을 뻗어 엘로이즈의 던힐 라이터로 불을 붙였다. “그럴 리 없어, 내 말이 맞을걸. 그런데 왜 날 빤히 쳐다보는 걸까? 내가 말 안 했었나? 그 남자를 봤던 기억이 나. 얼마 전에 공항에서 날 쳐다봤던 그 커플일지도 몰라.”

“아니, 말 안 해 줬는데.” 엘로이즈가 말했다.

톰이 웃었다. “전에도 우리가 싫어하던 사람들이 있긴 있었지만, 별일 없었잖아.” 톰이 자리에서 일어나 커피 테이블을 빙 돌더니 엘로이즈가 내민 손을 붙잡고 그녀를 일으켜 세웠다. 톰은 아내를 품에 안고 두 눈을 감은 채 그녀의 머리카락에서 나는 냄새를, 체취를 음미했다. “사랑해. 당신을 안전하게 지켜 주고 싶어.”

엘로이즈가 웃음을 터뜨리자 둘이 포옹을 풀었다. “벨옹브르는 무척이나 안전하거든.”

“그 사람들이 우리 집엔 발도 못 들이게 할 거야.”

2

다음 날, 톰과 엘로이즈는 퐁텐블로로 가서 로열 에어 모로코 항공으로 티켓을 끊었다. 원래는 에어 프랑스로 끊고 싶었지만 그렇게 됐다.

"에어 프랑스가 모로코 항공 지분도 갖고 있어서 서로 관계가 많아요." 여행사 여직원이 설명해 주었다. 톰은 처음 보는 얼굴이었다. "엘 민자 호텔, 더블 침대, 3박 맞으시죠?"

"엘 민자 호텔 맞습니다." 톰이 불어로 대답했다. 괜찮으면 하루나 이틀 정도 더 묵을 생각이었다. 현재로선 엘 민자 호텔이 탕헤르에서 제일 좋은 호텔이라고 했다.

엘로이즈는 샴푸를 사러 근처 상점에 가고 없었다. 여직원이 수기로 비행기표를 작성하고 있었다. 그사이 톰은 출입구를 한참 쳐다보다가, 무심코 데이비드 프리처드를 생각하는 자신을 발견했다. 그렇다고 프리처드가 여행사로 걸어 들어오는 모습을 기대한 건 아니었다. 프리처드 커플은 새로 이사 간 집에서 짐 정리하느라 바쁘겠지?

"모로코에 가 보신 적 있으세요, 리플리 씨?" 여직원이 큼직한 봉투에 먼저 작성을 끝낸 항공권 한 장을 집어넣더니 고개를 들어 웃는 낯을 보였다.

진짜로 궁금해서 묻는 건가. 톰은 예의상 미소를 되돌려 주었다. "아뇨, 기대하고 있습니다."

"오픈으로 끊었습니다. 혹시나 모로코에 반하시게 되면 한참 계셔도 돼요." 여직원이 두 번째 티켓도 적어서 집어넣더니 봉투를 내밀었다.

톰은 이미 수표에 서명했다. "그러죠, 고맙습니다."

"잘 다녀오세요!"

"고맙습니다." 톰은 출입구로 걸어갔다. 양쪽 벽에 알록달록한 포스터가 걸려 있었다. 한쪽은 타히티 관광 포스터였다. 푸르른 바다 위에 작은 보트 한 척이 떠 있었다. 반대편에는 볼 때마다 마음속으로 웃음 짓게 만드는 포스터가 걸려 있었다. 태국 본토에서 떨어져 있는 푸껫이란 섬이었다. 그가 예전에 부러 찾아본 기억이 떠올랐다. 이 포스터에도 푸르른 바다가 보였다. 황금빛 해변에 서 있는 야자수가 바람에 시달렸는지 바다를 향해 기울어져 있었고, 사람은 한 명도 보이지 않았다. '벅찬 하루, 힘겨운 1년을 보내셨나요? 푸껫으로 오세요!' 휴가 계획을 세우는 사람들의 환심을 살 만한 괜찮은 문구 같았다.

엘로이즈가 상점에서 기다리겠다고 했기에, 톰은 밖으로 나가서 왼쪽으로 걸어갔다. 상점은 생피에르 성당 맞은편에 있었다.

앞에서 누가 걸어오고 있었다. 톰은 욕하지 않으려고 혀를 꽉 깨물었다. 톰을 향해 걸어오는 사람은 다름 아닌 데이비드 프리처드와 어떤 여자였다. 저 여자가 내연녀일지도 모른다고 톰은 생각했다. 빼곡한 인파 속(한낮 점심때였다)에서 톰이 두 사람을 먼저 알아보았다. 곧이어, 그 이상한 커플도 톰을 쳐다보았다. 톰은 고개를 빳빳이 든 채 다른 데로 시선을 돌렸다. 비행기표가 든 봉투를 계속 들고 있는 왼손을 그들이 쳐다볼지도 모른다는 게 속상했다. 프리처드 커플이 무슨 봉투인지 알아보려나? 행여 톰이 한동안 집을 비운다는 걸 알고 둘이 벨옹브르 앞을 지나 한쪽에 차를 대고 살펴보려나? 혹시 톰이 지금 바보처럼 사서 걱정하는 걸까? 톰은 황금빛이 감도는 몽 럭스 쇼윈도까지 몇 미터 남지 않자 걸음을 재촉했다. 열린 출입구로 들어가기 직전에 걸음을 멈춘 채 그 커플이 아직도 자기를 쳐다보는지, 설마 여행사로 들어가는 건 아닌지 확인하려고 뒤돌아보았다. 무슨 일이 있어도 놀라지 않겠어, 톰은 혼잣말했다. 파란색 블레이저를 입은 데이비드 프리처드의 떡 벌어진 어깨와 뒤통수가 인파 위로 솟아 있었다. 이상한 커플이 여행사 앞을 그냥 지나쳤다. 확실했다.

톰은 향기가 진동하는 몽 럭스 안으로 들어갔다. 엘로이즈가 아는 사람과 얘기하고 있었는데, 이름이 생각나지 않았다.

“여보, 왔네! 프랑수아즈라고, 당신도 기억나지? 베르틀랭 부부의 친구.”

톰은 기억이 나지도 않으면서 아는 척했다. 그게 중요한 게 아니었다.

엘로이즈가 살 물건은 이미 다 샀기에, 두 사람은 프랑수아즈에게 작별 인사를 건네고 밖으로 나왔다. 엘로이즈는 프랑수아즈가 파리에서 공부하고 있으며 그레 부부와도 아는 사이라고 했다. 앙투안과 아네스 그레 부부는 알고 지낸 지 오래된 동네 친구로 빌페르스 북부에 살았다.

“무슨 걱정 있어, 여보? 비행기표는 문제없지?”

“그럼. 호텔 예약도 다 했는걸.” 톰은 표가 삐져나온 재킷 왼쪽 주머니를 토닥이며 말했다. “점심은 레글 누아르 호텔에 가서 먹을까?”

“좋지!” 엘로이즈가 좋아하며 말했다. “물론.”

애당초 그러려고 했다. 톰은 아내가 특이하게 강세를 주면서 ‘물론’이라고 말하는 게 듣기 좋았기에, 문법적으로는 ‘물론이지’가 맞는다는 말은 덧붙이진 않았다.

두 사람은 햇살이 쏟아지는 테라스에서 점심을 먹었다. 웨이터는 물론 수석 웨이터까지 리플리 부부를 알고 있었다. 게다가 엘로이즈가 블랑 드 블랑 샴페인을 곁들여 가자미 살 요리와 엔다이브 샐러드를 즐긴다는 것도 파악하고 있었다. 톰과 엘로이즈는 기분 좋게 얘기를 나누었다. 뜨거운 여름에 모로코에 가서 가죽 백도 사고 놋쇠나 구리로 만든 주전자도 사자고 말이다. 안 될 게 있나? 낙타 타기 얘기가 나오자, 톰은 머리가 핑 돌았다. 예전에 한 번 타 본 적이 있었다. 아니, 동물원에 갔을 때 코끼리 등에 탔었나? 바닥이 출렁거리다가 별안간 허공으로 쑥 솟아오르는데 그의 취향은 아니었다(톰이 균형을 잃었더라면 바닥으로 떨어졌을 것이다). 여자들은 좋아했는데, 마조히스트라서 그런가? 이게 말이 되는 소린가? 출산할 때 이를 악물고 고통을 참고 또 참아야 하는 여자들이라 좋아하나? 이게 앞뒤가 맞는 얘긴가? 톰은 아랫입술을 깨물었다.

"당신 긴장했네." 엘로이즈가 불어 발음이 섞인 영어로 말했다.

"아닌데." 톰이 힘주어 말했다.

톰은 식사를 다 마칠 때까지, 그리고 차를 타고 집에 도착할 때까지 침착한 척했다.

그들은 2주 후에 탕헤르로 출발할 예정이었다. 파스칼이라는 청년은 잡부인 앙리의 친구였다. 파스칼과 앙리가 같은 차에 타고 공항으로 갔다가, 파스칼이 톰의 차를 몰고 빌페르스에 도로 갖다 놓기로 했다. 전에도 이렇게 한 적이 있었다.

톰은 삽을 들고 정원으로 나갔는데, 손으로도 잡초를 뽑았다. 리바이스 청바지에 좋아하는 방수 가죽 신발을 신고 잡초를 뽑은 다음, 포대 속에 대충 던져 넣었다. 그걸로 퇴비를 만들 참이었다. 시든 꽃은 따 주고 있었는데, 아네트 여사가 등 뒤에 있는 테라스 프렌치 도어에서 불렀다.

"리플리 씨! 전화 받으세요!"

"갑니다." 톰은 걸어가면서 전지가위를 오므려 테라스에 내려놓은 다음, 아래층 복도에 있는 수화기를 집어 들었다. "여보세요?"

"여보세요. 저는…… 혹시 톰?" 젊은 남자의 목소리였다.

"그렇습니다만."

"여기 미국 워싱턴 디시인데, 내가……." 물속에서 웅얼거리는 듯한 소리가 들렸다.

"실례지만 누구시죠?" 톰은 무슨 말인지 도통 알아들을 수가 없자 부탁했다. “끊지 마세요. 다른 전화기로 받겠습니다.”

아네트 여사가 거실 식탁이 놓인 쪽에서 진공청소기를 돌리고 있었다. 평소라면 전화 통화를 하기에 충분히 떨어진 거리였지만, 지금은 도저히 알아들을 수가 없었다.

톰은 2층 자기 침실로 올라가 수화기를 들었다. “여보세요. 다시 말씀하세요.”

“나야, 디키 그린리프.” 젊은 남자가 말했다. “나 기억해?” 질문에 이어 웃음소리가 들렸다.

톰은 전화를 끊고 싶은 충동이 일었지만, 그 충동은 금세 가셨다. “당연히 기억하지. 너 어디야?”

“내가 아까 워싱턴 디시라고 했을 텐데.” 이제 수화기 너머에서 가성이 들리기 시작했다.

누가 과장하며 연기하는 것 같았다. 여자인가? “좋겠네. 관광하는 거야?”

“글쎄, 너도 기억하겠지만, 내가 물속에 있다가 나와서 그런지 관광을 하기엔 몸이 성치 않아서 말이지.” 즐거운지 웃는 소리가 들렸다. “사람들이 날…….”

바로 그때, 혼선되면서 말소리가 끊겼다가 딸깍거리는 소리가 나더니 다시 음성이 들렸다.

“사람들이 날 발견해서 살려냈지 뭐야, 이렇게. 하하하. 다 지난 일이지만 어떻게 잊겠어, 안 그래, 톰?”

“그래, 그걸 어떻게 잊겠어.”

“지금은 휠체어를 타고 다녀. 영구…….”

이번에도 잡음이 섞이더니 가위보다 더 큰 물체가 바닥에 떨어졌는지 철컹거리는 소리가 났다.

“휠체어 접는 소린가?” 톰이 물었다.

“하하!” 침묵. “아닌데. 난 계속 말하고 있었는데.” 청년의 목소리가 차분히 이어졌다. “자율 신경계에 영구 장애를 입었어.”

“그랬군.” 톰이 얌전히 대답했다. “목소리 다시 들으니 반갑다.”

“난 네가 어디 사는지 알아.” 젊은 목소리가 문장 끝을 올리며 말했다.

“알겠지. 아니까 전화했겠지. 건강을 회복하길 바라.”

“당연히 그래야지! 잘 있어, 톰.” 통화가 다급히 끊겼다. 웃음을 참을 수가 없어서 서둘러 수화기를 내려놓은 것 같았다.

젠장, 젠장. 톰의 심박이 평소보다 빨라졌다. 화가 나서일까? 놀라서일까? 겁을 먹은 건 아니라고 혼잣말했다. 조금 전 목소리는 데이비드 프리처드와 같이 다니는 여자의 것일지도 모른다는 생각이 머리를 스쳤다. 그 여자 아니면 누가 이런 장난을 치겠는가? 지금으로서는 다른 사람은 상상할 수 없었다.

추잡하고 섬뜩한 장난이나 치다니. 흔히들 쓰는 말로, '정신적으로 문제 있는' 것 같았다. 대체 누가 왜 이런 짓을 하는 걸까? 방금 받은 전화가 국제 전화였을까, 아니면 국제 전화인 척 연기한 걸까? 톰은 확신이 서지 않았다. 디키 그린리프, 톰의 모든 문제는 그로부터 시작했다. 디키 그린리프는 톰이 처음으로 죽인 사람이었다. 그리고 톰이 죽인 걸 진심으로 후회하는 유일한 사람이기도 했다. 톰이 안타깝게 생각하는 유일한 범죄였다. 디키 그린리프. (당시 기준으로) 부유한 미국인. 이탈리아 서부 해안가 몽지벨로에 살던 디키는 톰에게 친구가 되어 주었고, 호의를 베풀어 주었다. 그런 디키를 톰은 선망하고 부러워했는데, 사실 그 정도가 지나쳤었다. 디키가 톰에게 등을 돌리는 순간, 톰은 분개한 나머지 단둘이 작은 배를 타고 나간 어느 날 오후, 아무 계획도 없이 무작정 노를 집어 들고 디키를 때려죽인 것이다. 디키가 죽었냐고? 물론이다. 디키는 죽은 지 아주 오래됐다. 톰은 디키의 시신에 돌을 매달아 보트 밖으로 떠밀어 버렸다. 시신은 가라앉았다. 그리고 그 오랜 세월이 흐르는 동안 수면 위로 떠오르지 않았다. 그런 디키가 이제 와서 새삼스레 왜 나타난 걸까?

톰은 인상을 쓴 채 카펫을 쳐다보며 천천히 방 안을 돌아다녔다. 구역질이 살짝 올라오려 하자 숨을 깊이 골랐다. 아냐, 디키 그린리프는 죽었어. 아무튼, 조금 전 목소리는 디키의 음성이 아니야. 톰은 한동안 디키의 옷과 구두를 착용했고 디키의 여권도 사용했지만, 이내 그만두었다. 디키가 쓴 자필 유서는 톰이 작성한 거였지만, 다들 진짜라고 인정했다. 그러니 누가 감히 이 문제를 다시 꺼낼 엄두를 내겠는가? 디키 그린리프와 얽히고설킨 톰의 과거를 파헤칠 만큼 알고 있는 사람이 누구며, 또 누가 신경이나 쓰겠는가?

톰은 토할 수밖에 없었다. 토할 듯한 느낌이 가시지 않았다. 전에도 이런 적이 있었다. 변기 시트를 올리고 몸을 숙였다. 다행히 신물만 올라왔지만, 복통이 잠시 이어졌다. 톰은 변기 물을 내리고 세면대에서 양치했다.

누군진 몰라도 망해라. 톰은 조금 전 두 사람이 각자 수화기를 들고 있다가 한 사람만 말하고 다른 사람은 듣고만 있다가 웃음이 터졌을 거라고 추리했다.

톰은 아래층으로 내려가 수화기를 제대로 올려놓았다. 거실에서 아네트 여사가 달리아 꽃병을 들고 있었다. 물을 갈아 줬는지 행주로 밑바닥을 훔친 후, 사이드보드 위에 꽃병을 도로 내려놓았다. "30분만 나갔다 올게요." 톰이 여사에게 불어로 말했다. "혹시 전화 오면, 나갔다고 해요."

"알겠습니다." 아네트 여사는 대답하더니 하던 일을 계속했다.

아네트 여사는 벨옹브르에서 일한 지 몇 년 되었다. 욕실이 딸린 여사의 방은 벨옹브르로 들어서면 보이는 집의 좌측에 있었다. 방에는 텔레비전과 라디오가 있었다. 아네트 여사의 방에서 나와 좁은 복도를 따라가면 주방이 나왔다. 주방은 여사가 주인인 공간이었다. 여사는 노르망디 혈통으로 눈동자는 하늘색이었고, 눈꼬리가 처져 있었다. 톰과 엘로이즈는 아네트 여사가 마음에 들었다. 여사가 두 사람을 아껴 주었기 때문이다. 아니, 아껴 주는 것 같았기 때문이다. 여사에겐 시내에 사는 친한 친구가 둘 있었다. 준비에브와 마리루이. 두 사람 역시 가정부였는데, 휴일 저녁이면 셋이 돌아가며 각자의 방에 모여서 텔레비전을 보곤 했다.

톰은 테라스에 두었던 전지가위를 집어서 정원 오른편 뒤쪽에 있는 장비 보관용 나무 상자에 집어넣었다. 그리고 현관 입구에 있는 옷장에서 면 재킷을 꺼내서 입은 다음, 잠깐 나갔다 올 참이었지만 지갑에 운전면허증이 있나 확인했다. 프랑스 경찰은 외국인을 상대로 불시에 검문하기를 즐겼고 인정사정 봐주지 않았다. 엘로이즈는 어디에 있을까? 방에서 여행 갈 때 입을 옷을 고르고 있을 것이다. 거지 같은 녀석들이 전화했을 때 엘로이즈가 전화를 받지 않아서 다행이었다. 엘로이즈가 받지 않은 건 확실했다. 받았더라면 곧바로 톰의 침실로 달려와 당황한 표정으로 질문을 해 댔을 것이다. 사실 지금껏 엘로이즈는 단 한 번도 엿들은 적이 없었고, 톰이 하는 일에 관심도 없었다. 톰을 찾는 전화라는 걸 알았다면, 그녀는 서두르진 않아도 별생각 없이 수화기를 금방 내려놓았을 것이다.

엘로이즈도 디키 그린리프 일을 알고 있었고, 톰이 의심을 받는다는 (혹은 받았다는) 구설수도 들었을 것이다. 그럼에도 그녀는 일언반구도 하지 않았고, 묻지도 않았다. 톰과 엘로이즈가 그녀의 아버지인 자크 플리송을 달래려면 톰의 의심스러운 행동도, 톰이 이유를 대지 못하고 뻰질나게 돌아다니는 일도 최대한 숨겨야 했다. 자크 플리송은 제약 회사 사장이었다. 리플리 부부가 쓰는 생활비의 일부는 플리송이 외동딸인 엘로이즈에게 넉넉히 쥐여 주는 용돈으로 충당하고 있었다. 엘로이즈의 어머니 아를렌은 톰이 하는 일에 대해서는 딸보다도 더 입을 꾹 다물었다. 날씬하고 우아한 아를렌은 젊은 세대를 받아들이려고 노력했고, 가구 관리 요령이나 돈을 절약하는 법 등등 온갖 살림 비법을 딸에게든 누구에게든 전수해 주기를 좋아했다.

톰이 갈색 르노를 규정 속도로 몰고 시내로 향하는 동안, 이 모든 것이 머릿속을 훑고 지나갔다. 오후 5시가 거의 다 된 시각. 금요일이니 앙투안 그레가 집으로 돌아왔을 것이다. 파리에서 늦게까지 일하기로 했다면 모를까. 건축가인 앙투안은 열 살이 막 넘은 남매를 키우고 있었다. 데이비드 프리처드가 세 들었다고 한 집은 그레 부부가 사는 집을 지나서 있었다. 톰은 빌페르스의 어느 도로에서 우회전한 후, 그레 부부의 집에 들러 인사하면서 이런저런 얘기나 하기로 했다. 빌페르스 시내의 쾌적한 대로를 달렸다. 우체국도 있었고, 정육점과 빵집도 하나씩 있었다. 술집도 보였다. 이 모든 것이 어우러져 빌페르스를 이루고 있었다.

밤나무가 군을 이룬 번듯한 부지 바로 뒤편으로 그레 부부의 집이 보였다. 주택은 회전 포탑처럼 둥글었는데, 집을 타고 올라간 분홍 장미 덩굴이 보기 좋게 무성했다. 집에 있는 차고 문이 닫힌 걸 보니, 앙투안이 주말에 쉬려고 아직은 내려오지 않았으며, 아네스와 두 자녀는 쇼핑하러 나간 듯했다.

바로 옆집 말고 그다음 집이 문제의 흰 주택이었다. 톰은 길가 왼편에 서 있는 나무 사이로 그 집을 살폈다. 톰은 기어를 2단으로 바꾸었다. 차 두 대는 거뜬히 지나다닐 만한 너비의 쇄석 도로가 지금은 텅 비어 있었다. 이 동네는 빌페르스 북쪽이라 집이 몇 채 없었고, 농장 지대라기보다 목초지에 더 가까웠다.

만약 프리처드 커플이 15분 전에 톰에게 전화했다면, 지금쯤 집에 있을 것이다. 두 사람이 연못 근처에 덱 체어를 놓고 앉아 쉬면서 볕을 쬐고 있는지 보일 것이다. 톰이 기억을 더듬어 보니 도로에서 연못이 보였던 것 같았다. 깎을 때가 지나 무성하게 올라온 푸른 잔디가 도로와 흰 주택 사이를 뒤덮고 있었다. 판석이 깔린 길이 진입로부터 현관으로 올라가는 계단까지 이어져 있었다. 현관에서 도로가 있는 방향으로 계단이 몇 개 더 있었는데, 그 계단을 오르면 연못이 나왔다. 이 집은 앞뜰보다 뒤뜰이 더 넓었던 것 같았다.

웃음소리가 들렸다. 남녀의 웃음소리가 뒤섞여 있었다. 확실했다. 톰이 차를 타고 지나가는 도로와 주택 사이에 있는 연못가에서 소리가 나는 게 분명했지만, 그쪽은 산울타리와 나무 두 그루에 거의 가려져 있었다. 톰이 힐끔 보니 연못에는 햇살을 받은 윤슬이 반짝이고 있었다. 연못가 잔디밭 위에 두 사람이 누워 있는 것 같았지만, 확실하진 않았다. 남자가 일어섰다. 키가 컸고 붉은 반바지 차림이었다.

톰은 액셀러레이터를 밟았다. 데이비드 프리처드가 분명했다. 90퍼센트는 자신할 수 있었다.

프리처드 커플이 톰이 타고 다니는 갈색 르노까지 알아보려나?

"리플리 씨?" 하고 부르는 소리가 어렴풋이 들린 것 같았다.

톰은 아무 소리도 못 들은 척 일정한 속도로 차를 몰았다.

젠장, 짜증 나네. 톰은 그다음 모퉁이에서 좌회전했다. 좁은 골목 한편에는 주택 서너 채가 서 있었고, 맞은편으로 목초지가 있었다. 이 길을 따라 가면 다시 시내로 나갈 수 있었지만, 톰은 다시 좌회전해서 그레 부부의 집과 직각으로 놓인 도로로 진입했다. 회전 포탑처럼 생긴 그레 부부의 집으로 다시 향한 것이다. 이번에도 빠르지도 느리지도 않게 일정 속도를 유지했다.

이제야 그레 부부가 타고 다니는 흰색 스테이션왜건이 진입로에 서 있는 게 보였다. 톰은 미리 전화하지 않고 불쑥 찾아가는 짓은 질색이었다. 그래도 새 이웃이 생겼다는 소식을 들고 왔으니 한 번쯤은 예의를 어겨도 괜찮을 것 같았다. 톰의 차가 진입했을 때, 아녜스 그레가 차에서 큼직한 쇼핑백 두 개를 막 꺼내고 있었다.

"안녕하세요, 아녜스. 도와드릴까요?"

"좋죠! 안녕하셨어요, 톰!"

톰이 쇼핑백 두 개를 모두 들어 주었다. 그사이, 아녜스가 스테이션왜건에서 물건을 더 꺼냈다.

먼저 생수를 들고 들어간 앙투안이 주방에 있었다. 10대 남매는 코카콜라 대형 페트병을 따 놓은 상태였다.

"안녕하십니까, 앙투안!" 톰이 인사를 건넸다. "지나가다가 들렀습니다. 오늘 날씨가 참 좋죠?"

"그러게요." 앙투안이 묵직한 저음으로 대답했다. 그래서 그런지 그가 구사하는 불어가 러시아어처럼 들릴 때도 있었다. 그는 반바지에 양말을 신고 테니스 신발을 착용하고 있었다. 그가 입고 있는 녹색 티 셔츠는 톰이 질색하는 옷이었다. 앙투안은 살짝 구불거리는 검은 머리칼과 볼 때마다 몇 킬로그램은 더 찌는 듯한 육중한 체구를 갖고 있었다. "새로운 소식이라도 있습니까?"

"딱히 없죠, 뭐." 톰이 쇼핑백을 내려놓으며 말했다.

그레 부부의 딸 실비가 야무지게 짐을 정리하기 시작했다.

톰은 콜라도, 와인도 사양했다. 이 집에 있는 잔디 깎는 기계는 전기가 아닌 휘발유로 작동하는데, 앙투안이 조만간 전원을 켤 태세였다. 앙투안은 파리 사무실에서든 이곳 빌페르스 집에서든 바지런한 걸 빼면 시체였다. "올여름 칸 별장에 세 든 사람들은 어떤가요?" 다들 널찍한 주방에 여태 서 있었다.

그레 부부에게는 칸에 사 놓은 별장이 있었다. 톰은 한 번도 가 본 적이 없었다. 부부는 방값을 가장 비싸게 받을 수 있는 7월과 8월에는 세를 주었다.

"집세도 선불로 받았고, 전화 요금 예치금까지 미리 다 받았어요." 앙투안이 대답하며 어깨를 으쓱했다. "뭐, 괜찮은 거 같아요."

"이 동네에 누가 새로 이사 왔는지 들으셨죠?" 톰이 흰 집이 있는 방향을 가리키며 물었다. "미국에서 온 커플이라는데, 혹시 아세요? 얼마나 살다가 갈지는 모르겠어요."

"못 들었는데요." 앙투안이 잠시 생각한 후에 말했다. "바로 옆집은 아닐 텐데요."

"그 집 말고, 그 옆집이요. 큰 집이요."

"그럼 매물로 나왔던 집이겠군요!"

"산 건 아니고 세 든 것 같던데요. 남자는 이름이 데이비드 프리처드고, 여자는……."

"이름을 들으니 미국인이겠군요." 아네스가 생각에 잠긴 채 말했다. 톰이 한 말에서 뒷부분만 들은 것 같았다. 아네스는 몸을 쉬지 않고 움직이며 냉장고 맨 밑 칸에 양상추를 집어넣었다. "만나 보셨어요?"

"만났다기보다, 그 남자가……." 톰은 말하기로 했다. "그 남자가 술집에서 저한테 먼저 말을 걸더라고요. 제가 미국인이라는 소리를 어디서 들었나 봐요. 그래서 두 분도 알고 계시라고요."

"아이는 있던가요?" 앙투안이 짙은 눈썹을 내리며 물었다. 그는 조용한 걸 좋아했다.

"거기까진 모르겠어요. 없는 것 같던데요."

"불어는 할 줄 알던가요?" 아네스가 물었다.

톰이 씩 웃었다. “잘 모르겠어요.” 만약 프리처드 커플이 불어를 못한다면 그레 부부는 그들을 만날 마음이 없으니 모른 척할 것이다. 앙투안 그레는 프랑스는 프랑스인을 위한 곳이기에 프랑스인이 이방인보다 우선시되어야 한다고 주장하는 극우파였다. 외국에서 온 이방인이 잠시 프랑스에 머물려고 집을 구했다고 해도 말이다.

셋이서 이런저런 얘기를 나누었다. 앙투안은 이번 주말에는 퇴비 상자를 새로 조립할 거라면서, 지금 차 안에 키트가 있다고 했다. 그리고 파리에서 하는 건축 일이 잘돼서 9월부터 출근할 수습사원도 뽑았다고 했다. 예상대로 앙투안은 파리에 있는 사무실이 텅 비는 8월에도 쉬지 않을 거라고 했다. 톰은 엘로이즈와 함께 모로코에 간다는 얘기를 할까 망설이다가 하지 않기로 했다. 왜일까? 톰은 자신에게 질문을 던져 보았다. 내심 가지 않기로 마음먹었기 때문일까? 어찌 됐든, 이웃사촌으로서 톰이 그레 부부의 집으로 전화해 둘이 2~3주 정도 여행 가느라 집을 비우게 됐다고 말할 시간은 얼마든지 있었다.

술이든 커피든 마시러 오라고 서로 초대한 후, 톰은 작별 인사를 건넸다. 톰은 그레 부부에게 프리처드 얘기를 한 이유가 자신의 안위를 지키기 위해서였음을 알아차렸다. 디키 그린리프라면서 걸려 온 전화가 톰을 협박하려는 게 아니었을까? 협박이 확실했다.

그레 부부의 남매 실비와 에두아르가 앞뜰에서 흑백 축구공을 이리저리 차고 있었다. 톰이 차를 몰고 나가자, 에두아르가 손을 흔들어 주었다.

3

톰이 집에 돌아오니 엘로이즈가 거실을 서성이고 있었는데 불안한 기색이 역력했다.

“여보, 전화가 왔었어.”

“누구 전화?” 톰이 물었다. 불쾌하고 불길한 예감이 밀려왔다.

“남자였는데, 자기가 디키 그린리프라면서 워싱턴에서 전화했대.”

“워싱턴?” 톰은 불안해하는 엘로이즈 때문에 걱정이 되었다. “그린리프라니, 말도 안 돼. 장난치고 고약하네.”

엘로이즈가 인상을 썼다. “왜 이렇게 가슴이 답답하지?” 엘로이즈의 악센트가 세졌다. “당신 뭐 아는 거 있어?”

톰이 몸을 더욱 꼿꼿이 세웠다. 그는 아내를 지켜 줘야 했다. 벨옹브르도 지켜야 했다. “아니. 누군지는 몰라도 장난친 거네. 그 남자가 뭐래?"

"처음에는 당신을 찾더라. 그러더니 자기가 무슨 안락의자에 앉아서 산대. 횡설수설했어. 허세 부리는 얘기겠지?"

"그러게."

"당신하고 같이 있다가 사고를 당해서 그렇게 됐대. 물이 어쩌고 하면서……."

톰이 고개를 저었다. "누가 놀리려고 장난친 거야. 디키인 척하면서. 디키는 벌써 몇 년 전에 자살했잖아. 물에 몸을 던졌을지도 모르는 일이고. 시신이 발견되진 않았으니."

"나도 알아. 당신이 말해 줬잖아."

"그런 말은 나만 한 게 아니야." 톰이 차분히 말을 이었다. "다들 그랬어. 경찰까지도. 지금껏 시신은 나오지 않았지만, 디키가 남긴 유언장은 발견됐지. 실종되기 몇 주 전에 작성한." 톰은 자기 손으로 유서를 위조했으면서도 자기가 하는 말에 전적으로 믿음이 갔다. "디키는 나하고 같이 있지 않았어. 벌써 몇 년 전에 이탈리아에서 실종됐거든."

"나도 알아, 톰. 그런데 이제 와서 우리를 왜 괴롭히는 걸까?"

톰은 양손을 바지 주머니에 찔러 넣었다. "못된 장난을 쳐서 짜릿한 쾌감을 얻는 사람들이 있으니까. 그 남자가 우리 집 전화번호를 알고 있다니 유감이군. 목소리는 어땠어?"

"목소리가 젊던데." 엘로이즈가 단어를 신중히 골랐다. "아주 굵진 않았고, 미국 악센트가 섞인 것 같았어. 회선이 그리 깨끗하지 않아서 말이지. 연결 상태 말이야."

"정말 미국에서 건 전화가 맞을까?" 톰은 미국에서 전화를 걸진 않았을 거라고 믿으면서 물었다.

"진짜로 미국에서 건 것 같던데." 엘로이즈가 솔직하게 말했다.

톰은 억지 미소를 지었다. "그냥 잊어버리자. 전화가 또 오면, 그리고 그때 내가 있으면, 나한테 전화를 넘겨, 여보. 만약 내가 없을 때 전화가 오면, 차분하게 응대해. 그 남자가 하는 말은 아예 믿지도 않는다는 듯이. 그리고 그냥 끊어. 알겠어?"

"응, 알겠어." 엘로이즈가 제대로 이해했는지 대답했다.

"그런 놈들은 남들을 쥐고 흔들고 싶어 하지. 그래야 재미있으니까."

엘로이즈는 가장 아끼는 소파 끝에 앉았다. 프렌치 도어와 가까운 자리였다. "어디 갔다 왔어?"

"차 타고 동네 한 바퀴 빙 돌면서 구경했어." 톰은 일주일에 두 번은 그들이 보유한 석 대의 차량 중 한 대를 몰고 나가곤 했다. 주로 갈색 르노를 탔는데, 나간 김에 해야 할 일들을 몰아서 처리했다. 모레 인근에 있는 슈퍼마켓 옆 주유소에 들러서 기름을 넣고 타이어 공기압도 확인하곤 했다. "앙투안이 주말에 쉬러 내려왔을 것 같아서 잠깐 들러서 인사하고 왔어. 마침 그 집 식구들이 장 봐 온 것들을 내리고 있더라. 그 동네에 새로 이사 온 사람 얘기도 해 줬어. 프리처드 커플."

"프리처드 커플이 그 동네에 살아?"

"아주 가깝던데. 5백 미터도 안 떨어져 있을걸?" 톰이 웃었다. "아네스가 그 커플이 불어를 할 줄 아느냐고 묻던데, 만약 못하면 앙투안이 관심을 보이지도 않을 거야. 그래서 난 잘 모르겠다고 했지."

"우리가 아프리카 북부로 여행 간다니, 앙투안이 뭐래?" 엘로이즈가 미소를 지으며 물었다. "돈 낭비한다고 그래?" 엘로이즈가 웃음을 터뜨렸다. 돈 낭비라는 말을 꺼내는 순간, 진짜로 돈 낭비하는 것 같았다.

"사실 말도 못 꺼냈어. 앙투안이 돈 얘기를 꺼내면, 모로코의 물가가 저렴하다고 말해 주려고 해. 호텔비도 싸다고." 톰이 프렌치 도어로 걸어갔다. 정원을 거닐면서 허브를 살펴보고, 보란 듯이 흔들거리는 파슬리도 들여다보고, 풍성하게 자라나는 맛난 루콜라도 보살피고 싶었다. 오늘 밤에는 루콜라를 조금 잘라 와 샐러드에 넣어 먹을 생각이었다.

"톰, 아까 그런 전화가 왔는데도 당신은 손 놓고 있을 거지?" 엘로이즈는 씩씩한 아이가 살짝 삐친 듯한 말투로 물었다.

톰은 개의치 않았다. 엘로이즈가 아이 같은 말투로 투덜댔다고 해도 생각마저 어린 건 아니었기 때문이다. 그녀가 어려 보이는 건 앞머리를 짧게 내렸기 때문이다. 그녀의 금발 생머리가 이마를 반만 덮고 있었다. "가만히 있으려고. 경찰에 신고한다? 바보 같은 짓이야." '짜증을 유발하는 전화'라든가 '음란 전화(아직 이런 전화는 받은 적이 없지만)'를 받아서 경찰을 바꿔 주기가 얼마나 어려운 일인지 엘로이즈는 통감하고 있었다. 서류 작성뿐 아니라, 감시 장치도 달고 사는 등의 상황을 감수해야 했다. 감시 장치를 달면 전화는 말할 것도 없고 일거수일투족이 감시당한다. 톰은 여태 신고한 적도 없지만, 앞으로도 하지 않을 작정이었다. "미국에서 전화하다가 지쳐서 나가떨어지겠지."

그는 반쯤 열린 프렌치 도어를 쳐다보다가 그 앞을 지나 아네트 여사가 주인으로 있는 주방으로 가기로 했다. 정면에서 봤을 때 이 집 왼쪽 구석에 주방이 있었다. 온갖 채소를 넣고 끓이는 수프 냄새가 코끝을 찔렀다.

아네트 여사가 흰 바탕에 파란색 점이 찍힌 땡땡이 원피스를 입고 남색 앞치마를 두른 채 스토브 위에 있는 뭔가를 젓고 있었다.

"여사님!"

"리플리 씨! 다녀오셨어요?"

"오늘 저녁 메뉴는 뭔가요?"

"동그랗게 만 송아지 고기예요. 많이 만들진 않았어요. 저녁 날씨가 후덥지근해서요."

"그러게요. 냄새 끝내주네요. 후덥지근하든 말든 입맛이 도는데요. 여사님, 우리가 여행 가고 없으면 친구들 마음껏 초대해서 즐겁게 지내세요. 아내에게 들었죠?"

"아, 그럼요. 모로코에 가신다면서요? 저야 당연히 잘 지내겠죠. 평소와 다름없이요."

"잘됐네요. 그래도 준비에브 여사님은 꼭 초대하세요. 한 분 더 계셨는데 성함이……."

"마리루이요."

"맞다, 같이 텔레비전도 보시고, 저녁도 드세요. 지하 와인 저장고에 있는 와인도 꺼내 드시고요."

"어머나, 저녁이라뇨!" 아네트 여사는 과분하다는 듯이 말했다. "저희는 차만 마셔도 좋아요."

"그럼 차하고 케이크도 드세요. 당분간은 여사님이 이 집 안주인인 겁니다. 리옹에 사는 동생네에 가서 일주일 정도 있다가 오셔도 좋고요. 실내에서 키우는 화초에 물 주는 일은 클루조 여사님한테 부탁해 놓았거든요." 클루조 여사는 아네트 여사보다 어린 가정부였는데, 일주일에 한 번 집에 와서 욕조며 바닥까지 집 안을 대청소해 주었다.

"음……." 아네트 여사가 고심하는 척했다. 8월엔 벨옹브르에 있는 걸 더 좋아하는 것 같았다. 8월이면 집주인들이 거의 다 휴가를 가서 가정부들이 쉴 수 있었기 때문이다. 집주인이 가는 휴가에 동행하지 않는다면 말이다. "고맙습니다만, 안 갈래요. 그냥 집에 있는 게 나을 것 같아요."

"편하실 대로 하세요." 톰은 여사에게 미소를 지은 후, 쪽문을 통해 잔디밭 옆으로 나갔다.

앞쪽으로 오솔길이 보였다. 배나무며, 사과나무며, 제멋대로 자란 키 작은 산울타리까지 있어서 잘 보이지는 않았다. 예전에 톰이 머치슨을 수레에 싣고 저 비포장 길을 따라가 암매장했었다. 저 길을 따라 농부들이 소형 트랙터를 몰고 빌페르스 시내로 가기도 하고, 수레에 말똥 비료나 땔감을 잔뜩 싣고 불쑥 나타나기도 했다. 저 길은 누구의 땅도 아니었다.

톰은 걸음을 옮겨서 온실 옆에서 풍성히 자라는 허브 밭을 살펴보다가, 온실에 가서 긴 가위를 들고 나왔다. 루콜라도 잔뜩 따고, 길게 자란 파슬리도 한 줄기 잘랐다.

벨옹브르는 앞에서 보는 것도 근사하지만, 뒤에서 봐도 번듯한 저택이었다. 모서리에 있는 두 개의 둥근 포탑 1층과 2층에는 퇴창이 달려 있었는데, 유럽식으로 말하자면 1층은 지상층, 2층은 1층이라 불러야 했다. 색 바랜 분홍빛이 감도는 석조 주택인 벨옹브르는 난공불락의 성벽 같았다. 그래도 벽을 타고 오르는 아메리카 담쟁이덩굴과 흐드러지게 꽃이 핀 관목과 벽에 붙여 놓은 큼직한 화분이 성벽 같은 느낌을 누그러뜨려 주었다. 톰은 여행 가기 전에 거인 같은 앙리에게 연락해야 한다는 생각이 문득 들었다. 앙리는 빌페르스 중심가 뒤편의 저택 부지 안에 있는 집에서 어머니와 같이 살았다. 앙리는 가뜩이나 머리도 안 좋은데, 몸도 재지 않았다. 그래도 힘은 남달랐다.

앙리는 키도 컸다. 190센티미터는 거뜬히 넘을 것이다. 혹시라도 벨옹브르에 누가 들이닥치기라도 하면 앙리가 막아 주겠지, 톰은 이런 상상이나 하는 자신을 발견했다. 말도 안 돼! 대체 누가 왜 들이닥친다는 거지?

프리처드는 종일 뭘 했을까, 톰은 세 쪽짜리 프렌치 도어로 다시 걸어가면서 생각에 잠겼다. 프리처드가 매일 아침 차를 몰고 퐁텐블로까지 나가나? 그럼 언제 돌아올까? 머리가 무척 짧고 얌전하게 생긴 재니스는 뭘 하며 하루를 즐겁게 보낼까? 그림을 그리나? 글을 쓰나?

달리아와 작약을 한 줌 꺾어 들고서 이웃사촌이라는 핑계를 내세워 그 집에 찾아가야 하나(프리처드의 집 전화번호는 당연히 알 길이 없을 테니)? 이 생각은 단박에 힘을 잃었다. 그들은 따분한 사람들일지도 모른다. 그들이 진짜 따분한 사람들인지 알아보려면 톰이 직접 가서 염탐해야 할 것이다.

아니, 가만히 있자. 톰은 모로코 탕헤르는 물론 엘로이즈가 가고 싶어 하는 다른 도시에 관한 글을 읽고, 카메라가 제대로 작동하는지 확인하기로 했다. 최소 2주는 비울 벨옹브르를 챙기기로 했다.

톰은 계획대로 했다. 퐁텐블로에 갔을 때 남색 버뮤다 팬츠도 사고, 다림질할 필요 없는 긴소매 흰 셔츠 두 장도 샀다. 톰과 엘로이즈는 반소매 셔츠라면 질색이었다. 엘로이즈가 이따금 샹티이에 있는 친정에 가서 부모와 점심을 먹었는데, 혼자서 갈 때면 매번 벤츠를 몰고 나가 아침저녁으로 쇼핑하는 눈치였다. 톰이 지켜본 결과, 엘로이즈는 집으로 돌아올 때 쇼핑백을 최소 여섯 개는 들고 오는 것 같았다. 톰은 점심을 먹으러 플리송 처가에 가는 경우가 드물었다. 점심 먹는 자리가 지긋지긋했기 때문이다. 장인 자크 플리송은 그를 간신히 참아 주고 있었으며, 사위가 하는 일이 어느 정도 적법하지 않다는 걸 눈치채고 있었다. 안 그런 사람이 있나? 톰은 종종 이런 생각이 들었다. 플리송도 소득세를 탈루하지 않았던가? 엘로이즈는 룩셈부르크에 친정아버지의 계좌가 있다는 말을 대수롭지 않게 흘린 적이 있었다. 그건 톰도 마찬가지였다. 룩셈부르크 계좌는 더와트 미술용품 회사에서 빼돌린 돈을 넣어 두는 용도였다. 런던에서 더와트의 그림과 소묘가 판매 혹은 재판매될 때 받는 수수료도 그쪽에 넣어 두었다. 당연한 소리지만, 5년간이나 더와트의 위작을 그려 대던 버나드 터프츠가 1년 전 자살한 이후, 더와트 판매 관련 수익은 점차 줄어들었다.

아무튼, 털어서 먼지 안 나는 사람이 어디 있어?

톰은 장인 자크 플리송이 그에 대해 처음부터 끝까지 제대로 모르기 때문에 그를 믿어 주지 않는 거라 여겼다. 플리송에게 장점을 굳이 찾자면 있긴 있었다. 자크와 아를렌 플리송은 손주를 보고 싶으니 아이를 낳으라며 엘로이즈를 닦달하진 않았다. 이 미묘한 문제를 두고 톰과 엘로이즈가 단둘이 상의한 적이 있었다. 엘로이즈는 아이를 간절히 바라진 않았지만, 그렇다고 절대로 낳지 않겠다는 태도를 고수하는 건 아니었다. 그저 아이 생각이 별로 없을 뿐이었다. 그렇게 몇 년이 흘렀다. 톰은 아무래도 상관없었다. 그에게는 이런 경사를 세상에 알리며 신나 할 부모가 없었다. 그의 부모는 그가 아주 어릴 적에 매사추세츠 보스턴 항구에서 익사했다. 그 후, 보스턴에 살던 수전노 도티 이모가 그를 데려다 키워 주었다. 아무튼 엘로이즈는 나와 같이 살면서 행복해하고 있어, 적어도 불만은 없다고. 톰은 자부했다. 그렇지 않았더라면 일찌감치 불만을 토로하고 톰의 곁을 진작 떠났을 것이다. 엘로이즈는 고집이 센 여자였다. 늙어서 머리가 벗겨진 자크 플리송은 자기 딸이 행복해한다는 것도, 톰과 엘로이즈가 빌페르스에서 가장 부러움을 사는 가정을 꾸려 나간다는 것도 잘 알고 있었다. 1년에 한 번은 장인 장모가 벨옹브르에 와서 저녁을 먹었다. 장인 장모가 같이 올 때보다 장모 혼자 올 때가 더 많았는데, 후자가 훨씬 즐거웠다.

톰은 며칠이나마 그 이상한 커플을 떠올리지 않았다. 토요일 오전 9시 반, 네모난 봉투에 손으로 주소를 쓴 우편물이 도착했다. 처음 보는 필체였다. 톰은 보자마자 거부감이 일었다. 대문자를 둥글게 굴려 쓰고, 소문자 i 위에 점을 찍는 대신 동그라미를 그려 넣은 손글씨였다. 잘난 척해도 아둔해 보이는 필체였다. 수신인이 톰 부부 앞이라고 적혀 있어서, 다른 우편물은 놔두고 그것부터 뜯어보았다. 엘로이즈는 2층에서 목욕하고 있었다.

리플리 씨 부부 귀하
토요일인 내일, 저희 집에 한잔하러 와 주시면 기쁘겠습니다.
오후 6시경에 오실 수 있으신가요? 너무 시일이 촉박해서 두 분이 시간이 안 되신다면, 날짜를 다시 잡아 보겠습니다.
하루빨리 두 분과 친해지고 싶네요.

재니스와 데이비드 프리처드 부부

뒷면에 저희 집 약도를 그려 놓았습니다.
집 전화번호는 424-6434입니다.

톰은 편지를 뒤집어 보았다. 빌페르스 중심가에서 수직으로 교차하는 길이 그려져 있었고, 그 위에 프리처드의 집과 그레의 집이 표시되어 있었다. 그리고 두 집 사이에 끼인 빈집도 그려져 있었다.

이런, 이런. 톰은 생각에 잠겼다. 손가락 사이에 끼고 있던 편지를 홱 뒤집었다. 그럼 오늘 오라는 거잖아. 톰은 호기심이 발동한 나머지 초대에 응하고 싶었다. 적이 될지도 모를 상대였기에 제대로 아는 편이 더 나았다. 그렇다고 엘로이즈를 데려가고 싶진 않았다. 엘로이즈에게는 핑계를 대야 했고, 프리처드 부부에게는 확답을 해 주어야 했다. 그렇다고 오전 9시 40분밖에 안 된 지금 당장 알려 주는 건 아닌 것 같았다.

톰은 다른 우편물도 뜯어보았다. 엘로이즈 앞으로 온 편지는 손대지 않았다. 노엘 하슬러가 보낸 편지 같았다. 노엘은 파리에 사는 엘로이즈의 친한 친구였다. 반가운 우편물이라곤 하나도 없었다. 뉴욕 매뉴팩처러스 하노버 은행에서 보낸 입출금 내역서도 있었다. 톰은 현재 이곳의 계좌를 쓰고 있었다. 포춘 500*에서 보낸 쓸데없는 우편물도 있었다. 무슨 이유인지 모르겠지만, 그쪽에서는 톰이 돈이 넘치도록 많아서 투자와 주식 관련 경제지에 관심이 있을 거라고 착각하는 것 같았다. 톰은 투자(어디에 투자해야 하는지)는 회계사인 피에르 솔웨이에게 일임했다. 자크 플리송이 자신의 회계사를 사위에게 소개해 준 것이다. 가끔 솔웨이는 기발한 아이디어를 내곤 했다. 이런 것도 일이라고 부를 수 있다면, 톰은 이쪽 일은 지긋지긋했다. 반면, 엘로이즈는 관심이 있었다(돈을 굴리거나 돈에 관심을 보이는 건 타고난 천성으로 보였다). 엘로이즈는 부부가 투자에 나서기 전에 기꺼이 친정아버지와 상의했다.

거인 같은 앙리가 오전 11시까지 오기로 했다. 가끔 목요일과 토요일을 헷갈리던 앙리가 11시 2분에 도착했다. 평소처럼 촌스러운 어깨끈이 달린 색 바랜 파란색 멜빵바지를 입고 챙이 넓고 너덜너덜한 밀짚모자를 쓰고 왔다. 불그스름한 턱수염을 길렀는데, 어쩌다 한 번 가위로 듬성듬성 다듬은 게 분명했다. 대충 깎아서 면도라 할 수도 없었다. 반 고흐라면 앙리를 모델 삼아 그리고 싶었을 거라는 생각이 톰은 가끔 들곤 했다. 반 고흐가 앙리의 초상화를 파스텔 톤으로 그렸다면 지금쯤 3천만 달러는 받을 수 있을 텐데. 상상하니 재미있었다. 보나마나 고흐는 한 푼도 못 받았을 테지만.

톰은 자리에서 일어나 앞으로 2~3주 정도 집을 비우는 동안 해야 할 일들을 앙리에게 설명하려 했다. 퇴비를 만들어야 하는데, 앙리가 퇴비를 제대로 뒤집어 놓을 수나 있을까? 일단 철사를 엮어서 만든 퇴비 통을 마련해 놓았다. 높이는 톰의 명치께까지 올라왔고, 지름은 1미터에서 살짝 모자랐다. 위에 뚜껑이 달려 있는데 철제 핀을 뽑으면 뚜껑이 열렸다.

톰은 앙리를 따라 온실로 들어가며 쉬지 않고 설명했다. 톰이 새로 자란 장미 줄기 얘기도 하는데(듣고 있나?), 앙리가 온실 안에 있던 쇠스랑을 집어 들더니 퇴비를 뒤척이기 시작했다. 앙리는 장신에 힘도 장사라 톰은 말릴 생각이 없었다. 앙리가 퇴비 만드는 법을 제대로 알고 있었다. 퇴비를 어디에 쓰는지 이해하고 있었기 때문이다.

"그럼요, 네, 네." 앙리가 다정한 목소리로 이따금 웅얼거렸다.

"내가 장미 얘기는 했지? 지금은 검은 반점이 보이지 않아. 이제

* 미국 경제 전문지 『포춘』에서 선정한 매출액 상위 500개 기업 리스트

부터 수형을 잘 잡아야 해. 그래, 월계수나무 애기네, 가지를 좀 쳐 줘야지." 톰과는 달리 앙리에겐 사다리가 필요하지 않았다. 나무 꼭대기 옆쪽에 있는 가지를 칠 때만 필요했다. 톰은 옛날 방식대로 나무 꼭대기는 손대지 않고 곧게 자라도록 두었다. 위를 평평하게 다듬었더라면 흔하디흔한 산울타리처럼 보였을 테다.

앙리가 철망으로 만든 퇴비 통을 왼손으로 밀면서 오른손에 쇠스랑을 들고 시커멓게 잘 삭은 퇴비를 바닥에서부터 뒤척였다. 톰은 그 모습에 감탄했다. "굉장해! 그래, 제대로 잘하네!" 톰도 퇴비 통을 밀어 보았지만, 퇴비 통이 그 자리에 뿌리를 내린 것 같았다.

"잘 삭고 있네요." 앙리가 장담했다.

그런 다음, 톰은 온실에 있는 모종도 살펴봐야 하고, 물을 잘 챙겨 줘야 하는 제라늄 화분도 몇 개 있다고 일러 주었다. 앙리는 알아들었는지, 널을 이어 붙인 바닥을 쿵쾅쿵쾅 돌아다니다가 고개를 끄덕였다. 앙리는 온실 열쇠를 어디에 두는지 알고 있었는데, 바로 온실 뒤 둥근 바위 밑이었다. 톰은 부부가 집을 비울 때만 온실 문을 걸어 잠갔다. 앙리가 질질 끌고 다니는 갈색 신발은 반 고흐가 살던 시절부터 신던 신발 같았다. 바닥은 두께가 2센티미터가 넘었고, 발목까지 올라왔다. 저게 무슨 가보라도 되나? 톰은 궁금했다. 앙리는 시대를 착오한 거인처럼 돌아다녔다.

"우리가 최소 2주는 집을 비워도, 아네트 여사는 집에 계속 계실 거야."

톰은 몇 가지 더 자세히 알려 주고는 앙리가 제대로 알아들었을 거라 믿었다. 푼돈이지만 마다하지 않을 것 같아서, 뒷주머니에서 지갑을 꺼내 앙리에게 2백 프랑짜리 지폐를 한 장 건넸다.

"여기서 시작해서 쭉 따라가며 살피면 될 거야, 앙리." 톰은 이렇게 덧붙여 설명한 다음 집으로 들어가려고 했는데, 앙리가 갈 생각을 하지 않았다. 앙리는 늘 저런 식이었다. 구석에서 우물쭈물하며 떨어진 나뭇가지를 줍거나, 돌멩이를 한쪽으로 집어 던진 다음에야 한마디 말도 없이 불쑥 가 버리곤 했다. "잘 가게, 앙리!" 톰은 돌아서서 집으로 향했다. 그가 뒤돌아보자, 앙리는 쇠스랑을 들고 한 번 더 퇴비 통을 뒤척이려는 것 같았다.

톰은 2층으로 올라가 욕실에서 손을 씻었다. 그리고 모로코 관광 안내 책자를 두 권 들고 안락의자에 느긋하게 앉았다. 열 장 남짓한 사진이 실려 있었다. 푸른 모자이크로 실내가 꾸며진 사원, 절벽 끝에 다섯 대의 대포가 나란히 늘어선 풍경, 알록달록한 줄무늬 담요가 내걸린 시장, 황금빛 모래사장 위에 분홍색 타월을 펼쳐 놓고 손바닥만 한 비키니를 입은 금발의 관광객. 책자 한쪽 면에는 탕헤르 지도를 파란색과 남색으로 도식화하여 보기 쉽게 그려 놓았다. 해변과 탕헤르항은 노랗게 칠해 놓았는데 두 개의 곡선이 지중해와 지브롤터 해협을 방호하듯 감싸며 뻗어 나갔다. 톰은 엘 민자 호텔이 있는 라리베르테가를 찾아보았다. 그곳에서 그랑 소코라는 대형 시장까지는 걸어서 갈 만했다.

전화벨이 울렸다. 톰의 침대 옆에 전화기가 있었다. "내가 받을게!" 톰은 아래층 계단에 대고 고함쳤다. 지금 엘로이즈는 하프시코드 앞에 앉아서 슈베르트를 연습하고 있었다. "여보세요?"

"안녕하세요, 나, 리브스예요." 리브스 마이넛의 전화는 연결 상태가 좋았다.

"함부르크에서 거는 건가요?"

"당연하죠. 엘로이즈가 내가 전화했다고 말했을 텐데요."

"했어요. 별일 없죠?"

"그럼요." 리브스가 차분하고 든든한 목소리로 말했다. "그래서 말인데, 내가 그쪽으로 뭘 하나 부칠까 합니다. 카세트테이프만 한 거라 작아요. 사실……."

카세트테이프라니, 톰은 생각하고 있었다.

"폭발물은 아닙니다." 리브스가 말을 이었다. "그걸 받아서 닷새 정도 갖고 있다가, 봉투 안에 들어 있는 주소로 부치면 됩니다."

톰은 망설이면서도 살짝 짜증이 났다. 자기가 그 일을 하게 될 거라는 걸 알고 있었기 때문이다. 톰이 도움이 필요할 때 리브스가 도와주었다는 게 이유였다. 이를테면, 새 여권을 만들어 준 적도 있었고, 리브스의 넓은 아파트를 은신처로 제공해 준 적도 있었다. 리브스는 즉각 도움을 주면서도 돈을 바라진 않았다. "해 주고는 싶은데, 내가 아내하고 며칠 탕헤르로 여행 가기로 해서 말이죠."

"탕헤르라니! 좋겠어요! 그럼 내가 속달 우편으로 부치면 시간이 되겠네요. 내일이면 들어갈 겁니다. 문제없어요. 오늘 부치면 내일 도착할 거예요. 사나흘 후에 당신이 어디에 있든지 간에 그곳에서 부치면 되겠네요."

톰은 사나흘 후에도 계속 탕헤르에 있을 것 같았다. "좋아요, 리브스. 일단 그렇게 하는 거로 합시다." 톰은 혹시라도 누가 엿들을까 봐 자기도 모르게 목소리를 낮추었다. "아마 탕헤르에서 부치게 될 겁니다. 그런데 그쪽 우체국은 믿을 만하답니까? 내가 듣기론, 속도가 느려도 너무 느리다던데요."

리브스가 건조하게 웃었다. 톰이 익히 아는 웃음이었다. "그 물건에는 『악마의 시』* 같은 건 아예 없어요. 그런 건 들어 있지도 않다고요. 부탁합니다, 톰."

"좋아요. 그럼 정확히 무슨 물건이죠?"

"지금은 말 못 해요. 무게가 30그램도 안 나가는 물건이에요."

통화는 곧바로 끝났다. 톰은 다른 중개인 주소로 보내라는 얘긴지 궁금했다. 리브스는 자신이 창안한 이론을 늘 신봉했다. 사람 손을 많이 타면 탈수록, 물건이 더 안전해진다고 믿고 있었다. 리브스는 본업이 장물아비로 자기 일을 사랑했다. 장물아비, 무슨 단어가 이런가. 차라리 장물'업자'라고 불러야지, 리브스에게 있지도 않은 매력이라도 생길 것 같았다. 아이들이 숨바꼭질이라는 말에 끌리는 것처럼 말이다. 톰은 리브스 마이넛이 지금까지는 성공했다는 사실을 인정할 수밖에 없었다. 리브스는 혼자서 일했다. 함부르크 알토나에 있는 자기 아파트에서 쭉 혼자 지냈으며, 그의 집을 노리고 누군가 던진 폭탄에도 살아남았으며, 오른뺨에 10센티미터가 넘게 흉이 진 사고를 당하고도 어쨌든 목숨을 건졌다.

톰은 다시 책자를 살폈다. 이제 카사블랑카가 나왔다. 침대 위에는 폴더 열 개가 올려져 있었다. 속달 우편으로 올 물건을 생각해 보았다. 톰이 수령했다고 굳이 서명하지 않아도 될 것이다. 리브스는 뭐가 됐든 등기 우편으로 보내기를 꺼리니, 집에 있는 사람 아무나 받으면 된다.

오늘 저녁 6시엔 프리처드의 집에 가서 술을 마셔야 한다. 이제 오전 11시가 넘었으니 확답을 해 주어야 한다. 엘로이즈한테는 뭐라고 둘러대지? 톰은 프리처드의 집에 간다는 사실을 그녀에게 알리고 싶지 않았다. 일단, 엘로이즈를 그 집에 데려가고 싶지 않았고, 그녀를 지켜주고 싶으니 그런 괴짜들 근처엔 얼씬도 하지 말라고 대놓고 말해 상황이 복잡해지는 것도 싫었다.

* 1988년 인도계 영국 작가 살만 루슈디가 쓴 소설. 엄청난 파문을 일으켜 이슬람은 신성 모독이라며 거세게 반발했다. 이란 정부는 작가를 제거하라는 종교 칙령을 내렸다. 이 소설의 번역가들이 피습이나 피살을 당했고, 작가도 도피 생활을 하던 중인 2022년에 피습을 당해 중상을 입었다.

톰은 아래층으로 내려가 정원을 둘러보고 싶었다. 만약 아네트 여사가 주방에 있으면 커피나 한잔 부탁할 생각이었다.

엘로이즈가 베이지색 하프시코드에서 일어나더니 기지개를 켰다. "여보, 당신이 앙리하고 얘기하는 사이에 노엘이 전화했었어. 오늘 저녁에 우리 집에 와서 밥도 먹고 하룻밤 자고 싶다는데, 괜찮아?"

"당연하지, 얼마든지." 전에도 이런 적이 있었다. 노엘 하슬러는 내키면 누가 초대하지 않아도 자기가 알아서 놀러 오겠다고 하는 사람이었다. 노엘은 성격이 유쾌해서 톰은 그녀가 조금도 싫지 않았다. "오라고 하지 그랬어?"

"그랬지. 애가 참 딱해." 엘로이즈가 헛웃음을 지었다. "그 남자 말이야, 노엘은 그 남자가 자길 진지하게 만난다는 생각은 절대로 하지 말았어야 했어! 그 남자가 노엘을 얼마나 함부로 대했는데."

밖으로 나가면서 톰이 물었다. "그래서 노엘이 우울해하는 건가?"

"심각하게 우울한 건 아니야. 그래도 헤어진 지 얼마 안 됐잖아. 노엘이 차는 놓고 오겠다고 해서 내가 퐁텐블로역으로 데리러 가야 해."

"몇 시에?"

"7시쯤. 열차 시간표를 확인해야겠어."

톰은 살짝 마음이 놓이자 사실대로 말하기로 했다. "믿거나 말거나, 오늘 아침에 프리처드 커플이 우릴 초대하는 편지를 보냈어. 알지? 그 미국인 커플. 우리더러 오늘 저녁 6시에 술 한잔하러 집으로 오라는데, 나 혼자 갈까 해. 어때? 가서 어떤 사람들인지 좀 더 캐 보고 싶어."

"갔다 와." 엘로이즈는 30대 여성이 아니라 10대 소녀 같은 외모와 목소리로 대답했다. "내가 거길 왜 가? 저녁은 집에서 먹을 거지?"

톰이 웃었다. "당연하지."

4

결국, 톰은 정원에 핀 달리아 세 송이를 잘라서 프리처드의 집에 들고 가기로 했다. 12시쯤에 전화해 초대에 응하겠다고 하자, 재니스 프리처드가 반색하는 음성이 들렸다. 톰은 아내가 6시경에 역으로 친구를 데리러 가야 하니 혼자 간다고 전했다.

톰이 갈색 르노를 타고 프리처드의 집에 도착한 시간은 6시가 조금 넘어서였다. 해가 여태 떨어지지 않아서 더위는 꺾이지 않았다. 톰은 여름용 정장에 셔츠만 받쳐 입고 타이는 매지 않았다.

"어서 오세요, 리플리 씨!" 재니스 프리처드가 현관에 서서 그를 맞이했다.

"안녕하세요." 톰이 웃는 낯으로 인사하며 붉은 달리아를 내밀었다. "방금 저희 집 정원에서 잘라 온 겁니다."

"어머나, 다정도 하셔라! 꽃병이 어디에 있더라. 어서 들어오세요. 데이비드!"

톰이 짧은 복도를 지나 흰 거실로 들어서는 순간 기억이 되살아났다. 촌스러운 벽난로는 여전했다. 주위에 하얀 페인트가 발린 나무로 틀을 짜고 어울리지도 않는 자주색 페인트로 마감해 놓았던 저 벽난로. 소파와 안락의자만 빼면, 죄다 세련미와는 거리가 먼 가구들뿐이었다. 데이비드 프리처드가 행주에 손을 훔치면서 거실로 나왔다. 셔츠 차림이었다.

"어서 오세요, 리플리 씨! 환영합니다. 지금 심혈을 기울여 카나페를 만들고 있습니다."

재니스가 다소곳하게 웃었다. 톰이 생각했던 것보다 마른 체격이었다. 재니스는 하늘색 면바지에 검은색과 붉은색이 섞인 긴소매 블라우스를 입고 있었다. 목 주변과 소매 끝에 프릴이 달려 있었다. 상큼한 살구색이 도는 연갈색 머리카락을 짧게 쳐서 빗으로 부풀린 헤어스타일을 하고 있었다.

"술은 뭐로 하시겠어요?" 데이비드가 검정 뿔테 안경 너머로 톰을 공손히 바라보며 물었다.

"말씀만 하세요. 다 돼요." 재니스가 말했다.

"아, 그렇다면…… 진토닉 될까요?"

"곧바로 갖다드리죠. 당신은 집 구경시켜 드려." 데이비드가 말했다.

"당연하지, 원하신다면." 얼굴이 갸름한 재니스가 짧은 머리를 한 두상을 한쪽으로 기울였다. 톰은 전에도 이 모습을 본 적이 있었다. 그녀가 고개를 기울이는 바람에 곁눈질하는 것처럼 보였는데, 뭔가 모르게 불안해하는 눈길이었다.

두 사람은 거실 뒤편에 있는 식당부터 구경했다(주방은 왼편에 있었다). 투박한 식탁과 등받이가 높은 의자가 놓여 있었는데, 성당 신도석처럼 불편해 보였다. 톰은 그걸 보는 순간, 앤티크 가구인 척 어설프게 흉내 낸 이미테이션 가구라는 인상이 틀리지 않았음에 진저리가 났다. 촌스러운 벽난로 옆으로 2층으로 올라가는 계단이 보였다. 그 계단을 같이 오르는데, 재니스가 입을 다물지 않았다.

2층에는 침실 두 개와 그 사이에 있는 욕실이 전부였다. 잔잔한 꽃무늬로 뒤덮인 벽지가 발려 있었다. 복도에는 그림이 딱 한 점 걸려 있었는데, 역시나 꽃 그림이었다. 여관방에나 걸려 있을 법한 그림이었다.

"세 드신 거죠?" 톰은 계단을 내려가며 물었다.

"네, 맞아요. 이곳에 눌러살지 아직 마음을 정하지 못해서요. 엄밀히 말하자면, 이 집에 계속 살지 아직은 잘 모르겠어요. 그래도 반짝거리는 연못 좀 보세요! 잘 보이라고 좌측 덧문을 활짝 열어 두었거든요."

"그러게요. 정말 근사하군요!" 계단에서 봐서 그런지 눈높이보다 조금 낮은 지점에 천장이 걸려 있었다. 정원에 있는 연못에 빛이 반사되자 프리처드의 집 천장에 어스름한 무늬가 어른거렸다.

"바람이 불면 훨씬 생동감 넘쳐요! 당연한 얘기지만요." 재니스가 까랑까랑하게 웃으며 말했다.

"가구는 다 사신 건가요?"

"그렇긴 한데, 몇 개는 빌렸어요. 식당에 있는 가구는 집주인한테 빌린 건데 좀 무거워요."

톰은 아무 말도 하지 않았다.

데이비드 프리처드가 가짜 앤티크 커피 테이블 위에 술과 안주를 차려 놓았다. 치즈를 올려 녹인 다음 이쑤시개로 고정한 카나페와, 속을 채운 올리브도 준비해 놓았다.

톰은 안락의자에, 프리처드 커플은 소파에 앉았다. 안락의자는 물론 소파에도 싸구려 꽃무늬가 그려진 천이 씌워져 있었다. 그나마 이 집에서 참아 줄 만한 가구였다.

"건배!" 이제 앞치마를 벗은 데이비드가 잔을 들어 올리며 외쳤다. "새로 이사 온 동네를 위하여!"

"건배!" 톰도 같이 외친 후에 술로 입술을 축였다.

"부인이 안 오셔서 아쉽네요." 데이비드가 말했다.

"아내도 아쉬워합니다. 다음에 기회가 있겠죠. 그건 그렇고, 인시아드에서는 뭘 공부하시나요?" 톰이 물었다.

"마케팅을 전공하고 있습니다. 다방면으로 배우죠. 마케팅과 마케팅 효과 분석을 동시에 배우고 있어요." 데이비드 프리처드가 또렷하고 분명하게 발음했다.

"다방면으로 배운다?" 재니스가 이번에도 웃었지만, 그 웃음에 신경질이 배어 있었다. 불그스름한 술을 마시는 걸 보니, 와인을 넣은 도

수 낮은 칵테일인 키르 같았다.

"수업은 불어로 하나요?"

"불어와 영어로 수업하는데, 제가 불어를 못하진 않습니다. 그래도 더 열심히 해서 나쁠 거야 없죠." 데이비드는 R을 굉장히 굴려서 발음했다. "마케팅 교육을 받으면 다양한 분야로 진출할 기회가 생기거든요."

"미국 어디에서 오셨나요?"

"인디애나주 베드퍼드에서 살다가 시카고에서 잠시 일했었습니다. 직장에서는 늘 영업부로만 빠졌고요."

톰은 데이비드가 하는 말을 다 믿지는 않았다.

재니스 프리처드가 옆에서 꼼지락거렸다. 가느다란 손은 관리가 잘 되어 있었고, 손톱에는 연분홍 매니큐어가 발려 있었다. 알이 작은 다이아몬드 반지를 끼고 있었는데, 결혼반지라기보다 약혼반지 같아 보였다.

"그럼 부인은요?" 톰이 유쾌하게 물었다. "부인도 중서부 출신이세요?"

"아뇨, 전 고향이 워싱턴 디시예요. 그런데 캔자스주와 오하이오주에서 살다가……." 재니스가 대사를 까먹은 소녀처럼 멈칫하더니 무릎 위에서 꼼지락대는 두 손으로 시선을 내렸다.

"살다가 고생도 좀 했다가 다시 살다가 했겠죠." 데이비드 프리처드가 농담 반 진담 반으로 말하며 재니스를 싸늘하게 노려보았다.

톰은 놀랐다. 둘이 싸웠나?

"내가 먼저 말 꺼낸 게 아니라, 리플리 씨가 내 고향이 어디냐고 물으……."

"그렇게 자세히 말할 것까진 없잖아." 프리처드가 떡 벌어진 어깨를 재니스 쪽으로 살짝 틀었다. "안 그래?"

재니스가 주눅이 들었는지 입을 다문 채 억지로 웃으며 톰을 힐끔거렸다. 그녀가 눈으로 말하는 것 같았다. '별일 아니에요, 미안해요.'

"제발 그러지 좀 말라고." 데이비드가 계속 잔소리했다.

"내가 자세히 말해서 그래? 어쩌다 보니……."

"이게 다 무슨 일이죠?" 톰이 웃으면서 말렸다. "재니스한테 고향이 어디냐고 물은 건 접니다."

"재니스라고 불러 주셔서 고마워요, 리플리 씨!"

톰은 이제 웃을 수밖에 없었다. 웃어서 분위기가 풀리기를 바랄

뿐이었다.

"들었지, 데이비드?" 재니스가 따졌다.

데이비드가 아까부터 소파 쿠션에 등을 기댄 채 재니스를 말없이 노려보았다.

톰은 술을 홀짝였다. 맛은 괜찮았다. 재킷 주머니에서 담배를 꺼냈다. "이번 달에 휴가 갈 계획은 세우셨나요?"

재니스가 데이비드를 쳐다보았다.

"아뇨. 그럴 계획은 없습니다. 아직 정리해야 할 책 상자가 많아서요. 지금 차고에 죄다 쌓아 두었거든요." 데이비드가 대답했다.

톰은 아까 책장 두 개를 봤었다. 하나는 1층에, 또 하나는 2층에 있었다. 책만 몇 권 꽂혀 있을 뿐 텅 비어 있었다.

"책을 다 가져오지 않았거든요. 나머지 책들이 어디에 있냐면……." 재니스가 재잘거렸다.

"우리가 책이든 겨울 이불이든 어디에 뒀는지 리플리 씨가 듣고 싶어 하실 리가 있을까, 재니스." 데이비드가 말을 잘랐다.

톰은 듣고 싶었지만, 잠자코 있었다.

"리플리 부부께서는 올여름에 어디라도 다녀오실 건가요? 제가 먼발치에서 부인을 한 번 뵌 적이 있어요." 데이비드가 말했다.

"없습니다." 톰은 자신과 엘로이즈가 여태 마음을 정하지 못했다는 듯이 고심하는 척하며 대답했다. "올해는 집에만 있어도 괜찮아요."

"저희는 책을 런던에 거의 두고 왔어요." 재니스가 앉은 자리에서 허리를 꼿꼿이 세운 자세로 톰을 쳐다보며 말했다. "런던에 작은 아파트가 있거든요. 브릭스턴에요."

데이비드 프리처드가 아내를 씁쓸히 쳐다보다가 숨을 고르더니 톰에게 말을 건넸다. "그래서 말인데요, 저희 부부와 겹치는 지인이 있을 것도 같은데, 혹시 신시아 그래드노어라고 아십니까?"

톰은 이름을 듣자마자 알았다. 세상을 떠난 버나드 터프츠의 여자 친구이자 약혼자였던 신시아. 신시아는 버나드를 사랑했지만, 버나드가 더와트 위작을 그린다는 사실을 견디지 못하고 그와 헤어졌다. "신시아가 누구더라……." 톰은 기억을 더듬는 척했다.

"신시아가 벅마스터 갤러리 사람들을 안대요." 데이비드가 부연 설명했다. "안다고 하던데요."

톰은 지금이라면 거짓말 탐지기를 통과하지 못했을 것이다. 심장이 평소보다 빨리 뛰었기 때문이다. "아, 생각났어요. 금발이긴 한데,

금발이 아주 연한 여자 말씀이시죠?" 신시아가 프리처드 부부에게 어디까지 말했을까. 하필이면 이렇게 지루한 사람들에게 말한 이유가 뭘까? 신시아는 말수가 적은 편이었다. 신시아의 사회적 지위에 비하면, 프리처드 부부는 급이 몇 단계는 낮은 계층이었다. 신시아가 톰에게 흠집을 내 망하게 할 작정이었다면, 몇 년 전에 진작 실행에 옮겼을 것이다. 그녀는 더와트 위작에 대해 폭로할 수 있었음에도 절대로 그러지 않았다.

"런던 벅마스터 갤러리 사람들하고 친하시죠?" 데이비드가 물었다.

"제가요?"

"신시아보다는 더 친하시잖아요."

"저는 갤러리 사람들은 전혀 모릅니다. 갤러리에만 몇 번 갔을 뿐이에요. 더와트를 좋아해서요. 누군들 안 좋아하겠습니까만." 톰이 미소를 날렸다. "벅마스터가 더와트를 독점 전시 판매하니까요."

"벅마스터 갤러리에서 여러 점 사셨잖아요?"

"여러 점이라고요?" 톰이 웃음을 터뜨렸다. "그 비싼 더와트를 여러 점? 딱 두 점 샀는데, 그것도 그렇게 비싸지 않을 때 산 겁니다. 아주 예전에요. 지금은 보험을 들어 놓았죠."

몇 초간 정적이 흘렀다. 프리처드가 이제 뭘 물어야 할지 고심하는 것 같았다. 톰은 디키 그린리프인 척 전화한 사람이 재니스였을 거라고 짐작했다. 그녀의 목소리는 날카롭고 변화무쌍하지만, 목소리를 깔면 꽤 묵직한 저음도 낼 수 있을 것이다. 톰의 의심이 맞는 걸까? 프리처드 부부가 톰 리플리의 과거를 최대한 파헤친 다음—신문 아카이브를 뒤져 보거나, 신시아 그래드노어 같은 이들과의 대화를 통해—그저 재미로 톰의 기분을 상하게 하여 톰에게 무슨 자백이든 받아 내려는 걸까? 프리처드 부부의 꿍꿍이를 알면 재미있을 것이다. 톰은 프리처드 부부가 경찰은 아니라고 결론지었다. 하지만 누가 알겠는가. CIA나 FBI 밑에서 일하는 하수인이 있긴 있었다. 리 하비 오즈월드*가 CIA 이중 첩자였는데 케네디 대통령을 암살하기 위한 희생양으로 쓰였다는 풍문이 돌기도 했었다. 프리처드 부부가 돈을 뜯어내려는 걸까? 생각만 해도 끔찍했다.

"한 잔 더 하시겠어요, 리플리 씨?" 데이비드 프리처드가 물었다.

"고맙습니다. 조금만 부탁합니다."

* 존 F. 케네디 대통령 암살범

프리처드가 재니스에겐 물어보지도 않고 자기 잔과 톰의 잔만 챙기더니 주방으로 들어갔다. 식당과 연결되는 주방 문이 열려 있어서, 거실에서 떠들면 주방까지 거뜬히 들릴 것 같았다. 톰은 재니스가 먼저 말해 주기를 기다렸다. 아니, 톰이 먼저 물어봐야 하나?

톰이 말을 꺼냈다. "그럼 부인께서도, 아니, 재니스도 일하시나요, 아니면, 일하셨나요?"

"아, 캔자스에 있을 땐 비서로 일했어요. 그러다가 노래 공부를 시작했죠. 워싱턴에서 발성 연습부터 했어요. 못 믿으시겠지만, 워싱턴엔 보컬 학원이 많거든요. 그러다가 제가……."

"하필 만난 남자가 바로 저였죠. 억세게 재수도 없이." 데이비드가 작은 원형 쟁반에 잔 두 개를 담아 들고나오며 말을 잘랐다.

"당신이 그렇다면 그런 거겠지." 재니스가 일부러 까칠한 말투로 목소리를 내리깔고 읊조렸다. "알고도 남을 테니."

데이비드는 여태 자리에 앉지도 않더니 한 손으로 주먹을 쥐고 반대편 손바닥에 치면서 재니스를 때리는 척했다. 데이비드의 주먹이 재니스의 얼굴과 오른쪽 어깨를 가까스로 비켜 갔다. "버르장머리를 고쳐 놔야겠군." 데이비드의 얼굴에는 웃음기가 없었다.

재니스는 눈 하나 깜빡하지 않고 맞받아쳤다. "언젠가 내게도 차례가 오겠지."

톰은 두 사람이 싸우는 모습을 지켜보고 있었다. 이러다가 둘이 잠자리에서 화해하려나? 상상만 해도 불쾌했다. 두 사람이 어쩌다 신시아를 알게 된 걸까. 만일 프리처드 부부나 신시아 그래드노어처럼 벅마스터 갤러리 관계자들과 친분이 있고 최근에 판매된 더와트 작품 60점이 위작이라는 전말을 아는 사람이 진실을 폭로하는 날이면, 벌레가 득실거리는 통의 뚜껑을 여는 짓과 다를 바 없을 것이다. 뒤늦게 뚜껑을 닫으려고 해 봤자 소용없는 일일 테니 말이다. 고가에 팔려 나간 더와트의 작품들이 이내 쓰레기로 전락할 것이다. 제대로 재현된 위작을 좋아하는 괴팍한 수집가가 있다면 또 모를까. 하지만 그런 괴팍한 수집가처럼 정의니 진정성이니 하는 것들에 냉소를 날릴 이가 이 세상에 과연 몇이나 되겠는가?

"신시아는 잘 지내나요? 성이 뭐였더라…… 그래드노어였던 것 같은데, 맞죠? 본 지 하도 오래돼서. 말수가 별로 없던 사람으로 기억하고 있습니다." 톰은 신시아가 자기를 원망하던 기억도 떠올랐다. 톰은 버나드가 자살한 후에야 버나드에게 더와트 대신 그림을 그려 주면 좋겠다고 권한 사람이 자기였음을 깨달았기 때문이다. 버나드는 명석하게, 그리고 성공리에 위작을 그려 냈다. 런던에 있는 작은 다락방 겸 스튜디오에서 공들여 꾸준하게 작업하던 버나드는 망가질 대로 망가지고 말았다. 더와트를 존경했고 그의 작품을 동경했던 버나드는 결국 자신이 더와트를 배신해 용서받지 못할 지경에 이르렀다고 생각하게 되었고, 신경 쇠약으로 생을 스스로 마감하고 말았다.

데이비드 프리처드는 대답할 생각에 신이 났는지 뜸을 들이고 있었다. 보아하니 데이비드는 톰이 신시아 때문에 불안해져서 신시아에 관한 질문을 퍼붓는다고 착각하는 것 같았다.

"말수가 없다니요? 아니던데요." 데이비드가 드디어 입을 열었다.

"조용한 사람은 아니었어요." 재니스가 활짝 웃으며 거들었다. 지금은 담배를 두 손으로 붙잡고 피우느라 꼼지락거리던 손이 조금은 얌전해지긴 했다. 재니스가 남편과 톰을 갈마보았다.

대체 이게 무슨 소릴까? 신시아가 프리처드 부부에게 다 털어놓았다는 건가? 톰은 믿을 수가 없었다. 신시아가 정말 그랬다면, 톰은 프리처드 부부가 아예 대놓고 물을 때까지 기다리기로 했다. '벅마스터 갤러리가 최근 60점의 더와트 작품이 위작인지 알면서도 사기를 쳤다면서요?'

"신시아가 결혼은 했던가요?" 톰이 물었다.

"한 것 같던데요, 아닌가, 데이비드?" 재니스가 왼손 손바닥으로 오른쪽 팔뚝을 계속 쓸며 물었다.

"기억이 안 나. 우리가 두 번 봤는데, 그때마다 혼자였잖아."

봤다니, 어디서 봤다는 걸까? 그렇다면 누가 신시아를 둘에게 소개해 주었을까? 톰은 민망했는지 더는 캐묻지 않았다. 재니스의 팔에 멍이 든 걸까? 그래서 8월 찜통더위에 촌스러운 긴소매 면 블라우스를 입은 걸까? 남편한테 맞아서 생긴 멍을 감추려고? "미술 전시회에는 종종 가시나요?"

"미술이라뇨, 하! 하!" 데이비드가 아내를 힐끔거리더니 진짜로 웃음을 터뜨렸다.

재니스는 담배를 다 피우더니 무릎을 붙인 채 또다시 손가락을 꼼지락거렸다. "그런 얘기 말고 더 즐거운 얘기 해요, 우리."

"미술보다 더 즐거운 얘기가 있나요?" 톰이 웃으며 반문했다. "세잔의 풍경화를 보고 있으면 얼마나 좋은데요! 밤나무, 시골길, 포근한 주황색으로 칠한 집 지붕." 톰이 온화하게 미소를 지었다. 톰은 일어나야 할 시간이 됐는데도, 무슨 말을 해야 더 캐낼 수 있을지 고민하고 있었다. 재니스가 접시를 내밀자, 톰은 치즈 카나페를 하나 더 집어 들었다. 사진작가인 제프 콘스턴트와 프리랜서 기자인 에드 밴버리 얘기는 입도 뻥끗하지 않을 작정이었다. 제프와 에드는 버나드 터프츠가 그린 더와트의 위작을 팔아 벌어들인 돈으로 몇 년 전 벅마스터 갤러리를 아예 인수했다. 버나드가 그린 위작이 팔릴 때마다 톰도 수익금을 받았는데, 최근엔 그 금액이 꾸준히 줄어들었다. 버나드 터프츠가 사망한 이후 더는 위작을 생산할 수 없으니 수익금이 줄어드는 게 당연했다.

톰이 진심을 담아 얘기한 세잔에 대한 감상을 프리처드 부부는 조금도 공감하지 못했다. 톰이 손목시계를 확인했다. "아내가 기다리고 있을 테니 이만 가 보겠습니다."

"지금은 못 가시게 저희가 막아서면 어쩌실 건가요?" 데이비드가 물었다.

"절 못 가게 막으신다고요?" 톰이 일어서며 물었다.

"붙잡고 안 보내드리는 거죠."

"어머나, 데이비드. 리플리 씨한테 장난치는 거야?" 재니스가 당황한 표정을 고스란히 드러내며 안절부절못하더니 머리를 살짝 비딱하게 두고 웃었다. "리플리 씨는 장난을 싫어하셔!" 그녀가 이번에도 소리를 꽥 질렀다.

"리플리 씨는 장난을 꽤 좋아하실 텐데." 이제 데이비드 프리처드가 소파에 앉은 채 허리를 꼿꼿이 세웠다. 튼실한 허벅지가 눈에 들어왔다. 그가 큼직한 손을 옆구리에 올리고 있었다. "보내 드릴 마음이 없으니 지금은 가실 수 없습니다. 게다가 전 유도도 하거든요."

"그러시구나." 현관, 그러니까 톰이 들어온 문은 6미터 뒤에 있었다. 톰은 데이비드와 싸우고 싶지 않았다. 그럼에도, 싸워야 할 상황이 닥치면 자기 몸을 지킬 준비는 되어 있었다. 여차하면 두 사람 사이에 놓인 재떨이를 집어들 것이다. 로마에 있을 때 재떨이로 이마를 찍어서 프레디 마일스를 제대로 보내 버린 적이 있었다. 그것도 한 방에. 그렇게 프레디는 죽었다. 톰은 데이비드를 쳐다보았다. 지겨운 인간, 살만 뒤룩뒤룩 찐 놈. 매일같이 시답잖고 따분한 녀석. "가 보겠습니다. 정말 고마웠어요, 재니스. 프리처드 씨도요." 톰이 웃으며 돌아섰다.

등 뒤에서 아무 소리도 나지 않는데도 톰은 복도로 나가는 문 앞에서 뒤를 돌아보았다. 데이비드 프리처드는 자기가 무슨 장난을 치려 했었는지 까먹은 듯이 톰이 있는 쪽으로 걸어오고 있었다. 재니스는 옆에서 부산을 떨었다. 톰이 말했다. "동네에서 필요한 물건을 사야 하실 텐데, 마트나 철물점 위치는 아시죠? 뭐라도 사려면 모레로 가는 게 최곱니다. 거기가 그나마 제일 가깝거든요."

알겠다는 대답이 돌아왔다.

"그린리프 씨하고는 연락하시나요?" 데이비드 프리처드가 더 크게 보이려고 그러는 건지, 턱을 추켜들고 물었다.

"가끔요." 톰은 여전히 무표정한 얼굴을 유지했다. "그린리프 씨를 아세요?"

"어느 그린리프 말씀이신가요?" 데이비드가 장난치듯 무례하게 되물었다.

"그렇다면 그린리프 씨가 누군지 모르시는 거네요." 톰이 대답한 다음 고개를 들자, 거실 천장에 반사돼 어른거리는 둥근 형체가 보였다. 해가 숲으로 거의 넘어가고 있었다.

"비가 오면 빠져 죽을 만큼 연못 물이 불어나요!" 톰이 쳐다보는 걸 봤는지, 재니스가 재잘거렸다.

"깊이가 얼마나 되죠?"

"1.5미터는 넘을걸요. 바닥이 질척거려서 헤치며 걸을 수가 없어요." 데이비드가 앞니를 드러내며 씩 웃었다.

데이비드가 유쾌하고 천진한 사람이라 저렇게 웃는 건지는 모르겠지만, 톰은 이제야 데이비드를 조금은 더 파악할 수 있었다. 톰은 계단을 따라 잔디밭으로 내려섰다. "두 분 고맙습니다. 또 뵙죠."

"당연히 그래야죠! 와 주셔서 고맙습니다." 데이비드가 말했다.

이상한 사람들이군, 톰은 집으로 차를 몰고 가면서 생각했다. 이제는 그가 미국의 현실이라면 하나도 모르는 사람이 되어 버린 걸까? 미국의 작은 마을 어디를 가든 프리처드 부부처럼 웃기지도 않는 콤플렉스 덩어리가 사는 걸까? 허리둘레가 2미터가 넘을 때까지 꾸역꾸역 음식을 입에 쑤셔 넣는 열여섯, 열일곱 살짜리 아이들이 어딜 가든 있는 것처럼 말이다. 주로 플로리다와 캘리포니아에 그런 청소년이 많다는 기사를 어디선가 읽은 기억이 났다. 그런 초고도 비만인은 폭식을 멈추고 식단을 엄격히 지키다가 뼈만 남게 되면 또다시 폭식을 반복한다고 하는데, 톰은 그것도 일종의 자기 강박이라 여겼다.

톰이 차를 몰고 열린 대문을 통과해 벨옹브르의 앞마당으로 들어서자, 자갈이 밟히며 마음을 달래 주는 소리가 났다. 차고 왼편이자 빨간 벤츠 옆에 차를 나란히 세웠다.

노엘과 엘로이즈가 거실 노란 소파에 앉아 있었다. 노엘의 여전한 웃음소리가 쩌렁쩌렁하게 울려 퍼졌다. 오늘 저녁에 노엘은 가발은 쓰지 않고 자신의 검정 생머리를 길게 늘어뜨리고 있었다. 노엘은 가발을 즐겨 썼는데 거의 변장하는 수준이었다. 노엘이 어떤 모습으로 나타날지 톰으로서는 좀처럼 예상할 수 없었다.

"두 미녀가 여기에 계셨네, 나 왔어요! 잘 지내셨죠, 노엘?"

"덕분에요. 잘 지내셨죠?"

"인생을 주제로 토론하고 있었어." 엘로이즈가 영어로 말했다.

"이런, 그렇게나 심오한 주제를!" 톰이 불어로 말을 이었다. "나 때문에 저녁 식사가 늦어진 건 아니지?"

"전혀!" 엘로이즈가 말했다.

톰은 지금 소파에 앉아 있는 아내의 가녀린 몸매를 감상하는 게 좋았다. 엘로이즈는 맨발이었는데, 왼발을 오른쪽 무릎 위에 척 올려놓고 있었다. 신경을 곤두세운 채 몸을 가만히 두지 못하던 재니스 프리처드와는 달랐다. "괜찮다면, 저녁 먹기 전에 전화부터 걸고 싶은데."

"얼마든지!" 엘로이즈가 말했다.

"그럼 실례." 톰은 돌아서서 계단을 올라 자기 방으로 들어갔다. 조금 전에 불쾌한 일을 겪었으니 욕실에 가서 재빨리 손부터 씻었다. 이건 버릇이었다. 오늘 밤에는 이 욕실을 엘로이즈와 같이 써야 한다. 엘로이즈가 자기 욕실을 손님에게 내주었기 때문이다. 톰은 욕실에서 엘로이즈의 침실로 나가는 문이 잠기지 않은 걸 확인했다. '지금은 못 가시게 저희가 막아서면 어쩌실 건가요?' 돼지 같은 프리처드가 이 말을 꺼내는 순간, 톰은 기분이 확 상했다. 재니스가 톰에게 시선을 고정하고 있었는데, 남편 편을 든 건가? 그랬던 것 같았다. 재니스가 자기도 모르게 남편 편을 든 것 같았다. 대체 이유가 뭘까?

톰은 핸드 타월을 수건걸이에 다시 걸어 놓고 전화기로 걸어갔다. 갈색 가죽 주소록을 뒤적거려야 했다. 제프 콘스턴트나 에드 밴버리의 전화번호를 외우지 못했기 때문이다.

먼저 제프한테 걸어야지. 제프는 여전히 NW8에 살았는데, 그곳에 그의 사진 스튜디오가 있었다. 오후 7시 22분. 톰이 다이얼을 돌렸다.

신호가 세 번 울리자, 자동 응답기로 넘어가면서 제프의 목소리가 흘러나왔다. 톰은 볼펜을 쥐고 번호를 받아 적었다. "밤 9시까지는 제가……."

파리 시각으로 밤 10시. 톰은 받아 적은 번호로 전화를 걸었다. 어떤 남자가 받았다. 파티가 한창인지 뒤로 소음이 깔렸다.

"제프 콘스턴트 씨 계십니까? 사진작가요!"

"아, 그 사진작가! 잠시만요. 성함이 어떻게 되시나요?"

톰은 이름을 밝히기 싫었다. "그냥 톰이라고 전해 주세요."

한참 기다린 끝에 제프의 목소리가 들렸다. 약간 숨이 찬 듯했고, 파티장 소음은 여전했다. "톰이군요! 다른 톰인 줄 알고……. 결혼식 끝나고 피로연 하는 중이에요. 무슨 일 있어요?"

톰은 지금 뒤로 소음이 깔리는 게 좋았다. 제프가 목청을 높이며 귀를 기울여야 했기 때문이다. "혹시 데이비드 프리처드라는 남자 알아요? 미국인인데 서른다섯 살쯤 됐고, 머리는 검어요. 금발의 아내는 재니스라고 하던데요?"

"모르겠는데요."

"그럼 에드 밴버리한테 물어봐 줄래요? 에드하고 연락은 하죠?"

"그럼요. 물어볼게요. 에드가 얼마 전에 이사 가는 바람에 내가 아직 새 주소와 전화번호를 몰라요."

"잘 들어요. 그 미국인 부부가 우리 동네에 집을 구했는데, 최근에 신시아 그래드노어를 만났대요. 런던에서요. 그러면서 은근히 내 속을 긁는 말을 하더군요. 프리처드 부부가요. 버나드…… 얘기는 일절 하진 않았지만요." 톰은 버나드 이름을 말하다 말고 침을 삼켜야 했다. 제프의 머리 굴리는 소리가 톰의 귀까지 들리는 듯했다. "그 부부가 어쩌다 신시아를 만나게 됐을까요? 신시아가 갤러리에 들릅니까?" 올드본드 스트리트에 있는 벅마스터 갤러리 얘기였다.

"아뇨." 제프가 딱 잘라서 말했다.

"사실 그 남자가 신시아를 진짜로 만났는지도 모르겠어요. 만일 만났다고 해도, 그 남자가 신시아와 관계있다는 얘기를……."

"더와트하고 관계있다는 소린가요?"

"그걸 모르겠어요. 신시아가 나쁜 년이 되기로 마음먹은 건 아닐까요? 그 일을 폭로해서……." 톰은 말을 끊었다. 데이비드가 혼자, 혹은 아내와 작당하고 톰에 대해 벼락치기로 공부하다가 디키 그린리프 일까지 파고들었다는 생각이 드는 순간, 소름이 끼쳤다.

"신시아는 그런 여자가 아니에요." 정신을 쏙 빼는 소음이 깔리는 와중에도 제프가 듬직하고 진심 어린 음성으로 말했다. "있잖아요, 내가 에드를 슬쩍 떠본 다음에……."

"가능하면 오늘 밤에 물어보고 전화해 줘요. 시간은 상관없어요. 난 런던 시각으로 자정까지는 깨어 있을 겁니다. 그리고 내일은 종일 집에만 있을 거예요."

"프리처드라는 작자가 무슨 일을 벌일까요?"

"좋은 질문이군요. 나쁜 짓을 하겠죠. 정확히 무슨 짓이냐고는 묻지 말아요. 아직은 모르니까."

"그럼 그 남자가 자기가 말한 것보다 더 많이 알고 있다는 건가요?"

"그럴 겁니다. 그리고, 신시아가 날 미워한다는 얘기는 굳이 말 안 해도 알죠?" 톰은 최대한 목소리를 깔고 말했지만 들리긴 들렸다.

"신시아는 우릴 미워하지 않아요! 아무도 안 미워해요! 내가 하든 에드가 하든, 다시 전화할게요, 톰."

통화가 끝났다.

그제야 아네트 여사가 차려 준 저녁을 먹었다. 재료가 쉰 가지는 들어간 듯한 맑은 수프는 기막히게 맛이 좋았다. 마요네즈와 레몬을 곁들인 가재 요리를 먹으며 화이트 와인을 마셨다. 밤이 됐는데도 여전히 후텁지근해서 프렌치 도어를 계속 열어 두었다. 여자들이 북아프리카 얘기를 떠들었다. 노엘 하슬러는 최소 한 번은 그곳으로 여행을 다녀온 적이 있는 것 같았다.

"택시에 미터기가 없어서 기사가 달라는 대로 요금을 줘야 해……. 날씨가 얼마나 좋던지!" 노엘이 황홀해하며 두 손을 들어 올리더니 흰 냅킨을 집어 들고 손톱을 문질렀다. "바람이 부는데 기분이 참 좋더라! 찜통더위는 아니야. 온종일 바람이 불거든……. 아, 그리고 맞다! 불어를 써! 누가 아라비아어를 쓰겠어?" 노엘이 웃음을 터뜨렸다. "불어로 해도 될 거야. 어디서든 다 통해!"

노엘이 몇 가지 팁도 알려 주었다. 미네랄워터를 마실 때는 플라스틱병에 든 신디 어쩌고라고 적힌 상표를 고를 것. 배탈이 나면 이모디움이라는 약을 사 먹을 것.

"항생제를 사 오면 좋아. 처방전 없이도 살 수 있거든." 노엘이 신나서 떠들었다. "루비트라신이라는 약은 게다가 저렴하다니까! 개봉만 안 하면 유효 기간이 5년이나 돼! 그래서……."

엘로이즈가 이야기에 흠뻑 취해 있었다. 새로운 곳에 가는 걸 워낙 좋아하는 사람이었다. 그녀의 부모가 과거 프랑스의 식민지였던 미국에 그녀를 한 번도 데려가지 않았다는 게 놀라울 따름이었다. 플리송 부부는 휴가 때마다 유럽에 가는 걸 선호했던 것으로 보였다.

"프리커츠 부부는 어땠어, 여보?" 엘로이즈가 물었다.

"프리처드야. 데이비드와 재니스 프리처드. 아무튼……." 톰이 노엘을 쳐다보았다. 노엘은 그저 예의상 듣고만 있었다. "전형적인 미국인이더라. 데이비드는 퐁텐블로에 있는 인시아드에서 마케팅을 전공한대. 재니스는 뭐 하면서 시간을 보내는지 모르겠어. 가구가 얼마나 볼품없던지."

노엘이 웃음을 터트렸다. "얼마나 별로였는데요?"

"촌스럽더라고요. 마트에서 샀는지 조잡하고." 톰이 얼굴을 찌푸렸다. "그래서 그런지, 프리처드 부부가 별로 마음에 안 들었어요." 톰이 부드럽게 마무리 지으며 미소를 지었다.

"아이는?" 엘로이즈가 물었다.

"없어. 게다가 우리가 좋아하는 부류도 아니야, 여보. 나 혼자 가서 얼마나 다행이었는지 몰라. 당신까지 굳이 그 자리에서 버티고 앉아 있을 필요는 없었으니까." 이제야 톰이 웃음을 터뜨리더니 와인 병으로 손을 뻗어 잔에 조금 더 붓고 흥을 더했다.

저녁을 먹은 후, 셋이서 불어 단어를 맞추는 보드게임을 했다. 머리를 비우고 싶었던 톰에게 딱 맞는 게임이었다. 그런데 제프가 말했던 것처럼, 별 볼 일 없는 데이비드 프리처드가 앞으로 무슨 일을 벌일까 하는 불안감으로 온통 머리가 꽉 차고 말았다.

12시가 되자 톰은 2층으로 올라가서 잠자리에 들 준비를 했다. 토요일과 일요일 통합으로 발행하는 오늘 자 주말판 『르 몽드』와 『트리브』를 볼 생각이었다.

얼마나 지났을까. 어둠 속에서 톰의 전화기가 울렸다. 벨 소리에 톰은 눈을 떴다. 혹시 밤늦게 전화가 올지도 모르니 엘로이즈의 방에 있는 전화기 코드는 빼 놓으라고 했던 게 곧장 떠올랐다. 뿌듯했다. 엘로이즈와 노엘은 늦게까지 수다를 떨다가 잠이 들었다.

"여보세요?"

"안녕하세요, 톰! 에드 밴버리입니다. 너무 늦었죠? 조금 전에야 제프한테 얘기를 들었거든요. 중요한 일인 것 같아서요." 에드의 경쾌하고 정확한 발음이 평소보다 더 또렷하게 들렸다. "성이 프리처드라고요?"

"네. 아내도 있던데, 우리 동네에 집을 구했더라고요. 자기들이 신시아 그래드노어를 만났대요. 혹시 뭐 아는 거 있어요?"

"아뇨. 하지만 그 남자에 대해 들어는 봤어요. 닉 홀이라고, 우리 갤러리에 새로 들어온 매니저가 있어요. 닉이 그러는데, 어떤 미국 사람이 갤러리로 찾아와 머치슨에 대해 물어봤대요."

"머치슨이라니!" 톰은 조용히 읊조렸다.

"네. 놀랄 일이죠. 닉은 우리 갤러리에서 일한 지 1년도 채 되지 않아서 실종된 머치슨에 대해서는 아무것도 몰라요."

에드 밴버리는 머치슨이 진짜로 실종됐다는 듯이 말했다. 톰이 죽였는데도 말이다. "하나만 물을게요, 에드. 혹시 프리처드가 내 얘기를 물어보거나 무슨 말이라도 했답니까?"

"그건 모르겠지만, 닉한테 물어봐서 괜한 의심을 살 필요는 없잖아요." 이쯤에서 에드가 화통하게 웃음을 터뜨렸다. 옛날 모습 그대로였다.

"그럼 닉이 신시아 얘기는 하던가요? 프리처드가 신시아 얘기를 꺼냈다든가?"

"아뇨. 제프가 말하길, 닉은 신시아를 모를 거래요."

톰은 에드가 신시아하고 꽤 가까운 사이였음을 알고 있었다. "프리처드가 신시아를 어쩌다 만나게 됐는지 알아보는 중이에요. 혹시 모르니, 진짜로 만났는지도 확인해 봐야죠."

"프리처드라는 남자가 대체 왜 난리를 치는 거죠?" 에드가 물었다.

"내 과거를 캐는 것 같아요. 눈이나 멀었으면. 어둠 속을 헤매다가 아무 데나 빠져 죽었으면."

에드가 풋 웃음을 내뱉었다. "그 남자가 버나드 얘기도 하던가요?"

"안 해서 천만다행이에요. 머치슨 얘기도 안 했어요. 나한테는요. 그냥 술 한잔 같이했는데, 프리처드가 날 슬슬 긁더군요. 멍청한 자식."

둘 다 짧게 웃음을 터트렸다.

"하나만 더 물읍시다. 닉이 버나드 일도 압니까?"

"모를걸요. 알지도 모르지만요. 만약 안다고 해도, 닉은 속으로만 의심하고 말 사람이에요."

"의심? 우리가 협박당하게 생겼다고요, 에드. 닉은 아예 의심하면 안 돼요. 혹시라도 닉이 의심한다면, 우리하고 한배에 태워야 해요. 반드시."

에드가 한숨을 내쉬었다. "닉이 의심한다고 볼 이유가 없어요, 톰. 우리와 닉을 둘 다 아는 지인들이 있는데, 닉은 원래 작곡가가 되려 했지만 잘 안 됐대요. 그런데도 아직도 그 꿈을 놓지 않는대요. 돈은 벌어야 하니 우리 갤러리에서 일하게 된 거죠. 그래서 그런지 닉은 그림이라면 아는 것도 없고, 좋아하지도 않아요. 갤러리에서는 수기로 가격표를 적는 간단한 일만 하고 있어요. 만일 아주 흥미진진한 일이 생긴다면 나하고 제프한테 전화할 겁니다."

"닉은 나이가 어떻게 되나요?"

"서른쯤 됐고, 브라이턴 출신입니다. 가족이 거기에 살아요."

"닉한테 신시아에 대해서는 아무것도 묻지 말아요." 톰은 혼잣말하듯 말했다. "내가 걱정하는 건, 신시아가 무슨 말을 했을지도 모른다는 거예요. 신시아는 모르는 게 없잖아요, 에드." 톰이 목소리를 아주 작게 줄였다. "신시아가 뻥끗하는 순간, 소문이 눈덩이처럼 불어나……."

"신시아는 그런 사람이 아니에요. 내가 장담합니다. 자기가 입을 열었다간 버나드가 어떻게든 다칠 거라고 걱정하는 사람이에요. 추억을 소중히 지키려는 사람이라고요. 일종의 존경이랄까."

"가끔 얼굴은 보나요?"

"아뇨. 신시아는 갤러리에 얼씬도 안 해요."

"그럼 결혼했는지 모르겠네요?"

"몰라요. 여전히 그래드노어라는 성을 쓰는지 전화번호부에서 찾아보면 돼요."

"음, 좋네요. 찾아봐 줘요. 내가 기억하기론 신시아가 베이스워터에 살았던 것 같아요. 주소는 모르지만요. 만일 프리처드가 신시아를 어쩌다 만났는지 알게 되면, 만난 게 사실이라면, 나한테 알려 줘요, 에드. 이게 중요할지도 모릅니다."

에드 밴버리가 알려 주겠다고 약속했다.

"아, 그리고 전화번호 알려 줘요, 에드." 톰이 에드의 전화번호를 받아 적고, 새로 이사 간 집 주소도 적었다. 코번트가든 근처였다.

두 사람은 서로의 안녕을 빈 다음 전화를 끊었다.

톰은 도로 침대에 누웠다. 혹시나 통화하는 소리에 누가 깼을지도 모르니 복도에서 소리가 나나 잠시 귀를 기울여 보기도 하고, 문 밑으로 빛이 새어 나오는지도 살펴보았다. 그런 기미는 보이지 않았다.

제기랄, 머치슨이라니! 머치슨은 빌페르스에 있는 톰의 자택에서 하룻밤 묵은 후 실종됐다. 그의 짐 가방은 오를리 공항에서 발견되었지만, 그걸로 끝이었다. 아마도, 아니, 단언컨대, 머치슨은 예약한 비행기에 타지 않았다. 사실 머치슨은, 그러니까 그의 시신은 빌페르스에서 그리 멀지 않은 루앙강이나 루앙강과 연결되는 운하 바닥에 누워 있었다. 벅마스터 갤러리 관계자인 에드와 제프는 톰에게 최소한의 것들만 물어봤었다. 더와트의 위작이 어디선가 만들어지고 있다고 의심하던 머치슨이 제거된 덕분에 모두 살아남을 수 있었다. 그 바람에 톰의 이름이 신문에 실리긴 했지만, 톰이 머치슨을 오를리 공항까지 태워다 주었다는 그럴싸한 알리바이를 제시하자 톰의 이름은 이내 사라졌다.

톰이 죽여 놓고 후회하는 사람이 한 명 더 있다면 바로 머치슨이었다. 톰은 머치슨을 죽일 수밖에 없었다. 마피아 둘을 목 졸라 죽일 때와는 달랐다. 그때는 짜릿했고 뿌듯했었다. 버나드 터프츠는 톰이 벨옹브르 집 뒤에 얕게 묻어 놓은 머치슨의 시신을 도로 파내는 일을 거들었다. 그보다 며칠 앞서 톰이 혼자서 처리했을 때는 땅을 충분히 깊이 파지도 않았고, 마음 놓을 만한 위치도 아니었다. 쥐 죽은 듯이 고요하던 어느 밤, 톰과 버나드는 머치슨을 파내 방수포에 싼 다음 스테이션왜건에 싣고 루앙강에 있는 어느 다리로 향했다. 시신에 돌덩이를 쑤셔 넣었는데도 둘이서 머치슨을 들어 난간 위로 넘기는 건 그리 어렵지 않았다. 버나드는 군인처럼 톰이 시키는 대로 했다. 그랬던 버나드가 감당할 수 없는 공포심에 휩싸이고 다른 걱정까지 얹히자 혼자 비행기를 타고 떠났다. 자신의 우상이었던 더와트의 화풍을 일부러 재현해 수년간 60~70점에 달하는 유화와 셀 수 없이 많은 소묘를 그렸다는 사실에서 오는 양심의 무게를 견디지 못한 것이다.

머치슨 사건으로 경찰이 조사하던 시기에 영국이나 미국 신문(머치슨이 미국인이라서)에 신시아 그래드노어라는 이름이 실린 적이 있었나? 없었던 것 같았다. 머치슨 실종과 관련해, 버나드 터프츠의 이름이 언급된 적도 결단코 없었다. 머치슨은 더와트의 작품이 위작이라는 자신의 주장을 설파하려고 테이트 미술관 관계자와 만나기로 약속을 잡아 놓았던 거로 톰은 기억하고 있었다. 머치슨이 처음으로 벅마스터 갤러리로 찾아오자, 갤러리 관장인 에드 밴버리와 제프 콘스턴트는 머치슨과 얘기를 나눈 직후 톰에게 이 사실을 알렸다. 톰은 두 사람을 도우려고 그날로 런던으로 날아가 더와트로 변장한 다음, 진품이 맞는다고 몇 가지 그림을 확인해 주는 일을 성공리에 마쳤다. 머치슨은 톰이 소장하고 있는 더와트 작품 두 점을 확인하겠다며 프랑스에 있는 톰의 자택으로 가겠다고 했다. 미국에 있는 머치슨 부인의 제보로, 머치슨이 마지막에 만난 사람으로 톰이 지목되었다. 파리로 떠나기 전 머치슨이 런던에서 아내에게 전화해, 프랑스 빌페르스에 사는 톰 리플리의 집으로 갈 거라고 말한 게 분명했다.

톰은 머치슨이 지하 와인 저장고 바닥에 쿵 쓰러지는 순간 와인과 피가 뒤범벅되는 모습이, 버나드 터프츠가 너덜너덜한 앵클부츠를 신고 잘츠부르크 벼랑 끝까지 터덜터덜 걸어가다가 사라지는 모습이 그날 밤 악몽으로 등장할 거라 예상했다. 그런데 꿈은 꾸지도 않았다. 그런 걸 보면, 꿈과 잠재의식이라는 게 얼마나 변덕스럽고 제멋대로인지. 덕분에 톰은 푹 잘 수 있었다. 다음 날 눈을 뜨자, 유난히 상쾌하고 몸이 가뿐했다.

5

톰은 샤워하고 면도하고 옷을 입은 다음, 8시 반이 되자마자 아래층으로 내려갔다. 아침에 해가 났지만, 아직 더위는 시작되지 않았다. 싱그러운 바람이 불어오자 자작나무 이파리가 펄럭였다. 아네트 여사가 일어나 주방에서 일하며 빵을 보관하는 상자 옆에 있는 작은 휴대용 라디오를 틀어 놓고 있었다. 뉴스도 듣고, 게스트와 이야기를 나누며 팝송도 틀어 주는 방송도 듣는 용도였는데, 이런 프로그램이 프랑스 라디오에는 많았다.

"여사님! 좋은 아침이네요. 생각해 봤는데요, 하슬러 부인이 오늘 아침에 가실 테니 아침은 든든히 먹을까 해요. '코들드 에그'*가 어떨까요?" 톰은 불어로 말하다가 '계란찜'만 영어로 말했다. 계란찜을 뜻하는 영어 단어를 불어로 그대로 번역하면 말이 통하지 않았다.** "내가 불어로 고스란히 옮겨서 '외프 도를로테'***라고 번역하는 바람에 말이 통하지 않아서 답답해했던 거, 기억하시죠? 레미킨****에 담아서 만들어 주세요. 레미킨이 어디에 있는지는 내가 압니다." 톰이 찬장에서 그릇을 꺼냈다. 여섯 개가 한 세트였다.

"아, 맞다, 기억나요. 레미킨에 담아서 4분만 찌면 돼요."

"일단, 계란찜을 먹겠느냐고 두 사람한테 먼저 물어봐야겠어요. 내가 마실 커피도 부탁합니다. 커피가 제일 당기네요." 아네트 여사가

* coddled egg. 그릇에 담아 살짝 익힌 계란찜
** coddle에 '애지중지하다'라는 뜻도 있기 때문이다.
*** Oeuf dorloté. 애지중지한 달걀
**** 작은 도자기 그릇

주전자에서 방금 끓인 물을 커피 메이커 필터에 붓는 동안 톰은 잠시 기다렸다. 그러고는 커피를 쟁반에 담아 거실로 나갔다.

톰은 뒤뜰을 내다보며 서서 커피를 마시는 게 좋았다. 생각이 이리저리 흘러갔다. 정원에서 해야 할 일들도 정리해 보았다.

잠시 후, 톰은 정원에 나가 허브 밭으로 들어가 파슬리를 잘랐다. 계란찜을 먹자는 그의 제안에 여자들이 응할 때를 대비한 것이다. 레미킨에 달걀을 하나 깨서 넣고 다진 파슬리와 버터를 섞고 소금과 후추를 뿌린다. 그런 다음 뚜껑을 덮어서 뜨거운 물에 중탕하면 되었다.

"안녕하세요, 톰! 벌써 일하시는 거예요? 좋은 아침이에요!" 노엘이 검은 면바지에 보라색 셔츠를 받쳐 입고 샌들을 신은 차림으로 인사했다. 영어 실력이 괜찮은데도 노엘은 톰에게 번번이 불어로 말을 걸었다.

"잘 잤어요? 할 일이 많아서요." 톰이 파슬리 바구니를 내밀었다. "맛 좀 볼래요?"

노엘이 파슬리 줄기를 하나 집어 들더니 씹기 시작했다. 바지런하게도 눈두덩이에 하늘색 섀도를 칠하고 입술에는 연한 립스틱까지 바르고 나왔다. "오, 향긋해요! 혹시 말인데요, 엘로이즈하고 어젯밤에 저녁을 먹고 늦게까지 얘기했는데요. 제가 파리에서 두어 가지 일을 정리한 후에 두 분과 탕헤르에서 합류할까 해요. 두 분은 다음 주 금요일에 출발하시잖아요? 전 토요일이면 갈 수 있어요. 괜찮으시다면 닷새는……."

"놀라긴 했지만 정말 좋은데요! 모로코도 잘 아실 테니 아주 잘됐네요!" 톰은 진심이었다.

두 여자가 아침으로 계란찜을 먹었다. 그리고 든든하게 토스트도 더 먹고 차와 커피도 더 마셨다. 세 사람이 식사를 마칠 무렵, 아네트 여사가 주방에서 나오더니 소식을 전했다.

"리플리 씨. 꼭 아셔야 할 일이 생겼어요. 웬 남자가 길 건너편에서 벨옹브르 사진을 찍고 있어요." 아네트 여사는 벨옹브르를 추앙하듯 발음했다.

톰이 자리에서 일어났다. "실례하겠습니다." 톰은 엘로이즈와 노엘에게 양해를 구했다. 누군지 알 것 같았다. "고마워요, 여사님."

톰이 주방 창으로 다가가 밖을 내다보았다. 아니나 다를까, 덩치 좋은 데이비드 프리처드가 길 건너편 기울어진 나무 그늘에 서 있다가 햇볕으로 걸어 나와 눈에 카메라를 대고 그의 집을 찍고 있었다. 그 나무는 톰이 아끼는 나무였다.

"우리 집이 근사해 보이나 보죠." 톰은 실제 기분보다 훨씬 차분하게 여사에게 말했다. 집에 총이 있다면, 그리고 그 책임을 면할 수만 있다면, 톰은 데이비드 프리처드를 향해 기꺼이 방아쇠를 당겼을 것이다. 톰이 어깨를 으쓱했다. "저 남자가 마당으로 들어선다면 상황이 달라지니 그때 다시 알려 줘요." 톰이 웃으며 덧붙였다.

"리플리 씨. 저 남자가 관광객일지도 모르지만, 아마 빌페르스에 사는 사람일 거예요. 저쪽 동네에 집을 구해서 새로 이사 왔다는 미국인 부부일 거라고요." 아네트 여사가 방향을 제대로 가리키며 말했다.

좁은 동네라 소문 한번 빠르군. 대부분의 가정부는 자기 차는 없어도 창문과 전화기는 갖고 있었다. "진짭니까?" 톰은 대답하면서도 괜히 미안했다. 아네트 여사가 알지도 모른다. 아니, 조만간 알게 될 것이다. 톰이 어제저녁에 바로 저 미국인 집에 가서 식전주를 마시고 왔다는 것을. "별일 아닐 겁니다." 톰은 이렇게 말하고 거실로 돌아갔다.

엘로이즈와 노엘이 거실 전면 유리창으로 밖을 내다보고 있었다. 노엘은 기다란 커튼을 뒤로 살짝 잡아당긴 채 웃으며 엘로이즈에게 말하고 있었다. 이제 주방에서 한참 떨어진 자리까지 온 톰은 아네트 여사에게 들리지 않을 텐데도 계속 뒤를 힐끔거리다가 입을 열었다. "저 남자, 미국인이야." 톰이 조용히 불어로 말했다. "데이비드 프리처드."

"당신이 어제 만났다는 남자?" 엘로이즈가 고개를 뒤로 홱 돌리더니 톰을 정면으로 쳐다보았다. "그런데 우리 집 사진은 왜 찍는 거야?"

프리처드가 정신없이 카메라 셔터를 누르며 길을 건너더니, 그 유명한 오솔길이 시작되는 지점까지 왔다. 그 길은 주인이 없는 땅이었다. 주변에 있는 나무와 풀숲 때문에 오솔길에서는 벨옹브르를 제대로 찍을 수 없을 것이다.

"뭐랄까, 저 남자는 남을 괴롭히면서 쾌감을 얻는 부류 같더라. 내가 뛰쳐나가 짜증 내면 좋아할걸. 그래서 가만히 있으려고." 톰은 재미있다는 듯이 노엘을 쳐다보더니 식탁으로 가서 그 위에 놓인 담배를 집어 들었다.

"우리가 내다보는 걸 저 남자가 봤을걸." 엘로이즈가 영어로 말했다.

"잘했어." 톰은 이제야 오늘의 첫 담배를 입에 물었다. "내 말이 맞을 거야. 내가 밖으로 나가서 왜 사진을 찍느냐며 따지면, 저 남잔 신이 날 거야."

"진짜로 이상한 남자네요!" 노엘이 말했다.

"그러게요." 톰이 대답했다.

"어제저녁에 이 집 사진을 찍고 싶다는 말은 안 했어요?" 노엘이 연달아 물었다.

톰은 고개를 저었다. "아뇨. 우리, 저 남자는 무시합시다. 아네트 여사님한테는 혹시라도 저 남자가 우리 집 안으로 발을 디디면 곧장 알려 달라고 했어요."

셋이 다른 화제로 넘어갔다. 북아프리카를 여행할 때 여행자 수표와 비자 카드 중에 뭐가 나을까. 톰은 둘 다 조금씩 번갈아 가며 쓰는 게 낫다고 했다.

"둘 다 조금씩이요?" 노엘이 물었다.

"비자 카드는 안 받고 아메리칸 익스프레스만 받는 호텔이 있어요. 여행자 수표는 안 받는 데가 없지만요." 톰이 프렌치 도어에 가까운 테라스에 나와 있어서, 오솔길이 있는 잔디밭 좌측부터 온실이 조용히 자리 잡은 오른쪽까지 한눈에 훑어볼 수 있었다. 사람의 형상이나 움직임은 보이지 않았다. 톰은 신경을 곤두세운 모습을 아내에게 들킨 것 같았다. 프리처드가 차는 어디에 세워 뒀을까? 재니스가 데이비드를 내려 주었을 테니 별안간 차를 몰고 나타나 남편을 태우고 가려나?

여자들이 파리로 가는 열차 시간표를 보며 상의했다. 엘로이즈가 노엘을 모레역까지 데려다주겠다고 했다. 모레역에 가면 리옹역까지 가는 직행 열차가 있었다. 톰이 데려다주겠다고 했지만, 엘로이즈는 자기 친구니 자기가 데려다주겠다고 했다. 노엘은 하룻밤만 자고 가려고 아주 작은 가방을 들고 왔는데, 일찌감치 짐을 다 싸 놓았기에 순식간에 아래층으로 내려왔다.

"재워 줘서 고마워요, 톰. 이번에는 평소보다 빨리 뵙겠는데요. 엿새 후 뵐게요!" 노엘이 웃었다.

"그러게요. 기대되네요." 톰은 그녀의 가방을 들어 주고 싶었지만, 노엘은 자기 가방은 자기가 들겠다고 했다.

톰은 밖으로 나가 두 여자를 배웅했다. 빨간 벤츠가 좌회전해서 마을 쪽으로 향했다. 바로 그때, 하얀 승용차가 좌측에서 천천히 다가오더니 웬 남자가 풀숲에서 도로로 걸어 나왔다. 구깃구깃해진 누런 여름용 재킷을 걸치고 짙은 바지를 입은 사람은 다름 아닌 데이비드 프리처드였다. 데이비드가 흰 승용차에 올라탔다. 톰은 벨옹브르 대문 바로 옆 키가 큰 산울타리 뒤로 몸을 숨긴 채 가만히 있었다. 독일 포츠담에 있는 경비병보다 키가 큰 산울타리였다.

프리처드 부부가 의기양양한 기세로 차를 타고 지나갔다. 데이비드는 들뜬 재니스를 보며 씩 웃었고, 재니스는 앞에 있는 도로보다 남편을 더 오래 쳐다보았다. 데이비드가 대문이 열린 벨옹브르를 바라보았다. 톰은 데이비드가 겁도 없이 재니스에게 차를 세우라고 한 다음 후진해서 저 집으로 들어가라고 부추기기를 바랐다. 만약 두 사람이 그런 짓을 한다면, 톰은 주먹을 휘두를 것이었다. 하지만 데이비드가 그런 주문을 할 리 없었다. 차는 서서히 멀어졌다. 흰색 푸조 자동차에 달린 파리 번호판이 또렷이 보였다.

지금쯤이면 머치슨이 얼마나 남아 있으려나? 톰은 궁금했다. 포식 어류가 머치슨을 뜯어먹은 것보다, 수년간 쉬지 않고 묵묵히 흐른 강물이 훨씬 더 수고해 주었을 것이다. 톰은 루앙강에 사는 어종 중에 장어 말고 다른 포식 어류가 있는지는 알지 못했지만, 있긴 있다고 들었었다. 톰은 섬뜩한 생각을 억눌렀다. 상상은 하고 싶지 않았다. 죽은 남자가 손에 끼고 있던 반지 두 개를 그대로 두기로 했던 기억도 떠올랐다. 돌덩이까지 넣어 놓았으니 시체가 딴 데로 떠내려가지는 않았을 것이다. 목뼈에서 두개골이 떨어져 나와 어디론가 굴러가는 바람에 치아로 신원을 확인할 길이 없어졌을지도 모른다. 시체를 방수포였나 천이었나, 아무튼 둘둘 말아 놓았는데 그것마저 분명 썩어 버렸을 것이다.

그만! 톰은 스스로 말한 다음 고개를 들었다. 소름 끼치는 프리처드 부부를 목격한 지 몇 초가 지났는데도, 톰은 대문은 걸지도 않고 그대로 서 있었다.

아네트 여사가 지금쯤이면 아침 식탁을 치우고 주방에서 잡다한 일을 하고 있을 것이다. 후추 통에 후추가 남아 있는지 확인하는 일 같은 거 말이다. 아니면 자기 방에 들어가 다른 가정부나 친구에게 주려고 재봉질을 하거나(전기 재봉틀을 갖고 있었다), 리옹에 사는 여동생 마리오딜에게 편지를 쓸지도 모른다. 일요일은 일요일이었다. 그래서 그런지 그 여파가 톰에게까지 전해졌다. 일요일이면 누구든 늘어지기 마련이었다. 월요일은 아네트 여사의 휴무일이었다.

톰은 검은 건반과 누런 건반이 달린 베이지색 하프시코드를 쳐다보았다. 부부는 로제 르프티라는 선생에게 하프시코드를 배웠다. 르프티는 화요일 오후면 집으로 와서 두 사람을 가르쳤다. 요즘 톰은 오래된 팝 발라드를 연습하고 있었다. 그런 곡이 스카를라티만큼 좋진 않았지만, 팝 발라드를 연주하면 가슴에 조금 더 와 닿고 푸근해지면서 기분 전환도 되었다. 그는 엘로이즈가 치는 슈베르트를 감상하는 게 좋았다. 엘로이즈가 주목받는 걸 좋아하지 않는 사람이라 톰은 몰래 엿들었는데, 엘로이즈의 순진함, 착한 마음씨가 거장의 익숙한 선율을 새로운 차원으로 이끄는 듯했다. 톰이 아내가 슈베르트를 연주하는 모습을 보다가 더욱 놀란 이유는, 르프티 선생이 젊은 슈베르트를 닮았다는 데에 있었다. 당연한 소리지만, 요절한 슈베르트는 영원히 젊은 모습으로 남아 있었다. 아직 마흔도 되지 않은 르프티는 다소 물렁살에 통통한 체격이었는데 슈베르트처럼 무테안경을 썼다. 미혼이라 어머니와 같이 사는 건, 정원 일을 해 주는 거인 앙리와 마찬가지였다. 사람이 달라도 이리 다르다니!

망상은 그만! 톰은 혼잣말했다. 오늘 아침에 프리처드가 사진을 찍는 수고를 한 것으로 보아, 앞으로 무슨 일이 벌어질 것인지 논리적으로 따져 보기로 했다. 사진이나 필름을 CIA에 보내려나? 존 F. 케네디는 CIA를 매달아 놓고 사방에서 잡아당겨 갈기갈기 찢기는 모습을 보고 싶다고 한 적이 있었던 거로 톰은 기억하고 있었다. 데이비드와 재니스가 사진을 자세히 들여다보다가 그중 몇 장을 확대해 개나 수위가 없는 걸 확인하고는 리플리의 성 같은 저택을 공격하려고 낄낄대며 의논하려는 걸까? 프리처드 부부의 발소리가 과연 환청에 그칠 것인가, 아니면 실제로 들리게 될 것인가?

대체 그 부부는 톰에게 무슨 억하심정이 있는 걸까? 이유가 뭐지? 둘이 머치슨하고 무슨 관계라도 있나? 아니면 머치슨이 그들과 무슨 관계가 있었던 걸까? 친척이라도 되나? 그건 아닐 것이다. 머치슨은 누가 봐도 많이 배운 사람이었고, 프리처드 부부보다 사회적 위상이 월등히 높았다. 게다가 톰은 머치슨 부인까지 만나 봤었다. 남편이 실종된 후, 머치슨 부인이 벨옹브르로 찾아와 톰과 한 시간 반가량 이야기를 나눈 적이 있었다. 교양 있는 여자였던 걸로 톰은 기억하고 있었다.

기괴한 수집가, 뭐 그런 건가? 프리처드 부부는 톰에게 사인해 달라고 하지는 않았었다. 톰이 집을 비운 사이에 그들이 벨옹브르를 망가트리려는 걸까? 톰은 경찰에 신고할까 말까 고민에 빠졌다. 조만간 집을 비울 예정인데 빈집 털이 같아 보이는 남자를 봤다고 말이다. 엘로이즈가 돌아올 때까지도 톰은 고민하고 있었다.

엘로이즈는 기분이 좋아 보였다. "여보, 그 남자한테 집으로 들어오라고 하지 그랬어? 프리카드……"

"프리처드라니까."

"그래, 프리처드. 당신이 그 남자 집에도 갔었으면서, 대체 뭐가 문제야?"

"그 남자는 사람이 영 별로더라, 여보." 톰은 뒤뜰이 내다보이는 프렌치 도어 앞에서 두 발을 살짝 벌리고 선 채 긴장을 풀려고 했다. "집요한 염탐꾼이랄까." 톰은 조용히 설명을 이어 갔다. "꼬치꼬치 캐묻는 걸 좋아하더라고."

"대체 염탐은 왜 하는 걸까?"

"나도 모르지. 내가 아는 거라곤, 그 남자와는 거리를 두고 무시해야 한다는 거야. 그 남자 아내까지도."

다음 날인 월요일 아침에 엘로이즈가 목욕하는 틈을 타, 톰은 데이비드 프리처드가 마케팅 과정을 밟고 있다고 한 퐁텐블로에 있는 경영대학원으로 전화를 걸었다. 고심 끝에 톰은 마케팅학과 관계자와 통화하고 싶다고 일단 말부터 꺼내기로 했다. 그가 불어로 말하려는 순간, 전화를 받은 여자가 영어로 응대했다. 원어민 발음이었다.

톰은 마케팅학과 관계자와 연결이 되자, 데이비드 프리처드라는 미국인이 교내에 있느냐고 물으면서 메시지를 전달해 달라고 부탁했다. "마케팅 전공이라고 들었는데요." 톰이 프리처드 씨가 찾던 집이 나왔다면서 메시지를 꼭 전해 달라고 하자, 인시아드의 남자 직원은 그 말을 진지하게 받아들였다. 그곳 학생들은 늘 집을 구하고 있기 때문이었다. 그런데 그 남자 직원이 알아보고 와서 수화기를 다시 집어 들더니 하는 말이, 마케팅학과는 물론이거니와 다른 학과 학생 명부에도 데이비드 프리처드라는 이름은 없다는 것이다.

"제가 착각했나 보군요. 번거롭게 해 드려서 죄송합니다."

톰은 정원을 둘러보았다. 본명인지는 모르겠지만, 데이비드 프리처드라는 작자가 거짓말을 밥 먹듯이 하며 장난이나 치는 인간이라는 걸 톰은 당연히 알고 있었을지도 모른다.

톰은 이제 신시아를 떠올렸다. 신시아 그래드노어. 속내를 알 수 없는 여자. 톰은 몸을 홱 숙이더니 잔디밭에 핀 작고 눈부신 미나리아재비를 뽑았다. 프리처드가 신시아란 이름은 대체 어떻게 알았을까?

톰은 숨을 고른 다음 다시 집을 향해 뒤돌아섰다. 해야 할 일은 딱 하나, 에드나 제프한테 부탁해야 한다. 신시아한테 전화해 프리처드를 아느냐고 대놓고 물어보라고 시켜야 한다. 톰이 전화해도 되지만, 그랬다간 신시아가 전화를 끊어 버릴 것이다. 아니면 톰이 뭘 묻든 신시아는 도와주지 않을 것이다. 그 누구보다 톰을 미워하기에.

톰이 거실로 들어간 지 얼마 되지 않았는데, 초인종이 두 번 울렸다. 톰은 주먹을 쥐었다 폈다 하며 자리에서 일어났다. 현관에는 문구멍이 뚫려 있었다. 문구멍으로 파란색 야구 모자를 쓴 낯선 남자가 보였다.

"누구세요?"

"리플리 씨 앞으로 온 속달 우편이요!"

톰이 현관문을 열었다. "네, 접니다. 고맙습니다."

우체부가 톰에게 작고 탄탄한 마닐라지 봉투를 건네고 살짝 고개를 숙이더니 가 버렸다. 우체부는 퐁텐블로 아니면 모레에서 출발했을 테니, 술집에 들러 톰의 집이 어디냐고 물어봤을 것이다. 함부르크에서 리브스 마이넛이 보낸 정체 모를 물건이었다. 리브스 마이넛의 이름이 봉투 왼쪽 위에 적혀 있었다. 봉투 안에는 작고 흰 상자가 들어 있었고, 그 안에는 투명한 플라스틱 케이스가, 그리고 그 안에 자그마한 수동 타자기 잉크 리본이 들어 있었다. 그리고 리브스가 손수 '톰'이라고 적어 보낸 흰 봉투도 들어 있었다. 톰은 봉투를 열었다.

안녕하세요, 톰.
이게 그겁니다. 닷새 후에 아래 주소로 물건을 부쳐 주세요.

조지 사르디
미국 뉴욕주 피크스킬, 템플가 307번지

단, 등기 우편으로 보내면 안 됩니다. 타자기 리본, 혹은
테이프라고 적어서 항공 우편으로 보내 줘요.

늘 잘 지내길 바라며
리브스 마이넛

대체 이 안에 뭐가 들었을까? 톰은 궁금해하며 투명 플라스틱 케이스를 흰 상자 안에 도로 집어넣었다. 국제적 기밀? 금전 거래? 마약 자금 이동 경로가 담긴 기록? 아니면, 추악하고 은밀한 사생활을 협박할 물건? 당사자들 모르게 대화를 녹음한 테이프? 톰은 그가 이 테이프의 정체에 대해 아는 게 아예 없어서 좋았다. 돈을 받고 일하는 것도 아니

었고, 돈을 받을 생각도 하지 않았다. 리브스가 돈이든, 위험 수당이든 준다고 해도 톰은 마다할 것이다.

톰은 일단 제프 콘스턴트에게 전화하기로 했다. 데이비드 프리처드가 신시아 그래드노어라는 이름을 알게 된 경위를 알아보라고 부탁하는 걸 넘어 강요할 작정이었다. 요즘 신시아가 뭘 하는지, 결혼해서 런던에서 일하는지, 에드와 제프라면 대수롭지 않게 툭 물어볼 수 있을 것이다. 그가, 톰 리플리가, 그들 모두를 위해 토머스 머치슨을 제거하지 않았던가. 그런 일까지 해 준 톰과 톰이 사는 집 위로 지금 프리처드라는 독수리가 빙빙 맴돌고 있었다.

엘로이즈가 목욕을 마치고 나와 2층 자기 침실로 들어간 게 확실한데도, 톰은 자기 방문을 닫고서 전화하는 게 나을 것 같았다. 그는 한 번에 두 개씩 계단을 올라갔다. 그러고는 영국의 부촌, 세인트존스우드 전화번호부를 찾아 다이얼을 돌렸다. 자동 응답기에 녹음된 음성이 들릴 것이었다.

그런데 낯선 남자가 전화를 받더니 콘스턴트 씨가 지금은 바쁘니 메시지를 전해 주겠다고 했다. 일정이 잡혀 있던 촬영을 하고 있다는 것이다.

"톰이 기다릴 테니 잠깐만 전화를 받아 달라고 전해 주시겠습니까?"

1분도 안 돼서 제프의 목소리가 들렸다. 톰이 말했다. "제프, 미안한데 급한 일이라서요. 데이비드 프리처드가 어쩌다 신시아라는 이름을 알게 됐는지 에드하고 같이 한 번만 더 알아봐 줘요. 굉장히 중요한 일이에요. 그리고, 신시아가 프리처드를 만난 적이 있는지도 알아봐요. 프리처드는 교활한 거짓말쟁이라고요. 어젯밤에 에드하고 통화했는데, 에드가 연락했죠?"

"네, 오늘 아침 9시가 되기도 전에 전화했더라고요."

"그럼 해 줄 얘기가 있어요. 어제 아침에 프리처드가 길 건너편에서 우리 집 사진을 찍어 갔어요. 자, 어떤가요?"

"사진을 찍어요? 자기가 무슨 경찰이라도 된답니까?"

"내가 알아보고 있어요. 반드시 알아내고야 말 겁니다. 며칠 후면 아내와 휴가를 가야 하니, 내가 우리 집의 안전을 왜 걱정하는지 이해해 줘요. 둘이 신시아를 불러서 술을 마시든, 점심을 먹든, 우리가 원하는 정보를 반드시 얻어 내야 해요."

"그건 좀……."

“쉽지 않다는 거 압니다. 그래도 시도는 해 볼 수 있잖아요. 당신이 번 돈을 퍼부어야 할 만큼 중요한 일이에요, 제프. 이건 에드한테도 해당하는 말입니다.” 그래야 제프와 에드가 사기 혐의로 기소되는 일도, 톰이 1급 살인 혐의로 기소되는 일도 막을 수 있다는 말은 유선상으로 굳이 덧붙이고 싶지 않았다.

“한번 해 볼게요.”

“프리처드가 어떤 사람인지 다시 말할게요. 미국인이고 나이는 서른다섯가량. 검은 직모에 키는 183센티미터 정도. 우람한 체격에 검정 뿔테 안경 착용. 그리고 머리가 점점 벗어져서 조만간 M자 탈모가 될 겁니다.”

“기억하겠습니다.”

“무슨 이유인지는 몰라도 에드가 그 일에 더 적합하다면…….” 둘 중에 누가 더 적합하다고는 톰이 말할 수 없는 노릇이었다. “신시아가 만만치 않은 성격이라는 거 압니다.” 톰은 더욱 다정히 말을 이어 갔다. “하지만 프리처드가 머치슨 사건을 파고 있어요. 이러다가 머치슨 이름까지 들먹이게 될 거라고요.”

“알아요, 안다고요.”

“좋아요, 제프. 에드하고 최선을 다한 후에 알려 줘요. 나는 금요일 오전까지는 집에 있을 겁니다.”

통화가 끝났다.

톰은 평소와 달리 30분간 하프시코드를 집중해서 연습하기로 했다. 20분 혹은 30분, 이렇게 시간을 짧게 정해 놓고 연습하면 실력이 향상되는 것 같았다. 감히 향상이란 단어를 써도 된다면 말이다. 톰은 완벽하게 치는 걸 바라지 않았다. 적당히 잘 치는 수준도 바라지 않았다. 하! 그렇다면 대체 뭘 바라는 걸까? 남에게 잘 보이려고 치는 게 아니라서, 앞으로도 그럴 일은 없을 것이다. 연주 실력이 그저 그렇다고 해도 나 말고 남이 무슨 상관인가? 톰에게 있어 하프시코드 연습은, 슈베르트를 닮은 로제 르프티에게 주 1회 집에서 받는 레슨은, 일종의 훈련이나 마찬가지였다. 톰은 그 훈련을 사랑하게 되었다.

톰은 딱 30분만 연습하자고 시간을 정해 놓았다. 전화벨이 울리자, 손목시계를 확인했다. 아직 2분이 남았지만, 복도로 가서 수화기를 들었다.

“여보세요. 리플리 씨?”

톰은 재니스 프리처드의 목소리라는 걸 단박에 알아차렸다. 엘로이즈가 2층에서 수화기를 들자, 톰이 말했다. "여보, 내 전화야." 톰은 엘로이즈가 수화기를 내려놓는 소리를 확인했다.

"재니스 프리처드예요." 긴장하고 신경질적인 그녀의 목소리가 이어졌다. "어제 아침에 있었던 일을 사과드리고 싶어서요. 남편이 가끔 그렇게 어처구니없이 무례한 생각을 행동으로 옮기거든요. 남의 집 사진을 찍다니요! 리플리 씨와 부인께서도 분명히 보셨죠?"

톰은 재니스의 목소리를 듣자 그녀의 얼굴까지 떠올랐다. 남편을 차에 태운 후 잘했다는 표정으로 웃고 있던 재니스였다. "아내가 봤나 본데, 큰일은 아니니까요, 재니스. 그런데 왜 남편이 우리 집 사진을 찍고 싶어 하는 거죠?"

"그이는 사진을 찍고 싶은 게 아니라, 당신이든 누구든 남을 괴롭히려고 그러는 거예요." 재니스가 목청을 높였다.

톰은 웃음이 터졌다. 당황해서 헛웃음을 짓다가 하고 싶은 말을 꾹 참았다. "데이비드가 그런 걸 재미있어하는군요?"

"네. 전 도저히 그이를 이해할 수 없어요. 그이한테 말했더니……."

톰은 재니스가 괜히 남편 핑계를 대는 것 같아서 말을 잘랐다. "하나만 묻겠습니다, 재니스. 우리 집 전화번호는 대체 어떻게 알았죠? 데이비드가 알아낸 겁니까?"

"그건 어렵지 않았어요. 그이가 배관공에게 물어봤거든요. 이 동네에서 일하는 사람이라 그런지 곧장 알려 주던데요. 저희 집에 살짝 손볼 데가 있어서 배관공을 불렀거든요."

빅토르 재럿이 분명했다. 말썽 부리는 물탱크를 지치지도 않고 청소하고, 막혀 버린 파이프를 쑤셔서 뚫은 배관공이었다. 그런 인부에게 사생활 보호라는 개념이 있을 리가. "그랬군요." 톰은 격분한 목소리로 곧바로 대답했다. 무슨 일이 있어도 톰의 집 전화번호를 다른 사람에게 절대로 알려 주지 말라고 재럿에게 신신당부하는 일 말고는 뭘 해야 할지 난감했다. 난방할 때 쓰는 등유를 배달하는 막벌이꾼도 똑같이 행동할지 모른다. 그런 사람들은 이 세상에서 자기네들이 하는 일 말고는 아무것도 몰랐다. "남편이 진짜로 하는 일이 뭐죠?" 톰이 대놓고 물었다. "데이비드가 마케팅을 공부한다는 말을 믿을 수가 없습니다. 마케팅이라면 이미 빠삭하게 아는 것 같던데요. 남편이 장난치는 것 같아요." 톰은 인시아드에 전화해서 확인해 봤다는 말은 재니스에게 하지 않을 작정이었다.

"아, 그게…… 잠시만요. 차 소리가 나서요. 그이가 왔어요. 끊을게요, 리플리 씨. 그럼 이만." 전화가 끊겼다.

이런, 전화마저 남편 몰래 해야 하나! 톰은 헛웃음이 나왔다. 재니스의 목적이 뭐였을까? 사과? 앞으로 망신살이 뻗칠 일을 미리 사과하는 거였나? 데이비드가 정말로 집에 들어오는 중이었을까?

톰은 화통하게 웃었다. 장난이라면, 은밀한 장난도 있고 대놓고 치는 장난도 있다. 대놓고 치는 장난도 실은 은밀하고 교활한 장난이었다. 처음부터 끝까지 은밀한 장난은 보이지 않는 곳에서 계속되는 게 통상적이었다. 사람들이 장난치는 사람들만 걱정하는 이유는 그들이 감당하지도 못할 일을 벌일까 봐서다. 당연한 소리.

톰은 돌아서서 하프시코드를 바라보았다. 남은 2분을 마저 채우고 싶지 않아서, 정원으로 나가 가장 가까이에 둥글게 모여 핀 달리아를 향해 걸어갔다. 주머니에 있는 휴대용 칼을 꺼내 가장 좋아하는 달리아 한 송이를 잘랐다. 꽃잎이 프릴처럼 물결치는 오렌지색 달리아였다. 이 꽃잎을 볼 때마다 반 고흐가, 그의 작업실이 있던 아를 인근 들판이, 이파리와 꽃잎을 크레용과 붓으로 요리조리 공들여 사랑스럽게 옮겨 그린 고흐의 스케치가 떠올랐다.

톰은 르프티가 소나타 D단조라 부르는 스카를라티 38번을 생각하면서 집으로 도로 들어갔다. 톰은 지금 그 곡을 배우는 중이었는데, 더 잘 치고 싶었다. 역경을 이기고자 고군분투하는 듯한 아름다운 선율이 마음에 들었다. 그렇다고 해도, 연습을 너무 많이 해서 싫증 나 버리긴 싫었다.

톰은 제프나 에드가 신시아 그래드노어의 동태를 알아보고 전화해 주기를 기다리고 있었다. 제프가 신시아와 어떻게든 대화하는 데 성공한다고 해도, 하루는 지나야 전화가 올 것이다. 톰은 기운이 쭉 빠졌다.

그날 오후 5시쯤에 전화벨이 울리자, 톰은 일말의 기대를 걸었다. 제프의 전화일지도 모른다고 살짝 기대했건만, 그럴 리 없었다. 아네스 그레가 발랄한 목소리로 저녁 7시 무렵에 술 한잔하러 오겠느냐고 물었다. "앙투안이 주말을 이곳에서 보내고 내일 아침 일찍 파리로 출근하겠다고 해서요. 게다가 두 분이 조만간 멀리 여행 가시잖아요."

"고마워요, 아네스. 엘로이즈하고 상의하고 올 테니 조금만 기다려 주시겠어요?"

엘로이즈가 가겠다고 했다. 톰은 다시 수화기를 들고 아네스한테 그러겠다고 전했다.

톰과 엘로이즈는 7시가 다 돼서 벨옹브르를 나섰다. 톰은 운전하면서, 얼마 전에 프리처드가 세 든 집이 같은 길 저 너머에 있다는 사실을 떠올렸다. 그레 부부가 '세 든 부부'에 대해 뭐라도 알아냈을까? 그럴 리가. 제멋대로 자랄 수밖에 없는 나무들이—그런 모습이 톰은 좋았다—이 동네에 있는 주택과 주택 사이에 있는 부지를 뒤덮어 버리는 바람에 저 멀리 불 켜진 집을 가려 버리기도 했다.

톰은 이번에는 대화에 너무 몰입하지 말자고 가벼이 맹세하고 왔지만, 여느 때나 다름없이 앙투안과 서서 얘기를 나누게 되었다. 사실 워커홀릭 우파 건축가인 앙투안과는 할 얘기가 별로 없었다. 반면, 엘로이즈와 아네스는 만나자마자 이야기보따리를 푸는 여성 특유의 재능을 발휘했다. 두 여자는 이야깃거리가 끊이지 않았다. 둘 다 유쾌한 표정이었는데, 필요하다면 저녁 내내 그런 표정을 지을 것만 같았다.

그런데 웬일인지 오늘은 앙투안이 외국인들이 파리로 밀려와 집을 구한다는 불평 대신 모로코 얘기를 꺼냈다. "제가 여섯 살 때 아버지를 따라 모로코에 갔었는데, 잊을 수가 없어요. 물론, 그 후로도 여러 번 갔었죠. 모로코는 정말 매력적이고 신비한 곳이에요. 한때 프랑스가 모로코를 식민 지배하는 동안 우편 서비스를 도입했고, 통신 시설도 설치했죠. 도로를 놓고……."

톰은 듣고만 있었다. 앙투안은 자기 아버지가 좋아하던 탕헤르와 카사블랑카를 설명하며 시인의 언어로 읊조렸다.

"당연한 말이지만, 그 나라를 만드는 건 그 나라 국민입니다. 그들은 자기들 나라를 적법하게 소유하고 있지만, 프랑스의 시각에서 보면 그들이야말로 나라를 망치는 주범이죠." 앙투안이 떠들었다.

아, 그렇다 치고. 그래서 무슨 말을 하는 건데? 톰은 한숨만 내쉬다가 과감히 제안했다. "화제를 바꿉시다." 톰이 기다란 진토닉 잔을 들고 빙글빙글 돌리자 얼음이 달그락거렸다. "새로 이사 온 사람들은 조용하던가요?" 톰이 프리처드의 집 쪽으로 고갯짓했다.

"조용이요?" 앙투안이 아랫입술을 내밀었다. "물어보시니 말씀드리죠." 그가 껄껄거렸다. "저 집 사람들이 두 번이나 음악을 크게 틀었어요. 그것도 야밤에, 자정이 다 된 시각에! 그것도 팝송을요!" 앙투안은 자정이 넘어 팝송을 듣는다는 게 놀랍다는 듯이 말했다. "그래도 오래 틀진 않았어요. 한 시간 하고도 30분만 틀었으니까요."

음악을 튼 시간까지 재다니. 그런 소동이 일어날 경우, 앙투안 그레라면 시계를 보며 시간을 잴 사람이었다. "그 소리가 여기까지 들렸다고요?" 톰이 물었다.

"당연히 들리죠. 5백 미터나 떨어져 있는데도 얼마나 크게 들리던지!"

톰이 씩 웃었다. "불편한 일이 더 있었나요? 아직까지는 잔디 깎는 기계를 빌리러 오진 않았죠?"

"안 왔어요." 앙투안이 으르렁거리더니 캄파리를 마셨다.

톰은 프리처드가 벨옹브르의 사진을 찍었다는 얘기는 하지 않을 것이다. 가뜩이나 톰이 의심받고 있는데, 그 얘기까지 했다간 앙투안이 심증을 굳힐지도 모른다. 그건 톰이 가장 피하고 싶은 상황이었다. 프랑스 경찰과 영국 경찰 모두 머치슨이 실종된 직후에 톰이 사는 벨옹브르로 들이닥쳤었다. 그 일이 마을 전체에 파다하게 퍼진 적이 있었다. 경찰이 사이렌을 켜지도 않고 조용히 왔는데도, 동네가 작아서 그런지 그 일을 모르는 사람이 없었다. 톰은 더는 감당할 수 없었다. 톰은 그레 부부의 집으로 출발하기에 앞서, 데이비드 프리처드가 우리 집 사진을 찍는 모습을 봤다는 말은 하지 말라고 엘로이즈의 입단속을 시켰다.

그레 부부네 남매가 어디선가 수영을 하고 집으로 돌아왔다. 둘 다 축축한 머리에 맨발로 웃고 있었다. 그래도 아직까지는 정신없이 날뛰지 않았다. 그랬다간 앙투안이 가만두지 않을 것이다. 에두아르와 실비가 "다녀왔습니다"라고 인사하고 주방으로 들어가자, 아네스도 뒤따라갔다.

"모레에 사는 친구 집에 풀장이 있어요." 앙투안이 톰에게 설명했다. "정말 잘된 일이죠. 그 친구도 아이들을 키우거든요. 그래서 그 친구가 우리 애들을 데려다주기도 하고, 내가 데리러 가기도 합니다." 잘 웃지 않는 앙투안이 미소를 짓자, 포동포동한 얼굴에 주름이 잡혔다.

"여행 갔다가 언제 돌아오세요?" 아네스가 손으로 머리를 쓸어내리며 물었다. 톰 부부에게 묻는 말이었다. 앙투안은 다른 데 가고 없었다.

엘로이즈가 대답했다. "한 3주 후? 아직은 잘 몰라요."

"지금 들고 내려가니 기다려요." 앙투안이 양손에 뭔가 하나씩 들고 휘어진 계단을 내려오고 있었다. "아네스, 여보. 작은 잔 좀 갖다주겠어? 내가 상세 지도를 들고 내려왔어요, 톰. 오래된 거지만, 거, 아시잖습니까!" 앙투안의 말투에는 오래된 것이 최고라는 의미가 담겨 있었다.

아주 오래된 모로코 지도였다. 여러 번 접힌 곳에는 투명 테이프가 붙어 있었다.

"소중히 다루겠습니다." 톰이 말했다.

"차는 꼭 빌리세요. 그래야 구석구석 볼 수 있어요." 앙투안이 아껴 두었던 술을 따랐다. 차가운 술병에 담긴 홀랜드 진이었다.

톰은 2층 앙투안의 아틀리에에 작은 냉장고가 있던 게 생각났다.

앙투안이 술을 따라 작은 잔 4개를 쟁반 위에 올리더니 부인들에게 먼저 권했다.

"어머나!" 엘로이즈가 진을 별로 좋아하지 않으면서도 예의상 감탄사를 내뱉었다.

"건강을 위해!" 넷 다 잔을 들어 올리자 앙투안이 건배사를 외쳤다. "즐거운 여행과 무사 귀환을 위하여!"

건배!

홀랜드 진은 유난히 부드러웠다. 톰은 인정할 수밖에 없었다. 앙투안은 자기가 그 술을 만든 사람처럼 굴었다. 앙투안이 한 잔 더 하라고 권하는 모습을 톰은 지금껏 본 적이 없었다. 프리처드 부부는 그레 부부와 사귀려는 노력조차 하지 않은 것 같았다. 리플리 부부가 그레 부부와 오랜 친분이 있다는 사실을 몰라서 그랬을 것이다. 그레 부부의 집과 프리처드 부부의 집 사이에 끼인 집이 매물로 나와 있었지만, 그건 아무 상관도 없었고 중요하지도 않았다.

톰과 엘로이즈가 엽서를 보내겠다고 약속하며 자리에서 일어나자, 앙투안은 모로코의 우편 서비스는 형편없다고 경고했다. 톰은 리브스가 모로코에 가서 부쳐 달라던 테이프가 생각났다.

톰과 엘로이즈가 집으로 막 들어서는데, 전화벨이 울렸다.

"내 전화일 거야, 여보." 톰은 복도 탁자 위에 놓인 전화기로 일단 받은 다음 2층 침실에 올라가서 받을 생각이었다. 제프의 전화라면 통화 내용이 복잡할 테니 말이다.

"여보, 나는 요구르트나 먹을래. 진이 별로였거든." 엘로이즈가 주방으로 사라졌다.

"톰, 납니다, 에드." 에드 밴버리의 목소리가 들렸다. "신시아하고 연락이 됐습니다. 제프하고 내가 애를 좀 썼죠. 만나자고 날짜를 잡지는 못했지만, 그래도 몇 가지는 알아냈어요."

"그래요?"

"신시아가 예전에 기자들이 참석하는 파티에 갔나 봐요. 서서 즐기는 대형 파티라 누구나 들어갈 수 있었다던데, 그곳에 프리처드도 있었나 봅니다."

"잠깐만요, 에드. 다른 전화기로 받을 테니 끊지 말아요." 톰은 계단을 뛰어 올라가 방에 있는 수화기를 내려놓은 다음, 다시 아래층으로 뛰어 내려가 수화기를 제자리에 올려놓았다. 엘로이즈가 거실에서 신경 쓰지 않고 텔레비전을 켜고 있었다. 아무리 그렇다고 해도 톰은 엘로이즈에게 들릴지도 모를 거리에서 신시아의 이름은 입에 올리고 싶지 않았다. 혹시나, 엘로이즈가 신시아가 '미치광이' 버나드 터프츠의 약혼녀였다는 사실을 기억할지도 모른다. 엘로이즈가 터프츠를 '미치광이'라고 부르는 이유는, 벨옹브르에 와서 묵은 터프츠 때문에 그녀가 식겁한 적이 있어서였다. "이제 됐어요. 신시아하고 연락이 됐다고요?"

"오늘 오후에 신시아하고 통화했어요. 그날 신시아가 파티장에 갔을 때, 남자 지인이 오더니 저쪽에 있는 미국인이 뜬금없이 톰 리플리를 아느냐고 물었대요. 그래서 그 지인이……."

"그 지인이란 남자도 미국인인가요?"

"거기까진 모르겠어요. 아무튼, 신시아가 그 지인한테 부탁했답니다. 저쪽에 있다는 미국인한테 가서 리플리와 머치슨의 관계를 파 보라는 말을 전해 달라고요. 그래서 일이 이렇게 된 거랍니다, 톰."

톰은 굉장히 머리가 복잡해졌다. "그 지인이라는 남자 이름은 모르죠? 프리처드가 말을 걸었다는 신시아의 지인이요."

"신시아가 말을 안 하니, 집요하게 캐묻고 싶진 않더라고요. 내가 신시아한테 전화해서 다짜고짜 무슨 핑계를 댄 줄 압니까? 어딘가 좀 이상한 미국 남자가 네 이름을 알던데? 이랬다니까요. 당신한테 들었다는 말은 안 했어요. 너무 뜬금없잖아요! 내가 그런 연기까지 했다니까요. 그 덕분에 뭐라도 알아내긴 했지만요, 톰."

그건 사실이었다. "그렇다면 신시아는 프리처드를 아예 본 적도 없는 거네요? 그날 밤에요?"

"그럴 겁니다."

"중간에서 말을 전한 그 지인이 프리처드에게는 이렇게 말했겠죠. '내가 내 친구 신시아 그래드노어한테 가서 리플리란 사람에 대해 물어봐 줄게요' 하고요. 그 바람에 프리처드가 신시아란 이름을 들었겠죠. 신시아 그래드노어라는 이름이 흔하진 않잖아요." 어쩌면 신시아가 그 지인을 통해 명함을 건네며 자기 이름을 알려 주는 수고를 아끼지 않았을지도 모른다. 그렇게 해서라도 톰 리플리를 힘들게 할 수 있다면,

신에 대한 두려움이 그를 덮치리라 생각했을 것이다.

"듣고 있죠, 톰?"

"그럼요. 신시아는 우리한테 도움이 안 된다니까요, 에드. 프리처드도 도움이 안 되는 건 매한가진데, 그래도 그 남잔 그냥 미친 거거든요."

"미치다뇨?"

"일종의 정신병인데, 무슨 병이냐고는 묻지 말아요." 톰이 한숨을 깊이 쉬었다. "에드, 알아봐 줘서 고마워요. 제프한테도 고맙다고 전해 줘요."

전화를 끊자, 톰은 머리가 살짝 띵했다. 신시아가 토머스 머치슨의 실종에 대해 의심하는 게 분명했다. 게다가 그녀에게는 위험을 무릅쓰고 그 사건을 언급할 용기도 있었다. 톰을 제거한다는 안건을 실행에 옮길 후보가 있다면, 그게 바로 자신이라는 걸 신시아는 알고 있었다. 그 까닭은 그녀가 위작의 전말에 대해 처음부터 끝까지 알고 있다는 데에 있었다. 신시아는 버나드 터프츠가 처음으로 그린 위작이 뭔지도 알고, 그린 날짜까지도 알고 있을 소지가 다분했다.

톰은 프리처드가 신문 아카이브를 뒤지다가 톰 리플리에 관한 기사를 보고 머치슨이라는 이름을 접하게 됐을 거라고 추리했다. 톰은 자기 이름이 딱 한 번, 미국 신문에 났던 거로 기억하고 있었다. 아네트 여사는 머치슨이 타고 갈 비행기 시간에 맞춰서 톰이 머치슨의 짐 가방을 들어서 차에 싣는 걸 봤다고 증언해 주었다. 여사는 리플리 씨와 머치슨 씨가 차에 짐을 실은 다음 톰 리플리의 차를 타고 출발하는 걸 봤다고 경찰에 진술했는데, 착각한 건지 별생각 없이 말한 건지는 분간할 길이 없었다. 어쩌면 그건 암시의 힘, 연기의 힘이었을지도 모른다. 바로 그 시각, 머치슨은 톰의 집 지하 와인 저장소에서 낡은 천에 대충 싸인 채 누워 있었다. 톰은 그가 시신을 치우기도 전에 아네트 여사가 와인을 가지러 지하실로 내려갈까 봐 두려웠었다.

신시아가 꺼낸 머치슨이란 이름이 프리처드 부부에게 색다른 짜릿함을 안겼을 것이다. 머치슨이 톰의 집에 들른 직후에 실종되었다는 사실을 신시아도 알고 있는 게 확실했다. 영국 신문에 아주 작게나마 기사가 났었기 때문이다. 머치슨은 더와트 후기 작품이 모두 위작이라고 의심하던 인물이었다. 머치슨이 위작의 존재를 강력히 의심하지 않았다고 해도, 버나드 터프츠가 런던에 온 머치슨이 묵는 호텔로 찾아가 "더는 더와트 작품을 사지 마세요, 머치슨 씨"라고 대놓고 말하는 바람에 그가 심증을 굳히고 만 것이다. 머치슨은 톰에게 호텔 바에서 낯선 남자를 만났다는 이야기를 털어놓으며, 그 남자(그러니까 버나드)가 이름을 밝히진 않았다고 했었다. 그 당시 톰은 머치슨을 감시하다가 머치슨이 버나드와 마주 앉아 있는 모습을 두 눈으로 똑똑히 목격했었다. 그 장면을 보는 순간 밀려왔던 공포심은 아직도 생생했다. 톰은 버나드가 무슨 말을 했을지 짐작이 갔다.

버나드 터프츠가 그 길로 신시아를 찾아가 더는 더와트인 척 그림을 그리지 않겠다고 맹세하면서 그녀의 마음을 되돌리려 했다면 어찌 되었을까? 톰은 종종 상상해 보곤 했다. 버나드가 맹세했다고 해도 신시아는 그를 다시 받아 주지 않았을 것이다.

6

톰은 재니스 프리처드가 다시 연락할 거라 생각했는데, 화요일 오후에 진짜로 연락이 왔다. 오후 2시 반경, 벨옹브르의 전화벨이 울렸다. 어렴풋이 벨 소리가 들릴 무렵, 톰은 마당 한쪽 구석에 심어 놓은 장미 화단에서 잡초를 뽑고 있었다. 엘로이즈가 전화를 받더니 곧장 소리쳤다. "여보! 전화 왔어!" 엘로이즈가 열려 있는 프렌치 도어까지 나왔다.

"고마워, 여보." 톰이 괭이를 내려놓았다. "누구 전화야?"

"프리카드 부인."

"아니, 프리처드라니까, 여보." 톰은 짜증이 났지만 궁금했다. 복도에서 수화기를 들었다. 지금은 2층으로 올라가 받을 수는 없었다. 엘로이즈에게 2층으로 올라갈 핑계를 댈 수 없었기 때문이다. "여보세요?"

"여보세요, 리플리 씨! 집에 계셔서 다행이에요. 저더러 건방지다고 하실까 봐 좀 그렇긴 한데, 혹시 직접 뵙고 몇 가지 말씀드릴 수 있을까요?"

"네?"

"제가 지금은 차를 쓸 수 있거든요. 5시 전까지는요. 그래서 말인데요……."

톰은 재니스를 집으로 부르고 싶지 않았다. 그렇다고 천장이 어른거리는 그녀의 집으로 찾아가는 것도 싫었다. 그래서 퐁텐블로 기념탑 인근 북동쪽 모퉁이에 있는 르 스포르에서 3시 15분에 만나기로 했다(톰의 아이디어였다). 그곳은 노동자들이 찾는 술집이었다. 르프티 선생의 하프시코드 레슨이 4시 반에 잡혀 있었지만, 톰은 그 얘긴 하지 않았다.

엘로이즈가 흥미로운 눈으로 남편을 쳐다보았다. 남편이 누구랑 통화하는지 관심을 보이는 경우는 드물었다.

"하고많은 사람 중에." 톰은 말하기 싫었지만 계속 말을 이었다. "재니스가 나더러 만나자네. 뭐라도 알아낼까 싶어서 그러자고 했어. 오늘 오후에."

"뭐라도 알아내다니?"

"난 그 여자 남편이 싫거든. 사실 둘 다 싫지만, 뭐라도 알아내면 도움이 되겠지."

"부부가 어이없는 질문을 해 대서 그래?"

톰이 슬며시 웃었다. 남편의 문제가 곧 두 사람의 문제라고 받아들이는 엘로이즈가 고마웠다. "지나칠 정도는 아니니 걱정하지 마. 둘이 살살 긁으며 괴롭히긴 했지만 말이야." 톰은 조금 더 기운을 내서 말했다. "갔다 와서 하나도 빼놓지 않고 다 말해 줄게. 르프티 선생 레슨 시간까지는 맞춰서 들어올게."

톰은 몇 분 후 집을 나섰다. 기념탑 인근에 차를 댈 공간이 있긴 있었으나, 그곳에 댔다간 주차 위반 딱지를 끊을 수도 있었다. 그래도 개의치 않았다.

재니스 프리처드가 이미 약속 장소에서 기다리고 있었다. 바 테이블 근처에서 불안하게 서 있다가 톰에게 다정히 미소를 지었다. "리플리 씨."

톰은 고개를 숙이면서도 그녀가 내민 손은 못 본 척했다. "안녕하세요. 부스석엔 자리가 없나 봐요?"

자리가 있었다. 톰은 그녀가 마실 차와, 그가 마실 에스프레소를 시켰다.

"오늘 남편은 뭘 하나요?" 톰이 상쾌한 미소를 지으며 물었다. 재니스가 남편이 인시아드에 갔다고 말해 주기를 내심 기대했다. 재니스의 입에서 인시아드라는 말이 나오기만 하면, 남편이 무슨 공부를 하는지 꼬치꼬치 캐물을 작정이었다.

"그이는 지금 마사지 받고 있어요." 재니스가 고개를 내저으며 말했다. "그래서 제가 4시 반까지 퐁텐블로로 데리러 가야 해요."

"마사지요? 어디, 등이 안 좋나요?" 마사지라는 단어가 톰에게는 불건전하게 다가왔다. 건전한 마사지 시술소가 있다는 걸 알면서도 마사지라는 말에서 성매매 업소가 연상되었다.

"어디 아픈 건 아니고." 재니스가 힘들어하는 표정을 지었다. 그녀는 톰을 쳐다보다가 테이블 위로 시선을 내렸다. "그이가 마사지 받는 걸 좋아하거든요. 어디를 가든 일주일에 두 번은 꼭 받아요."

톰은 지금 나누는 대화가 역겨워서 말이 나오지 않았다. 누군가 "리카르* 한 잔!" 하고 크게 외쳤다. 전자오락을 하다가 이겼는지 흥분해서 내지르는 함성이 재니스가 괴짜 남편에 대해 얘기하는 목소리보다 훨씬 유쾌하게 들렸다.

"파리에 가도 그이라면 단박에 마사지 시술소를 찾아낼걸요."

"신기하군요." 톰이 중얼거렸다. "도대체 당신 남편은 왜 날 싫어하는 겁니까?"

"싫어하다니요?" 재니스가 놀란 척하며 물었다. "아닌데, 안 싫어해요. 그이는 당신을 존경해요." 그녀가 톰과 눈을 맞췄다.

재니스가 연기하고 있었다. "남편은 인시아드에 다니지도 않으면서 왜 다닌다고 한 겁니까?"

"어머나, 아셨어요?" 이제야 재니스가 눈을 가늘게 떴다. 눈빛에는 장난기와 짓궂음이 담겨 있었다.

"아는 게 아니라 믿지를 못하는 겁니다. 당신 남편이 하는 말은 죄다 못 믿겠어요."

재니스가 신나서 묘하게 낄낄거렸다.

톰은 같이 웃지 않았다. 웃을 기분이 아니었다. 재니스가 엄지로 오른 손목을 문질렀다. 무의식적으로 마사지하는 듯했다. 재니스는 바스락거리는 흰 셔츠에 바스락거리는 파란 바지를 입고, 셔츠 안에 터키색 목걸이(진짜는 아니지만 예뻤다)를 차고 있었다. 그녀가 손목을 문지르다가 셔츠 소매를 위로 밀어 올리는 순간, 멍 자국이 또렷이 보였다. 목 왼쪽에 찍힌 푸르스름한 자국도 멍이 확실했다. 재니스가 톰에게 멍 자국을 보여 주려는 걸까? "흠." 톰이 드디어 말을 꺼냈다. "만약 데이비드가 인시아드에 다니지 않는다면……."

"그이는 헛소리하는 걸 즐기죠." 재니스가 유리 재떨이를 쳐다보며 말했다. 재떨이에는 앞서 이 자리에 있었던 손님이 버리고 간 담배꽁초 세 대가 들어 있었다. 그중 하나는 필터 담배였다.

톰은 너그러운 미소를 지으며 최대한 진심을 담아 말했다. "그럼

* 프랑스 남부의 술

에도 변함없이 남편을 사랑하는군요." 톰이 재니스를 쳐다보았다. 재니스가 멈칫하며 인상을 썼다. 그녀는 누가 도와주기를 기다리는 여자인 척 하는 것 같기도 했고, 톰에게 속마음을 털어놓을 수 있어서 좋아하는 것 같기도 했다.

"그이한텐 제가 필요해요. 사실 잘 모르겠어요, 그이가…… 아니, 제가 그이를 사랑하는지를요." 재니스가 고개를 들어 톰을 바라보았다.

뭐야, 무슨 거창한 일처럼 말하는군, 톰은 생각했다. "지극히 미국식으로 물어보죠. 남편은 무슨 일을 합니까? 무슨 일을 해서 돈을 버나요?"

재니스가 찡그리고 있던 눈썹을 갑자기 폈다. "아, 그 문제라면 걱정 없어요. 시댁이 워싱턴주에서 벌목 사업을 하셨는데, 시아버지가 돌아가시면서 사업을 정리했고 그걸 남편과 시동생이 반반씩 나눠 가졌어요. 남편은 그 돈을 어디더라…… 아무튼 모두 투자했는데 거기에서 나온 수익금을 받아요."

'아무튼'이라고 말하는 걸 보니, 재니스가 주식이나 채권에 대해서는 전혀 모르는 눈치였다. "스위스 은행에 맡겼나요?"

"아닐걸요. 뉴욕에 있는 은행에서 전담 관리해 주고 있어요. 거기에서 나오는 수익금만 해도 우리 부부가 먹고살기에는 충분해요. 데이비드는 더 많았으면 하지만요." 재니스가 살살거리며 말하는 모습이 케이크를 한 접시 더 먹겠다고 애원하는 아이 같았다. "데이비드는 스물두 살이 넘었는데도 일할 생각을 안 해서 부모님 댁에서 쫓겨났어요. 그때까지도 그이는 용돈을 두둑이 받으면서도 성에 차지 않아 했거든요."

톰은 이해할 수 있었다. 주머니가 쉽게 채워지다 보면 자기 존재에 대한 환상이 비대해지면서 현실 감각이 계속 떨어지기 마련이다. 냉장고에 꽉꽉 차 있는 음식을 꺼내서 식탁에 차리기만 하면 된다고 착각하는 것이다.

톰은 커피를 몇 모금 마셨다. "난 왜 보자고 한 겁니까?"

"그게 말이죠." 톰의 질문에 재니스가 꿈에서 깨어난 것 같았다. 그녀는 고개를 살살 흔들더니 톰을 쳐다보았다. "말씀드릴 일이 있어서요. 남편은 당신한테 장난치는 거예요. 그이는 당신에게 상처 주고 싶어 해요. 저한테도 그러거든요. 지금은 당신이 표적이 됐어요."

"남편이 나에게 어떻게 상처를 준다는 거죠?" 톰이 담배를 꺼내 들었다.

"아, 그이는 당신의 모든 걸 의심해요. 그래서 당신을 아주 기분 '나아쁘으게에' 해 주고 싶어 해요." 그녀가 특정 단어를 질질 끌면서 말했다. 이렇게 상처 주는 게 불쾌하겠지만 그저 장난이란 듯이 말이다.

"그렇다면 아직 성공하지 못했네요." 톰이 담배를 내밀자 재니스는 고개를 젓더니 자기 담배를 꺼냈다. "내가 어디가 의심스럽다는 거죠? 예를 들어 봐요."

"아, 그건 말 못 해요. 말했다간 그이한테 맞을 거예요."

"맞는다고요?"

"네, 그이가 때려요. 가끔 화를 다스리지 못하거든요."

톰은 살짝 놀란 척했다. "남편이 왜 날 싫어하는지 당신은 알 거 아닙니까? 사사로운 감정일 리는 없잖아요? 내가 당신 남편을 만난 지 고작 2주밖에 안 됐는데." 톰은 모험을 감행했다. "나에 대해 아무것도 모르면서."

그녀의 눈이 가늘어졌다. 희미한 미소는 이제 미소라고 부를 수조차 없었다. "모르죠. 그이가 그냥 아는 척하는 거예요."

톰은 그녀의 남편만큼이나 그녀도 싫었지만, 얼굴에 티를 내지 않으려고 노력했다. "원래 남편이 상습적으로 남들을 괴롭히고 다니나요?" 톰은 그런 사람이 있다는 게 놀랍다는 듯이 물었다.

이번에도 재니스가 아이처럼 낄낄거렸다. 눈가에 살짝 주름이 지는 걸 보니, 적어도 남편하고 비슷한 연배인 서른다섯은 되어 보였다. "뭐, 그런 셈이죠." 그녀가 톰을 쳐다보다가 시선을 돌렸다.

"나 이전엔 누굴 괴롭혔습니까?"

침묵이 흘렀다. 재니스는 지저분한 재떨이가 예언가의 유리구슬이라는 듯이, 그 안에 담긴 묵고 묵은 조각난 사연들을 훔쳐보듯이 재떨이를 뚫어져라 쳐다보았다. 그녀의 눈썹이 올라갔다. 지금도 재니스가 재미 삼아 연기하는 건가? 그녀의 이마 오른쪽에 초승달 모양으로 찍힌 흉터가 처음으로 톰의 눈에 들어왔다. 어느 날 밤 날아든 컵 받침에 흉이 진 걸까?

"당신 남편이 남들을 괴롭혀서 대체 뭘 얻으려는 거죠?" 톰이 교령회*에 참석해서 질문하는 사람처럼 자상하게 물었다.

"재미로 그러는 거예요." 이제야 재니스가 진심이 어린 미소를 지었다. "미국에 있을 때도 어떤 가수를 괴롭혔어요. 한 명이 아니라 두

* 영매를 두고 죽은 이와 소통을 도모하는 모임

명이나요!" 그녀가 헛웃음을 짓더니 설명을 이어 갔다. "한 명은 남자 대중 가수였고, 또 한 명은 훨씬 유명한 여성 소프라노 겸 오페라 가수였어요. 제가 이름은 까먹었는데, 차라리 그게 잘된 일이죠, 하하! 아마 노르웨이 출신이었을 거예요. 데이비드가……." 재니스가 다시 재떨이로 시선을 내렸다.

"누구한테요? 대중 가수한테요?" 톰이 물었다.

"네. 데이비드가 기분 나쁜 편지를 보냈어요. '너는 자빠진다', '두 명의 자객이 널 기다리고 있다' 뭐, 이런 내용이었죠. 그이는 그 남자 가수를 망가뜨리려고 작정했었는데, 그 남자가 벌벌 떨면서 공연하는 걸 보고 싶다는 게 이유였어요. 그이가 보낸 편지를 그 가수가 받았는지는 몰라요. 편지라면 얼마나 많이 받았겠어요. 젊은이들 사이에선 꽤 유명한 가수였으니. 이름이 토니 뭐였는데. 아무튼 그러다가 그 남자가 마약에 손대는 바람에 결국……." 재니스가 다시 말을 끊었다가, 이어서 말했다. "데이비드는 남이 망하는 걸 보는 게 좋은가 봐요. 자기 손으로 망하게 하는 걸요."

톰은 듣고 있다가 물었다. "그렇다면 남편이 망가뜨릴 대상에 대한 자료를 모으나요? 신문 기사라든가?"

"그러진 않아요." 재니스가 톰을 힐끔 쳐다보더니 대수롭지 않게 말한 다음 차로 입술을 축였다. "일단 그이는 누가 성공해서 잘나가는 꼴은 못 봐요. 사실 노르웨이 출신 오페라 가수는 그이가 망가뜨리지 못했거든요. 그런데도 데이비드는 그 여자 가수가 텔레비전에 나오기라도 하면, '이제 저 여자는 떤다, 저 여자는 망한다, 저 여자는 실수한다' 이렇게 쉬지 않고 중얼거렸어요. 지금도 그 모습이 기억이 나네요. 얼마나 어처구니없는 짓인가요." 재니스가 톰에게서 눈을 떼지 않았다.

솔직한 척하네, 톰은 생각했다. 만일 재니스가 진심으로 그렇게 생각했다면, 데이비드와 한 지붕 아래 살면서 대체 뭐 하는 걸까? 톰은 숨을 깊이 골랐다. 모든 유부녀한테는 논리적인 질문을 던져서는 안 된다. "그렇다면 당신 남편은 날 어쩔 셈인가요? 계속 괴롭힐 작정인가요?"

"아마 그럴걸요." 재니스가 또다시 온몸을 꼼지락거렸다. "그이는 당신더러 자신감이 넘치다 못해 잘난 척한대요."

톰이 웃음을 참았다. "그래서 계속 날 괴롭히다가 그다음에는요?"

재니스가 얇은 입술을 한쪽 끝만 올리자 교활하고 신나 보이는 듯한 주름이 잡혔다. 톰이 처음 보는 표정이었다. 그녀가 톰의 시선을 피했다. "그걸 누가 알겠어요?" 그녀가 다시 손목을 매만졌다.

"대체 왜 내가 데이비드의 표적이 된 겁니까?"

재니스가 톰을 쳐다보며 생각에 잠겼다. "그이가 당신을 공항에서 봤는데, 당신이 입은 코트가 눈에 띄었대요."

"코트요?"

"가죽에 털이 달린 코트였는데, 굉장히 고급스러웠대요. 데이비드가 '저 코트 근사하지 않아? 저 남자가 누군지 궁금하군' 이러더니 어찌어찌해서 당신이 누군지 알아냈더라고요. 당신 뒤에 딱 붙어 서 있다가 당신 이름을 봤나 봐요." 재니스가 어깨를 으쓱했다.

톰은 기억을 애써 더듬어 보았지만 생각나지 않자 눈을 깜빡였다. 공항에서 미국 여권을 들고 다녔을 테니 이름을 알아내는 것쯤은 당연히 가능했을 터. 그래서 확인해 보았을 것이다. 어디에 물어봤을까? 미국 대사관? 톰은 파리에 있는 대사관에 재외국민 거주 등록을 하지 않았고, 등록할 생각도 안 했다. 그렇다면 신문 기사를 찾아본 걸까? 그러려면 고생 좀 했을 텐데. "결혼한 지 얼마나 됐죠? 데이비드하고는 어떻게 만났나요?"

"그게 말이죠." 재니스의 갸름한 얼굴이 또다시 즐거움으로 물들었다. 그녀가 한 손으로 복숭아색 머리카락을 쓸어내렸다. "3년도 더 전에, 아주 큰 콘퍼런스에서 만났어요. 비서와 회계 담당자들이 참석하는 자리였는데, 사장들도 왔거든요." 그녀가 또다시 웃었다. "오하이오주 클리블랜드에서 열린 콘퍼런스에서 데이비드와 제가 어쩌다가 얘기하게 됐는지는 기억이 잘 안 나요. 사람이 정말 많았거든요. 그런데 왠지 데이비드에게 끌렸어요. 무슨 매력인지 당신은 잘 모르시겠지만요."

톰이 알 리가 없었다. 데이비드 프리처드 같은 부류는 원하는 게 있으면 누군가의 팔을 비틀고 목을 졸라서라도 그걸 얻어낼 사람이었다. 이런 점에 매료되는 특정 여성들이 있다는 걸 톰은 알고 있었다. 톰은 소매를 걷어 올렸다. "실례지만, 좀 이따 약속이 있어서요. 아직까진 괜찮아요." 톰은 신시아 얘기를 물어보고 싶어서 미칠 지경이었다. 프리처드가 대체 무슨 의도로 신시아의 이름을 들먹이는지 물어보고 싶었지만, 신시아의 이름을 또다시 거론하는 일은 피하고 싶었다. 당연히 톰이 걱정하는 모습도 들키고 싶지 않았다. "남편이 나한테 뭘 원하는지 물어봐도 됩니까? 우리 집 사진은 왜 찍은 거죠?"

"아, 그게 말이죠, 그이는 당신이 자기를 무서워하기를 바라요. 당신이 무서워하는 걸 보고 싶은 거죠."

톰은 화를 꾹 참으면서 미소를 지었다. "미안하지만, 그럴 일은 없어요."

"데이비드가 힘을 과시하는 거예요." 재니스가 조금 더 신경질적인 목소리로 말했다. "제가 그이한테 귀가 따갑도록 말했다니까요."

"하나만 더 묻죠. 혹시 남편이 정신과에 다닙니까?"

"하하! 히히!" 재니스가 낄낄거리더니 온몸을 가만히 두지 못했다. "그럴 리가요! 그이는 정신과 의사를 비웃어요. 정신과 얘기가 나오기만 하면, 정신과 의사는 다들 사기꾼이라고 해요."

톰이 웨이터를 불렀다. "있잖아요, 재니스. 남편이 아내를 때리는 게 보통 일은 아니잖아요?" 재니스가 이런 취급을 받으면서도 즐기자, 톰은 새어 나오는 비웃음을 참을 수가 없었다.

재니스가 고쳐 앉더니 인상을 썼다. "때린다……." 그녀가 벽을 쳐다보았다. "그 얘긴 하지 말 걸 그랬어요."

톰은 배우자를 감싸고 도는 유형이 있다는 말을 들은 적이 있었다. 적어도 지금은 재니스가 그런 유형이었다. 톰이 지갑에서 지폐를 한 장 꺼냈다. 찻값을 내고도 남는 돈이라 톰은 웨이터에게 잔돈은 가지라고 했다. "기운 내고, 데이비드의 다음 행보를 알려 줘요." 톰은 그게 재미있는 장난이라는 듯이 유쾌하게 말했다.

"무슨 행보요?"

"나를 망칠 행보."

그녀의 눈빛이 흐려졌다. 머리가 온갖 가능성으로 꽉 찼는지 간신히 미소를 지었다. "실은, 알려 드릴 수가 없어요. 전달할 길이 없을걸요. 혹시라도……."

"왜 없어요? 노력해 봐요." 톰이 잠시 기다렸다. "우리 집 유리창에 돌멩이라도 툭 던지면 되잖아요?"

재니스가 대답하지 않았다. 톰은 역겨워서 자리에서 일어났다.

"실례가 안 된다면……." 톰이 말했다.

재니스가 기분이 상했는지 아무 말 없이 자리에서 일어났다. 톰은 재니스가 먼저 출입문으로 나가도록 기다려 주었다.

"아 참, 당신이 남편을 차에 태우고 가는 걸 봤어요. 일요일에 우리 집 앞에서요. 이제 남편을 태울 일이 또 있겠네요. 배려심이 많은 분이니."

이번에도 재니스는 대답이 없었다.

톰은 못마땅한 나머지 욱하고 분노를 내뿜었다. "왜 남편에게 벗어나지 않는 거죠? 왜 옆에서 머뭇거리면서 남편이 시키는 대로 하는 겁니까?"

당연히 재니스 프리처드는 이 질문에 대답하지 않을 것이다. 정곡을 찌르는 질문이었기 때문이다. 톰은 재니스를 앞세워 그녀가 차를 세워 둔 곳까지 걸어갔다. 그사이 재니스의 오른쪽 눈에 눈물이 고였다.

"진짜로 결혼한 건 맞아요?" 톰이 추궁했다.

"그만하세요!" 그제야 눈물이 뺨을 타고 흘러내렸다. "난 정말이지 당신을 좋아하고 싶었다고요."

"굳이 애쓰지 말아요, 부인." 지난주 일요일 오전, 재니스가 벨옹브르 앞에서 남편을 태우더니 뿌듯하게 웃으며 떠나던 표정이 그 순간 톰의 눈앞에 되살아났다. "안녕히 가세요."

톰은 뒤돌아서서 자기 차로 향했다. 차까지 몇 미터 남지 않자, 발걸음을 재촉했다. 어디에든 주먹을 휘두르고 싶었다. 나무 기둥이든, 뭐든 주먹으로 때리고 싶었다. 집으로 가는 동안 액셀러레이터를 너무 세게 밟지 않도록 조심해야 했다.

현관문이 잠겨 있었다. 톰은 그걸 알고는 마음이 놓였다. 엘로이즈가 열어 주었다. 하프시코드를 연습하고 있었는지 슈베르트 가곡 악보가 펼쳐져 있었다.

"아베 마리아든 성모든 다 듣기 싫어!" 톰은 화를 다스리지 못하고 소리치더니 두 손으로 잠시 머리를 감쌌다.

"왜 그래, 여보?"

"그 여자는 미쳤어! 게다가 맥 빠지게 하는 여자야! 끔찍해."

"그 여자가 뭐랬는데?" 엘로이즈가 차분히 물었다.

엘로이즈는 웬만한 일로는 겁먹지 않는 사람이었다. 톰은 차분한 그녀가 좋았다. "만나서 커피를 마셨어. 마셨는데, 미국에서 왔다는 그 부부가." 톰은 머뭇거렸다. 아직도 톰은 엘로이즈와 함께 프리처드 부부를 무시하면 그만이라고 생각하고 있었다. 그런 괴짜들 때문에 엘로이즈를 불안하게 할 이유가 있을까? "있잖아, 여보. 날 질리게 하는 사람들이 있어. 질리다 못해 폭발하게 만드는 인간들이 있다고. 그래서 그랬어, 미안해." 엘로이즈가 더 묻기 전에 톰이 선수 쳤다. "잠깐만." 톰은 현관 복도 쪽에 있는 화장실로 들어가 찬물로 세수하고, 비누로 손을 씻으면서 손톱 솔로 문질렀다. 로제 르프티가 오면 기분이 완전히 달라질 것이다. 르프티가 누구부터 불러서 30분간 수업할지 톰과 엘로이즈로서는 전혀 예측할 수 없었다. 르프티가 정중하게 미소 띤 얼굴로 느닷없이 부르기 때문이었다. "그럼, 리플리 씨부터 오시죠." 혹은 "부인부터 할까요?" 둘 중 하나였다.

몇 분 후 르프티가 집에 도착했다. 날씨가 좋다는 둥 정원이 아름답다는 둥 일상적인 얘기를 기분 좋게 나누었다. 그러고는 발그스름한 얼굴에 미소를 띤 채 다소 두툼한 손을 들어 엘로이즈에게 손짓했다. "부인? 시작할까요?"

톰은 뒤에 계속 서 있었다. 엘로이즈는 연주할 때 남편이 근처에 있어도 상관하지 않았다. 톰은 그런 엘로이즈가 고마웠다. 톰이었다면 신랄하게 평가하는 사람이 있으면 걸리적거렸을 것이다. 톰은 담배에 불을 붙이고, 기다란 소파 뒤에 서서 벽난로 위에 걸린 더와트 그림을 바라보았다. 〈의자에 앉은 남자〉는 더와트가 아니라 버나드 터프츠가 그린 거라고 속으로 되뇌었다. 〈의자에 앉은 남자〉는 검붉은 색과 노란색이 뒤섞인 선이 겹겹이 그려져 있었다. 여느 더와트의 작품에서처럼, 이 작품에도 여러 개의 선이 겹쳐진 테두리가 보였다. 선은 갈수록 어두워지는데, 혹자는 그걸 보면 머리가 어지럽다고 했다. 멀리서 보다가 조금만 움직여도 그림 속 형상이 살아서 움직이는 것 같았다. 의자에 앉은 남자의 거무튀튀한 얼굴이 유인원을 닮았다. 남자는 고심하는 듯한 표정을 짓고 있는데, 이목구비가 뚜렷이 보이진 않았다. 안정감이라곤 찾아볼 수 없고(의자에 앉아 있으면서도), 불안해하고 힘들어하는 분위기가 구현되어 있었는데, 이런 면이 톰의 마음을 사로잡았다. 게다가 위작이란 것도 좋았다. 그래서 〈의자에 앉은 남자〉가 벨옹브르의 명당을 차지한 것이다.

거실에는 더와트의 또 다른 작품이 걸려 있었다. 바로 〈붉은 의자〉였다. 아주 크지도, 아주 작지도 않은 보통 크기의 캔버스화로, 열 살 정도 되는 소녀 두 명이 긴장한 채 의자에 앉아 질겁한 듯 놀란 눈을 하고 있었다. 이 작품 역시 의자와 소녀들의 윤곽에는 붉은색이 감도는 노란 선이 서너 겹 칠해져 있었다. 이 그림을 감상하는 이들은 잠시 후에야 배경에 불꽃이 일고 있다는 사실과 그 불꽃이 의자로 옮겨붙을 수도 있다는 사실을 깨닫는다(톰은 이 그림을 볼 때마다 처음 본 순간이 떠올랐다). 지금은 가치가 얼마나 더 올랐을까? 몇십만 파운드는 가뿐히 넘고 1백만 파운드에 육박할 것이다. 아니, 더 나갈지도 모른다. 어디서 경매에 부치느냐에 따라 달라질 것이다. 톰이 보험을 가입한 회사에서는 그가 소장한 더와트 작품 두 점의 가치를 지속해서 올리고 있었다. 톰은 팔 생각이 없었다.

만일 천박한 데이비드 프리처드가 죄다 위작이라고 까발린다고 해도 〈붉은 의자〉만큼은 절대로 건드릴 수 없을 것이다. 아주 오래전 런던에서 더와트가 진품이라고 확인해 주었기 때문이다. 프리처드가 어설프게 끼어들어 난장을 치진 못할 것이다. 프리처드는 버나드 터프츠라는 존재는 들어보지도 못했기 때문이다. 슈베르트의 사랑스러운 선율이 톰에게 힘과 용기를 안겨 주었다. 엘로이즈의 연주 실력이 비록 공연할 수준은 아니더라도, 곡에 대한 이해, 슈베르트에 대한 존경이 그 안에 담겨 있었다. 더와트가, 아니 버나드 터프츠가 더와트의 화풍으로 〈의자에 앉은 남자〉를 그리면서 그 안에 더와트에 대한 존경을 녹여 낸 것처럼 말이다.

톰은 어깨에 긴장을 풀고, 손가락도 푼 다음 손톱을 살폈다. 깔끔하게 제대로 정리되어 있었다. 더와트 위작의 가치가 하루가 멀다 하고 치솟는데도, 버나드 터프츠는 이윤을 탐한 적이 한 번도 없었다. 버나드는 런던에 있는 작업실에 틀어박혀서 먹고살 만큼만 받았다.

만일 프리처드 같은 인간이 더와트 위작의 실체를 까발리면—대체 어떻게 까발린다는 거지?—이미 이 세상 사람이 아닌 버나드 터프츠의 존재까지 드러날 것이다. 제프 콘스턴트와 에드 밴버리가 위작 화가가 누구냐는 질문에 대답해야 할 텐데, 신시아 그래드노어는 그게 누군지 당연히 알고 있었다. 여기에서 재미있는 건, 신시아가 버나드의 이름을 들먹이며 배신하지 않을 만큼 과거 연인이었던 버나드 터프츠를 지금까지도 아끼느냐가 관건이었다. 톰은 이상을 좇는 아이 같았던 버나드를 지켜 주고 싶다는 묘하고도 뿌듯한 욕망이 일었다. 자기가 지은 죄로 인해 결국 자기 손으로 생을 마감할 수밖에 없었던 버나드를 말이다(버나드는 잘츠부르크의 어느 절벽에서 몸을 날렸다).

버나드가 호텔을 바꾸겠다며 톰에게 더플백을 맡기고 다른 호텔을 알아보러 갔다, 이게 톰이 지금껏 해 온 주장이었다. 실상은, 톰이 버나드의 뒤를 밟고 있던 와중에 버나드가 갑자기 절벽에서 뛰어내렸다. 그다음 날, 톰은 버나드의 시신을 힘이 닿는 데까지 화장한 다음, 버나드의 유해를 더와트의 것이라고 우겼다. 이런 톰의 주장이 지금까지는 먹혔다.

만일 신시아가 들끓는 분노를 참지 못하고 이렇게 자문하면 얼마나 재미있을까? '그렇다면 대체 버나드의 시신은 어디에 있는 걸까?' 신시아는 톰은 말할 것도 없고 벅마스터 갤러리의 공동 관장인 에드와 제프라면 치를 떨었다. 톰은 그 사실을 잘 알고 있었다.

7

비행기가 오른쪽 날개를 한껏 기울이며 하강하기 시작했다. 톰은 안전띠를 맨 채로 최대한 몸을 일으켰다. 엘로이즈는 창가석에 앉았다. 톰이 그쪽에 앉힌 것이다. 장관이 펼쳐졌다. 탕헤르항에서 두 갈래로 갈라져 나오면서 안쪽으로 살짝 휘어진 접안 시설이 보였다. 뭐라도 잡으려는 듯이 지브롤터 해협을 향해 팔을 뻗은 모양새였다.

"지도에서 봤는데, 기억하지? 바로 저기야!" 톰이 말했다.

"그러게, 여보." 엘로이즈는 톰만큼 들뜨지는 않았어도 둥근 창에서 눈을 떼지 못했다.

안타깝게도 창이 지저분해서 시야가 뿌옜다. 톰은 몸을 숙이고 지브롤터 해협을 내려다보려고 했지만, 잘 보이지 않았다. 그래도 스페인 남단에 있는 알헤시라스는 제대로 보였다. 세상 모든 것이 작아 보였다.

비행기가 수평을 잡더니 이번에는 기체를 반대쪽으로 기울이며 왼쪽으로 틀었다. 전경이 사라졌다. 오른쪽 날개가 다시 내려가자, 그제야 톰과 엘로이즈는 경치를 제대로 감상할 수 있었다. 육지가 보이더니 빼곡하게 들어찬 하얀 집들이 모습을 드러냈다. 백악처럼 희고 작은 집에 작고 네모난 창이 나 있었다. 비행기는 지상에 착륙한 후에도 10분은 더 달렸다. 그사이 승객들이 안전띠를 끌렀다. 빨리 내리고 싶은 마음에 다들 앉아 있지 못했다.

두 사람은 천장이 높다란 공간에 있는 여권 심사대로 향했다. 저 높이 달린 닫힌 창으로 햇살이 쏟아졌다. 날씨가 무더워서, 톰은 여름용 재킷을 벗어서 팔에 걸었다. 사람들이 두 줄로 섰다. 서서히 줄어드는 줄에 선 사람들 중에는 프랑스 관광객은 물론 모로코 시민들도 있었다. 젤라바*를 걸친 이들도 간간이 보였다.

톰은 그다음 장소로 이동했다. 바닥에 짐들을 모아 놓은 곳에서 자기 짐 가방을 찾았다. 가방을 이렇게 대충 늘어놓은 공항은 처음이었다. 톰은 1천 프랑을 디르함**으로 환전한 다음, 안내 데스크에 앉은 짙은 머리의 여직원에게 시내로 가는 가장 좋은 방법이 뭐냐고 물었다. 택시를 타라는 말에 톰은 요금이 얼마나 나오는지 물었다. 여직원은 대략 50디르함 정도 나올 거라고 했다.

* 두건이 달린 남성용 긴 상의
** 모로코 화폐 단위

엘로이즈가 지금까지는 '이성적으로' 굴었다. 두 사람은 짐꾼을 쓰지 않고 가방을 옮겼다. 톰은 엘로이즈에게 모로코에 가면 쇼핑할 게 많다면서 가방을 하나 더 사서 그 안에 쇼핑한 물건을 담아 오자고 했었다.

"시내까지 50이면 되죠?" 톰은 문을 열어 주는 택시 기사에게 불어로 물었다. "엘 민자 호텔에 가려고요." 톰은 택시 안에 미터기가 없다는 걸 알고 있었다.

"타세요." 기사가 불어로 무뚝뚝하게 대답했다.

톰과 기사가 차에 짐을 실었다.

택시는 로켓처럼 튀어 나갔다. 톰이 그렇게 느낀 건, 도로가 울퉁불퉁한 데다가 열린 차창으로 바람이 들어왔기 때문이다. 엘로이즈는 앉은 자리에서 안전띠를 움켜쥐고 있었다. 운전석 창으로 먼지 바람이 밀려왔다. 그나마 직선 도로였다. 택시는 톰이 비행기에서 봤던 흰 집이 모여 있던 곳으로 달려가는 듯했다.

도로 양옆으로 집들이 늘어 서 있었다. 붉은 벽돌로 지어진 다소 엉성한 건물들은 4층에서 6층 정도 되어 보였다. 택시가 번화가로 접어들었다. 샌들을 신은 남녀가 인도를 거닐고 있었고, 카페도 슬슬 보이기 시작했다. 꼬마들이 겁도 없이 내달려 길을 건너는 바람에 톰이 탄 택시가 급제동해야 했다. 뿌연 먼지가 내려앉은 우중충한 시내로 들어온 게 확실했다. 길에는 쇼핑객들과 행인들로 북적였다. 기사가 좌회전한 후 몇 미터 더 가더니 택시를 세웠다.

엘 민자 호텔에 도착했다. 톰은 택시에서 내려서 10디르함을 더 얹어 요금을 건넸다. 빨간 제복을 입은 벨보이가 와서 거들어 주었다.

톰은 천장이 높고 다소 격식을 갖춘 분위기가 풍기는 로비에서 체크인했다. 언뜻 보기엔 깔끔했다. 붉은색과 자주색을 주색으로 쓰면서도 벽면만큼은 크림색이었다.

몇 분 후 톰과 엘로이즈는 '스위트룸'으로 들어갔다. 톰은 '스위트룸'이라는 말은 들을 때마다 터무니없이 우아한 표현이라는 생각이 들었다. 엘로이즈가 빠르지만 제대로 세수부터 하더니 짐을 풀기 시작했다. 톰은 창밖을 내다보았다. 두 사람의 방은 유럽식으로 세면 4층이었다. 톰은 무채색 빌딩이 파노라마처럼 펼쳐져 북적이는 광경을 내려다보았다. 6층 이상의 건물은 보이지 않았고, 빨랫줄 때문에 어수선해 보였다. 몇몇 옥상 게양대에는 정체를 알 수 없는 너덜너덜한 깃발이 휘날리고 있었다. 옥상에는 텔레비전 안테나도 많았지만, 빨랫줄이 훨씬 더 많아 보였다. 스위트룸에 있는 다른 창으로 바로 밑을 내려다보니, 부티 나는 남자가 호텔 부지에 큰 대자로 누워 있었다. 엘 민자 호텔 수영장 주위엔 햇살이 닿지 않았다. 비키니와 수영복 바지를 입고 첨벙대는 사람들 너머로 흰 테이블과 의자가 한 줄로 놓여 있었다. 그 너머로 관리가 잘돼 보기 좋은 야자나무며 산울타리며 만개한 부겐빌레아까지 보였다.

에어컨이 톰의 허벅지 높이에서 시원한 바람을 내뿜고 있었다. 그는 팔을 뻗어 시원한 바람을 소매 안으로 들였다.

"여보!" 살짝 난감하게 찡찡거리던 소리가 이내 짧은 웃음으로 바뀌었다. "물이 끊겼어! 별안간 뚝! 노엘이 말한 대로야. 기억나지?"

"하루에 네 시간은 완전히 단수된다고 했었나?" 톰이 웃었다. "변기 물은 어때? 욕조 물만 안 나오는 거야?" 톰이 욕실로 들어갔다. "노엘이 말하지 않았나? 그래, 이거 봐! 양동이에 깨끗한 물을 담아 놨네! 마실 물은 아니니 이걸로 씻으면 되겠네."

톰은 찬물로 손과 얼굴만 대충 씻었다. 그리고 둘 사이에 가방을 펼쳐 놓고 앉아 짐을 거의 다 풀었다. 그런 다음 산책하러 나갔다.

톰이 오른쪽 바지 주머니에 넣어 둔 동전이 쟁그랑거렸다. 뭐부터 사야 하나. 커피? 엽서? 둘은 다섯 개의 길이 만나는 교차로에 있는 '프랑스 광장'에 도착했다. 톰이 들고 온 지도에 따르면 다섯 길 중에 라리베르테가도 있었는데, 바로 이 길에 두 사람이 묵는 호텔이 있었다.

"여기 좀 봐!" 엘로이즈가 가죽 공예 가방을 가리켰다. 가방은 스케이프와 용도를 알 수 없는 구리 그릇과 함께 상점 바깥에 걸려 있었다. "여보, 예쁘지? 특이해."

"음, 다른 가게에도 있을 테니 좀 둘러보자." 저녁 7시가 다 된 시각이라 두 명의 가게 주인이 문을 막 닫으려던 참이었다. 톰은 그걸 눈치채고는 엘로이즈의 손을 와락 쥐었다. "진짜 근사하지 않아? 새로운 나라로 왔다는 게!"

엘로이즈가 남편을 바라보며 웃었다. 톰은 그녀의 연보라색 눈동자 속에 신비하게 그어진 짙은 선들을 감상했다. 선들이 바큇살처럼 동공에서 뻗어 나갔다. 엘로이즈의 눈동자처럼 아름다운 무언가가 빼곡한 형상으로 구현된 것 같았다.

"사랑해." 톰이 말했다.

두 사람은 파스퇴르가로 들어섰다. 약간 내리막인 대로였다. 상점도 더 많아졌고, 뭐든 조금 더 북적거렸다. 여자들이 기다란 가운을 걸친 채 길바닥을 쓸고 다녔다. 다들 맨발에 샌들을 신었다. 소년들과 청년들은 청바지에 운동화를 신고 여름용 셔츠를 선호하는 듯했다.

"시원하게 차나 한잔 마실까? 아니면 키르? 이곳 사람들도 키르를 만들 줄 알겠지."

호텔로 돌아가다 보니 프랑스 광장이 다시 나왔다. 톰이 브로슈어에서 봤던 약도에 따르면 광장에 '카페 드 파리'*가 있었다. 인도 위에 탁자와 의자를 길게 늘어놓은 시끌벅적한 카페였다. 톰은 유일하게 비어 있는 작고 둥근 탁자를 맡아 놓고, 옆 테이블에서 빈 의자를 하나 얻어 왔다.

"당신도 현찰을 좀 갖고 다녀야지." 톰이 지갑을 꺼내더니 갖고 있던 디르함 지폐의 절반을 엘로이즈에게 건네주었다.

엘로이즈는 우아하게 핸드백을—생긴 건 새들백이었으나 크기는 더 작았다—열더니, 지폐 뭉치를 재빨리 집어넣었다. "얼마나 돼?"

"대충 4백 프랑 정도 될 거야. 오늘 저녁에 호텔에 가서 조금 더 환전하려고. 엘 민자 호텔이나 공항이나 환율이 엇비슷하더라."

엘로이즈는 그의 말에 별 관심을 보이지 않았지만, 톰은 엘로이즈가 기억하리라는 걸 알았다. 주변에 불어는 들리지 않고, 아라비아 말과 베르베르어**만 들렸다. 둘 중 뭐가 됐든 톰은 알아듣지 못했다. 테이블에 앉아 있는 건 죄다 남자들뿐이었다. 중년 남자들도 몇 명 보였는데, 다소 우람한 체격에 반소매 셔츠를 입고 있었다. 저 멀리 있는 테이블 한 곳에만 금발의 남녀가 앉아 있었다.

웨이터를 보기가 힘들었다.

"노엘이 묵을 호텔방 예약을 확인해야 하나, 여보?"

"하면 좋지. 재차 확인해서 나쁠 거야 없잖아." 톰이 미소를 지었다. 사실 톰은 어제 체크인하면서 내일 도착할 하슬러 부인의 예약이 잘 되어 있는지 물어봤었다. 호텔 직원은 잘되어 있다고 확인해 주었다. 톰이 세 번째로 웨이터를 불렀다. 흰 재킷을 입고 쟁반을 든 웨이터가 아예 신경을 쓰지도 않는 듯했지만, 이번에는 자리로 왔다.

웨이터는 와인과 맥주는 주문할 수 없다고 했다.

둘 다 커피로 시켰다. 커피 두 잔이요.

톰은 북아프리카까지 와서 하고많은 사람 중에 신시아 그래드노

* 1927년에 문을 연 탕헤르 최고의 명소

** 북아프리카 일대에서 쓰이는 아프리카·아시아어족의 한 어군

어만 생각났다. 신시아. 금발, 냉담함의 전형이자 영국인답게 무심한 인물. 신시아가 버나드 터프츠에게 차갑게 대하다가 막판엔 매몰차게 굴지 않았던가? 글쎄, 이건 톰이 대답할 수 없는 문제였다. 남녀가 살을 섞는 관계로 발전하게 되면 남들 앞에 있을 때와 둘만 있을 때가 확연히 다르기 때문이다. 신시아가 자신과 버나드는 뒤로 쏙 빠진 채, 톰 리플리를 어디까지 폭로할 수 있을까? 톰은 궁금했다. 신시아와 버나드가 부부는 아니었지만, 둘의 영혼은 하나였을 것이다. 두 사람은 사랑하던 사이였다. 교제한 기간이 고작 몇 개월밖에 되지 않았지만, 물리적 수치는 중요하지 않았다. 신시아는 버나드를 존경했고 무척 사랑했다. 버나드는 자기 자신을 들볶다가 결국 스스로 '가치 없는 존재'라 결론 내렸을 것이다. 심지어 신시아와 사랑을 나누는 순간에도 그런 생각을 했을 것이다. 더와트 대신 그림을 그린다는 죄책감에 시달렸기에.

톰이 한숨을 쉬었다.

"무슨 일 있어, 톰? 피곤해서 그래?"

"피곤하긴!" 톰은 피곤하지 않아서 이번에도 활짝 웃었다. 그가 와 있는 곳이 어딘지 깨닫는 순간, 진정한 자유가 밀려왔다. 그들을 적이라 칭할 수 있다면 적에게 몇백 킬로미터나 벗어났기 때문이다. 방해꾼이라고도 부를 수 있었다. 방해꾼에는 당연히 프리처드 부부는 물론 신시아 그래드노어까지 포함됐다.

톰은 잠시나마 그 생각이 멈춰지지 않자 또다시 인상을 쓰고 말았다. 그걸 느끼는 순간 이마를 문질렀다. "내일…… 내일은 뭐 할까? 장난감 군인이 있는 포브스 박물관에 갈까? 카스바에 있대. 기억나지?"

"그럼!" 엘로이즈의 표정이 순식간에 환해졌다. "르 카스바! 거기 갔다가 사코에 가자!"

'그랑 소코'라는 대형 시장에 가자는 소리였다. 그곳에서는 물건을 살 때 가격을 깎고 흥정해야 했다. 톰은 못마땅했지만, 안 그러면 안 된다는 것을 알고 있었다. 깎지 않으면 호구로 알고 바가지를 씌운다.

둘이 다시 호텔로 돌아가다 보니, 길에서 연두색이 감도는 무화과와 그보다 조금 더 진한 무화과를 팔고 있었다. 톰은 굳이 흥정하지 않았다. 품종은 다르지만 둘 다 아주 잘 익은 상태였다. 그리고 사는 김에 탐스러운 청포도와 오렌지도 샀다. 톰은 길에 카트를 놓고 파는 주인이 건넨 비닐봉지 두 개를 받아 들었다.

"방에 갖다 놓으면 보기 좋을 거야. 노엘한테도 나눠 주자." 톰이 말했다.

물이 다시 나오자 톰은 기분이 좋아졌다. 샤워는 엘로이즈부터 하고, 톰이 나중에 했다. 샤워를 마치고 부부는 파자마 차림으로 광활한 침대에 누워 에어컨 바람을 쐬며 쉬었다.

"텔레비전이 있던데." 엘로이즈가 말했다.

톰은 텔레비전이 있다는 걸 알고 그쪽으로 가서 전원을 켰다. 아니, 켜려고 했다. "궁금한데 켜 볼까." 톰이 엘로이즈에게 말했다.

텔레비전에 전원이 들어오지 않았다. 확인해 보니 플러그는 제대로 꽂혀 있었다. 같은 콘센트에 꽂힌 램프에는 불이 들어왔다.

"내일." 톰은 포기하더니 상관없다는 듯이 중얼거렸다. "내일 사람을 불러야겠다."

다음 날 아침, 두 사람은 카스바로 가기 전에 그랑 소코부터 들렀다가 미터기가 없는 택시를 타고 호텔로 돌아왔다. 엘로이즈가 쇼핑한 물건을 두러 온 것이다. 갈색 가죽 가방과 붉은 샌들을 샀는데, 온종일 들고 다니고 싶지 않았다. 톰은 택시 기사에게 기다리라고 한 다음 프런트에 가서 짐을 맡겼다. 그리고 다시 택시를 타고 우체국으로 가서 타자기 리본처럼 생긴 정체불명의 물건을 부쳤다. 톰은 프랑스에서 물건을 아예 새로 포장해 모로코로 가지고 왔다. 리브스가 당부한 대로, 항공 우편으로 부치되 등기로 부치진 않았다. 가짜 반송 주소는 아예 적지도 않았다.

톰과 엘로이즈는 택시를 다시 잡아탄 후 카스바로 가자고 했다. 택시가 좁은 오르막길을 따라 올라가자 요크성이 나왔다. 이곳에서 새뮤얼 피프스*가 기거하며 근무했다는 글을 본 적이 있었다. 탕헤르항이 내려다보였다. 양옆에 있는 흰 집들이 작아서 그런지, 돌로 쌓은 성벽이 무척 탄탄하고 웅장해 보였다. 높다란 녹색 돔 사원도 근방에 있었다. 톰이 사원을 쳐다보자 성가가 시끄럽게 울려 퍼졌다. 옛날에는 하루에 다섯 번 기도 시간을 알리는 임무를 맡은 자가 신도들에게 나오라고 소리를 쳤다지만, 요즘은 녹음기를 틀어 놓는다는 기사를 읽은 적이 있었다. 사람들이 너무 게을러터져서 침대에서 나와 계단을 오를 생각조차 하지 않는다고 해도, 새벽 4시에 깨우는 건 무자비한 짓으로 보였다. 자다 깬 신도들은 메카 앞에 서서 뭔가를 암송한 다음 도로 침대에 누웠을 것이다.

* 17세기 영국 정치가

군인 모형이 있는 포브스 박물관에서 톰이 엘로이즈보다 더 들뜨긴 했지만, 엘로이즈가 덜 신나 보인다고 단언할 수는 없었다. 엘로이즈는 말은 없어도 톰만큼 매료되어 있었다. 전투 장면, 피로 얼룩진 붕대를 머리에 감은 부상병을 치료하는 막사, 행진하는 연대, 말에 올라탄 장병들, 이 모든 것이 기다란 카운터 위 유리 케이스 안에 재현되어 있었다. 장병들과 간부들은 키가 11센티미터 정도였는데, 거기에 맞게 포탄과 마차도 축소되어 있었다. 정말 장관이었다. 일곱 살로 다시 돌아갈 수만 있다면 얼마나 짜릿할까! 별안간 이 지점에서 톰의 사고가 정지했다. 장난감 군인을 갖고 놀 나이에 부모가 익사하자, 도티 이모가 톰을 키워 주었다. 이모는 장난감 군인의 매력을 조금도 이해하지 못했고, 톰에게 뭐라도 하나 사라고 돈을 준 적도 없었다.

"여기에 우리 둘만 있으니 좋지?" 톰이 엘로이즈에게 물었다. 이렇게 광활한 공간에 단둘뿐, 아무도 없다는 게 이상했다.

입장료는 무료였다. 하얀 젤라바를 입은 젊은 관리인이 넓은 로비에 서 있다가 톰 부부에게 방명록에 서명해 달라고 부탁했다. 엘로이즈가 먼저 하고 톰이 나중에 했다. 누런 종이를 묶어 놓은 두툼한 방명록이었다.

"고맙습니다. 잘 봤어요." 톰 부부가 인사를 건넸다.

"이제 택시 탈까? 저기, 저거 택시 아닌가?" 톰이 물었다.

두 사람은 박물관 앞 널찍하고 푸르른 잔디밭을 가로지르는 산책로를 따라 도로변 택시 승차장까지 걸어갔다. 먼지를 뒤집어쓴 차가 한 대 서 있었다. 택시가 맞다니, 운이 좋았다.

"카페 드 파리, 갑니까?" 톰은 창문에 대고 물어본 다음 택시를 탔다.

택시를 타자 두 사람은 몇 시간 후면 샤를 드골 공항에서 비행기를 탈 노엘이 생각났다. 노엘의 방에 신선한 과일을 갖다 둔 다음(두 사람이 묵는 방 한 층 위였다), 택시를 타고 공항으로 마중 나가자고 했다. 톰은 레몬 조각이 동동 뜬 토마토주스를, 엘로이즈는 얘기만 들어봤지 마셔 본 적 없는 민트 티를 시켰다. 향기가 좋았다. 톰도 한 모금 마셔 보았다. 엘로이즈는 너무 덥다면서 민트 티를 마시면 도움이 될 거라 했지만, 뭐가 어떻게 도움이 되는지는 설명하지 못했다.

카페에서 조금만 더 가면 두 사람이 묵는 호텔이 있었다. 톰은 계산한 다음 의자 뒤에 걸어 놓았던 흰 재킷을 집어 들었다. 바로 그때, 왼편으로 보이는 번화가에서 익숙한 머리와 어깨가 그의 눈길을 사로잡았다.

데이비드 프리처드? 옆모습이 비슷해 보였다. 톰은 자리에서 일어났지만, 워낙 북적거리는 거리라서 프리처드(진짜로 그였다면)가 이미 인파 속으로 사라져 버리고 말았다. 그렇다고 모퉁이로 달려가 확인하거나, 그 남자를 쫓아 뛰어갈 만한 일은 아닌 것 같았다. 아마 톰이 착각했을 것이다. 짙은 머리에 뿔테 안경을 쓴 남자. 그런 스타일은 하루에도 두 번은 보지 않나.

"이쪽으로 가야 해, 여보."

"나도 알아." 호텔로 가는 길에 꽃 장수가 보이자 톰이 말했다. "꽃이네! 몇 송이 사자!"

두 사람은 부겐빌레아와 왕원추리를 샀다. 키 작은 동백도 한 다발 샀는데, 노엘에게 줄 것이었다.

리플리 부부 앞으로 온 메모가 있냐고 톰이 묻자, 붉은 제복을 입은 직원이 프런트 뒤에 서서 없다고 대답했다.

호텔 관리인에게 전화해 꽃병 두 개를 갖다 달라고 했다. 노엘의 방과 톰 부부의 방에 각각 하나씩 놓으려 했다. 사실 꽃을 넉넉히 사긴 했다. 부부는 간단히 샤워를 끝내고 점심을 먹으러 나갔다.

두 사람은 노엘이 추천했던 '더 펍'을 찾아보기로 했다. "파스퇴르가에서 조금 떨어진 시내 한복판에 있다고 했는데." 톰은 노엘이 한 얘기를 상기했다. 길에서 타이와 벨트를 파는 상인에게 물었다. 혹시 더 펍이라는 곳을 아느냐고 물으니, 상인은 두 블록을 더 가면 오른편에 보일 거라고 했다.

"정말 감사합니다." 톰이 인사했다.

에어컨을 약하게 튼 건지는 잘 모르겠지만, 더 펍은 쾌적하고 재미있는 공간이었다. 엘로이즈는 영국식 펍이 어떻게 생겼는지 알고 있어서 이곳의 진가를 알아보았다. 사장이 공들여 꾸며 놓은 더 펍은 갈색 서까래가 드러나 있었고, 벽에는 낡은 추시계가 걸려 있었다. 그 옆에 스포츠팀의 사진을 걸었고, 메뉴는 칠판에 적어 놓았다. 하이네켄 병맥주가 눈에 띄었다. 아담하지만 그리 붐비지는 않았다. 톰은 체더치즈 샌드위치를, 엘로이즈는 치즈 요리와 맥주를 시켰다. 그녀는 찜통더위일 때만 맥주를 마셨다.

"집에 전화해야 해?" 엘로이즈가 맥주 첫입을 마시더니 물었다.

톰은 살짝 놀랐다. "집에는 뭐 하러? 걱정돼서 그래?"

"아니. 당신이 걱정하잖아. 아냐?" 엘로이즈가 아주 살짝 인상을 찌푸렸지만, 인상을 쓰는 일이 거의 없어서 그런지 노려보는 것 같았다.

"아닌데. 내가 무슨 걱정을 한다고 그래?"

"프리카드 걱정, 아닌가?"

톰은 한 손으로 두 눈을 가렸다. 얼굴이 달아오르는 것 같았다. 더위 때문일까? "프리처드라고, 여보. 그리고 난 걱정 안 해." 톰이 딱 잘라 말했다. 치즈 샌드위치와 렐리시가 담긴 레미킨이 그의 앞에 차려졌다. "그 녀석이 뭘 할 수 있겠어? 고맙습니다." 톰이 웨이터에게 인사를 건넸다. 이제 웨이터가 엘로이즈 앞에 음식을 내려놓았다. 어쩌다 보니 순서가 그렇게 되었다. 톰이 '그 녀석이 뭘 할 수 있겠어?'라고 했지만, 그건 엘로이즈를 달래기 위한 실없는 소리였다. 프리처드가 일을 크게 벌일지도 모른다. 프리처드가 정확히 어디까지 증명할 수 있느냐에 달려 있긴 하지만 말이다. "치즈 요리는 맛이 어때?" 톰이 이번에도 아무렇지 않은 척하며 물었다.

"여보, 그린리프인 척하고 전화한 사람이 프리샤드는 아니겠지?" 엘로이즈가 치즈 위에 겨자를 펴 발랐다.

엘로이즈가 디키라는 이름은 빼고 그린리프라고 성만 말하자, 톰은 디키도, 디키의 사체도 아주 멀리 있는 것처럼 느껴졌다. 심지어 이 세상에 아예 존재한 적도 없는 존재처럼 느껴졌다. 톰이 차분히 대답했다. "그럴 리가. 프리처드는 목소리가 굵고, 젊지도 않잖아. 젊은 남자 목소리 같다고 당신이 그랬잖아."

"그랬지."

"전화 얘기를 들으니." 톰이 사색에 잠긴 채 렐리시를 수저로 떠서 접시 한쪽에 펴 놓았다. "실없는 농담이 생각났어. 듣고 싶어?"

"응, 말해 줘." 엘로이즈가 대답했다. 라벤더색 눈동자가 계속 관심을 보였다.

"정신 병원 얘기야. 어떤 환자가 뭘 쓰고 있었는데, 의사가 그걸 보더니 뭐 하냐고 물었대. 환자가 편지를 쓴다고 하니, 의사가 누구한테 보내는 편지냐고 물었대. 환자는, 자기 자신한테 쓰는 편지라고 했대. 의사가 뭐라고 적었느냐고 물으니 환자가 말하길, '나도 모르죠, 아직 못 받았잖아요.'"

엘로이즈는 이 얘기를 듣고도 폭소 대신 미소만 지었다. "진짜 실없다."

톰이 숨을 크게 골랐다. "여보. 엽서는 넉넉히 사자. 낙타가 뛰어다니고, 시장 전경과 사막 사진이 실려 있고, 닭이 거꾸로 걸린 사진엽서로 사자."

"닭이라니?"

"닭이 거꾸로 매달린 사진엽서가 종종 보이더라. 멕시코에 갔을 때도 봤는데, 닭을 시장에 내다 팔러 가는 장면인가 봐." 톰은 닭이 목이 비틀린 채 거꾸로 매달려 있다는 말은 해 주고 싶지 않았다.

작은 병으로 하이네켄을 두 병 더 마신 다음에야 점심 식사가 끝났다. 천장이 높고 우아한 엘 민자 호텔로 돌아가 다시 샤워했는데, 이번에는 둘이 같이했다. 샤워하고 나니 졸음이 쏟아졌다. 공항으로 마중 나가기 전까지는 시간이 넉넉했다.

4시가 조금 넘자, 톰은 청바지에 셔츠를 입고 아래층으로 내려가 호텔 프런트에서 엽서 열두 장을 샀다. 톰은 아예 볼펜을 들고 내려갔는데, 일단 그가 인사말을 적어 놓으면 엘로이즈가 믿음직한 아네트 여사한테 하고 싶은 말을 이어서 써 내려갈 것이다. 아, 가 버린 시절이여. 그 숱한 나날들이 과연 있긴 있었던가? 톰이 유럽에 있을 때 도티 이모에게 엽서를 보낸 적이 있었다. 그때는 사실 이모가 끝까지 자비를 베풀어 그에게 뭐라도 남겨 주길 바라는 심산으로 그랬던 것이다. 이모는 톰 앞으로 10만 달러*를 유산으로 남겨 주었지만, 톰이 좋아하고 탐내던 이모의 집은 딴 사람에게 물려주었다. 그 집을 누가 상속받았는지는 까먹었는데, 그건 톰이 그 이름을 머리에서 지우고 싶었기 때문이다.

톰은 엘 민자 호텔 바에 있는 스툴에 앉아 있었다. 조명이 무척 근사했다. 클레그 부부에게도 다정한 내용으로 엽서를 적어 보낼 생각이었다. 믈룅에 사는 좋은 이웃으로, 알고 지낸 지 꽤 되었다. 둘 다 영국인이었고, 남편은 은퇴한 변호사였다. 아네트 여사에게는 불어로 적었다.

아네트 여사님께

여긴 너무 덥습니다. 목줄도 안 한 염소 두 마리가 인도 위를 걸어 다닙니다.

진짭니다. 샌들을 신은 소년이 두 마리를 데리고 가는데, 필요할 때만 염소의 뿔을 쥐면서 두 녀석을 얼마나 잘 몰고 가던지요. 대체 어디로 가는 걸까요?

* 4권에서는 이모가 1만 달러를 남겼다고 했는데, 5권에서는 10만 달러라고 했다. 작가의 착오로 보인다.

(톰은 이런저런 내용을 주절주절 적었다.)

온실 옆에 있는 작은 개나리에 지금 물을 주라고 앙리에게 전해 주세요. 그럼 이만.

톰

"손님, 뭐로 하시겠습니까?" 바텐더가 물었다.

"고맙습니다만, 일행이 오기로 해서요." 톰이 대답했다. 붉은 제복을 입은 바텐더는 톰이 이 호텔 투숙객이라는 걸 아는 눈치였다. 모로코 사람들은 이탈리아인들처럼 낯선 사람을 눈여겨보며 얼굴을 외웠다.

톰은 프리처드가 벨옹브르 주위를 얼씬거리지 않기를, 아네트 여사의 심기를 불편하게 하지 않기를 바랐다. 여사라면 프리처드를 제대로 알아볼 것이다. 지금도 톰이 멀리서 프리처드를 잘 알아보는 것처럼 말이다. 클레그 부부의 주소가 뭐였지? 톰은 번지수가 헷갈렸다. 그래도 일단 쓰기 시작했다. 평소 엘로이즈는 엽서 쓰기 같은 자잘한 일은 최대한 덜 하고 싶어 했다.

이번에도 톰은 쓰다 말고 오른쪽을 쳐다보았다.

프리처드가 벨옹브르 주변에 얼씬거릴까 봐 걱정할 필요가 없어졌다. 바로 여기, 호텔 바에 프리처드가 있었다. 프리처드가 스툴 네 개를 사이에 두고 짙은 눈동자로 톰을 응시하고 있었다. 둥근 뿔테 안경을 쓰고, 파란 반소매 셔츠를 입은 자태로 앞에 잔을 놓고 앉아 있었지만, 시선은 톰에게 고정하고 있었다.

"안녕하세요." 프리처드가 인사했다.

프리처드 등 뒤로 보이는 문으로 두세 명이 풀장에 갔다 왔는지 샌들을 신고 가운을 걸친 차림으로 바 테이블을 향해 걸어오고 있었다.

"안녕하세요." 톰이 침착하게 응대했다. 톰이 상상했던 최악의 상황이, 최악의 의심이 현실로 굳어지는 듯했다. 톰이 여행사에서 나온 지 얼마 되지 않았을 때, 젠장할 프리처드 부부가 퐁텐블로에서 톰이 주머니에 넣어 두었던, 아니 손에 들고 있던 봉투를 눈여겨본 것이다. 푸껫! 여행사에 붙어 있던 포스터가 생각났다. 포스터에는 푸껫섬의 평온한 해안가 사진이 실려 있었다. 톰은 엽서를 내려다보았다. 네 칸으로 나뉜 엽서에는 낙타, 사원, 시장에서 줄무늬 숄을 파는 여인들, 황금빛 모래밭이 펼쳐진 파란 바다 사진이 각각 실려 있었다. 톰은 '클레

그 부부 귀하'까지 썼던 펜을 꽉 움켜쥐었다.

"여기엔 얼마나 계실 건가요, 리플리 씨?" 프리처드가 겁도 없이 잔을 들고 성큼 다가오며 물었다.

"그게, 내일 떠날까 합니다. 부인도 같이 오셨나요?"

"그럼요. 저흰 이 호텔에 묵진 않아요." 프리처드의 목소리가 차가웠다.

"그건 그렇고. 우리 집 사진은 대체 왜 찍은 겁니까? 일요일이었는데 기억나죠?" 톰은 프리처드의 아내에게도 같은 질문을 했었다. 재니스 프리처드가 남편에게 톰 리플리를 만나서 같이 차를 마셨다는 얘기를 하진 않았을 거라 굳게 믿었다. 하지 않았기를.

"일요일이었죠. 그럼요, 기억하죠. 부인이셨는지 누구인지는 모르겠지만, 누가 앞 유리창으로 밖을 내다보더군요. 사진은 기록을 남기려고 찍은 겁니다. 말씀드렸다시피, 난 당신에 대한 서류 일체를 갖고 있거든요."

프리처드가 저런 말을 한 적이 없는데. 확실했다. "무슨 탐정 사무소 같은 데서 일합니까? 국경을 넘나들며 범죄 대상을 추적하는 건가요?"

"하하! 아닙니다. 그저 나 좋자고 하는 거예요. 아내도 좋아하고." 프리처드가 힘주어 말했다. "당신은 캐낼 게 아주 많은 사람이더군요, 리플리 씨."

톰은 여행사에서 일하는 약간 멍청한 여직원이 생각났다. 데이비드 프리처드가 묻는 말에 대답해 줬을 것이다. '방금 나간 손님이 어디 가는 티켓을 끊었나요? 리플리 씨가 저희 이웃이거든요. 제가 방금 손을 흔들었는데 못 봤나 봐요.' 여직원이 이렇게 말했을 것이다. '리플리 씨 내외께서 탕헤르로 가는 티켓을 끊으셨어요.' 게다가 눈치도 없이 호텔명까지 냉큼 말해 줬을 것이다. 손님이 호텔을 예약하면 여행사가 수수료를 챙기기 때문이다. 톰이 물었다. "그럼 날 만나려고 두 분이 탕헤르까지 온 겁니까?" 톰이 우쭐대며 물었다.

"안 될 거 있나요? 재미있잖아요." 프리처드는 검은 눈동자를 톰에게서 떼지 않고 말했다.

짜증스러운 놈. 볼 때마다 몸무게가 5백 그램씩 느는 듯한 신기한 놈. 톰은 왼쪽을 쳐다보며 엘로이즈가 로비로 들어오는지 살폈다. 올 때가 됐는데. "괜한 수고를 했군요. 우린 조만간 떠나는데. 내일이면 이곳을 뜹니다."

"아하? 카사블랑카는 가 봐야 할 텐데요?"

"당연하죠. 카사블랑카에도 갈 겁니다. 어느 호텔에 묵나요?"

"그랑 호텔 비야 드 프랑스라고, 바로." 데이비드가 톰에게 손을 휘저었다. "저쪽 길 건너에 있어요."

프리처드가 하는 말은 전적으로 믿을 수가 없었다. "우리의 겹치는 지인들은 어떻게 지냅니까? 꽤 많을 텐데요." 톰이 웃는 얼굴로 자리에서 일어나더니, 검은색 가죽 스툴 위에 엽서와 펜을 쥔 채 왼손을 올려놓았다.

"누구 말씀이신지?" 프리처드가 낄낄거렸다. 노인네가 웃는 것 같았다.

톰은 불룩 튀어나온 프리처드의 명치를 세게 후려치고 싶었다. "머치슨 부인이라든가?" 톰이 대놓고 물었다.

"아, 연락은 합니다. 신시아 그래드노어하고도 연락하는데요."

프리처드가 혀끝으로 그 이름을 또다시 가볍게 툭 내뱉었다. 톰은 살짝 뒷걸음질 치며 넓은 문으로 나갈 때가 됐음을 알렸다. "대서양을 넘나들며 연락한다고요?"

"왜요, 못 할 게 뭐죠?" 프리처드가 앞니를 내보였다.

"그렇다면……." 톰이 어리바리 말을 꺼냈다. "무슨 얘기를 합니까?"

"당신 얘기요!" 프리처드가 웃음을 터뜨렸다. "우리는 사실을 취합하고." 프리처드가 강조하듯 고개를 끄덕였다. "계획을 세웁니다."

"이러는 목적이 뭡니까?"

"재미로요." 프리처드가 덧붙였다. "복수일 수도 있고." 프리처드가 이 지점에서 목청을 높였다. "당연히 누군가에게는 복수해야 하니까요."

톰은 고개를 끄덕이며 유쾌하게 말했다. "행운을 빌겠습니다." 톰은 돌아서서 밖으로 나갔다.

톰이 로비에 나가자, 편안한 의자에 앉아 있는 엘로이즈가 보였다. 엘로이즈가 프랑스 신문을 보고 있었다. 적어도 한쪽 면은 불어로 발행하는 것 같았다. 전면 하단에는 아라비아어가 보였다. "여보!" 아내도 프리처드를 봤다는 걸 톰은 직감할 수 있었다.

엘로이즈가 벌떡 일어났다. "그 남자를 또 봤어! 톰, 여기까지 따라오다니 믿기지 않아!"

"나도 당신만큼 짜증 나." 톰이 불어로 중얼거렸다. "그래도 지금은 침착해야 해. 그 남자가 바에서 우릴 내다볼지도 모르거든." 톰은 몸을 곧게 펴고 침착함을 유지했다. "이 근처 그랑 호텔에 묵는대. 아내도 같이 왔다는데, 그 말을 곧이곧대로 믿어야 하는 건 아냐. 아무튼, 오늘 밤에는 어딘가에 있는 호텔에서 자긴 자겠지."

"그 남자가 여기까지 우리를 따라왔다고!"

"여보, 자기야, 우리가 할 수 있는 건……." 톰은 별안간 말을 뚝 끊었다. 그의 이성이 낭떠러지 끝에 매달린 듯했다. 당장 오후에 체크아웃해서 다른 호텔로 옮기면 그만이라고, 그렇게 프리처드를 따돌리면 탕헤르에서 기분 좋게 지낼 수 있을 거라고 얘기하려 했다. 그런데 그랬다간 노엘 하슬러가 재미없어할 것이다. 자기 친구들한테 특급 호텔인 엘 민자에서 며칠 지낼 거라고 자랑했을 테니 말이다. 프리처드라는 소름 끼치는 인간 때문에 톰과 엘로이즈가 대체 왜 불편함을 감수해야 하는 걸까? "프런트에 열쇠는 맡겼지?"

엘로이즈가 맡겼다고 했다. "프리카드 부인도 같이 왔대?" 엘로이즈가 호텔 정문을 나서며 물었다.

톰은 프리처드가 바에서 나갔는지 확인하지 않았다. "말로는 같이 왔다던데, 같이 오지 않았다는 의미일 수도 있어." 아내도 따라 왔을까? 대체 무슨 부부 사이가 이럴까? 퐁텐블로에 있는 카페에서 만났을 때, 재니스는 자기 남편이 폭군에 짐승 같다고 하소연하지 않았던가? 그래 놓고도 남편을 떠나지 않는다니, 역겨웠다.

"당신 긴장했네." 거칠게 밀치고 지나가는 인파 속에서 둘이 떨어지지 않으려고 엘로이즈가 남편의 팔을 붙들었다.

"생각하고 있었어, 미안."

"무슨 생각?"

"우리 생각. 벨옹브르 생각. 죄다." 그녀가 왼손으로 머리를 뒤로 쓸어내리는 사이에 톰은 아내의 표정을 재빨리 살폈다. 우리가 안전했으면 좋겠어, 톰은 이런 말을 덧붙일 수도 있었지만, 괜한 말로 아내를 더 당혹스럽게 만들고 싶진 않았다. "길 건너자."

또다시 파스퇴르가를 거닐었다. 인파와 상점이 자석처럼 들러붙었다. 출입구 위에 붉은색과 검은색으로 쓰인 간판이 보였다. '루비 바 앤드 그릴.' 영어로 적고 그 아래 아라비아어로도 적어 놓았다.

"저기 어때?" 톰이 물었다.

아담한 술집 겸 레스토랑이었다. 관광객 서너 명이 서 있거나 앉아 있었다.

톰과 엘로이즈는 바에 서서 에스프레소와 토마토주스를 시켰다. 바텐더가 차가운 콩이 담긴 작은 접시와 래디시와 블랙 올리브를 담은 그릇을 두 사람 앞으로 밀더니 포크와 냅킨을 차려 주었다.

엘로이즈 뒤로 건장한 남자가 스툴에 앉아서 점심을 먹고 있었다. 아라비아 신문을 집중해서 보는 남자가 검은색 정장 구두를 덮는 누런 젤라바를 입고 있었다. 남자는 옆이 트인 곳을 스쳐지나 바지 주머니에 손을 쑥 집어넣더니 뭔가를 꺼냈다. 옆트임 한 시접 부분의 마감이 살짝 지저분했다. 남자는 코를 풀고 손수건을 다시 바지 주머니로 쑤셔 넣으면서도 신문에서 눈을 절대로 떼지 않았다. 톰은 그 모습을 지켜보고 있었다.

영감이 떠올랐다. 젤라바를 사서 큰맘 먹고 입고 다녀야지. 톰이 결심을 말하자 엘로이즈가 웃었다.

"사진은 내가 찍어 줄게. 카스바에 가서 찍을까? 우리 호텔 앞은 어때?"

"어디든 좋지." 톰은 헐렁한 가운을 걸치고 다니는 게 얼마나 실용적일지 따져 보았다. 속에 반바지든 양복이든 뭐든 입어도 되고, 수영복을 입어도 된다.

운이 좋았다. 루비 바 앤드 그릴에서 나가서 모퉁이를 돌자마자 젤라바를 파는 옷가게가 나왔다. 가게 앞에 걸린 화려한 스케이프 사이로 젤라바가 보였다.

"젤라바를 사고 싶은데요, 분홍색은 싫습니다." 주인이 처음으로 권하는 젤라바를 보고 톰이 불어로 주문했다. "긴소매였으면 좋겠어요." 톰이 검지로 손목을 톡톡 쳤다.

"아, 알았습니다." 주인이 신은 납작한 샌들이 나무 바닥을 찰싹찰싹 때렸다. "이건 어떠세요?"

젤라바가 빽빽하게 걸린 옷걸이가 두 개의 쇼케이스에 일부 가려졌다. 너무 좁아서 게걸음으로도 가게 주인이 서 있는 곳까지 가지 못하자, 톰이 연두색 젤라바를 가리켰다. 긴소매 양쪽에 트임이 있어서 주머니에 손을 넣을 수 있었다. 그걸 들고 톰은 길이가 맞는지 몸에 대 보았다.

엘로이즈가 몸을 숙이더니 민폐를 끼치지 않고 기침하려고 밖으로 나갔다.

"좋아요, 이걸로 하죠." 톰이 가격을 물었다. 가격도 괜찮았다. "저것도 보여 주세요."

"아, 이거요……." 주인의 일장 연설이 이어졌다. 불어로 말하는데도 톰이 다 알아듣지는 못했다. 자기 가게에서 파는 칼이 품질이 좋고, 사냥용, 사무실용, 주방용이 따로 있다고 했다.

죄다 주머니칼이었다. 톰은 서둘러 하나를 골랐다. 연한 갈색 나무 손잡이에 놋쇠 장식이 달린 칼이었다. 예리한 칼날, 뾰족한 칼끝, 오목하게 휘어진 칼등, 30디르함. 톰이 고른 칼은 접이식으로, 길이가 15센티미터를 넘지 않아서 어느 주머니에든 쏙 들어갔다.

"택시 탈까?" 톰이 엘로이즈에게 물었다. "어디든 빨리 둘러볼 수 있으니 괜찮지 않아?"

엘로이즈가 손목시계를 확인했다. "둘러볼 수는 있는데, 젤라바로 갈아입어야지?"

"갈아입긴, 택시에서 입으면 되지!" 톰은 두 사람을 쳐다보는 가게 주인에게 손을 흔들며 말했다. "고맙습니다!"

가게 주인이 뭐라고 외쳤지만, 톰은 못 알아들었다. '신의 가호가 함께 하기를' 같은 말이기를. 그게 무슨 신이든 간에.

택시 기사가 행선지를 물었다. "요트 클럽으로 모실까요?"

"거긴 나중에 점심 먹으러 가자." 엘로이즈가 톰에게 말했다. "노엘이 우리를 거기로 데려가고 싶대."

톰의 얼굴에서 땀이 흘러내렸다. "시원한 데로 가죠? 바람이 부는 곳이면 좋겠는데요." 톰이 불어로 기사에게 주문했다.

"그럼 '라 하파'는 어떨까요? 바람도 불고 바다도 보입니다. 근처에서 차를 마실 수도 있고요."

톰은 어찌할 바 몰라 일단 택시에 탄 다음, 기사에게 아무 데나 내키는 대로 가라고 하면서도 단단히 일러두었다. "한 시간 후엔 엘 민자 호텔로 돌아와야 해요." 톰은 택시 기사가 제대로 이해했는지 확인했다.

시계를 확인했다. 7시면 노엘을 데리러 출발해야 했다.

이번에도 택시가 빠르게 내달리며 어디론가 가고 있었다. 서쪽으로 달리자 도심이 점점 멀어졌다.

"당신, 옷 입어야지." 엘로이즈가 능청스레 말했다.

톰은 비닐봉지 안에 곱게 개켜진 젤라바를 꺼내서 펼쳤다. 고개를 숙이고 머리부터 쓱 집어넣은 다음, 자칫하면 찢어질 것 같은 연두색 젤라바를 밑으로 살살 당겼다. 엉덩이를 두어 번 들썩이며 청바지 위로 내렸다. 젤라바가 찢어지지 않도록 조심했더니 멀쩡한 젤라바를 입은 채 앉을 수 있었다. "다 입었다!" 톰이 의기양양하게 말했다.

엘로이즈가 반짝이는 눈으로 남편의 모습을 살피더니 마음에 들어 했다.

톰은 바지 주머니를 확인했다. 손을 넣고 뺄 수 있었다. 칼은 왼쪽 바지 주머니에 들어 있었다.

“라 하파에 다 왔습니다.” 택시 기사가 문 두 개가 달린 시멘트벽 앞에 차를 세웠다. 한쪽 문은 열려 있었고, 벽이 갈라진 틈새로 파란 지브롤터 해협이 보였다.

“여기가 어딥니까? 박물관인가요?” 톰이 물었다.

“차 파는 카페예요. 제가 대기하고 있을까요? 30분?” 기사가 물었다.

기다리라고 하는 게 가장 현명할 거라고 판단했는지, 톰이 말했다. “좋아요, 30분이요.”

엘로이즈는 일찌감치 내려서 고개를 들어 푸르른 바다를 바라보았다. 바람이 불자 그녀의 머리카락이 한쪽으로만 계속 휘날렸다.

검은 바지에 후줄근한 흰 셔츠를 입은 웨이터가 돌로 된 출입구에서 서서 두 사람에게 손짓하고 있었다. 악령이 두 사람을 지옥으로 데려가거나, 파멸로 이끌려는 것 같았다. 못 먹어서 뼈만 남은 시커먼 잡종견이 킁킁거리며 두 사람의 냄새를 맡다가 기운이 떨어졌는지 세 다리로 절뚝거리며 사라졌다. 네 번째 다리에 무슨 문제가 있는지는 모르겠지만, 그런 몰골로 돌아다닌 지 꽤 오래되어 보였다.

톰은 마지못해 엘로이즈를 따라서 원석을 쌓아 만든 출입구를 지나 돌길로 들어섰다. 돌길을 따라가자 바다가 나왔다. 왼편으로 주방이 보였다. 물을 끓이는 스토브가 있었다. 널찍하고 난간이 없는 돌계단이 바다를 향해 기울어져 있었다. 돌길 양옆에는 좁은 방이 여러 개 있었다. 바다가 보이는 쪽에만 벽체가 없었고, 기둥에 발을 묶어 매 지붕을 이어 놓았다. 바닥에는 돗자리만 깔려 있었고 다른 가구는 없었다. 지금은 손님이 한 명도 보이지 않았다.

“특이한 곳이네.” 톰이 엘로이즈에게 말했다. “민트 티 마실래?”

엘로이즈가 고개를 저었다. “지금은 싫어. 난 여기 별로야.”

톰도 마음에 들지 않았다. 웨이터가 돌아다니지도 않았다. 밤이나 새벽에 친구들과 같이 와서 바닥에 기름 램프라도 켜 놓고 있으면 그나마 생기가 돌면서 근사해 보이긴 할 것이다. 이런 돗자리 위에서는 책상다리로 앉거나 고대 그리스인처럼 비스듬히 누워 있어야 할 것 같았다. 그제야 어떤 방에서 웃음소리가 들렸다. 남자 셋이서 뭔가를 피우면서 돗자리가 깔린 바닥에 앉아 있었다. 그늘진 방에 찻잔과 흰 접시를 놓고 앉아 있는 남자들의 머리 위로 햇볕이 금가루처럼 뿌려지고 있었다.

기사는 택시를 세워 둔 채, 흰 셔츠를 입은 깡마른 남자와 웃으며 얘기하고 있었다.

엘 민자 호텔로 돌아가 톰은 요금을 내고 택시를 보냈다. 톰과 엘로이즈가 호텔 로비로 걸어 들어갔다. 톰이 있는 자리에서 그 어디를 쳐다봐도 프리처드는 보이지 않았다. 젤라바를 입었는데도 쳐다보는 사람이 아무도 없다니. 그래서 좋았다.

"여보, 내가 지금 하고 싶은 일이 있어. 한 시간이면 될 거 같아. 그래서 말인데, 당신 혼자 공항에 나가서 노엘을 데려오면 어떨까?"

"그러지 뭐." 엘로이즈가 곰곰이 생각하더니 대답했다. "우린 금방 올 텐데, 당신은 뭐 하려고?"

톰이 머뭇거리다가 씩 웃었다. "별거 아냐. 그냥 잠시 혼자 있고 싶어서 그래. 이따가 8시나 8시 조금 넘어서 들어올게. 노엘한테 안부 전해 줘. 이따가 봐!"

8

톰은 햇살이 쏟아지는 거리로 다시 나갔다. 젤라바를 주섬주섬 들어 올린 채 뒷주머니에 꽂아 둔 약도를 꺼냈다. 프리처드가 말한 그랑 호텔 비야 드 프랑스가 인근 올랑드 거리에 있었다. 톰은 걷기 시작했다. 이마에 땀방울이 맺히자 연두색 젤라바 소매로 훔쳤다. 걸으면서 젤라바를 양쪽에서 들어 올려 머리 위로 벗어 버렸다. 비닐봉지가 없어서 아쉬웠지만, 젤라바를 차곡차곡 접어서 작고 네모나게 만들었다.

아무도 그를 쳐다보지 않았다. 톰 역시 행인들을 쳐다보지 않았다. 다들 쇼핑백을 들고 다니는 걸 보면 산책하러 나온 사람들은 아니었다.

톰은 그랑 호텔 비야 드 프랑스의 로비로 들어서며 주위를 살폈다. 엘 민자 호텔에 비하면 화려하지 않았다. 로비에 놓인 의자에 네 명이 앉아 있었지만, 프리처드 부부는 보이지 않았다. 톰은 프런트 데스크로 가서 데이비드 프리처드 씨와 연결해 달라고 부탁했다.

"프리처드 부인도 괜찮습니다." 톰이 덧붙였다.

"누구시라고 전해 드릴까요?" 프런트 데스크에 있는 젊은 남자 직원이 물었다.

"토머스라고 합니다."

"토머스 씨라고 전해 드릴까요?"

"네."

프리처드는 방에 없었다. 젊은 남자 직원이 뒤를 쳐다보더니 프리처드의 방 열쇠가 없는 걸 확인했다.

"그럼 부인이라도 통화할 수 있을까요?"

남자 직원이 수화기를 내려놓더니 프리처드 씨는 혼자 투숙했다고 알려 주었다.

"정말 감사합니다. 토머스가 전화했다고 전해 주시겠습니까? 제 연락처는 남기지 않아도 될 겁니다. 프리처드 씨가 알거든요."

톰이 호텔 입구로 돌아서는 순간, 프리처드가 어깨에 카메라를 메고 엘리베이터에서 막 내렸다. 톰이 다가갔다. "안녕하세요, 프리처드 씨!"

"이런, 놀래라. 안녕하세요."

"놀랐어요? 안부 인사차 들렀는데. 잠시 시간이 됩니까? 약속 있어요?"

프리처드가 놀랐는지 붉은 입술이 헤벌어졌다. 좋아서 그런 걸까? "시간이야 되죠. 안 될 거 있나요?"

프리처드가 좋아하는 말이었다. 안 될 거 있나요? 톰은 상냥한 척하며 호텔 입구를 향해 걸어갔지만, 열쇠를 맡기러 간 프리처드를 기다려야 했다.

"좋은 카메라네요!" 프리처드가 돌아오자 톰이 말했다. "근처 바닷가에 있는 근사한 곳에 막 다녀오는 길입니다. 해안가 근처라면 다 좋잖아요?" 톰이 편안히 웃음 지었다.

에어컨이 작동하는 실내에서 뜨거운 햇살이 쏟아지는 밖으로 다시 나왔다. 톰이 시계를 확인했다. 6시 반이 다 되었다.

"탕헤르는 잘 알아요?" 톰이 잘 아는 척하며 물었다. "라 하파로 갈까요? 거기 경치가 끝내주거든요. 아니면 아무 카페나 갈까요?" 톰이 검지를 들고 근방을 가리키듯 원을 그렸다.

"처음 말한 데로 가죠. 경치가 끝내준다는 곳으로요."

"재니스도 같이 가고 싶어 할 텐데요?" 톰이 걸음을 멈추었다.

"아내는 낮잠 자고 있어요."

두 사람은 대로에서 몇 분 애쓴 끝에 택시를 잡았다. 톰은 기사에게 라 하파로 가자고 했다.

"바람이 참 기분 좋게 불죠?" 톰이 창문을 살짝 열어서 바람이 들어오게 했다. "아라비아어나 베르베르어를 할 줄 압니까?"

"아주 조금요." 프리처드가 말했다.

톰도 아주 조금은 아는 척할 준비가 되어 있었다. 프리처드가 구두를 신고 있었다. 바구니를 엮듯 가죽을 엮어서 만든 거라 통풍이 잘되는 구두였는데, 톰이 질색하는 스타일이었다. 프리처드의 몸에 닿은 거라면 그게 뭐든 못마땅했다. 차고 있는 손목시계도 꼴 보기 싫었다. 고무줄처럼 늘어나는 스트랩에 상판까지 황금색인 요란한 금장 시계였는데, 포주들이나 차고 다닐 법했다. 톰은 자기 손목에 찬 앤티크처럼 보이는 갈색 가죽 스트랩이 달린 얌전한 파텍 필립 시계가 훨씬 좋았다.

"저깁니다! 거의 다 왔어요." 만사가 다 그렇겠지만, 처음 올 때보다 두 번째 올 때가 시간이 덜 걸리는 것 같았다. 프리처드가 택시비를 내겠다고 우겼지만, 톰이 20디르함을 기사에게 건네고 택시를 보냈다. "찻집이에요. 민트 티를 파는데, 다른 걸 시켜도 될 겁니다." 톰이 웃었다. 대마초도 시키면 갖다줄지 모른다.

두 사람은 돌을 쌓아서 만든 출입구를 지나 길을 따라 내려갔다. 하얀 셔츠를 입은 웨이터가 두 사람을 주시하는 것 같았다.

"자, 경치 좀 봐요!" 톰이 말했다.

태양이 푸르른 해협 위에 여전히 떠 있었다. 바다를 바라보자 이 세상에 먼지가 한 톨도 없는 것처럼 보였다. 대신 발밑이며 양쪽 옆으로 흙먼지가 살짝 내려앉아 있었다. 돌길에 서 있는데, 사람이 손으로 엮어 만든 돗자리가 살짝 보였다. 메마른 땅에서 목말라하는 식물들도 보였다. 방 같기도 하고, 칸막이가 쳐진 공간 같기도 한 곳이 북적거렸다. 남자 여섯이 비스듬히 기대 앉아 정신없이 떠들고 있었다.

"여기 어때요?" 톰이 가리키며 물었다. "웨이터가 오면 주문하면 됩니다. 민트 티로 시킬까요?"

프리처드가 어깨를 으쓱하더니 카메라에 달린 다이얼을 이것저것 돌렸다.

"안 될 거 있나요?" 톰은 자기가 선수쳤다고 생각했는데, 프리처드의 입에서도 동시에 같은 말이 튀어나왔다. 프리처드가 무표정하게 카메라를 들어 눈에 대더니 바다를 감상했다.

웨이터가 한 손에 빈 쟁반을 받쳐 들고 왔다. 맨발이었다.

"민트 티 두 잔이요." 톰이 불어로 주문했다.

웨이터는 알겠다고 하더니 사라졌다.

프리처드가 톰에게 등을 돌린 채 느긋하게 사진을 세 장 더 찍었다. 칸막이 공간에 축 늘어진 지붕이 그늘을 만들어 주자, 톰은 그 밑에 섰다. 프리처드가 뒤돌아서더니 흐릿하게 웃으며 물었다. "한 장 찍어 드려요?"

"됐습니다." 톰이 인자한 말투로 거절했다.

"여기 앉으면 되는 거죠?" 프리처드가 걸음을 옮겨 발을 통과한 햇살이 주근깨처럼 흩뿌려진 칸막이 안으로 들어섰다.

톰이 후후 웃었다. 바닥엔 앉고 싶지 않았다. 왼쪽 겨드랑이에 끼고 있던 개켜진 젤라바를 빼내 바닥으로 살짝 던졌다. 왼손을 바지 주머니에 찌른 채 엄지로 주머니칼을 쓸었다. 바닥에는 커버가 씌워진 쿠션이 두 개 놓여 있었다. 비스듬하게 누울 때 팔꿈치가 배기지 않도록 밑에 대라는 용도 같았다.

톰이 대놓고 물었다. "왜 오지도 않은 부인을 왔다고 한 거죠?"

"아, 그게……." 프리처드가 은은히 웃으면서 머리를 열심히 굴렸다. "농담한 겁니다."

"왜요?"

"재미로요." 프리처드가 카메라에 눈을 대고 톰을 주시했다. 무례하게 군 톰에게 앙갚음이라도 하려는 듯했다.

톰이 카메라를 향해 손을 거칠게 휘저었다. 자칫 카메라를 쳐서 바닥에 떨어뜨리려는 듯한 기세였지만, 카메라를 건드리진 않았다. "당장 치워요. 카메라 앞은 어색하다고요."

"어색한 게 아니라 질색하는 거겠죠." 프리처드가 카메라를 내렸다.

저런 놈을 죽이기엔 여기가 최적의 장소겠어, 톰은 생각했다. 둘이 만나기로 했다는 것도, 둘이 이곳에서 만났다는 것도 아는 사람이 아무도 없으니 말이다. 발로 걷어찬 다음 칼로 푹 찌르면 피를 흘리다가 죽을 테니, 녀석을 다른 방에 끌어다 놓고 (혹은 그냥 두고) 가 버리면 그만이었다.

"질색까지는 아닙니다. 집에 카메라가 두세 대 있는걸요. 나중에 참고하겠다며 조사하는 척하며 우리 집을 찍는 사람들이 꼴 보기 싫어서 그래요."

데이비드 프리처드가 허리 높이에서 두 손으로 카메라를 들고 인자하게 웃었다. "걱정돼서 그러는 거잖아요, 리플리 씨."

"전혀."

"신시아 그래드노어 때문에 걱정될 텐데요. 머치슨 일도 그렇고."

"전혀. 일단, 신시아 그래드노어를 만난 적도 없으면서 왜 만난 척하는 거죠? 재미로 이러는 겁니까? 대체 뭐가 재미있죠?"

"뭐가 재미있는지는 당신이 잘 알잖아요." 프리처드가 시비를 걸려고 아주 조심스럽게 살살 열을 올렸다. 비꼬면서 뻔뻔스럽게 구는 걸 선호하는 게 분명했다. "당신 같은 속물 사기꾼이 망하는 모습을 보는 재미."

"이런, 어디 한번 잘해 봐요, 프리처드 씨." 톰은 두 손을 바지 주머니에 찌른 채 두 발로 중심을 잡았는데, 한 대 패고 싶어서 손이 근질근질했다. 주문한 차가 나올 때까지 기다려야 한다는 걸 의식하는 순간, 차가 나왔다.

젊은 웨이터가 쟁반을 바닥에 내려놓고 철제 주전자를 들고 두 잔에 차를 따르더니 차 마시는 즐거움을 누리시기를 바란다고 했다.

차 향기는 좋았다. 향긋하고 산뜻하니 매력이 넘쳤다. 프리처드와는 죄다 반대였다. 민트 줄기가 담긴 접시도 있었다. 톰은 지갑을 꺼내 찻값을 내려 했다. 프리처드는 자기가 내겠다고 했지만, 톰이 팁까지 얹어서 주었다. "마셔 볼까요?" 톰은 차를 권하며 허리를 숙여 잔을 집어 들었다. 그러면서도 프리처드와 마주 보도록 유의했다. 유리잔에는 철제 홀더가 끼워져 있었다. 톰은 민트 줄기를 찻잔에 집어넣었다.

프리처드도 몸을 숙여 잔을 들어 올렸다. "이런!"

프리처드가 차를 조금 쏟은 눈치였다. 톰은 잘 모르기도 했고 신경 쓰지도 않았다. 서로가 서로에 대한 혐오만 커지는 것만 빼면 아무 일도 벌어지지 않는 상황에서도, 프리처드는 본인만의 역겨운 방식으로 차 마시는 지금을 즐기는 걸까? 미움이 점점 커질수록 프리처드는 더 좋은 걸까? 그럴지도 모른다. 톰은 다시금 머치슨이 생각났지만, 이번에는 달랐다. 지금 이 상황이 묘한 건, 프리처드가 머치슨처럼 톰의 뒤통수를 칠 것처럼 굴기 때문이었다. 그것도 모자라, 현재 제프 콘스턴트와 에드 밴버리가 소유한 더와트의 위작들이며 더와트 미술용품 회사의 실체까지 까발릴 것처럼 행동하고 있었다. 머치슨처럼 프리처드도 자기 뜻대로 밀어붙이려나? 프리처드가 증거를 갖고 있을까, 아니면 어림짐작으로 협박하는 걸까?

톰은 서서 차를 마셨다. 닮은 점이 있다면, 톰이 두 남자에게 양자택일하라고 물어야 한다는 것이다. 더는 뒤를 캐지 말든가, 죽임을 당하든가. 톰은 위작에 대해 입 다물라고, 우리를 건드리지 말라고 머치슨에게 부탁했지, 그를 협박하진 않았다. 그런데 머치슨이 뜻을 굽히지 않자…….

"프리처드 씨, 당신이 할 수 없는 일이겠지만, 부탁이나 해 보죠. 내 인생에서 빠져요. 염탐은 그만하고 빌페르스를 떠나요. 빌페르스에서 날 괴롭히는 거 말고, 대체 뭘 하는 겁니까? 인시아드에 다니지도 않으면서." 톰은 프리처드가 자기소개하며 이러쿵저러쿵 지어낸 얘기가 유치하다는 듯이 태연히 웃었다.

"리플리 씨, 당신도 그렇겠지만 나에게도 내가 원하는 곳에 살 권리가 있습니다."

"그건 당신이 동네 사람들처럼 살 때나 통하는 말이죠. 당신이 빌페르스에서 뭘 하고 다니는지 감시해 달라고 경찰에 신고할 용의도 있습니다. 난 우리 동네에 산 지 몇 년은 되었으니까요."

"당신이 경찰에 신고를?"

"당신이 우리 집 사진을 찍었다고 경찰에 신고할 수도 있어요. 나 말고도 증인이 셋이나 있으니까요." 한 명 더 있었다. 네 번째 증인은 재니스 프리처드였다.

톰이 바닥에 찻잔을 내려놓았다. 프리처드는 혼자 열이 받았는지 잔을 내려놓고 들 생각도 안 했다.

톰의 오른편이자 프리처드의 뒤로 보이는 푸르른 바다 위로 해가 떨어지고 있었다. 지금 이 순간만큼은 프리처드가 침착한 척하려고 노력하고 있었다. 톰은 프리처드가 유도를 할 줄 안다고 했던 말을 곱씹어 보았다. 설마 그것도 거짓말? 톰은 별안간 욱하며 폭발하고 말았다. 주짓수를 하듯 프리처드의 복부를 가격하려고 오른발을 휘둘렀으나, 발이 제대로 올라가지 않아 사타구니를 차고 말았다.

프리처드가 몸을 반으로 접더니 온몸을 부여잡고 고통을 호소했다. 톰이 단정한 오른손으로 주먹을 쥐고 프리처드의 턱을 후려쳤다. 프리처드가 돌바닥 위에 깔아놓은 돗자리 위로 쿵 쓰러졌다. 완전히 축 늘어져서 의식을 잃은 듯했지만, 아닐 수도 있었다.

톰은 쓰러진 사람에게 발길질해서는 안 된다고 생각하면서도 프리처드의 몸통을 한 번 세게 걷어찼다. 화가 머리끝까지 나서 새로 산 주머니칼을 꺼내 들고 몇 번이고 찌를 수도 있었지만, 그러기엔 시간이 빠듯했다. 톰은 멱살을 잡고 오른손 주먹으로 프리처드의 턱을 한 번 더 후려갈겼다.

톰은 젤라바를 머리에 끼운 다음 아래로 잡아당기면서 이 시답잖은 싸움에서 이겼다고 자신했다. 차를 쏟지도 않았고, 피를 흘리지도 않았다. 혹시나 웨이터가 지나가다 보면, 프리처드가 칸막이 전면을 등진 채 왼쪽으로 누워서 잔다고 생각할 것이다.

톰은 칸막이 공간을 뒤로하고 돌계단을 올라갔다. 주방이 있는 곳까지 가뿐히 올라간 다음 밖으로 나갔다. 후줄근한 셔츠를 입고 밖에서 있는 젊은 남자 직원에게 고개를 까닥했다.

"택시 불러 주세요."

"5분만 기다리시면 올 겁니다." 젊은 남자가 대답은 이렇게 했지만, 머리를 내저었다. 5분으론 어림없다는 표정이었다.

"고맙습니다. 기다리죠." 톰은 대답했다. 버스 정류장이 안 보이는 걸 보니 버스 같은 교통수단은 없는 것 같았다. 톰은 아직 기운이 남아도는지 일부러 천천히 길가를 따라 걸었다. 비포장도로였다. 축축한 이마를 쓸어 주는 바람을 즐겼다. 터덜터덜. 톰은 수심에 잠긴 철학자처럼 걸으며 손목시계를 확인했다. 7시 27분. 뒤돌아서서 라 하파로 다시 천천히 걸어갔다.

톰은 프리처드가 톰을 구타 및 폭행죄로 탕헤르 경찰에 고소하는 모습을 상상해 보았지만, 도저히 그림이 그려지지 않았다. 이루 말할 수 없이 힘든 일이라 프리처드가 절대로 신고할 리는 없을 것이다.

만약 지금이라도 웨이터가 뛰쳐나와 (영국이나 프랑스에서처럼) '손님, 친구분이 다치셨어요!' 하고 말한다면? 톰은 불상사에 대해서는 모른다고 딱 잡아뗄 것이다. 느긋하게 티타임(이곳에서는 티타임이 아닌 때가 있기나 할까?)도 즐겼겠다, 돈도 다 냈으니 웨이터가 사색이 되어 라 하파의 출입구로 뛰쳐나와 쫓아오진 않을 것 같았다.

10분쯤 지나자 택시 한 대가 탕헤르 방향에서 올라와 섰다. 남자 셋이 내리자 톰은 서둘러 그 택시를 잡았다. 그래도 입구에 서 있던 웨이터에게 주머니에 든 잔돈을 건넬 시간은 있었다.

"엘 민자 호텔이요." 톰은 행선지를 말하고 등을 편히 기댄 채 드라이브를 즐겼다. 약간 구겨진 지탄 담뱃갑을 꺼내 담배에 불을 붙였다.

그는 모로코가 점점 마음에 들었다. 카스바 지역에 모여 있는 사랑스럽고 하얀 작은 집들이 점점 가까워지면서 택시가 도심에 파묻혀 버리자, 쭉 뻗은 대로를 달리는데도 존재감이 사라지고 말았다. 좌회전하자 호텔이 나왔다. 톰은 지갑을 꺼냈다.

톰은 엘 민자 호텔 앞 인도에서 침착하게 밑단을 쥐고 젤라바를 머리 위로 벗어 버린 다음 아까처럼 차곡차곡 접었다. 상처 난 오른손

검지에서 흐른 피가 젤라바에 두어 방울 떨어졌다는 걸 택시에서 알아차렸다. 지금은 피가 거의 멎었다. 예컨대, 프리처드의 치아나 벨트 버클에 찍혔을 상황에 비하면 지극히 사소한 상처였다.

톰은 천장이 높은 로비로 들어섰다. 9시가 다 된 시각이었다. 엘로이즈가 공항에서 노엘을 데리고 왔을 것이다.

"프런트에 맡기신 열쇠는 없습니다, 리플리 씨." 프런트 데스크의 남자 직원이 말했다.

그의 앞으로 온 전갈도 없다고 했다. "그럼 하슬러 부인은 체크인 했나요?"

노엘의 방 열쇠도 보이지 않자, 톰은 남자 직원에게 하슬러 부인의 방으로 연결해 달라고 했다.

노엘이 받았다. "여보세요, 톰! 저희 지금 얘기하면서 이제 옷 갈아입고 있어요." 노엘이 웃었다. "거의 다 입었어요. 탕헤르는 마음에 드세요?" 이유는 모르겠지만, 이번에는 노엘이 영어로 얘기했다. 무척 들뜬 목소리였다.

"정말 좋아요. 환상적이에요! 목청껏 외칠 수도 있어요!" 톰은 과하게 들뜨고 흥분한 듯한 목소리를 내면서도 머리로는 돗자리 위에 뻗어 있을 프리처드를 생각하고 있다는 걸 깨달았다. 아직은 프리처드가 발견되지 않았을 것이다. 내일이면 녀석의 몸이 멀쩡하지 않을 것이다. 노엘은 톰만 양해해 준다면, 둘이 30분 후에 로비로 내려가겠다고 했다. 그러더니 엘로이즈를 바꿔 주었다.

"여보세요, 톰. 우리 수다 떠는 중이야."

"들었어. 아래층에서 보자. 20분이면 되지?"

"난 이제 우리 방으로 가려고. 나도 몸단장해야지."

톰은 못마땅했지만, 말릴 방도가 없었다. 게다가 방 열쇠를 가진 건 엘로이즈였다.

톰은 엘리베이터를 타고 그들의 방이 있는 층에 내려서 방문 앞에 도착했다. 때마침 엘로이즈도 계단으로 내려왔다.

"노엘이 아주 기분 좋은 목소리던데." 톰이 말했다.

"그러게. 노엘은 탕헤르가 좋은가 봐! 오늘 밤 해변에 있는 레스토랑으로 우리를 데려가고 싶대."

톰이 방문을 열자 엘로이즈가 들어갔다.

"잘됐네." 톰은 중국인 발음을 흉내 내며 말했는데, 이렇게 말하면 엘로이즈가 가끔은 재미있어했다. 톰은 베인 손가락을 재빨리 입에 물었다. “먼저 욕실 좀 쓸게. 얼마 안 걸려. 금방이면 돼.”

“그래, 먼저 써. 혹시 당신 샤워할 거면, 내가 세면대 써도 되지?” 엘로이즈가 에어컨 앞으로 걸어갔다. 넓은 창 바로 밑에 에어컨이 있었다.

톰이 욕실 문을 열었다. 세면대 두 개가 나란히 놓여 있었다. 여느 호텔처럼 투숙객의 편리함을 도모하려는 목적이겠지만, 결혼한 부부의 모습이 어쩔 수 없이 떠오를 수밖에 없었다. 둘 다 이를 닦거나, 아내는 눈썹을 정리하고 남편은 면도하는 모습. 그런 적나라한 장면이 떠오르는 순간, 김이 샜다. 톰은 여행 갈 때마다 세면용품 가방에 반드시 챙기는 가루 세제가 든 봉지를 꺼냈다. 핏자국은 찬물로 빼기, 톰은 상기했다. 아주 살짝 묻은 피까지 싹 빼고 싶었다. 얼룩진 두 군데를 비비자 얼룩이 흐려지긴 했다. 물을 빼고 이번에는 미지근한 물을 새로 받아 거품이 나지 않는 비누로 한 번 더 빨았다. 효과가 있었다.

톰이 넓은 침실로 들어갔다. 킹사이즈 침대 두 개가 나란히 붙어 있었다. 정면으로 보이는 옷장에서 플라스틱 옷걸이를 꺼냈다.

“오늘 오후에 뭐 했어? 쇼핑?”

“아니.” 톰이 웃으며 대답했다. “여기저기 돌아다니다가 차 마셨어.”

“차, 어디서?”

“어디더라, 그냥 작은 카페였어. 다른 데하고 비슷했지. 사람들이 돌아다니는 걸 구경하고 싶었거든.” 톰은 다시 욕실로 가서 젤라바를 샤워 커튼 뒤에 걸어서 욕조 안으로 물이 떨어지게 해 놓았다. 그러고는 옷을 벗어서 타월 걸이에 걸쳐 놓고 찬물로 후다닥 샤워했다. 엘로이즈가 욕실로 들어와 세면대를 썼다. 톰은 맨발에 샤워 가운을 걸치고 나와 깨끗한 속옷을 찾아 입었다.

엘로이즈는 벌써 옷을 다 입고 있었다. 이번에는 흰 바탕에 녹색 줄무늬가 있는 블라우스에 흰 바지를 받쳐 입었다.

톰은 검은색 면바지로 골랐다. “노엘이 방은 마음에 든대?”

“젤라바를 벌써 빨았어?” 엘로이즈가 욕실에서 화장하다가 톰에게 소리쳤다.

“하도 먼지가 많아서.”

“이게 무슨 얼룩이지? 기름때인가?”

톰이 놓친 얼룩을 그녀가 알아챈 걸까? 바로 그때, 근처 사원에서 기도하라며 높다랗게 외치는 소리가 들렸다. 톰은 그 소리를 일종의 경고로 받아들일 수도 있었다. 심각한 일이 닥친다는 경고로 받아들이기로 선택한다면 경고가 되겠지만, 톰은 그러지 않기로 했다. 기름때라니? 그게 빠지려나?

"핏자국 같은데, 여보." 엘로이즈가 불어로 말했다.

톰이 셔츠 단추를 채우며 다가갔다. "별일 아냐, 여보. 핏자국 맞아. 손가락을 살짝 베었어. 어디에 좀 부딪혔거든." 사실이었다. 톰이 손등이 보이게 오른손을 내밀었다. "피가 살짝 묻었는데 지우고 싶었어."

"그러게, 아주 살짝 묻긴 했네." 그녀가 진지하게 말했다. "어쩌다 다쳤어?"

톰은 택시를 타고 오는 동안 엘로이즈에게 몇 가지를 설명해야 한다는 사실을 알고 있었다. 내일 12시까지, 그 전이라도 호텔을 옮기자고 설득해야 했기 때문이다. 사실 오늘 밤 이 호텔에서 자는 것마저 조금은 걱정이 되었다. "있잖아, 여보……." 톰이 말을 고르고 있었다.

"당신이 만나고 온 사람이……."

"프리처드야." 톰이 엘로이즈가 완성하지 못한 문장을 마저 채웠다. "프리처드 만나고 온 거 맞아. 둘이 실랑이를 좀 했어. 야외 카페에서 몸싸움했거든. 너무 짜증 나서 한 대 갈겼어. 내가 때리긴 했지만, 심하게 팬 건 아니야." 엘로이즈가 예전에도 종종 그랬듯이 그를 잠시 기다려 주었다. 지금처럼 둘이 같이 있을 때 무슨 일이 벌어진 경우가 드물었기에, 톰은 엘로이즈와 정보를 나누기가 어색했다. 그래도 필요 이상의 정보는 더는 공유하지 않았다.

"있잖아, 톰……. 그 남자를 어디에서 찾아낸 거야?"

"근처 호텔에서. 아내는 안 데려왔더라. 그런데 우리 호텔 바에서 마주쳤을 때는 둘이 같이 왔다고 거짓말했어. 아내를 빌페르스에 남겨 놓은 걸 보니, 그 여자가 무슨 짓을 벌일까 봐 내가 안달하게 만들려는 수작 같아." 톰은 벨옹브르를 그려 보았다. 여자 염탐꾼이 남자 염탐꾼보다 더 소름 끼쳤다. 일단 여자는 남들에게 공격당할 가능성이 매우 낮았다.

"도대체 프리처드가 왜 저러는 걸까?"

"내가 말했잖아. 부부가 쌍으로 미쳤다고. 미치광이라고! 당신 휴가까지 망칠 건 없어. 노엘까지 불렀잖아! 그놈은 당신이 아니라 날 괴롭히고 싶은 거야. 확실해." 톰이 입술을 축이고 침대로 걸어가 끝에 걸터앉은 다음 양말을 신고 구두도 신었다. 벨옹브르로 돌아가 상황을 확인한 다음 런던으로 건너가고 싶었다. 톰이 구두끈을 재빨리 묶었다.

"어디서 싸웠어? 뭐 때문에 싸운 건데?"

톰은 말없이 고개만 저었다.

"아직도 피 나?"

톰이 손가락을 쳐다보았다. "아니."

엘로이즈가 욕실로 들어가더니 일회용 반창고를 들고 와서 붙여 주었다.

상처에 작은 반창고를 붙이자 톰은 기분이 나아졌다. 아주 흐릿한 연분홍색 핏자국을 아무 데나 흘리고 다니진 않을 테니 말이다.

"무슨 생각 해?"

톰이 손목시계를 확인했다. "내려가서 노엘을 만나야지?"

"아, 맞다." 엘로이즈가 차분하게 대답했다.

톰이 재킷 주머니에 지갑을 챙겼다. "오늘 내가 더 잘 싸웠어." 톰은 프리처드가 오늘 밤에는 호텔로 돌아가 '휴식'을 취하겠지만, 내일은 무슨 짓을 벌일지 도저히 짐작이 가지 않았다. "프리처드가 내일이라도 복수할지도 몰라. 그래서 말인데, 당신하고 노엘은 호텔을 바꾸는 게 제일 좋겠어. 이곳에서 당신이 조금이라도 속상해하는 모습은 보고 싶지 않아."

엘로이즈의 눈썹이 살짝 떨렸다. "복수라니, 어떻게? 당신은 여기에 남겠다는 거야?"

"그걸 아직도 모르겠어. 일단 내려가자, 여보." 두 사람이 노엘을 5분이나 세워 두었는데도, 노엘은 기분이 나빠 보이지 않았다. 노엘은 아주 오랜만에 좋아하는 장소를 다시 찾은 모습이었다. 바텐더와 얘기하고 있는 노엘에게 톰과 엘로이즈가 다가갔다.

"안녕하세요, 톰!" 노엘이 인사를 건네더니 불어로 말을 이었다. "식전주를 사 드려도 되죠? 오늘 저녁은 제가 대접하려고요." 노엘이 고개를 까딱이자 그녀의 생머리가 커튼처럼 찰랑거렸다. 그녀는 큼직하지만 가느다란 금 링 귀걸이를 차고, 수가 놓인 검정 재킷에 바지를 입고 있었다. "밤인데 두 분 다 든든하게 입은 거 맞죠?" 노엘은 자상하게 챙겨 주는 엄마처럼 엘로이즈가 스웨터를 챙겨 왔는지 확인했다.

톰과 엘로이즈는 탕헤르의 저녁은 낮보다 훨씬 춥다는 얘기를 미리 들었었다.

"메리 두 잔 하고, 신사분께는 진토닉 한 잔 주세요"

엘로이즈가 얘기를 꺼냈다. "톰이 내일 호텔을 옮겨야 한다는데,

우리도 그래야 할지도 몰라. 우리 집 사진을 찍던 남자 기억나, 노엘?"

엘로이즈가 노엘하고 단둘이 있을 때 프리처드 얘기를 하지 않았다니, 톰은 그 사실을 알자 흐뭇했다. 노엘은 당연히 기억하고 있었다.

"그 남자가 여기까지 따라왔다고?" 노엘이 소스라치게 놀라며 소리쳤다.

"아직도 그 남자가 사고치고 다니는 중이야! 당신 손 좀 보여 줘."

손 좀 보여 주란 말에 톰은 웃음이 나왔다. "상처를 보면 내 말을 믿어야 할걸요." 톰이 진지하게 말하더니 반창고를 붙인 손을 내밀었다.

"주먹다짐했대!" 엘로이즈가 말했다.

노엘이 톰을 쳐다보았다. "그 남자가 도대체 왜 톰이라면 미쳐서 날뛰는 거죠?"

"그걸 모르겠어요. 염탐하는 것도 모자라 손수 비행기표까지 끊어서 따라오는 놈이라니. 다들 이렇게까지는 안 하잖아요." 톰이 불어로 대답했다. "내 옆에 딱 붙어 있고 싶었나, 이상해요."

엘로이즈는 프리처드가 아내는 집에 놔 두고 혼자 근처 호텔에 묵고 있다고 노엘에게 설명했다. 프리처드가 별안간 공격할지도 모르니, 셋 다 엘 민자 호텔에서 나가는 게 최선이라고 했다. 톰 부부가 이곳에 묵는다는 걸 프리처드가 알고 있기 때문이었다.

"호텔은 많잖아요." 톰이 안 해도 될 말을 하면서 실제로 느끼는 감정보다 훨씬 느긋하게 굴려고 애썼다. 톰은 그가 얼마나 고생했으며, 지금 얼마나 부담스러운지 노엘과 엘로이즈가 알아주는 게 고마웠다. 노엘은 홀연히 사라진 머치슨이라든가, 더와트 관련 사업이 원인이라는 걸 몰랐다. 사업. 사업에는 두 가지 뜻이 있다고 톰은 술을 음미하면서 생각했다. 하나는 말 그대로 사업을 뜻했고, 또 하나는 사기를 뜻했다. 지금까지는 사업의 절반이 사기였다. 톰은 간신히 다시 두 여자에게 집중했다. 그와 엘로이즈는 서 있었고, 노엘만 스툴에 앉아 있었다.

두 여자가 보석을 사려면 그랑 소코에 가야 한다고 수다를 떨었다. 각자 할 말을 동시에 하면서도 늘 그렇듯 서로의 말을 완벽히 알아들었다.

어떤 남자가 식당으로 들어와 붉은 장미를 팔았다. 옷차림으로 보아 행상인이었다. 노엘은 손으로는 남자를 쫓으면서도 엘로이즈와 수다 삼매경에 빠져 있었다. 바텐더가 행상인을 바깥으로 내보냈다.

저녁은 노엘이 예약해 둔 노틸러스 플라주에서 먹었다. 바다가 보이는 테라스가 딸린 식당으로 북적이긴 해도 우아했다. 테이블과 테이블 사이의 거리가 멀었다. 불 켜진 촛불 밑에서 메뉴판을 살폈다. 생선 요리 전문점이었다. 그럼에도 대화는 결국 내일 어느 호텔로 옮길지에 관한 주제로 귀결되고 말았다. 노엘은 엘 민자 호텔에서 닷새간 묵겠다고 구두로 계약했지만, 그 말을 꼭 지키지 않아도 된다고 자신했다. 그녀는 호텔 사정을 잘 알고 있었다. 엘 민자 호텔은 예약하기가 하늘의 별 따기였다. 노엘은 마주치고 싶지 않은 사람이 이 호텔에서 묵을 거라는 핑계를 대겠다고 했다.

"사실이잖아요?" 노엘이 반문하며 톰을 보며 웃자 눈썹이 동그랗게 휘어졌다.

"그렇긴 하죠." 톰이 대답했다. 노엘이 얼마 전 헤어진 연인을, 그녀를 힘들게 하던 연인을 다 잊은 것 같았다.

9

톰은 다음 날 일찍 눈이 떠졌다. 남편이 깨는 바람에 8시가 되기도 전에 엘로이즈도 덩달아 깼지만 짜증은 내지 않았다.

"로비에 내려가서 커피 마시고 있을게. 노엘은 언제 체크아웃한대? 10시?"

"10시쯤 하겠대." 엘로이즈가 눈을 감은 채로 대답했다. "짐은 내가 쌀게. 당신은 어디 나가려고?"

엘로이즈는 남편이 외출하려 한다는 걸 눈치챘지만, 막상 톰은 나갈 곳을 정확히 정한 건 아니었다. "한 바퀴 돌려고. 아침 시켜 줘? 오렌지주스?"

"먹고 싶을 때 시킬게." 다시 베개에 얼굴을 파묻는 엘로이즈를 보며, 톰은 참 느긋하고 괜찮은 배우자라고 생각했다. 톰은 방문을 연 채 키스를 보냈다. "한 시간 있다가 올게."

"젤라바는 왜 가져가?"

톰은 젤라바를 접어서 들고 있었다. "그냥, 어울리는 모자나 살까 해서."

톰은 로비에 있는 프런트로 가서 리플리 부부가 오늘 오전 중에 체크아웃할 거라고 재차 말했다. 노엘이 어젯밤 자정 무렵에 얘기하긴 했었다. 그래도 톰은 교대 근무로 들어온 직원에게 다시 말해 주는 게 예의일 것 같았다. 그런 다음 화장실로 들어갔다. 중년쯤 되어 보이는 미국인이 세면대에서 면도하고 있었다. 적어도 미국 사람 같아 보이긴 했다. 톰은 접힌 젤라바를 툭툭 털어서 입었다.

그 미국인이 거울로 톰을 살피다가 물었다. "그런 거 입으면 발에 걸리지 않나요?" 남자는 한 손에 무선 면도기를 들고 껄껄거리더니 자기가 한 말을 톰이 알아들었는지 긴가민가하고 있었다.

"당연히 발에 걸리죠. 그래서 실없는 농담이 나오더라고요. 이를테면, '걸려도 걸어라.'"

"하하하!"

톰은 손을 흔들고는 밖으로 나갔다.

살짝 내리막길인 파스퇴르가를 다시 걸었다. 일찌감치 가판대를 밖에 내다 놓은 가게도 있었고, 지금 내놓는 가게도 있었다. 남자들이 머리에 뭘 쓰고 다니나? 대부분은 아무것도 쓰지 않는다는 걸 톰은 주위를 둘러보고 알았다. 두 남자가 흰 가운을 입고 터번이라기보다 이발소에서 둘러 주는 뜨거운 타월 같은 걸 머리에 얹고 다녔다. 마침내 톰은 챙이 넓고 약간 누리끼리한 밀짚모자를 샀다.

톰은 복장을 갖추고 프랑스가를 향해 걸어갔다. 도중에 카페 드 파리에 들러서 에스프레소와 크루아상을 먹고 가던 길을 다시 걸었다.

톰은 그랑 호텔 비야 드 프랑스에 도착해 잠시 입구에서 서성였다. 혹시 프리처드가 나오진 않을까. 프리처드가 나온다면, 톰은 챙을 앞으로 내린 채 그를 계속 주시할 생각이었다. 하지만 프리처드의 모습은 보이지 않았다.

톰은 로비로 들어가 주위를 둘러본 후 프런트로 향했다. 모자를 뒤로 젖혀 바깥에 있다가 실내로 들어온 관광객인 척하며 불어로 물었다. "안녕하십니까. 데이비드 프리처드 씨하고 통화할 수 있을까요?"

"프리처드 씨라……." 직원이 투숙객 명단을 살피더니 톰의 왼편에 있는 책상으로 자리를 옮겨 전화를 걸었다.

직원이 고개를 끄덕이더니 인상을 구긴 채 통화했다. "안타깝네요, 손님." 직원이 프런트로 돌아와 톰에게 말했다. "프리처드 씨가 방해받고 싶지 않다고 하십니다."

"톰 리플리가 왔다고 전해 주세요." 톰이 다급한 척하며 부탁했다. "매우 급한 일이라고 하면, 분명 전화를 받겠다고 할 겁니다."

직원이 다시 전화를 걸었다. "리플리 씨가 로비에서 기다리십니다."

프리처드가 직원의 말을 자른 게 분명했다. 잠시 후, 직원이 돌아오더니 프리처드 씨가 아무하고도 통화하지 않겠다고 전했다.

톰은 직원에게 고맙다고 인사한 후 호텔을 나섰다. 1차전, 2차전 모두 톰이 이긴 걸까? 프리처드의 턱에 금이 갔나? 이가 흔들리나? 중태가 아니라서 유감이었다.

톰은 엘 민자 호텔로 돌아갔다. 방값을 계산하고 체크아웃하려면 환전을 더 해야 했다. 탕헤르에 더 있지 못해서 아쉬웠지만, 기분이 좋아지자 자신감도 샘솟았다. 오늘 늦은 오후면 파리행 비행기에 오를 것이다. 아네트 여사한테도 전화해야 한다. 그 전에, 공항으로 전화해 되도록 에어 프랑스 항공편으로 알아봐야 한다. 프리처드를 다시 빌페르스로 유인할 계획이었다.

그는 길에서 재스민을 단단히 묶어 놓은 다발을 하나 샀다. 오묘하고도 진한 향기가 진동했다.

톰이 호텔방으로 들어가자, 엘로이즈가 옷도 다 입고 짐도 다 싸 놓았다.

"모자 샀어? 모자 쓴 거 보여 줘."

톰은 호텔로 들어서자마자 자기도 모르게 모자를 벗었는데, 이내 다시 썼다. "멕시코 사람 같지?"

"아니. 젤라바를 입어서 그런지 안 그래 보여." 엘로이즈가 남편을 찬찬히 살피며 말했다.

"노엘은 어쩌겠대?"

"일단 렘브란트 호텔로 옮기기로 했어. 그다음, 노엘이 택시를 타고 케이프 스파르텔로 가재. 거긴 꼭 봐야 한대. 점심도 거기 가서 먹을 거야. 많이는 아니고 가볍게."

톰은 케이프 스파르텔을 지도에서 봤던 기억이 떠올랐다. 탕헤르 서쪽에 있는 곳이었다. "거기까지 가는데 얼마나 걸리지?"

"노엘 말로는 40분은 족히 걸린다는데, 가서 낙타도 타고 끝내주는 경치도 감상할 거야. 그런데, 여보……." 갑자기 엘로이즈가 섭섭한 눈빛을 보냈다.

그녀는 남편이 오늘 떠난다는 걸 직감하고 있었다. "항공사에 전화해야 해. 난 지금 벨옹브르 걱정뿐이거든!" 톰은 말을 타고 먼 길을 떠나는 무사처럼 말했다. "그래도 되도록이면 오늘 오후 늦게 출발하는 표로 알아볼게. 나도 케이프 스파르텔에 가고 싶다."

"당신 혹시……." 엘로이즈가 개어 놓은 블라우스를 가방에 넣으며 물었다. "오늘 아침에 프리샤드 만나고 온 거야?"

톰은 웃음이 나왔다. 엘로이즈는 프리처드의 이름을 영영 잘못 발음할 것 같았다. 그 망할 자식이 호텔방에 있으면서도 날 만나지 않겠다고 거부한 얘기를 할까 말까. 톰은 고민하다가 이렇게 말했다. "아니, 그냥 돌아다니다가 모자도 사고 커피도 마셨지." 톰은 사소한 건 엘로이즈에게 감추고 싶었다. 그녀를 조금이라도 힘들게 할지 모를 사소한 것들은 말이다.

12시 15분 전, 세 사람은 택시를 타고 황량하고 메마른 땅을 가로질러 케이프 스파르텔이 있는 서쪽으로 달리고 있었다. 톰은 렘브란트 호텔 로비에서 전화를 걸었다. 수완 좋은 호텔 매니저 덕분에 오후 5시 15분에 출발하는 에어 프랑스 파리행 비행기표를 구할 수 있었다. 매니저는 탕헤르 공항에 가면 예약이 다 되어 있을 거라 장담했다. 덕분에 톰은 다른 건 신경 쓰지 않고 관광만 하면 되었다. 아네트 여사에게 전화할 시간은 없었지만, 톰이 불쑥 나타나도 여사는 놀라지 않을 것이다. 그는 집 열쇠를 갖고 왔다.

"여긴 무척 중요한 곳이에요. 안 중요한 곳이 없지만 말이죠." 노엘이 케이프 스파르텔에 대한 설명을 줄줄 읊었다. 택시비를 내겠다는 노엘을 간신히 말리고 톰이 냈다. "로마인들이 이곳에 살았죠. 다들 여기에 살았어요." 노엘이 영어로 설명하며 양팔을 활짝 벌렸다.

노엘은 어깨에 가죽 가방을 메고, 노란 면바지에 셔츠를 입고 그 위에 헐렁한 재킷을 걸치고 있었다. 쉴 새 없이 불어오는 바람에 옷가지와 머리가 서쪽으로만 휘날렸다. 바람에 셔츠와 바지가 빵빵하게 부풀긴 했지만, 바람은 부드러웠다. 그 일대에 있는 건물이라곤 널찍한 카페 두 곳 말고는 없었다. 케이프 스파르텔은 지브롤터 해협 위에 우뚝 솟아 있었는데, 톰이 지금껏 본 곳 중에 경치가 가장 근사했다. 서쪽으로 광활한 대서양이 펼쳐져 있었기 때문이다.

몇 미터 떨어진 곳에서 낙타들이 히죽거리며 톰 일행을 쳐다보고 있었다. 그중 두세 마리는 느긋하게 모래 위에 자리를 잡고 앉아 있었다. 터번을 쓰고 하얀 가운을 입은 안내원이 녀석들 근처를 돌아다니면서도 톰 일행을 쳐다보지 않았다. 안내원이 손에 쥐고 있던 땅콩을 까먹었다.

"지금 탈래, 점심 먹고 탈래?" 노엘이 불어로 물었다. "아, 맞다, 이 얘기를 까먹다니! 저쪽을 보세요." 노엘이 서쪽으로 눈부시게 휘어진 해변을 가리켰다. 고대 어도비 벽돌*을 쌓아 만든 건축물에서 복도와

* 햇볕으로 구운 진흙 벽돌

방의 흔적만 남은 옛터 같은 곳이 보였다. "로마인들이 저기에서 생선 기름을 짜서 로마로 실어 보냈어요. 한때 로마 사람들이 이 지역을 모두 소유했거든요."

바로 그때, 톰은 산비탈로 시선을 돌렸다. 어떤 남자가 오토바이에서 내리자마자 메카가 있는 방향으로 머리를 숙이고 엉덩이를 높이 들더니 기도하는 자세를 취했다.

카페 두 곳 모두 실내외에 좌석이 있었다. 둘 중 한 곳에 바다가 보이는 테라스가 있었다. 톰 일행은 테라스가 있는 카페로 들어가 하얀 철제 테이블에 자리를 잡았다.

"하늘 한번 근사하네요!" 톰이 감탄했다. 너무나 인상적이어서 기억에 아로새기고 싶었다. 구름 한 점 없이 푸르른 하늘이 높다란 돔처럼 느껴졌다. 지금은 새 한 마리, 비행기 한 대도 보이지 않았고 그저 고요하기만 했다. 시간 감각이 흐려지자, 결국 이런 생각에 다다르고 말았다. 아주 먼 옛날 카메라가 존재하지 않았던 수천 년 전으로 거슬러 올라간다면, 결국 낙타의 모습도 지금과는 달랐겠지?

점심은 간단히 먹었다. 엘로이즈가 좋아하는 메뉴였다. 토마토주스, 페리에, 올리브, 홍당무, 약간의 생선 튀김. 톰은 식탁 밑으로 손목시계를 확인했다. 2시가 얼마 남지 않았다.

두 여자가 낙타 타기에 대해 수다를 떨고 있었다. 노엘의 갸름한 얼굴과 뾰족한 코가 벌써 햇빛에 그을렸다. 아니, 타지 않으려고 화장한 건가? 노엘과 엘로이즈는 탕헤르에 얼마나 더 있으려나?

"한 사흘 정도?" 노엘이 엘로이즈를 쳐다보며 동의를 구했다. "여기에 사는 친구들이 있어. 골프 클럽이 있는데 점심 먹기에도 아주 좋거든. 오늘 아침에 한 명하고만 연락이 됐지 뭐야."

"연락할 거지, 톰?" 엘로이즈가 물었다. "렘브란트 호텔 전화번호 가져가."

"당연하지, 여보."

"진짜 속상해요." 노엘이 씩씩거리며 말했다. "프리처드처럼 나쁜 사람 때문에 휴가를 망칠 뻔했잖아요."

"글쎄요." 톰이 어깨를 으쓱했다. "프리처드가 망친 건 아닙니다. 나도 집에 가서 할 일이 있고, 다른 데에 가서도 할 일이 있거든요." 톰은 말을 애매하게 하면서도 자신의 태도가 애매하다고는 생각하지 않았다. 노엘은 톰이 무슨 일을 하는지 일일이 궁금해하지 않았고, 어떻게 밥벌이를 하는지 관심도 없었다. 톰은 노엘이 친정에서 주는 용돈과 전남편이 주는 돈으로 먹고산다는 얘기를 어렴풋이 들었다.

간단히 점심을 먹고 낙타가 있는 쪽으로 이동했다. 주인은 일단 '새끼 낙타'부터 쓰다듬으라고 영어로 알려 주었다. 샌들을 신은 주인이 어미 낙타를 꽉 붙잡고 있었고, 새끼 낙타는 보송보송한 털 코트를 입고 귀를 쫑긋 세운 채 어미 옆에 딱 붙어 있었다.

"사진 찍으실래요? 사진?" 어미와 새끼 낙타의 주인이 물었다. "새끼 낙타하고 찍으세요."

노엘이 큼직한 손가방에 넣어 온 카메라를 꺼내더니 낙타 주인에게 10디르함짜리 지폐를 한 장 건넸다. "새끼 머리 위에 손을 올려 봐." 노엘이 엘로이즈에게 시켰다. 찰칵! 엘로이즈가 미소를 지었다. "당신도 찍어!"

"난 됐어." 그래도 찍어 볼까, 톰은 어미와 새끼 낙타 옆에 선 엘로이즈를 향해 걸음을 떼다가 고개를 저었다. "됐어. 내가 찍어 줄게."

톰이 사진을 찍어 주었다. 이제 낙타 주인과 불어로 떠드는 두 여자를 뒤로하고 떠나야 할 시간이 되었다. 택시를 타고 탕헤르로 돌아가 렘브란트 호텔에서 짐을 찾아야 한다. 짐을 들고 다닐 수도 있었지만, 혹시라도 프리처드가 두 여자가 새로 옮긴 렘브란트 호텔까지 따라와 기웃거리는 건 아닌지 확인하고 싶었다. 세 사람은 엘 민자 호텔에서 체크아웃하면서 카사블랑카로 간다고 둘러댔었다.

톰은 택시를 기다려야 했다. 몇 분 전에 바텐더에게 콜택시를 불러 달라고 부탁했더니, 바텐더가 전화를 걸어 주었다. 톰은 택시를 기다리면서 테라스를 천천히 돌아다녔다.

톰은 이곳까지 택시를 타고 온 사람들이 내리자, 그 택시에 올라타서 말했다. "파스퇴르가에 있는 렘브란트 호텔로 갑시다."

택시가 출발했다.

톰은 낙타가 있는 쪽을 뒤돌아보지 않았다. 낙타가 일어나면서 엘로이즈가 좌우로 휘청거리는 모습은 보고 싶지 않았다. 게다가 낙타 등에 올라탄 채 저 멀리 모래밭을 쳐다보는 모습도 상상하고 싶지 않았다. 그럼에도 엘로이즈는 낙타 등에 올라타 활짝 웃으면서 사방을 둘러볼 것이고, 다친 데 없이 바닥으로 내려올 게 분명했다. 톰은 빠르게 질주하는 택시 안으로 바람이 들이치자, 창문을 올려서 살짝만 열어 두었다.

예전에 내가 정말 낙타를 탔었나? 톰은 기억이 잘 나지 않았다. 높은 데로 올라가자 속이 울렁거렸던 기억이 진하게 피어오르는 걸 보니,

진짜로 타 보긴 한 것 같았다. 톰은 그 기분이 싫었다. 수면 위 5~6미터 높이에 있는 다이빙대에 서서 풀장을 내려다보는 기분하고 비슷했다. '뛰어!' 내가 왜 뛰어내려야 하지? 누가 뛰어내리라고 한 거지? 여름 캠프에 갔을 때였나? 기억이 가물가물했다. 상상이 옛일에 대한 기억만큼 또렷해질 때가 있다. 옛일에 대한 기억이 흐려질 때도 있다. 이를테면, 디키나 머치슨을 죽인 기억이 그랬다. 얼굴에 개기름이 흐르던 마피아 두 명의 목에 올가미를 걸고 당겨서 죽인 기억마저 희미해졌다. 둔즈베리*가 한 대사처럼, 자기들도 인간이라고 우기던 그 둘은 톰에게는 아무 의미가 없었다. 톰은 마피아라면 이가 갈렸다. 그런 이유로 마피아를 열차에서 죽인 걸까? 마피아를 죽인 게 내가 아닐지도 모른다고 헷갈리게 만들어서 의식을 무의식으로 가리려는 걸까? 설마 아니겠지? 신문에서 두 명의 사상자가 발견됐다는 기사를 본 적이 있었다. 이건 사실이었다. 그런데 진짜로 본 게 맞을까? 하나 마나 한 소리지만, 톰은 그 기사를 오려서 따로 보관하진 않았다. 사실과 기억 사이에 막 같은 게 실제로 존재한다고 해도, 그 막에 이름을 붙일 수는 없었다. 그런데 시간이 조금 경과하자, 충분히 이름을 붙일 수 있을 것 같았다. 그 이름은 자기방어일 것이다.

그 무렵 택시는 먼지가 푸석거리고 인파가 북적이는 거리로 다시 돌아왔다. 탕헤르에 있는 24층 높이의 건물들이 주위에 가득했다. 붉은 벽돌을 쌓아서 만든 모하메드 5세 모스크**가 보였다. 흰 벽돌로 쌓아 올리는 아랍 양식이 섞여 있긴 했으나, 베네치아 산마르코 광장에 있는 종탑하고 비슷해 보였다. 톰은 시트 끝에 엉덩이를 걸쳤다. "굉장히 깔끔하게 생겼네요." 톰이 빨리 달리는 택시 기사에게 불어로 말했다.

마침내 택시가 좌회전해서 파스퇴르가로 들어섰다. 톰이 요금을 내자 택시가 떠났다.

그는 아까 로비 컨시어지 데스크에 맡겨 놓은 짐 가방을 찾으며 물었다. "리플리 앞으로 온 메모가 있나요?"

없었다.

톰은 흐뭇했다. 짐이라곤 작은 여행 가방과 서류 가방이 전부였다. "택시를 불러 주세요. 공항으로 갈 겁니다."

"알겠습니다." 직원이 손가락을 들더니 벨보이에게 지시했다.

* 미국의 시사 만화 주인공
** 탕헤르 시내에 있는 사원

"찾아온 사람도 없었나요? 왔다가 메모를 남기지 않고 그냥 간 사람도 없었다는 거죠?" 톰이 물었다.

"네, 손님. 없었던 것 같습니다." 프런트 데스크 직원이 진중하게 말했다.

톰은 대기 중이던 택시를 탔다. "공항이요."

택시가 남쪽으로 달렸다. 일단 탕헤르 도심을 벗어나자, 톰은 몸을 뒤로 기댄 채 담배에 불을 붙였다. 엘로이즈가 모로코에는 얼마나 더 있으려나? 노엘이 엘로이즈에게 다른 도시도 가 보자고 조르겠지? 이집트에도 가려나? 둘이 이집트까지 갈지는 모르겠지만, 노엘이라면 모로코에서 느긋하게 지내고 싶어 할 것이다. 그렇게만 해 준다면, 톰에겐 더할 나위 없이 좋을 것이다. 조만간 위험이 닥칠 듯한 예감이 밀려왔기 때문이다. 벨옹브르 주위에서 험한 일이 벌어질 것 같았다. 그는 소름 끼치는 프리처드 부부를 빌페르스에서 몰아내려고 애쓸 터인데, 외국인이자 미국인으로서 조용하고 작은 마을에 분란과 혼란을 일으키고 싶지 않다는 게 이유였다.

톰은 에어 프랑스 기내로 들어서자마자 이미 프랑스에 온 듯한 느낌이 들었다. 일등석에 앉았다. 탕헤르 해안가와 아프리카 대륙이 시야에서 멀어지는 광경을 보고 있는데, 샴페인(톰이 좋아하는 것은 아니었지만)이 나왔다. 여행 책자에서는 '독특하다'라는 단어를 걸핏하면 남발하지만, 만일 독특한 해안선을 꼽는다면 바로 탕헤르일 것이다. 양팔을 뻗은 듯 두 갈래로 갈라진 탕헤르항이 있기 때문이다. 톰은 언젠가 다시 오고 싶다는 생각이 들었다. 스페인 본토마저 멀어지면서 여느 때처럼 창밖으로 희끄무레한 구름만 보이는 지루한 풍광이 펼쳐지자, 톰은 나이프와 포크를 들고 저녁을 먹었다. 이건 비행기 여행의 숙명이었다. 『르 포인트』 최신 호가 옆에 있었지만, 식사를 마치고 볼 생각이었다. 그런 다음, 파리에 도착하기 전까지 일부러라도 눈을 붙일 참이었다.

톰은 짐 가방을 찾은 후, 파리 공항에서 아네스 그레에게 전화해 안부를 묻고 싶었다. 아네스가 집에 있었다.

"지금 샤를 드골 공항에 내렸어요." 그녀의 질문에 톰이 대답했다. "저만 일찍 귀국한 겁니다…… 네, 엘로이즈는 친구 노엘하고 남기로 해서요. 집에는 별일 없죠?" 톰이 불어로 말을 이었다.

아네스가 그동안의 소식을 톰에게 알려 주었다. "오늘 기차 타고 내려오실 거죠? 제가 퐁텐블로역으로 모시러 나갈게요. 늦어도 상관없어요…… 당연하죠, 톰!"

아네스가 열차 시간표를 확인하더니 자정 조금 넘어서 데리러 가겠다고 했다. 그렇게 하는 게 자기도 좋다고 했다.

"부탁이 하나 더 있어요, 아네스. 지금 저희 집으로 전화해서 여사님한테 제가 오늘 밤에 간다고 전해 주시겠어요? 그래야 제가 열쇠로 따고 들어가도 여사님이 안 놀래실 겁니다."

아네스가 그러겠다고 했다.

톰은 기분이 한결 나아졌다. 톰도 그레 부부와 그 집 아이들에게 비슷한 호의를 여러 번 베푼 적이 있었다. 이런 일은 교외 생활을 하다 보면 다반사였다. 이웃과 돕고 산다는 뿌듯함이 드는 일이었다. 이에 반해, 교외에 산다는 이유로 어디라도 갔다 오려면 지금처럼 번잡스러운 면이 있긴 있었다. 톰은 택시를 타고 리옹역으로 이동한 다음 기차를 탔다. 열차 안에서 승무원에게 표를 샀다. 기차 안에서 표를 사면 역에 있는 멍청한 기계로 살 때보다 벌금이 조금 더 붙긴 했다. 택시를 타고 집까지 갈 수도 있었지만, 벨옹브르 대문 앞에서 내리는 일은 피하고 싶었다. 혹시 모를 적에게 그의 집의 정확한 위치를 노출시키고 싶진 않았다. 이런 두려움이 마음속에 도사리고 있다는 걸 인지하자, 혹시 피해망상에 시달리는 건 아닌지 자문해 보았다. 하지만 혹시라도 택시 기사가 적으로 돌변하기라도 하면, 그때는 학문적으로 따져 보기엔 너무 늦을 것이다.

아네스가 퐁텐블로역에서 웃으며 기다리고 있었다. 여전히 사람 좋아 보였다. 빌페르스까지 차를 타고 가는 동안, 아네스가 탕헤르에 대해 이것저것 묻자 톰이 대답해 주었다. 톰은 프리처드 부부 얘기는 하지 않았고, 아네스가 자기 집에서 백 미터 떨어진 곳에 사는 재니스 프리처드 이야기를 먼저 꺼내 주기를 기대했다. 아네스는 아무 말이 없었다.

"아네트 여사님이 안 자고 기다리시겠대요. 톰, 정말이지 아네트 여사님은……."

아네스는 헌신적인 아네트 여사를 표현할 단어를 찾지 못했다. 오히려 그래서 좋았다. 아네트 여사가 대문을 열어 놓고 기다리고 있었다.

"엘로이즈가 언제 올지 모른다는 말씀이시죠?" 아네스가 벨옹브르의 앞마당으로 차를 몰고 들어가며 물었다.

"몰라요. 그건 엘로이즈가 마음먹기에 달렸어요. 아내도 쉬어야죠." 톰은 트렁크에서 가방을 꺼낸 다음 아네스에게 감사와 작별 인사를 건넸다.

아네트 여사가 현관문을 열었다. "다녀오셨어요!"

"별일 없었죠, 여사님! 집에 오니 좋네요." 그는 흐릿하지만 익숙한 장미꽃 향기와 가구 광택제 냄새를 다시 맡으며 행복감에 취했다. 게다가 출출하시냐고 묻는 아네트 여사의 목소리를 들으니 기분도 좋았다. 톰은 여사에게 배는 안 고픈데 잠이 고프다고 하고는, 우편물이 왔냐고 물었다.

"그럼요, 당연히 왔죠."

여사가 복도 탁자 위에 우편물을 모아 두었지만, 몇 통 되지 않았다.

"사모님께서는 잘 계시죠?" 아네트 여사가 걱정하며 물었다.

"그럼요. 노엘 부인하고 같이 있어요. 기억하시죠?"

"거기가 열대 지방이라……." 아네트 여사가 살짝 고개를 저었다. "조심하셔야 해요."

톰이 웃었다. "오늘 그 사람이 낙타를 탔어요."

"어머나!"

제프 콘스턴트나 에드 밴버리에게 전화하기엔 너무 늦은 시각이라 예의에 어긋난다는 게 걸렸지만, 톰은 먼저 에드에게 전화를 걸었다. 런던은 이제 곧 자정이었다.

에드가 졸린 듯한 음성으로 전화를 받았다.

"에드, 미안해요. 너무 늦었죠. 중요한 일이라서요." 톰이 입술을 축였다. "내가 런던으로 가야 할 것 같아요."

"그래요? 무슨 일인데요?" 에드가 정신을 차렸다.

"걱정돼서요." 톰이 한숨을 내쉬며 말했다. "내가 런던에 가서 얼굴을 맞대고 의논하는 게 나을 것 같아요. 혹시 재워 줄 수 있어요? 안 된다면, 제프는 날 재워 줄 수 있습니까? 하룻밤이면 돼요."

"우리 둘 다 가능해요." 원래 목소리를 되찾았는지, 에드가 단단하고 맑은 음성으로 말했다. "제프의 집에 빈방이 있어요. 우리 집에도 있고요."

"하룻밤이면 내가 상황 판단을 할 수 있을 겁니다. 고마워요, 에드. 신시아한테는 무슨 소식이라도 있었나요?"

"없었어요."

"낌새도 없었고, 소문도 없었나요?"

"없었어요, 톰. 프랑스로 돌아온 겁니까? 내가 듣기론……."

"데이비드 프리처드가 탕헤르에 나타났어요. 믿거나 말거나. 거기까지 따라왔더라고요."

"뭐라고요?"

"프리처드는 조금도 도움이 되지 않는 사람이에요, 에드. 게다가 기를 쓰고 우릴 망치려 들 거라고요. 그 사람 부인은 집에 남아 있었어요, 우리 동네에요. 내가 런던에 가서 마저 얘기해 줄게요. 일단 표부터 끊고 내일 아침에 다시 전화하겠습니다. 언제 전화하는 게 편해요?"

"런던 시각으로 10시 반 전이면 난 상관없어요. 내일 아침에 통화해요. 지금 프리처드는 어디에 있나요?"

"아직 탕헤르에 있을 겁니다. 내일 아침에 전화할게요, 에드."

10

톰은 8시가 되기도 전에 일어났다. 아래층으로 내려가 정원을 살폈다. 걱정했던 포시티아에 누가 물을 주었는지 상태가 좋아 보였다. 앙리가 다녀갔는지, 온실 옆 비료 더미 근처에 시든 장미꽃을 잔뜩 따서 모아 놓은 게 보였다. 톰이 이틀 만에 돌아왔으니, 큰일이 벌어졌을 리 없었다. 우박 폭풍이 몰아쳤다면 모를까.

"안녕히 주무셨어요!" 아네트 여사가 테라스를 향해 열린 세 쪽짜리 프렌치 도어 중 한 곳에 서서 인사했다.

블랙커피가 준비됐다고 했다. 역시. 톰은 걸음을 재촉해서 집으로 들어갔다.

"이렇게 일찍 일어나실 줄 몰랐어요." 아네트 여사가 그가 마실 첫 잔을 따라 주며 말했다.

필터가 달린 커피포트가 쟁반에 담겨 거실에 놓여 있었다.

"나도 몰랐어요." 톰이 소파에 앉았다. "요즘 들리는 소문이 있나요? 좀 앉으세요, 여사님."

톰이 이러는 경우는 흔치 않았다. "제가 아직 빵을 사러 나가지 않아서요!"

"빵이야 트럭 타고 와서 빵빵거리는 빵 장수한테 사면 되죠!" 톰이 미소를 지었다. 빵 트럭이 길에서 경적을 울리면, 실내복 차림의 여자들이 빵을 사러 나오곤 했다.

"그 트럭이 우리 집 앞엔 서지 않아요. 왜냐면……."

"그건 그렇죠. 그래도 잠깐 앉아서 얘기한다고 설마 오늘 아침에 빵이 다 팔리겠어요?" 아네트 여사가 빵을 사러 시내까지 걸어가는 걸 좋아하는 이유는, 빵집에서 지인과 마주치면 소문을 주고받을 수 있어서였다. "별일 없었죠?" 톰이 이렇게 묻자 아네트 여사가 별일이 있었는지 머리를 쥐어짰다.

"앙리 씨가 한 번 왔다가 한 시간도 안 돼서 갔어요."

"벨옹브르의 사진 찍는 사람이 또 나타난 건 아니겠죠?" 톰이 웃으며 물었다.

아네트 여사가 고개를 저으며 두 손을 허리 밑으로 내려 맞잡았다. "그럴 리가요. 그런데요, 제 친구 이본이 그러던데, 이름이 피셔드인가 하는 부인이……."

"피셔드였나, 뭐 비슷한 이름일 겁니다."

"그 여자가 울었대요. 장 보면서 눈물을 흘렸다는데, 상상이 가세요?"

"아뇨. 눈물을 흘리다니!"

"남편이 지금 여기에 없대요. 멀리 갔대요." 아네트 여사는 남편이 아내를 버리기라도 했다는 듯이 말했다.

"남편이 출장 갔나 보죠. 피셔드 부인이 동네 친구는 사귀었나요?"

아네트 여사가 망설였다. "못 사귀었을 거예요. 슬퍼 보이더라고요. 제가 빵집에 갔다 와서 달걀 반숙해 드려도 되죠?"

톰은 그러라고 했다. 배가 고팠지만, 여사가 빵집에 가는 걸 말릴 수는 없었다.

아네트 여사가 주방으로 가다 말고 뒤돌아섰다. "아 참, 클레그 씨가 어제 전화하셨어요."

"고마워요. 전화해서 뭐라던가요?"

"그냥 안부 전화였어요. 그게 다예요."

재니스가 울었다니, 무슨 깜짝 쇼를 또 벌이려는 걸까. 혼자서 쇼하는 거겠지. 톰은 자리에서 일어나 주방으로 걸어갔다. 아네트 여사가 방에서 핸드백을 들고나와 고리에 걸린 장바구니를 챙기고 있었다. 톰이 당부했다. "내가 집으로 돌아왔다는 말은 아무한테도 하면 안 됩니다. 오늘 다시 집을 비워야 하니 내가 먹을 건 사지 말아요. 나중에 다 얘기해 드리죠."

9시가 되자 톰은 퐁텐블로 여행사로 전화해 런던 왕복 티켓을 오픈으로 끊었다. 샤를 드골 공항에서 당일 오후 1시 조금 넘어 출발하는 비행기였다. 톰은 평소처럼 짐을 챙기면서 다림질할 필요 없는 셔츠도 두 장 넣었다.

톰이 아네트 여사에게 말했다. "혹시 누가 전화하면, 난 엘로이즈하고 모로코에서 아직 안 온 거로 해 줘요. 여사님도 모르는 사이에, 내가 돌아와 있을 겁니다. 내일이나 모레…… 아니다, 내일 전화하겠습니다.”

톰은 아네트 여사에게 런던에 간다고만 했지, 어디에서 묵는다는 말은 하지 않았다. 엘로이즈가 전화하면 해 줄 말도 알려 주지 않았다. 톰은 모로코의 통신 상황이 좋지 않아서 엘로이즈가 집으로 전화하지 않기를 바랐다.

이제 톰은 2층 침실로 올라가 에드 밴버리에게 전화를 걸었다. 아네트 여사는 여전히 영어를 할 줄 몰랐고 조금도 알아듣지 못했다. 그런데도 톰은 안 들리는 자리에서 통화하는 게 마음이 편했다. 톰은 에드에게 비행기 도착 시각을 알려 주면서 오후 3시는 넘어야 집에 들어갈 거라고 했다. 그때가 괜찮다면 말이다.

에드는 괜찮다고, 아무 문제 없다고 했다.

톰은 에드가 사는 코번트가든의 집 주소를 확인했다. “신시아를 어떻게 할지 고민해야 합니다. 신시아가 지금 뭘 하는지 알아봐요. 몰래 사람이라도 붙여야 해요. 농담 아닙니다. 생각을 좀 해 봐요. 이따가 봅시다, 에드. 개구리나 잡아먹는 프랑스에서 뭐 필요한 거 있어요?”

“면세점에서 페르노 한 병 부탁해도 될까요?”

“물론이죠. 그럼 이만.”

톰이 가벼운 가방을 들고 아래층으로 내려가는데, 전화벨이 울렸다. 엘로이즈였으면.

아네스 그레의 전화였다. “톰. 혼자 계시지 말고 오늘 저녁은 저희 집에 오셔서 드실래요? 애들밖에 없어서 조금 일찍 먹을까 하거든요.”

“고마워요, 아네스.” 톰이 불어로 대답했다. “미안하지만, 내가 다시 어디 좀 가야 해서요. 네, 오늘요. 안 그래도 택시를 부르려던 참이었어요. 아쉽네요.”

“택시 타고 어디로 가시게요? 마침 장 보러 퐁텐블로로 가려던 참인데, 같이 가실래요?”

톰이 바라던 바였기에 대뜸 퐁텐블로역까지 태워 달라고 했다. 아네스가 10분 후에 데리러 왔다. 톰이 아네트 여사에게 작별 인사를 막 건넬 무렵, 아네스 그레가 모는 스테이션왜건이 그가 열어 놓은 대문으로 들어왔다. 톰과 아네스가 차를 타고 출발했다.

“이번엔 어디로 가시는 거예요?” 아네스가 웃으며 톰을 쳐다보았다. 톰의 방랑벽이 도졌다는 듯한 눈빛이었다.

"런던에 일이 있어서요. 그건 그렇고……."

"네, 말씀하세요."

"제가 어젯밤에 집에 왔다거나, 런던에 가서 며칠 있을 거란 말은 아무한테도 하지 말아 주세요. 사실 이게 별일은 아니겠지만, 전 제가 엘로이즈 옆에 있어 줘야 한다고 생각하거든요. 물론 아내 옆에 노엘이라는 좋은 친구가 있지만요. 노엘 하슬러는 만나 보셨죠?"

"네, 두 번이요."

"며칠 후에 카사블랑카로 돌아가려고요." 톰은 조금 더 느긋하게 굴었다. "그 별난 프리처드 부인이 요즘 울면서 돌아다니는 거 아세요? 믿음직한 스파이, 아네트 여사님이 오늘 그러던데요."

"프리처드 부인이 울면서 돌아다닌다고요? 왜요?"

"저야 모르죠!" 톰은 데이비드 프리처드가 지금 집을 비웠다는 얘기는 하지 않을 것이다. 아네스가 데이비드의 부재를 알지 못했다면 재니스 프리처드가 이웃과 어울리지 않는 게 확실했다. "눈물을 훔치며 빵집으로 들어왔다니 이상하잖아요?"

"정말 이상해요. 가슴 아프고요."

아네스 그레가 톰이 불쑥 말한 곳에 차를 세워 주었다. 레글 누아르 호텔 앞이었다. 벨보이가 계단을 따라 테라스를 가로질러 나왔다. 톰은 이 호텔에 있는 레스토랑과 바에만 자주 다니는 손님이라서 벨보이가 그의 얼굴을 알 수도 있었고, 모를 수도 있었다. 그런데도 벨보이가 나서서 공항에 갈 택시를 잡아 주자, 톰은 그에게 팁을 쥐여 주었다.

얼마간의 시간이 흐른 후, 톰은 또다시 택시를 타고 있었다. 택시가 좌측통행으로 런던을 향해 달려가고 있었다. 에드에게 주려고 산 페르노 한 병과 골루아즈 담배 한 보루가 들어 있는 큼직한 비닐 백은 발밑에 내려놓았다. 창밖으로 빨간 벽돌로 지어진 공장이며, 창고며, 초대형 회사 간판이 보였다. 런던에 사는 친구들을 만나러 왔으니 겸사겸사 느긋하게 친목도 다지겠다는 기대 같은 건 아예 하지도 않았다. 그가 영국 봉투 속에 모아 둔 현찰이 2백 파운드가 넘었는데(선장이 쓰던 서랍장에 달린 작은 서랍에 쓰다 남은 외국 돈을 넣어 두었다), 파운드로 발급 받았던 여행자 수표도 몇 장 들어 있었다.

"세븐 다이얼스*에서는 제발 잘 좀 부탁드립니다. 혹시나 그쪽 길

* 런던 웨스드엔드에 있는 로터리로 일곱 갈래의 길이 만난다.

로 가게 된다면 말이죠.” 톰이 정중하지만 걱정하는 말투로 기사에게 말했다. 에드 밴버리는 택시가 세븐 다이얼스 로터리에서 회전하다가 잘못 빠지기라도 하면 무척 헤매게 될 거라고 경고했었다. 에드는 자기가 사는 아파트는 오래된 건물을 개축한 곳이라면서 베드퍼드버리가에 있다고 했다. 택시를 타고 지나가면서 보니 운치 있는 길이었다. 톰은 택시비를 내고 내렸다.

약속했던 대로 에드가 집에 있다가 인터폰으로 톰의 음성을 확인하자마자 버저를 눌러서 문을 열어 주었다. 천둥 같은 소리에 톰이 움찔했다. 문을 하나 더 열자, 매우 쾌적한 공간이 펼쳐졌다. 위에서 말소리가 들렸다.

“엘리베이터는 없어요.” 에드가 난간에 몸을 기대고 있다가 내려오기 시작했다. “2층이에요.”

“오랜만이에요, 에드.” 톰이 속삭이듯 인사를 건넸다. 한 층에 두 집이 마주 보는 구조라 소리가 들릴까 봐 목소리를 낮춘 것이다. 에드가 비닐 백을 들어 주었다. 나무 난간에서 고운 광이 돌았다. 벽에는 칠한 지 얼마 되지 않은 흰 페인트가 발려 있었고, 바닥에는 남색 카펫이 깔려 있었다.

에드의 아파트도 복도만큼 산뜻하고 깔끔했다. 에드가 차를 내오더니 이 시간엔 주로 차를 마신다고 했다.

“제프하고 얘기해 봤습니까?” 톰이 물었다.

“그럼요. 제프가 만나고 싶다면서 오늘 밤에 집으로 오겠대요. 당신이 도착하면 전화할테니 다 같이 의논하자고 했어요.”

둘이 차를 마신 곳이 톰이 잘 방인 것 같았다. 거실에서 조금 떨어진 서재 같은 방에는 커버만 씌우고 쿠션만 몇 개 갖다 놓으면 트윈 베드로 변신할 소파가 있었다. 톰은 에드에게 탕헤르에서 데이비드 프리처드가 뭘 하고 다녔는지 마저 얘기해 주었다. 프리처드가 라 하파의 야외 돌바닥에 의식을 잃고 쓰러진 뿌듯한 일화까지도.

“그 후론 프리처드를 못 만났어요.” 톰이 말을 이었다. “아내는 노엘 하슬러라는 친구와 아직 탕헤르에 있는데, 카사블랑카로 갈 겁니다. 나는 프리처드가 우리 아내한테 해코지하는 꼴은 못 봐요. 프리처드가 그러진 않을 겁니다. 노리는 건 나니까요. 대체 무슨 생각인지 모르겠어요.” 톰이 맛 좋은 얼그레이 차를 홀짝였다. “프리처드는 미친놈이라 칩시다. 내가 궁금한 건, 신시아 그래드노어가 대체 그놈한테 무슨 얘기를 했느냐는 겁니다. 신시아 소식은 알아봤어요? 프리처드와 신시아

양쪽 모두를 아는 지인에 관한 얘기도 좋아요. 프리처드가 아무나 갈 수 있었다던 그 파티에서 만나서 얘기한 신시아의 친구가 누군지 알아냈습니까?"

"네, 이름은 알아냈어요. 조지 벤턴. 제프가 어찌어찌해서 알아냈는데 쉽지 않았어요. 그 의문의 파티에서 찍은 사진을 들고 여기저기 묻고 다녔어요. 정작 그곳엔 가지도 않았으면서요."

톰은 솔깃해졌다. "이름은 정확해요? 런던에 사는 사람인가요?"

"이름은 맞을 거예요." 에드가 다리를 꼬면서 얼굴을 살짝 찌푸렸다. "전화번호부에서 확률이 높은 세 명의 벤턴을 추렸어요. 흔하디흔한 벤턴이란 성에 미들 네임이 G로 일치하는 사람으로 추리긴 했지만, 세 사람한테 일일이 전화해서 혹시 신시아를 아느냐고 물어볼 수는 없잖아요."

톰은 수긍할 수밖에 없었다. "내가 걱정하는 건, 신시아가 무슨 짓을 어디까지 할 거냐는 겁니다. 설마, 지금도 프리처드하고 연락할까요? 나라면 치를 떠는 여자니." 톰은 이 말을 하는 순간 오싹해졌다. "나에게 엄청난 타격을 주고 싶겠죠. 신시아가 위작의 존재를 폭로하기로 작정하고 버나드 터프츠가 위작을 그리기 시작한 날짜까지 공개하는 날이면." 톰은 이 부분에서 목소리를 아주 작게 줄였다. "세상에서 제일 사랑했던 연인 버나드를 배신하게 될 겁니다. 신시아가 그렇게까지 하지 않을 거라는 데에 돈을 걸겠어요. 이건 엄밀히 말하면 도박이라고요." 톰이 암체어에 등을 기댔지만 긴장을 푼 건 아니었다. "오히려 바람이자 염원에 더 가깝다고 할 수도 있어요. 신시아를 못 본 지도 벌써 몇 년 됐으니, 버나드를 향한 마음은 조금 바래고 나한테 복수하고픈 마음은 더 커졌겠죠." 톰이 말을 멈추고 고심하는 에드를 바라보았다.

"신시아가 당신한테 복수할 거라고 말하는 이유가 뭐죠? 이 일이 터지면 타격을 입는 건, 우리 모두라고요, 톰. 제프하고 내가…… 더와트의 얼굴과 더와트가 그린 그림을 사진으로 찍어서 기사를 낸 게 바로 우리 둘이잖아요." 에드가 헛웃음을 치며 말했다. "더와트가 이 세상 사람이 아니라는 걸 알면서도요."

톰은 옛 친구에게서 눈을 떼지 않았다. "버나드에게 더와트하고 비슷하게 그림을 그려 보라고 맨 처음 권한 사람이 나라는 걸 신시아가 알고 있잖아요. 당신들이 쓴 기사는 그다음이었고. 버나드가 신시아에게 털어놓자, 그때부터 둘 사이에 금이 가기 시작한 거라고요."

"아, 맞다. 기억나요."

화가 더와트는 에드, 제프, 버나드와 친구 사이였는데 유독 버나드와 가까웠다. 더와트가 우울증을 앓다가 그리스로 떠난 후 섬에서 바다로 몸을 던지자, 런던에 있던 친구들은 충격에 휩싸여 망연자실했다. 사실 더와트가 그리스에서 단순 '실종'으로 분류되는 이유는, 시신이 여태 발견되지 않았다는 데에 있었다. 더와트가 마흔 살 무렵 일류 화가로서 막 주목받기 시작했으니, 장차 그의 대표작도 탄생했을 것이다. 톰은 그 역시 화가였던 버나드 터프츠에게 더와트의 화풍하고 비슷하게 그림을 그려 보라고 권했었다.

"왜 웃는 거죠?" 에드가 물었다.

"내가 고해성사하는 모습을 상상해 봤어요. 신부님이 이렇게 말씀하시겠죠. '전말을 처음부터 끝까지 글로 써 주시겠습니까?'"

에드가 고개를 뒤로 젖히더니 웃음을 터뜨렸다. "설마요. 당신이 처음부터 끝까지 다 지어낸 얘기라고 하실걸요."

"말도 안 돼!" 톰이 웃으며 말을 이었다. "신부님은 아마……."

다른 방에서 전화벨이 울렸다.

"실례할게요, 톰. 기다리던 전화가 왔나 봐요." 에드가 말하더니 자리를 떴다.

에드가 통화하는 사이에 톰은 '서재'를 둘러보았다. 그가 잘 이 방에는 하드커버 책은 물론 페이퍼백 책도 많았다. 두 개의 벽면에 바닥에서 천장까지 책장을 짜서 톰 샤프*와 뮤리얼 스파크**를 나란히 꼽아두었다. 지난번 봤을 때보다 에드가 고급스러운 가구를 더 들여놓은 것 같았다. 에드의 가족은 고향이 어디일까? 호브***?

엘로이즈는 지금 뭘 하고 있을까? 오후 4시가 다 되었을 텐데. 그녀가 조금이라도 일찍 탕헤르를 떠나 카사블랑카로 간다면 톰은 더 행복해질 것이다.

"다 됐어요." 에드가 셔츠 위에 빨간 스웨터를 입으며 말했다. "별로 중요하지 않은 약속이라 취소했어요. 이제 오후를 다 비웠어요."

"그럼 벅마스터로 갑시다." 톰이 일어섰다. "5시 반에 닫죠? 6시였나?"

"6시일 겁니다. 일단 우유부터 넣어 놓고, 나머지는 나중에 합시

* 영국 소설가
** 스코틀랜드 작가
*** 잉글랜드 남부의 항구 도시

다. 혹시 걸어 두고 싶은 옷 있으면 왼쪽 벽장에 공간이 있어요."

"갖고 온 바지는 여기 의자 위에 일단 걸어 둬요. 갑시다."

에드가 현관 앞까지 갔다가 뒤돌아섰다. 그는 우비를 입고 있었다. "아까 하고 싶은 말이 더 있었던 것 같은데, 혹시 신시아 얘기였나요?"

"아, 맞다." 톰이 버버리의 단추를 채웠다. "내막에 관한 얘깁니다. 신시아는 내가 더와트가 아니라 버나드의 시신을 화장했다는 걸 알고 있어요. 내가 이 얘기까지 당신한테 할 필요는 없지만요. 어떻게 보면, 그 일이 버나드를 더욱 욕되게 했을 겁니다. 내가 경찰에 버나드의 시신을 다른 사람의 시신이라고 속이는 바람에 버나드의 이름을 더욱 더럽혔으니까요."

"그렇긴 한데요, 톰. 신시아는 지금껏 우리한테 한 마디도 안 했어요. 나한테든, 제프한테든이요. 신시아는 우리를 무시하기만 해요. 그래서 우리에겐 다행이지만요."

"신시아 앞에 지금처럼 데이비드 프리처드 같은 녀석이 나타난 적이 한 번도 없었잖아요. 오지랖 넓고 남 괴롭히기 좋아하는 얼빠진 놈을 신시아가 이용해 먹는 것뿐이라고요. 지금 신시아가 그러고 있다고요."

둘이 택시를 타고 올드본드스트리트로 갔다. 조명도 신경 써서 밝히고 황동과 짙은 나무색 창틀로 장식한 벅마스터 갤러리에 도착했다. 오래됐지만 고급스러운 문에는 여전히 광이 도는 황동 손잡이가 달려 있었다. 정면으로 보이는 유리창 앞에 야자나무 화분 두 개가 놓여 있었고, 그 옆에 오래된 그림이 걸려 있어서 전시실이 꽤 가려졌다.

닉 홀이라는 남자 직원이 나이가 지긋한 손님과 상담 중이었다. 톰이 듣기론 닉이 서른 정도 되었다고 했다. 닉은 머리가 검고 체격이 다부졌는데, 팔짱 낀 자세를 자주 취하는 것 같았다.

벽에는 톰이 보기엔 그저 그런 현대 미술 작품들이 걸려 있었다. 한 작가의 단독전이 아니라, 서너 작가의 작품을 모아 전시한 듯했다. 닉이 나이가 지긋한 신사와 얘기를 마칠 때까지 톰과 에드는 한쪽에서 있었다. 지금 갤러리에 다른 사람은 없었다.

"밴버리 관장님, 오셨어요?" 닉이 고른 치아를 드러내며 웃는 낯으로 다가오며 인사했다. 적어도 솔직해 보이긴 했다. 닉이 에드를 꾸밈없이 대하는 걸 보니, 서로 빈번히 연락하는 것 같았다.

"잘 있었어, 닉? 내 친구를 소개하지. 톰 리플리 씨야. 이쪽은 닉 홀이에요."

"만나 뵙게 돼서 영광입니다." 닉이 다시 미소를 짓더니 악수를 청하는 대신 허리를 살짝 굽혀 인사했다.

"리플리 씨가 런던에 딱 이틀 계실 텐데, 우리 갤러리를 둘러보고 자네도 만나고 싶어 하셨어. 괜찮은 그림도 한두 점 보고 싶어 하시고."

에드의 태도가 딱딱하지 않자, 톰도 부담 없이 대했다. 닉은 톰의 이름을 처음 들어 본 게 확실했다. 그래서 다행이었다. 지난번 그 직원하고는 딴판이었다(그래서 훨씬 마음이 놓였다). 톰이 기억하기론, 게이였던 레너드의 후임으로 닉이 온 것이다. 레너드는 톰이 더와트로 분장한 후 바로 이 갤러리 뒤에 있는 사무실에서 기자 회견을 하던 현장에 있었다.

톰과 에드는 옆방(전시실은 딱 두 군데였다)으로 이동해 벽에 걸린 코로*풍의 풍경화를 감상했다. 두 번째 전시실 한쪽 구석에는 유화 몇 점이 벽에 기댄 채 바닥에 놓여 있었다. 흰 페인트가 살짝 번진 문을 지나 사무실로 들어가면 그림이 몇 점 더 있다는 걸 톰은 알고 있었다. 바로 그 사무실에서 기자 회견을 했었다. 그곳에서 톰이 두 번이나 더와트인 척 연기한 것이다.

닉이 앞 전시실에 있어서 두 사람의 말소리가 들리지 않을 것 같자, 톰이 에드에게 최근 더와트 관련 문의가 있었는지 닉한테 물어보라고 시켰다. "방명록을 보고 싶습니다. 누가 서명했는지 봐야겠어요." 톰은 데이비드 프리처드가 서명했을지도 모른다는 생각이 들었다. "그건 그렇고, 벅마스터 갤러리 사람들은, 그러니까 갤러리 관장인 당신하고 제프는 내가 더와트를 좋아한다는 거 알잖아요?"

에드가 설명을 부탁했다.

"현재 더와트의 작품은 여섯 점이 있습니다." 닉이 편안해 보이는 회색 정장을 입고 몸을 곧게 세운 채 설명했다. 그림이 팔리길 기대하는 눈치였다. "이제야 선생님 존함이 기억나네요. 이쪽으로 오시죠."

닉이 더와트의 작품들을 의자 위에 올리고 등받이에 기댄 상태로 보여 주었다. 유화는 모두 버나드 터프츠의 솜씨였다. 두 점은 톰이 아는 작품이었고, 나머지 네 점은 모르는 작품이었다. 톰은 〈오후의 고양이〉가 가장 마음에 들었다. 따뜻한 적갈색 톤에 추상화에 가까운 구도라서, 주황색과 흰색이 섞인 고양이가 꾸벅꾸벅 조는 모습이 한눈에 들

* 프랑스 화가

어오진 않았다. 다음 작품은 〈어디에도 없는 역〉이었다. 파란색, 고동색, 황갈색이 섞인 사랑스러운 유화로, 뒤로 보이는 지저분한 건물이 기차역인 것 같았다. 이어서, 인물화가 등장했다. 〈말다툼하는 자매〉는 전형적인 더와트의 화풍이었다. 작품 시기로 봤을 때 버나드 터프츠의 솜씨라는 걸 톰은 짐작할 수 있었다. 두 여자가 서로 마주 본 채 입을 벌리고 있었다. 더와트식의 여러 겹으로 덧칠한 외곽선 덕분에 시각적으로는 역동적인 효과가, 청각적으로는 시끄러운 효과가 구현되어 있었다. 붉은 선을 죽죽 긋는 방식은 더와트가 가장 좋아하던 화법이었는데, 버나드 터프츠가 이를 흠 잡을 데 없이 재현해 놓았다. 이것은 분노를 의미했다. 손톱으로 할퀸 자리에 피가 나는 것처럼 보였다.

"이건 얼마나 나가지?"

"〈말다툼하는 자매〉는 3십만 파운드 가까이 될 텐데요, 제가 확인해 보겠습니다. 만약 판매가 임박할 경우, 손님 한두 분께는 알려 드려야 해요. 워낙 인기 있는 작품이라서요." 닉이 다시 웃었다.

톰은 이 그림을 집에 걸어 놓고 싶은 마음도 없으면서 가격이 괜히 궁금했다. "그럼 〈오후의 고양이〉는?"

"조금 더 나갑니다. 저것도 인기작이거든요. 그럴 만하죠."

톰이 에드와 눈빛을 교환했다.

"이제 가격까지 기억하다니, 닉!" 에드가 자상하게 말했다. "아주 좋아."

"고맙습니다."

"더와트에 대한 문의가 많이 들어오나?" 톰이 물었다.

"아주 많지는 않습니다. 워낙 고가라서요. 더와트는 우리 모두의 자랑거리니까요."

"목걸이에 다는 보석 펜던트인 셈이죠." 에드가 덧붙였다. "테이트나 소더비에서도 더와트의 어떤 작품이 발굴됐나 구경하러 옵니다. 우리 갤러리에 재판매를 맡긴 더와트 작품이 경매될 때도 오고요. 우리 갤러리는 소더비에 경매를 맡길 필요가 없거든요."

벅마스터 갤러리는 구매를 희망하는 사람들을 위한 자체 경매 시스템을 갖추고 있었다. 에드 밴버리가 닉 홀 앞에서 편안히 얘기하는 모습을 보니 톰은 마음이 흐뭇했다. 톰과 에드는 오랜 친구 사이인 동시에 고객과 아트 딜러 관계이기도 했다. 아트 딜러라고 하니 어색하게 들리겠지만, 에드와 제프는 어떤 그림을 소개해 판매해야 하는지를 스스로 결정했다. 두 사람은 신예 작가의 작품은 물론 중견 화가의 작품들도 직접 선별해 전시했다. 주로 시장 상황, 다시 말해 유행에 따라 결정했지만, 그럼에도 에드와 제프의 탁월한 안목에 힘입어 올드본드 스트리트의 높은 월세를 충당하고도 이윤을 남길 수 있었다.

"내 생각엔." 톰이 닉에게 말했다. "다락방 같은 곳에서 더와트의 작품이 더 나올 것 같진 않은데."

"다락방이라뇨! 그럴 리는 없을 겁니다. 소묘도 작년에는 한 점도 발견되지 않았는걸요."

톰이 고심하며 고개를 끄덕였다. "〈오후의 고양이〉가 마음에 드는군. 살지 말지 고민을 좀 해 보겠네."

"선생님께서는 이미……." 닉이 머리를 쥐어짜는 것 같았다.

"두 점을 갖고 있지. 내가 제일 좋아하는 〈의자에 앉은 남자〉와 〈붉은 의자〉."

"맞습니다. 장부에 적혀 있었어요." 닉에겐 〈의자에 앉은 남자〉가 위작이고, 〈붉은 의자〉가 진품이라는 것을 떠올려 되새기는 기미가 조금도 보이지 않았다.

"이제 가야 할 것 같은데요." 톰이 약속이 있다는 듯이 에드에게 말하더니 닉에게 물었다. "방명록은 있나?"

"물론입니다. 이쪽 책상 위에 있습니다." 닉이 전시장 앞쪽에 놓인 책상으로 걸어가더니 큼직한 장부를 펼쳐서 지금 적고 있는 쪽을 내밀었다. "여기, 펜이요."

톰이 허리를 숙인 채 쳐다보다가 펜을 쥐었다. 흘려 쓴 서명들이 보였다. 쇼크로스라고 적힌 듯한 이름은 물론, 포스터, 헌터 등등의 이름도 보였다. 주소를 적은 사람도 있었지만, 대부분은 적지 않았다. 앞장을 들춰 보니, 적어도 작년에는 프리처드의 서명이 보이지 않았다. 톰은 토머스 P. 리플리라고 적고 서명한 다음 날짜까지만 적었다. 주소는 건너뛰었다.

두 사람이 인도로 걸어 나오자, 부슬부슬 비가 내리고 있었다.

"스토이어만의 그림이 없는 걸 확인하니 좋군요." 톰이 웃으며 말했다.

"그러게요. 기억나죠? 스토이어만이 마음에 안 든다고 당신이 프랑스에서 고래고래 소리쳤잖아요."

"왜 아니겠어요?" 이제 둘이 택시를 기다렸다. 에드 아니면 제프가—톰은 누구라고 콕 짚어서 말하고 싶지 않았다—몇 년 전에 스토이어만이라는 화가를 발굴했었다. 두 사람은 스토이어만이라면 더와트의 그림을 그런대로 재현해 주리라 기대했었다. 그런대로? 톰은 지금 우비를 입고 있는데도 온몸이 굳어졌다. 벅마스터 갤러리가 스토이어만이 그린 위작을 팔겠다며 어쭙잖게 설쳤더라면, 스토이어만이 모든 걸 날렸을 것이다. 톰은 벅마스터 갤러리에서 보내 준 컬러 슬라이드를 본 후, 스토이어만은 절대로 안 된다는 의견을 고수했었다. 이건 답이 없다며 결사반대했었다.

에드가 길에 서서 손을 흔들고 있었다. 이 시간에, 이런 날씨에 택시를 잡기란 상당히 어려웠다.

"오늘 밤에 제프하고 어떻게 하기로 했어요?"

"제프가 7시쯤에 집으로 오기로 했어요. 저기 택시가 오네요!"

택시에서 사람이 막 내렸다. 택시 지붕 위에서 축복받은 노란 등이 껌뻑거렸다. 둘이 택시에 탔다.

"방금 보고 온 더와트 그림이 마음에 들어요." 톰은 즐거움을 상기하며 말했다. "터프츠가 그린 거지만요." 톰은 터프츠란 이름을 살포시 말했다. "그리고 신시아를 문제라고 해야 할지 난관이라 해야 할지 모르겠지만, 아무튼 해결책을 찾았습니다."

"해결책이 뭔데요?"

"전화해서 물어보려고요. 내가 프랑스 경찰인 척 전화해서 머치슨 부인이나 데이비드 프리처드 씨하고 연락하는지 물어보려고요. 당신 집에서 걸까 하는데, 괜찮아요?"

"당연히 괜찮죠!" 에드가 별안간 이해가 됐다는 듯이 목청을 높였다.

"신시아 번호는 압니까? 알아내는 데에 문제는 없는 거죠?"

"문제없어요. 전화번호부에 다 나와요. 베이스워터에서 살다가 첼시로 이사 갔을 겁니다."

11

톰은 에드의 아파트에서 진토닉을 마시면서 생각을 정리했다. 에드가 적어 준 신시아 그래드노어의 전화번호가 손에 들려 있었다.

톰은 에드 앞에서 프랑스 경찰의 말투를 연습했다. "7시가 다 되어 가니 제프가 오면 문을 열어 주고 평소 하던 대로 하면 돼요, 알겠죠?"

에드가 인사하듯 고개를 끄덕였다. "그럴게요."

"이제 경찰서에서 전화하는 것처럼 연습할 거예요. 물론 경찰서가 아니라 파리 경찰서라고 하는 게 나아요." 톰은 자리에서 일어나 에드의 넓은 작업실을 돌아다녔다. 서류가 정신없이 널려 있는 책상 위에 전화기가 있었다. "소음이 깔려야 하니, 타자 치는 소리를 내 줘요. 여긴 경찰서니까요. 내가 심농*이 쓴 소설 속 메그레 경감처럼 연기할 테니, 우린 동료 사이인 겁니다."

에드가 거들겠다며 자리에 앉더니 타자기에 종이를 끼우고 자판을 눌렀다. 타닥타닥.

"뭔가 더 고심하는 것처럼 쳐 봐요." 톰이 주문했다. "너무 빠르게 대충 치지 말고." 톰이 다이얼을 돌리며 마음을 가다듬었다. '나는 지금 신시아 그래드노어에게 전화한다. 신시아가 받으면, 당신이 데이비드 프리처드와 몇 차례 연락한 것으로 아는데 리플리와 관련해 몇 가지 질문하겠다고 말하자.'

신호가 계속 울리기만 했다.

"지금 집에 없나 봐요. 제기랄!" 톰이 손목시계를 확인했다. 7시 10분. 수화기를 내려놓았다. "저녁 먹으러 나갔나 봅니다. 어디 멀리 갔나."

"내일 걸면 되죠. 아니면 오늘 밤늦게 다시 걸어요." 에드가 말했다.

초인종이 울렸다.

"제프일 거예요." 에드가 말하더니 현관으로 나갔다.

제프가 들어왔다. 우산을 썼는데도 몸이 축축했다. 제프는 에드보다 키도 더 크고 덩치도 더 좋았다. 톰이 지난번 봤을 때보다 정수리가 더 휑해졌다. "오랜만이에요, 톰! 갑자기 만나서 그런지 정말 반가워요. 볼 때마다 반갑긴 하지만요."

둘이 다정하게 악수하다가 거의 껴안다시피 했다.

"축축한 우비는 벗어 두고 뽀송뽀송한 데로 와서 앉아. 스카치 할래?" 에드가 물었다.

"내 맘을 읽었군. 고마워, 에드."

셋이 모두 에드의 거실에 앉았다. 거실에는 소파와 간편한 커피 테이블이 있었다. 톰은 제프에게 런던에 온 이유를 설명했다. 지난번 통화한 이후 상황이 더욱 급박해졌다고 했다. "아내는 아직 탕헤르에 있어요. 친한 친구와 렘브란트 호텔에 묵고 있죠. 내가 런던에 온 이유는, 신시아가 머치슨 일로 지금 뭘 하고 있는지, 앞으로 무슨 짓을 꾸미려는지 알아보기 위해서랍니다. 신시아가 연락하는 사람이……."

"에드한테 들었어요." 제프가 말했다.

* 추리 소설 메그레 시리즈를 쓴 벨기에 작가

"신시아가 연락하는 사람이 미국에 있는 머치슨 부인일지도 몰라요. 머치슨 부인은 자기 남편이 어쩌다 실종됐는지 당연히 궁금할 테니, 내가 슬쩍 속내를 떠볼 생각입니다." 톰은 컵 받침 위에 놓인 진토닉 잔을 빙글빙글 돌렸다. "만일 경찰이 머치슨의 사체를 찾겠다고 우리 집 근방을 수색하기라도 하면, 찾을지도 몰라요. 시체는 아니고 뼈만 남았겠지만요."

"집에서 몇 킬로미터 안 떨어진 곳이라고 했죠?" 제프가 두려운 건지 감탄하는 건지 모를 목소리로 물었다. "강에 버렸다면서요?"

톰이 어깨를 으쓱했다. "네, 운하였던 것 같기도 한데, 정확한 위치를 까먹어서 속은 편했죠. 그래도 그날 밤 버나드하고 내가 내다 버린 다리를 보면, 확실히 알아볼 수 있어요" 톰이 몸을 곧게 세우고 더욱 밝은 표정을 지었다. "토머스 머치슨이 대체 왜 실종됐는지, 어쩌다 그렇게 됐는지는 아무도 그 이유를 몰라요. 다들 알다시피, 내가 오를리 공항까지 데려다준 후에 머치슨이 공항에서 납치됐을지도 모르잖아요." 톰은 더욱 활짝 웃으며 자기 말이 사실이라는 듯이 머치슨을 공항까지 '데려다줬다'고 말했다. "머치슨이 들고 간 〈시계〉가 오를리 공항에서 도난당했어요. 〈시계〉란 작품은 터프츠가 그린 진품이었죠." 이제야 톰이 웃음을 터뜨렸다. "머치슨이 작정하고 잠적했을 수도 있죠. 실종이든 잠적이든, 누군가 〈시계〉를 훔쳐 가는 바람에 우리는 두 번 다시 그 작품을 보지도 못하고 소식을 듣지도 못한 거죠. 기억나죠?"

"그럼요." 제프가 허벅지 사이에 잔을 끼운 채 생각에 잠기자 머리가 벗어져 점점 넓어지는 이마에 주름이 잡혔다. "그 사람들 말입니다, 프리처드 부부요. 그 동네에 언제까지 산답니까?"

"6개월 세 들었으지도 모르죠. 내가 물어봤어야 했는데, 안 물어봤어요." 톰은 6개월이면 프리처드 부부에게서 벗어날 수 있으리라 생각했다. 아무튼, 그럴 것 같았다. 톰은 차오르는 분노를 털어 버리려고 두 사람에게 프리처드 부부가 세 든 집을 설명하기 시작했다. 앤티크 가구를 흉내 낸 허접한 이미테이션 가구를 들여놓았다는 둥 오후 햇살이 비추면 정원 연못에 있는 물에 빛이 반사돼 거실 천장에 어른거리는 무늬를 만들어 낸다는 둥 떠들었다. "문제는, 내가 그 둘이 연못에 빠져 죽는 걸 보고 싶다는 거죠." 톰이 이렇게 얘기를 끝내자 제프와 에드가 웃음을 터뜨렸다.

"더 마실래요, 톰?" 에드가 물었다.

"이거면 됐어요. 고마워요." 톰이 손목시계를 확인했다. 8시가 조금 넘었다. “나가기 전에 신시아한테 한 번 더 전화해 봐야겠어요.”

에드와 제프가 협조했다. 톰이 제프와 이야기하면서 입을 푸는 사이, 에드가 뒤에서 다시 타자기를 두드렸다. “웃으면 안 됩니다. 여긴 파리 경찰서라고요.” 톰이 다시 자리에서 일어나더니 불어 발음이 잔뜩 섞인 영어를 진지하게 구사했다. “내가 프리처드한테 들었으니, 그래드노어 부인께 물어봐야 해요. 머치슨 씨나 머치슨 부인에 관해 알고 있느냐고요. 알겠어요?”

“네.” 제프가 톰만큼 진지하게 대답했다. 맹세라도 하는 것 같았다.

톰은 종이와 펜을 갖다 놓고 뭐든 받아 적을 준비를 했다. 그런 다음 신시아의 전화번호가 적힌 메모지를 보면서 다이얼을 돌렸다.

다섯 번째 신호음에 여자 음성이 들렸다.

“안녕하십니까. 혹시 그래드노어 부인 되십니까?”

“그런데요.”

“파리 경찰서장 에두아르 빌소라고 합니다. 저희가 토머스 머치슨 씨 일로 프리처드 씨하고 연락하고 있었는데요, 프리처드 씨 아시죠?”

“네, 알아요.”

지금까지는 문제없었다. 톰은 평소보다 톤을 높여 조금 더 날카로운 목소리를 냈다. 그렇게 했는데도 신시아가 톰의 평소 말투가 생각나 전화한 사람이 톰이라는 걸 눈치챌지도 몰랐다. “아시겠지만, 지금 프리처드 씨가 북부 아프리카로 가셔서 그런데요, 혹시 미국에 사시는 머치슨 부인의 주소를 알 수 있을까요? 혹시나 아신다면 말이죠.”

“그건 알아서 뭐 하시게요?” 신시아 그래드노어가 예전처럼 퉁명스럽게 되물었다. 상황이 상황이니만큼 신시아가 완강하게 나왔다.

“저희가 머치슨 씨 일로 부인과 급히 통화할 일이 있습니다. 탕헤르에 가신 프리처드 씨가 저희에게 전화를 딱 한 통 하신 이후론 연락이 닿지 않거든요.” 톰은 다급한 척 목소리를 높였다.

“흐음…….” 신시아가 의심스럽다는 듯이 소리를 냈다. “지금 말씀하신 일 때문이라면, 프리처드 씨가 알아서 하실 일이지, 제가 상관할 바가 아니네요. 프리처드 씨가 귀국하실 때까지 기다리세요.”

“기다릴 수도 없고, 기다려서도 안 됩니다, 부인. 머치슨 부인께 꼭 물어야 할 것들이 있습니다. 저희가 좋지도 않은 탕헤르의 통신망을 뚫고 전화를 하고 또 했지만 프리처드 씨와 연락이 안 됩니다.” 톰은 투덜대듯 성대를 긁으며 소리를 냈더니 목이 따끔거렸다. 이제 톰이 소리를 내라고 뒤에 있는 둘에게 수신호를 보냈다. 신시아는 프리처드가 탕헤르에 있다는 얘기를 듣고도 놀라지 않았다.

에드는 책상 위 빈 자리에 책을 쾅 내려놓고 타자기를 두드렸다. 제프는 멀리 떨어진 자리에서 벽을 보고 앉아, 양손을 오목하게 만들어 입에 대고 사이렌 소리를 냈다. 톰은 그 소리가 파리 구급차가 내는 사이렌 소리하고 똑같다고 생각했다.

"부인."

"잠시만요."

신시아가 번호를 가지러 간 사이, 톰은 펜을 집어 들고, 뒤에 있는 에드와 제프는 쳐다보지도 않았다.

신시아가 돌아오더니 맨해튼 이스트사이드 70번대에 있는 머치슨 부인의 주소를 불러 주었다.

"고맙습니다." 톰은 정중하지만 경찰이 마땅히 해야 할 인사치레 정도로 고마움을 표했다. "전화번호는요?" 전화번호도 받아 적었다. "정말 감사합니다, 부인. 좋은 저녁 보내세요."

"지지지지지……." 톰이 깍듯하게 마무리 인사를 건네는 동안, 제프가 소리를 냈다. 라디오에서 다른 채널로 돌리면서 나는 잡음하고 비슷하긴 했다. 하지만, 신시아한테까지는 들리지 않았을 것이다.

"성공이에요." 톰이 침착하게 말했다. "신시아가 머치슨 부인의 주소를 알고 있다니, 고민 좀 해야겠는데요." 톰이 제프와 에드를 쳐다보자, 두 사람은 잠시 입을 다문 채 톰을 쳐다보았다. 톰은 머치슨 부인의 주소와 전화번호가 적힌 메모지를 주머니에 집어넣고 손목시계를 다시 확인했다. "한 통 더 걸어도 되죠, 에드?"

"그럼요. 자리를 비켜 드릴까요?"

"뭐 그럴 것까진 없어요. 이번에는 프랑스로 걸려고요."

톰은 벨옹브르로 전화를 걸었다. 빌페르스는 밤 9시 반일 것이다.

"여보세요, 여사님!" 톰이 인사를 건넸다. 목소리가 울리는 걸 보니, 아네트 여사가 현관 복도 아니면 익숙한 주방 카운터 옆에 서서 전화를 받은 것 같았다. 커피 머신 옆에도 전화기가 있었다.

"어머나, 전화하셔서 다행이에요! 연락드리고 싶어도 어디로 해야 할지 몰랐거든요! 안 좋은 소식이 있어요."

"뭔데요?" 톰이 인상을 썼다.

"사모님이 납치당하셨어요!"

톰이 헉 소리를 냈다. "말도 안 돼! 누가 그래요?"

"어떤 남자가 전화하더니 미국 악센트로 말해 줬어요. 오늘 오후

4시쯤 전화를 받았는데, 이걸 어찌 해야 할지 막막하더라고요. 그 남자가 그 말만 하고 전화를 끊었거든요. 그래서 준비에브한테 물어봤더니, 파리 경찰이 뭘 해 주겠냐면서 탕헤르에 전화하고, 리플리 씨께도 알려 드리라고 했지만, 연락할 길이 있어야죠."

톰은 눈을 질끈 감았다. 아네트 여사의 목소리를 들으며 생각에 잠겼다. 프리처드가 거짓말한 거겠지. 내가 더는 탕헤르에 없다는 걸 알고, 내가 엘로이즈 곁에 없다는 걸 알고 문제를 더 크게 일으키기로 작정했겠지. 톰은 숨을 고르며 아네트 여사에게 일관된 생각을 심어 주려 했다.

"아네트 여사님, 아마 누가 장난친 걸 겁니다. 걱정하지 마세요. 엘로이즈와 내가 다른 호텔로 옮겼거든요. 지금은 아내가 렘브란트 호텔에 있을 테니 걱정하지 마세요. 오늘 밤에 내가 호텔에 확인해 보겠습니다. 엘로이즈가 아직도 그 호텔에 있다는 데에 한 표 던져야겠네요!" 톰이 웃음을 터뜨렸다. 진짜 웃음이었다. "미국 악센트라니!" 톰이 경멸하듯 말했다. "아니, 북아프리카 사람도 아니고, 탕헤르 경찰도 아니면서 정확한 정보를 알려 준다는 게 말이나 됩니까?"

아네트 여사는 그러게요, 하며 한 걸음 물러설 수밖에 없었다.

"거기 날씨는 어때요? 여긴 비가 와요."

"엘로이즈 부인이 계신 곳을 알게 되면 전화해 주세요."

"오늘 밤에 해 달라고요? 그러죠." 톰이 차분히 덧붙였다. "오늘 아내와 통화가 됐으면 좋겠군요. 전화드리죠."

"몇 시가 됐든 꼭 해 주세요. 제가 집에 있는 문이란 문은 죄다 걸어 놓고, 대문도 잠가 놓았어요."

"잘하셨어요. 여사님."

톰이 통화를 끝내고 한숨을 내쉬었다. "휴!" 양손을 바지 주머니에 찌르고 서재로 갔다. 제프와 에드가 술을 마시고 있었다. "해 줄 얘기가 있어요." 톰은 현재로선 나쁜 소식이긴 하지만 새 소식을 전할 수 있어서 신난 사람처럼 말했다. 평소의 그라면 나쁜 소식일 경우 입을 다물었을 것이다. "가정부가 그러는데, 아내가 탕헤르에서 납치됐대요."

제프가 인상을 찌푸렸다. "납치요? 농담이죠?"

"웬 남자가 집으로 전화해서 미국 악센트가 섞인 말투로 가정부한테 그렇게 말하고는 끊었대요. 딱 봐도 거짓말이잖아요. 프리처드의 전형적인 수법이죠. 일은 최대한 크게 벌이자."

"어쩔 겁니까? 호텔로 전화해서 부인이 호텔에 계신지 알아봐요."

"그래야죠." 그 와중에도 톰은 담배에 불을 붙인 후 데이비드 프리처드를 혐오하는 시간을 잠시 즐겼다. 프리처드라면 머리카락 한 가닥도 꼴 보기 싫었다. 프리처드의 동그란 뿔테 안경이며 천박한 손목시계까지도 참을 수 없었다. "탕헤르 렘브란트 호텔로 전화해야겠어요. 아내가 보통 6시나 7시경에 호텔로 돌아와 옷을 갈아입고 저녁 먹으러 나가거든요. 호텔에 물으면 아내가 들어왔는지는 알려줄 겁니다."

"어서 걸어 봐요, 톰." 에드가 닦달했다.

톰은 에드의 타자기 옆에 놓인 전화기로 다시 가서 재킷 안 주머니에 넣어 둔 수첩을 꺼냈다. 탕헤르 지역 번호와 렘브란트 호텔 번호가 그 안에 적혀 있었다. 오다가다 듣기론, 탕헤르로 전화하기에 가장 좋은 때는 새벽 3시 즈음이라고 했다. 그렇다고 해도 그는 신중하게 다이얼을 돌렸다.

아무 소리도 들리지 않다가 윙 하는 소리가 났다. 이어서 스타카토처럼 윙, 윙, 윙 세 번 짧게 튕기는 소음이 통화 시도 중임을 알려 주었다. 그러더니 또다시 먹통이 되었다.

그래서 톰은 교환원을 통해 통화하기로 했다. 톰은 교환원에게 무슨 일이 있어도 꼭 연결해 달라고 당부하면서 에드의 집 전화번호를 댔다. 교환원은 일단 전화를 끊으라고 했다. 그러더니 1분 후에 집으로 전화해 지금 탕헤르로 전화 연결 중이라고 알려 주었다. 런던 교환원이 누군가에게 짜증 내며 툴툴거렸는데, 상대방이 누구인지는 잘 들리지 않았다. 교환원 역시 운이 따라 주지 않았다.

"밤 9시경이면 가끔 이래요. 오늘 밤 야심한 시간에 다시 거시는 게 좋을 것 같습니다."

톰이 감사 인사를 건넸다. "제가 나가 봐야 하니 나중에 다시 걸죠."

그제야 톰은 서재로 갔다. 에드와 제프가 그가 잘 자리를 다 준비해 놓았다. "운이 없었네요. 연결이 안 돼서 통화를 못 했어요. 탕헤르 전화망이 엉망이란 악명이 자자하더니. 지금 일은 잊고, 나가서 저녁이나 간단히 먹읍시다."

"안타깝네요." 제프가 허리를 펴며 말했다. "나중에 다시 건다고 하는 소리는 우리도 들었어요."

"별 수 있나요. 그건 그렇고, 내 잠자리를 봐 줘서 고마워요. 오늘 밤 저 소파 침대가 날 반겨 줄 것 같군요."

몇 분 후, 세 사람은 빗속을 거닐었다. 우산 두 개를 나눠 쓰고 에드가 추천한 펍 레스토랑으로 향했다. 집 근처였다. 천장에는 연갈색 서까래가, 실내에는 나무 부스석이 꽉 들어차 있었다. 세 사람은 테이블석을 선택했다. 톰이 테이블석으로 고른 이유는, 손님들을 더 많이 구경할 수 있기 때문이었다. 톰은 옛 생각이 나서 로스트비프와 요크셔 푸딩을 시켰다.

톰이 제프 콘스턴트에게 일은 잘되어 가냐고 물었다. 프리랜서 사진작가로 활동하는 제프는 돈 때문에 어쩔 수 없이 몇 가지 일을 받았다고 했다. 그의 표현을 빌리자면, "인간이 존재 혹은 부재하는 예술적인 실내 공간"을 촬영하는 작업만큼 재미있진 않다고 했다. 제프는 아름다운 집 안에 고양이나 식물이 있는 모습을 찍는 게 좋다는 뜻으로 한 말이었다. 요즘은 주로 광고 사진을 찍는데 산업 디자인과 관계가 꽤 깊다면서, 전기다리미를 근접 촬영한다고 했다.

"시외에 있는 건물에서 찍을 때도 있어요. 공사가 중단된 건물에서 찍기도 하는데, 가끔은 비가 오는데도 촬영해야 해요." 제프가 푸념했다.

"둘이 자주 만납니까?" 톰이 물었다.

에드와 제프가 웃으며 서로 쳐다보았다. 에드가 먼저 입을 열었다.

"자주는 못 봐요. 그렇지, 제프? 그래도 서로서로 찾을 일이 생기면 만나요."

톰은 처음 만났을 때를 생각했다. 제프는 더와트가 그린 그림을 근사하게 찍어 주었고, 에드 밴버리는 더와트의 그림을 극찬하는 기사를 써서 여기저기 꼼꼼히 기고했다. 그렇게 시작된 눈덩이가 점점 불어난 것이다. 사연인즉슨, 더와트가 멕시코에서 살았고 아직도 그곳에 사는데, 은둔 생활을 하느라 인터뷰도 사양하고 사는 마을 이름조차 밝히기를 꺼린다는 것이었다. 사람들은 더와트가 사는 곳이 그가 그림을 런던으로 실어 보내는 베라크루스항 인근일 거로 추측했다. 벅마스터 갤러리의 전 관장이 더와트의 그림을 취급하긴 했지만, 결과는 신통치 않았었다. 갤러리에서 더와트를 밀어주지 않았기 때문이다. 더와트가 그리스로 떠나 그곳에서 익사하자, 그 직후에 제프와 에드는 더와트를 널리 알리기로 했다. 그들은 더와트와 친구 사이였다(톰은 더와트의 친구가 아니었다. 그럼에도 신기하게도 톰은 자기가 더와트와 친분이 있었던 것 같은 기분이 종종 들었다). 더와트는 생전에 심성이 곱고 재미있는 화가였다. 런던에 살면서 가난에 시달리면서도 제프와 에드, 신시아와 버나드의 존경을 받았다. 더와트는 영국 북부의 암울한 산업 지대 출신이었다. 정확한 지명은 톰이 까먹었다. 더와트가 유명 화가의 반열에 오를 수 있었던 건 그를 극찬한 기사 덕분이었는데, 여기에서의 핵심은 대중을 궁금하게 만드는 것이었다. 반면, 빈센트 반 고흐는 생전에 세상이 그를 몰라줘서 괴로워했다. 빈센트를 극찬한 사람이 있었던가? 동생 테오 말고는 아무도 없었다.

에드의 갸름한 얼굴이 일그러졌다. "오늘 밤에 하나만 물어볼게요, 톰. 진짜로 엘로이즈가 걱정되지 않아요?"

"난 걱정 안 해요. 지금 딴생각하는걸요. 프리처드라는 놈이 어떤 인간인지 알아요, 에드. 많이는 아니더라도 이 정도면 충분해요." 톰이 웃었다. "그런 놈을 본 적도 없지만, 그런 부류가 있다는 기사는 읽어 봤죠. 그 남자 아내에 따르면, 남편이 가학적인 성격에 경제적으로 독립하지 못했다고 하던데, 내가 보기엔 부부가 둘 다 새빨간 거짓말쟁이 같아요."

"그 남자가 유부남이었어요?" 제프가 놀라며 물었다.

"내가 말 안 했나요? 둘 다 미국인인데, 한쪽은 괴롭히고 다른 한쪽은 당하는 관계더라고요. 둘이 애증 관계죠." 톰이 제프를 보며 설명을 이었다. "프리처드는 자기가 인시아드에서 마케팅을 전공한다고 했어요. 퐁텐블로 인근에 있는 경영 대학원에 다닌다고요. 그런데 그건 새빨간 거짓말이었죠. 아내는 양쪽 팔과 목에 멍이 들어 있죠. 프리처드는 내 인생을 완전히 망가뜨리려고 우리 동네로 이사 온 겁니다. 신시아가 머치슨 얘기를 꺼내는 바람에 프리처드의 상상력에 불을 지핀 거죠." 톰은 로스트비프를 나이프로 자르며 생각했다. 프리처드(혹은 재니스)가 디키 그린리프인 척하며 건 전화를 톰과 엘로이즈가 받았다는 얘기는 하고 싶지 않았다. 디키 그린리프를 떠올리고 싶지 않다는 게 이유였다.

"그것도 모자라 탕헤르까지 쫓아가다니." 제프가 말하다 말고 양손에 나이프와 포크를 든 채 동작을 멈추었다.

"혼자 왔더라고요."

"그런 몹쓸 놈을 어떻게 떼어 놓죠?" 제프가 물었다.

"참 흥미로운 질문이군요." 이제야 톰이 웃었다.

톰이 웃자, 둘 다 약간 놀란 눈치였지만 이내 간신히 따라 웃었다.

제프가 말했다. "탕헤르로 전화할 거면 나도 에드의 집으로 다시 가겠어요. 무슨 일이 벌어지는지 알고 싶거든요."

"그래 가자, 제프! 엘로이즈가 얼마나 더 있을 건가요, 톰? 탕헤르나 모로코에요?"

"열흘은 더 있겠지만, 나도 잘 모르겠어요. 친구 노엘이 전에도 그쪽을 여행한 적이 있어서 둘이 카사블랑카에도 들를걸요."

에스프레소 커피를 마신 다음, 제프와 에드가 일 얘기를 나누었다. 둘 다 가끔은 본업 말고 부업도 했다. 제프 콘스턴트는 초상을 잘 찍었고, 에드 밴버리는 일요 증보판에 실을 기사를 쓰려고 사람들을 인터뷰하기도 했다.

톰은 저녁은 자기가 사겠다고 했다. "나 좋자고 사는 겁니다."

비가 그쳤다. 에드의 집 근처까지 오자, 톰은 동네 한 바퀴를 돌자고 했다. 톰은 작은 가게들이 아파트 입구까지 늘어선 모습이 보기 좋았다. 문에는 우편물을 넣는 틈이 있었는데, 반짝이는 황동 장식이 달려 있었다. 늦은 밤까지 문을 여는 푸근한 델리가 환한 조명을 밝히고 있었다. 신선한 과일이며 통조림은 물론 선반에는 빵과 시리얼도 보였다. 델리는 자정까지 영업했다.

"사장이 아랍인 아니면 파키스탄 사람이래요. 아무튼, 저 가게가 있어서 얼마나 다행인지. 일요일과 공휴일에도 영업하거든요."

세 사람은 에드가 사는 아파트 입구로 돌아왔다.

지금이라면 렘브란트 호텔로 전화해도 괜찮을 것 같았다. 새벽 3시만큼 상황이 좋진 않겠지만 말이다. 이번에도 톰은 번호를 확인해 가며 꼼꼼히 다이얼을 돌렸다. 일도 잘하고 불어도 잘하는 직원이 전화를 받아서 연결해 주었으면.

제프와 에드가 옆으로 왔다. 제프는 손에 담배를 든 채 궁금해했다.

톰이 손짓하며 말했다. "아직도 안 받아요." 톰은 교환원에게 이 문제를 맡겼다. 교환원은 렘브란트 호텔과 통화가 되면 톰에게 연락할 것이다. "젠장!"

"무슨 방법이 있지 않을까요? 전보를 쳐도 되잖아요, 톰."

"런던 교환원이 전화해 주겠다고 했으니, 둘 다 기다리지 말고 자요." 톰이 집주인 에드를 쳐다보았다. "에드, 혹시라도 오늘 밤에 탕헤르에서 전화가 오면, 내가 뛰어와서 받아도 됩니까?"

"당연히 되죠. 내 방에선 아무 소리도 안 들려요. 침실엔 전화기가 없거든요." 에드가 톰의 어깨를 토닥였다.

악수할 때를 빼곤 에드가 톰의 몸에 손을 댄 건 지금이 처음이었다. "샤워나 해야겠어요. 보나 마나 한창 샤워하다 보면 전화가 오겠죠."

"그럼 당장 해요! 우리가 목청껏 불러 줄게요." 에드가 말했다.

톰은 여행 가방 깊숙이 넣어 둔 파자마를 꺼내 놓고 옷을 벗은 다음 욕실로 뛰어 들어갔다. 욕실은 톰이 잘 서재와 에드의 침실 사이에 있었다. 톰이 몸을 말리는데 에드가 소리쳤다. 톰은 큰 소리로 대답한 다음, 마음을 다잡으며 파자마를 입고 사슴 가죽 슬리퍼를 신고 나갔다. 엘로이즈인지, 프런트인지 에드에게 물어보고 싶었지만, 톰은 묵묵히 수화기를 집어 들었다. "여보세요?"

"안녕하십니까, 렘브란트 호텔입니다. 혹시 성함이……."

"리플리입니다." 톰이 불어로 말을 이었다. "리플리 부인과 통화하고 싶습니다. 317호입니다."

"아, 알겠습니다. 혹시 관계가……."

"남편입니다."

"바로 연결해 드리죠."

남편이라는 말에 일사천리로 진행되는 듯했다. 톰이 귀를 쫑긋 세운 두 남자를 쳐다보는 순간, 졸음이 가득한 목소리가 들렸다.

"여보세요?"

"엘로이즈! 정말 걱정했다고!"

에드와 제프가 긴장이 풀렸는지 미소를 지었다.

"그 지긋지긋한 프리처드가 아네트 여사한테 전화해서 당신이 납치됐다고 거짓말했어!"

"내가 납치를? 오늘 그 남자 구경도 못 했는걸."

톰이 웃었다. "이제 아네트 여사한테 전화해야겠다. 그래야 마음을 놓을 테니. 그리고 당신 있잖아." 이제 톰은 엘로이즈와 노엘의 여행 일정을 확인했다. 두 여자는 오늘 사원에 갔었고, 시장에도 들렀다고 했다. 그리고 예상대로 내일 카사블랑카로 떠난다고 했다.

"호텔은 어디로 정했어?"

엘로이즈가 기억을 더듬는지 뭔가를 부스럭거리며 찾았다. "미라마레 호텔."

참 특이한 여자야, 톰은 이렇게 생각하면서도 기분이 좋았다. "당신이 그놈을 못 봤어도, 그놈은 얼쩡거리면서 당신이 어디에 있나, 내가 어디에 있나, 어디서 묵나, 캐내려고 할걸. 내일 당신이 카사블랑카로 떠난다니 좋다. 그다음에는?"

"그다음?"

"카사블랑카에 갔다가 어디로 갈 거야?"

"모르겠어. 마라케시로 가지 않을까."

"받아 적어." 톰이 단호히 말하더니 에드의 전화번호를 불러 주고 제대로 적었는지 확인까지 했다.

"당신이 왜 런던에 있어?"

톰이 웃었다. "당신은 왜 탕헤르에 있는데? 여보, 내가 온종일 이 집에 없어도 전화해서 메시지를 남겨 놔. 에드의 집에 자동 응답기가 있을 거야." 에드가 있다며 톰에게 고개를 끄덕였다. "카사블랑카에 갔다가 다른 도시로 이동할 거면, 어디서 묵는지 호텔 이름을 남겨…… 그래 좋아. 노엘한테도 안부 전해 주고…… 사랑해. 안녕, 여보."

"다행이에요!" 제프가 말했다.

"그러게요. 한시름 놓았어요. 엘로이즈 말로는 프리처드는 구경도 못 했다는데요. 별 의미는 없지만요."

"쥐새끼 같은 놈." 제프가 말했다.

"바퀴벌레 같은 놈." 에드가 진지한 표정으로 반박하더니 주위를 돌아다녔다.

"그만들 해요!" 톰이 웃었다. "오늘 밤에 전화할 데가 또 있어요. 가정부한테는 꼭 해 줘야 해요. 그건 그렇고, 지금 난 머치슨 부인에게 전화할까 고심 중입니다."

"왜요?" 에드가 신기하다는 듯이 반문하더니 책장에 팔꿈치를 걸쳤다. "신시아가 머치슨 부인하고 연락한다고 생각해요? 정보 교환차?"

생각만 해도 끔찍했다. 톰이 말했다. "서로 연락처를 안다고 해도, 서로가 서로에게 어디까지 얘기했을까요? 데이비드 프리처드가 등장한 이후, 둘이 연락했다면 얼마 안 됐을 겁니다."

제프가 정신없이 없이 계속 돌아다녔다. "머치슨 부인한테 전화해서 뭐라고 하려고요?"

"그게 말이죠……." 톰은 망설였다. 구상이 다 끝나지 않은 계획은 말하고 싶지 않았지만, 옆에서 친구들이 지켜보고 있었다. "미국으로 전화해 남편이 무슨 일을 당했는지 어디까지 아시냐고 물어보려고요. 부인도 날 싫어하겠지만, 신시아만큼은 아닐 겁니다. 그래도 자기 남편을 마지막으로 본 사람이 나니까요. 그런데 내가 머치슨 부인한테 전화해야 하는 이유가 도대체 뭘까요?" 톰이 갑자기 말을 멈추었다. "대체 프리처드가 무슨 짓을 할 수 있으며, 뭘 새로 알아낼 수 있을까요? 제기랄, 아무것도 못 해요! 아무것도!"

"그건 그래요." 에드가 말했다.

"당신이 성대모사를 잘하니, 머치슨 부인에게 전화할 때 웹스터 형사를 흉내 내면 어떨까요?" 제프가 말했다.

"낼 수야 있지만." 톰은 영국 형사 웹스터의 이름은 떠올리기도 싫었다. 진실은 건드리지 못하고 헛다리만 짚던 형사. "성대모사는 안 하려고요. 난 모험은 안 해요. 아무튼, 고마워요." 벨옹브르로 찾아온 것도 모자라 잘츠부르크까지 갔던 웹스터가 세월이 흐른 지금까지도 그 사건에 매달리고 있을까? 웹스터가 신시아와 머치슨 부인하고 연락할까? 톰은 같은 결론에 도달했다. 새로 나온 증거가 있을 리 없다. 걱정할 게 뭐가 있단 말인가?

"난 이만 가 볼게요. 내일 할 일이 있어서. 내일 뭐 하는지 알려 줘요, 톰. 에드가 내 번호를 알아요. 알지? 내가 알려 줬잖아." 제프가 말했다.

서로 잘 자라고 인사를 나누고 안녕을 빌었다.

"아네트 여사님한테 전화해요. 기분 좋은 소식을 전해야죠." 에드가 말했다.

"그러게요! 그럼 잘 자요, 에드. 오늘 마음 써 줘서 고마워요. 서 있는데도 졸리네요."

톰이 벨옹브르로 전화했다.

"여보세요?" 아네트 여사가 걱정하다 못해 예민해진 목소리로 받았다.

"나예요!" 톰은 여사에게 엘로이즈는 무사하며, 납치 이야기는 거짓말이라고 알려 주었다. 톰은 데이비드 프리처드가 그랬다는 말은 하지 않았다.

"대체 누가 그런 악랄한 소문을 퍼뜨리는지 아세요?" 아네트 여사는 '악랄'이라는 단어에서 독기를 내뿜었다.

"모르죠. 이 세상에 심보가 고약한 사람이 얼마나 많은데요. 그런 거로 재미있어하다니, 참 신기해요. 집에는 별일 없죠?"

아네트 여사는 별일 없다고 했다. 톰은 귀국 일정이 정해지면 전화하겠다고 했다. 엘로이즈가 언제 집에 갈지는 자기도 모르지만, 친한 친구인 노엘 부인과 같이 있으니 좋아할 거라고 했다.

톰은 침대에 눕자마자 곯아떨어졌다.

12

다음 날 아침, 언제 비가 왔었느냐는 듯이 날이 화창하고 청명했다. 세상이 싹 씻긴 모습만 아니었다면 어제 비가 내린 줄도 몰랐을 것이다. 톰은 창밖을 살피고 저 아래 좁은 골목을 내려다보았다. 태양이 창문에 반짝이고 하늘은 티끌 한 점 없이 푸르렀다.

에드가 톰의 커피 테이블 위에 열쇠를 두고 나갔다. 톰에게 집에서 편히 있으라며 자기는 오후 4시는 되어야 돌아올 거라고 메모를 적어 놓았다. 어제 에드가 주방을 보여 주었다. 톰은 면도하고 아침을 먹은 다음 잠자리를 정리했다. 9시 반이 되자 밖으로 나가 피커딜리 거리를 거닐며 풍경을 음미했다. 행인들의 온갖 악센트가 뒤섞여 들렸다.

심프슨스 백화점에 가서 꽃향기가 풍기는 실내를 돌아다니다 보니, 런던에 있는 동안 라벤더 왁스를 사서 아네트 여사에게 선물하면 좋을 것 같다는 생각이 들었다. 남성용 드레싱 가운을 파는 코너로 가서 에드 밴버리가 입을 가벼운 울 소재로 된 타탄체크 가운을 샀다. 그리고 자기가 입을 붉은 체크무늬 가운을 골랐다. 로열 스튜어트라고 불리는 체크였다. 에드는 톰보다 한 치수 작게 입으면 될 것 같았다. 톰은 가운 두 장이 담긴 큼직한 비닐 백을 들고 벅마스터 갤러리가 있는 올드본드스트리트로 향했다. 11시가 다 된 시각이었다.

톰이 갤러리에 도착하자, 닉 홀이 짙은 머리에 체격이 좋은 남자와 이야기하다가 고개를 숙여 인사했다.

톰은 돌아다니다가 옆 전시실로 갔다. 코로의 작품 같아 보이는 차분한 유화가 전시 중이었다. 다시 앞 전시실로 나가자, 닉이 말하는 소리가 들렸다. "1만 5천 파운드 밑으로 가능할지도 모릅니다. 생각 있으시면 제가 확인해 보겠습니다."

"아니, 아니, 그럴 것까진 없어요."

"금액은 벅마스터 갤러리 관장님들께서 검토하신 결과에 따라 변동이 있습니다." 닉이 잠시 말을 끊었다. "시장 상황에 따른 것이지, 누가 구매하느냐에 따라 달라지는 건 아닙니다."

"다행이네요. 그렇다면 확인해 주세요. 1만 3천 파운드 정도면 생각이 있습니다. 난 이게 마음에 들어요. 〈소풍〉이요."

"알겠습니다. 선생님. 제가 선생님 번호를 알고 있으니 내일 전화로 보고드리겠습니다."

제법인데, 톰은 생각했다. 닉은 '내일 다시 연락하겠다'라고 하지 않았다. 어제와는 달리 오늘은 닉이 근사한 검정 구두를 신고 있었다.

"안녕, 닉. 혹시……." 단둘이 남게 되자 톰이 말을 건넸다. "어제 우리 만났었는데."

"그럼요. 기억합니다, 선생님."

"더와트가 그린 소묘를 좀 볼 수 있을까?"

닉이 잠시 망설였다. "아, 그러시죠. 뒷방 화첩 안에 있습니다. 대부분은 판매용이 아니긴 해요. 사실 대외적으로 판매용은 아예 없습니다."

잘됐군, 톰은 생각했다. 신성한 보관소였다. 이제는 명작이 된, 혹은 명작이 되었을지도 모를 유화들을 그리기 전에 스케치한 것이었다. "그래도 볼 수 있을까?"

"그럼요. 물론이죠, 선생님." 닉은 입구를 힐끔 쳐다보더니 확인하러 갔다. 문이 잠겨 있는지, 빗장이 걸려 있는지 점검하는 것 같았다. 닉이 톰에게 돌아왔다. 두 사람은 옆 전시실로 이동한 뒤 더 작은 뒷방으로 들어갔다. 그곳에는 여전히 정리가 안 된 책상이 놓여 있었다. 한때는 하얬겠지만 지금은 얼룩덜룩해진 벽에 유화는 물론 프레임과 화첩이 기대어져 있었다. 기자 스무 명과 사진기자 둘은 물론, 음료를 대접하던 레너드와 톰이 비좁게 모여 있던 곳이 바로 여기였던가? 그랬다. 톰은 기억을 더듬었다.

닉이 쭈그리고 앉아 화첩을 집어 들었다. "이 안에 있는 것들 중 절반은 유화를 그리기 전에 미리 그려 본 밑그림들입니다." 닉이 큼직한 회색 화첩을 양손에 쥔 채 말했다.

문 옆에 책상이 하나 더 있었다. 닉은 그 위에 화첩을 경건하게 올려놓고 화첩에 달린 끈 세 개를 돌돌 풀었다.

"서랍 속에 화첩이 더 있는 것으로 알고 있습니다." 닉이 벽에 붙여 놓은 흰 캐비닛을 턱으로 가리키며 말했다. 캐비닛에는 얕은 서랍이 최소 여섯 개는 달려 있었다. 맨 위 칸의 높이가 사람 엉덩이까지 왔다. 톰이 처음 보는 비품이었다.

더와트가 그린 스케치들이 투명 파일 속에 각각 한 장씩 들어 있었다. 목탄, 연필, 데생용 크레용으로 스케치한 밑그림이었다. 닉이 투명 파일 속에 든 밑그림을 하나씩 들어 올리자, 톰은 더와트의 솜씨인지, 버나드 터프츠의 솜씨인지 분간이 가지 않았다. 뭐가 뭔지 확실히 구별할 수 없었다. 〈붉은 의자〉를 그리기 전에 그린 밑그림 석 장은 진품이 맞았다. 더와트가 스케치한 거란 걸 톰은 알고 있었다. 닉이 버나드 터프츠가 그린 〈의자에 앉은 남자〉의 스케치를 꺼내는 순간, 톰의 심장이 쿵쾅거리기 시작했다. 그가 애지중지하는 작품이자 너무나도 잘 아는 작품이었기 때문이다. 모든 것을 바쳤던 버나드 터프츠가 더와트가 살아 있었더라면 쏟았을 애정 못지않게 정성껏 그린 스케치였기 때문이다. 버나드는 밑그림을 그려서 누군가에게 감동을 주려던 게 아니라, 이를 토대로 캔버스 위에 배색 구도를 잡으려고 혼신의 노력을 쏟아부은 것이다.

"여기 있는 것들은 판매용인가?" 톰이 물었다.

"아뇨. 사실, 두 분 관장님께서는 파실 생각이 없어요. 단 한 점도 판매한 적이 없는 거로 알고 있습니다. 많은 분이……." 닉이 망설였다. "아시겠지만, 더와트가 매번 최고급 종이에 그린 게 아니라서 점점 누레지고, 가장자리가 바스러지거든요."

"내 눈엔 근사한데. 계속 잘 관리하게. 조명이 닿지 않게 해야 해."

닉이 선뜻 미소를 지었다. "최대한 건드리지 않으려고 합니다."

더 있었다. 〈잠자는 고양이〉는 버나드 터프츠의 솜씨(톰의 기억엔 그랬다)인데, 톰은 마음에 들었다. 큼직한 싸구려 도화지에 색연필로 채색한 스케치였다. 검은색, 갈색, 노란색, 빨간색, 녹색.

그걸 보는 순간, 톰은 터프츠와 더와트의 경계가 흐려진 나머지 예술적으로 그 둘을 구별하는 건 불가능하다고 결론지었다. 여기 있는 일부, 아니 대부분의 그림이 그랬다. 여러모로 봤을 때 버나드 터프츠는 더와트가 된 것이다. 버나드가 혼란스럽고 수치스러운 심정으로 목숨을 버린 이유는, 그가 더와트가 되는 데에 성공했기 때문이었다. 더와트가 줄곧 지켜 온 생활 방식대로 사는 데에도, 더와트처럼 그리는 데에도, 심지어 밑그림조차 더와트처럼 그리는 데에도 성공했기 때문이었다. 버나드가 공들여 그린 밑그림들 중에는, 적어도 벅마스터 갤러리가 보관 중인 작품 중에는, 그가 연필과 색연필을 쥐고 도화지 위를 소심하게 오간 흔적이 조금도 보이지 않았다. 버나드는 구성이며 색감까지 과감하게 시도한 문제작을 그린 거장이었다.

"혹시 관심 있으세요?" 닉 홀이 일어나면서 묻더니 서랍을 닫았다. "제가 밴버리 관장님께 말씀드려 보겠습니다."

그제야 톰이 미소를 지었다. "흠, 끌리긴 하는데. 게다가……." 질문을 받자 톰은 잠시 마음이 흔들렸다. "갤러리에서는 이런 건 얼마나 받지? 예컨대, 여기 있는 것들이라면?"

닉이 바닥을 바라보며 생각에 잠겼다. "글쎄요. 그건 제가 말씀드릴 수 있는 부분이 아니라서요. 여기에 있는 작품들은 제가 금액을 모릅니다. 사실 금액이 매겨져 있는지도 모르겠습니다.”

톰은 침을 삼켰다. 여기 있는 대부분의 밑그림은 버나드 터프츠가 살던 런던 모처에 있는 아담하고 소박한 원룸 아파트에서 탄생한 것들이었다. 버나드는 죽기 전 몇 년간 그곳에 틀어박혀 그림을 그리다가 쪽잠을 청했다. 이런 밑그림들이 더와트의 유화며 소묘가 진품임을 가장 확실히 보장해 준다는 게 이상했다. 밑그림에는 색의 변화가 드러나지도 않는데, 머치슨이 그 점을 그렇게 물고 늘어졌기 때문이다.

“고맙네, 닉. 그럼 이만.” 톰이 입구로 걸어가면서 작별 인사를 건넸다.

톰은 벌링턴 아케이드를 거닐었다. 쇼윈도에 내걸린 실크 넥타이며, 근사한 스케이프와 벨트를 봐도 지금은 마음이 동하지 않았다. 톰은 생각에 잠겼다. 만일 더와트 작품의 상당수가 위작이라는 사실이 드러날 경우, 과연 무슨 일이 벌어질까? 버나드 터프츠도 더와트 못지않게 노력했다. 화풍이 흡사하다 못해 누가 봐도 진품으로 볼 것이었다. 게다가 만일 더와트가 서른여덟 살의 나이에 자살을 감행하지 않고 쉰이나 쉰다섯에 세상을 떠났다면 그가 보여 주었을 법한 진화된 화법을 버나드 터프츠가 고스란히 보여 주고 있었다. 논란의 여지는 있겠지만, 터프츠가 더와트의 초기 작품을 발전시킨 건 사실이었다. 현존하는 더와트 작품 중 (톰이 대충 계산해 보니) 60퍼센트에 버나드 터프츠의 서명을 적어 넣어야 한다면, 대체 왜 위작의 가치가 낮아야 하는 걸까?

당연한 얘기지만, 버나드 터프츠가 그린 그림에 더와트의 이름을 붙여서 속이고 팔았기 때문이었다. 그런 위작들은 더와트의 이름값에 힘입어 지금까지도 하늘 높은 줄 모르고 가치가 연신 치솟고 있었다. 툭 까놓고 말해, 더와트는 사망 당시 명성이랄 게 없었다. 무명 화가나 마찬가지였다. 톰은 예전처럼 바로 이 지점에서 교착 상태에 빠졌다.

그는 포트넘 앤드 메이슨에 들어가서 가정용품 코너가 어느 쪽인지 묻는 순간 제정신이 돌아왔다. 다행이었다. “자잘한 소품을 찾아요. 가구 왁스 같은 거요.” 톰이 정장 재킷을 입은 판매원에게 부연 설명했다.

톰은 라벤더 향이 나는 왁스가 든 깡통의 뚜껑을 열고 킁킁거리는 순간, 벨옹브르로 돌아간 것만 같았다. 눈을 꼭 감았다. “이걸로 세 개 주세요.”

그는 드레싱 가운이 담긴 큼직한 비닐 백에 왁스 세 통을 툭 집어

넣었다.

이 소소한 숙제를 끝내자마자 톰의 머릿속에 다시금 생각이 밀려왔다. 더와트, 신시아, 데이비드 프리처드, 그리고 코앞에 닥친 문제들을 어쩌나. 신시아를 못 만날 게 뭐지? 전화로 얘기하느니 직접 만나서 얘기 못 할 이유가 있나? 신시아와 약속을 잡는 게 분명 쉽지는 않을 것이다. 톰이 전화하면 신시아가 그냥 끊어 버릴 테니 말이다. 톰이 집 앞에서 기다려도 신시아는 못 본 체할지도 모른다. 그래도 손해 볼 건 없잖아? 신시아가 프리처드에게 머치슨 실종 사건에 대해 말했을지도 모른다. 톰의 전적을 들먹이며 머치슨이 실종된 거라고 힘주어 이야기하자, 프리처드가 신문을 샅샅이 뒤져 본 게 분명했다. 런던에서 그랬겠지? 신시아가 지금도 프리처드하고 연락하고 지내는지, 전화도 하고 가끔 편지도 주고받는지 알아낼 수 있을 것이다. 게다가 신시아가 톰을 은근히 괴롭히는 것 말고 다른 계획도 세웠는지 캐낼 수 있을 것이다.

톰은 피커딜리 근처 펍에서 점심을 먹은 다음 택시를 타고 에드 밴버리의 아파트로 돌아갔다. 드레싱 가운이 담긴 큼직한 비닐 백은 에드의 침대 위에 올려놓았다. 격식을 차리지 않은 선물이라 카드도 적지 않았지만, 심프슨스 백화점 비닐 백이 고급스러워 보였다. 톰은 서재로 돌아가 자기가 입으려고 산 드레싱 가운을 의자에 올려놓고 전화번호부를 뒤적거렸다. 에드가 작업하는 책상 근처에 전화번호부가 있었다. 톰은 그래드노어부터 찾고, 신시아라는 이름과 미들네임 L까지 일치하는 사람이 있는지 살펴보았다. 드디어 찾았다.

손목시계를 확인했다. 1시 45분. 다이얼을 돌렸다.

신호가 세 번 간 후, 자동 응답기에 녹음된 신시아의 음성이 들렸다. 톰은 연필을 쥐었다. 신시아가 일과 시간에는 특정 번호로 전화하라며 번호를 알려 주었다.

톰이 그 번호로 전화를 걸었다. 웬 여자가 전화를 받으며 '버넌 맥컬린 에이전시'라고 응대했다. 톰에겐 그렇게 들렸다. 톰이 그래드노어 양을 바꿔 달라고 했다.

그래드노어 양이 전화를 받았다. "여보세요?"

"오랜만이에요, 신시아. 톰 리플리입니다." 톰은 묵직하고 진지하게 인사했다. "런던에 온 지 며칠 됐어요. 하루 이틀 됐나. 혹시 괜찮으면……."

"왜 전화했어요?" 신시아가 벌써부터 신경이 곤두선 목소리로 따졌다.

"만나고 싶습니다." 톰이 차분히 말했다. "무슨 생각이 떠올랐는데, 당신이나 우리 모두에게 흥미로운 생각 같아서요."

"우리 모두라뇨?"

"알잖아요……." 톰이 허리를 더 꼿꼿이 세웠다. "잘 알면서. 딱 10분이면 됩니다. 어디든 좋아요. 식당도 좋고, 카페도 좋고."

"카페 같은 소리 하고 있네!" 신시아가 아주 날카롭게 소리치진 않았다. 그랬다간 자제하지 못했을 것이다.

신시아가 침착함을 유지했다. 톰이 단호히 밀어붙였다. "만납시다, 신시아. 어디든 좋아요. 장소만 정해 주면 내가……."

"대체 왜 이러는 거예요?"

톰이 씩 웃었다. "무슨 생각이 떠올랐다고 했잖아요. 찝찝한 문제의 상당 부분이 해소될 거예요."

"만나고 싶지 않아요, 리플리 씨." 신시아가 전화를 끊었다.

톰은 거절당한 상황을 잠시 따져 보며 에드의 작업실을 서성이다가 담배에 불을 붙였다.

그는 좀 전에 건 번호로 다시 걸어 회사명을 확인하고 주소를 받아 적었다. "퇴근이 언제인가요?"

"5시 반입니다."

"고맙습니다."

그날 오후 5시 5분경에, 톰은 버넌 맥컬린 에이전시가 있는 킹스로드 쪽 출입구 앞에서 기다렸다. 회색 신축 건물에 십수 개의 회사가 입주했음을 로비 한쪽 벽면에 붙은 명패들이 알려 주었다. 톰은 키가 크고 마른 체격에 밝은 갈색 직모를 가진 여성이 나오는지 눈을 떼지 않고 살폈다. 신시아는 톰이 기다릴 거라고는 상상도 못 할 것이다. 설마 기대하려나? 톰은 한참을 기다리면서 5시 40분까지 손목시계를 열다섯 번도 더 확인한 것 같았다. 주로 힘차게 퇴근하는 사람들의 체격과 얼굴을 훑다 보니 눈이 피곤했다. 기운 없어 보이는 사람들도 있었고, 웃으며 수다를 떠는 사람들도 있었는데, 다들 또 하루를 버텨 냈음을 기뻐하는 듯했다.

톰이 담배에 불을 붙였다. 기다리다가 처음 피우는 담배였다. 담배에 불을 붙이는 순간 담배를 피울 수 없는 상황이 닥치는 경우가 종종 생기기 때문이었다. 이를테면 기다리던 버스가 오는 것처럼 말이다. 톰이 현관으로 들어갔다.

"신시아!"

건물에는 네 대의 엘리베이터가 있었다. 신시아 그래드노어가 오른편 뒤에 있는 엘리베이터에서 막 내렸다. 톰은 담배를 바닥에 버리고 발로 밟은 다음, 집어서 모래 통 속으로 휙 집어 던졌다.

"신시아." 톰이 다시 불렀다. 처음 불렀을 때는 신시아가 못 들은 게 분명했다.

그녀가 문득 걸음을 멈추자, 양옆의 생머리가 찰랑거렸다. 신시아는 톰이 기억하던 모습보다 더 얇아진 입술을 더욱 앙다물었다. "만나고 싶지 않다고 했을 텐데요. 왜 이렇게 괴롭히는 거죠?"

"괴롭히려는 게 아니라 오히려 그 반대예요. 도와주려는 거예요. 딱 5분만……." 톰이 머뭇거렸다. "어디 앉아 있을 데 없나요?" 톰은 아까 근처에 펍이 있다는 걸 확인해 두었다.

"아니, 됐어요. 그렇게 중요한 일이 대체 뭔데요?" 그녀가 적의에 찬 회색 눈동자로 쏘아보다가 그의 얼굴을 외면했다.

"버나드와 관계된 일입니다. 분명 관심 있을 텐데요."

"뭐라고요?" 신시아가 거의 들릴 듯 말 듯 말했다. "여기서 버나드 이름이 왜 나오죠? 이상한 궁리나 하는 건 여전하군요."

"아니라니까요. 그 반대예요." 톰은 고개를 저어 부정하면서 데이비드 프리처드를 떠올렸다. 뭐가 됐든, 무슨 생각이든, 프리처드보다 더 끔찍한 게 있을까? 톰에겐 없었다. 현재로서는 그랬다. 톰은 신시아가 신고 있는 납작한 검은색 슬리퍼를 다시 쳐다보며 검정 스타킹을 살폈다. 세련되긴 하나 칙칙한 이탈리아 스타일이었다. "데이비드 프리처드가 생각나서요. 버나드에게 해를 끼칠 남자니까."

"그게 무슨 뜻이에요? 어떻게요?" 누군가 신시아를 떠밀며 지나갔다.

톰이 손을 뻗어서 신시아를 부축해 주었지만, 신시아가 몸을 뺐다. "여기서 얘기하긴 좀 그런데요. 프리처드는 아무한테도 도움이 안 되는 인간이에요. 당신한테도, 버나드한테도, 그리고……."

"버나드는 죽었어요." 톰이 '나한테도'라고 말하기도 전에 신시아가 먼저 입을 열었다. "이미 피해를 보았다고요." 당신 때문에요, 하고 신시아가 덧붙일지도 모를 일이었다.

"아직 다 끝나지 않았어요. 내 설명을 꼭 들어야 해요. 2분이면 됩니다. 어디 가서 좀 앉죠? 모퉁이만 돌면 마땅한 데가 있던데!" 톰은 정중하면서도 단호하게 굴려고 최선을 다했다.

신시아가 한숨을 내쉬더니 그러자고 했다. 둘이 모퉁이를 끼고 돌자 그리 크지 않은 펍이 나왔다. 아주 넓지는 않아서 그리 시끄럽지 않았다. 작고 둥근 테이블 하나가 비어 있었다. 톰은 웨이터가 와서 주문을 받든 말든 상관하지 않았다. 신시아도 그래 보였다.

"프리처드가 무슨 짓을 할까요? 어슬렁거리며 남들을 염탐하는 것도 모자라, 자기 아내한테 손찌검까지 하던데요. 그 남자는 그런 인간이라고요."

"그래도 누굴 죽이진 않겠죠."

"아? 듣던 중 반가운 소리네요. 설마 지금도 데이비드 프리처드하고 편지하고 전화하는 건 아니겠죠?"

신시아가 숨을 깊이 고르더니 눈을 깜빡였다. "버나드 얘기라고 하지 않았나요?"

신시아 그래드노어가 프리처드와 자주 연락하는 눈치였다. 그녀는 뭐든 문서로는 절대로 남기면 안 된다는 사실을 인지할 만큼 똑똑한 여자였다. "맞아요. 그 전에, 프리처드 같은 더러운 놈하고 어울리는 이유가 뭔지 물어봐도 됩니까? 머리가 해까닥 돈 남자하고요!" 톰이 자신만만하게 웃었다.

신시아가 느릿느릿 말했다. "프리처드 얘기는 하고 싶지 않아요. 난 그 남자를 본 적도, 만난 적도 없다고요."

"그럼 그 남자 이름은 어떻게 알죠?" 톰이 정중하게 물었다.

신시아가 다시 숨을 고르더니 테이블 위로 시선을 내렸다가 톰의 뒤를 살폈다. 순식간에 그녀의 얼굴이 퀭하니 나이 들어 보였다. 이제 마흔이 넘었던가.

"그 질문엔 대답하지 않겠어요. 본론이나 말해요. 버나드 얘기라면서요."

"맞아요. 버나드의 그림에 관한 얘기예요. 프리처드 부부를 만났어요. 그 부부가 프랑스 우리 동네에 살아요. 당신도 알겠지만요. 프리처드가 머치슨 얘기를 꺼냈어요. 위작의 존재를 강하게 의심하던 머치슨 얘기를요."

"그러다가 머치슨이 홀연히 사라졌죠." 이제야 신시아가 귀를 기울이고 있다가 대답했다.

"맞아요, 오를리 공항에서요."

신시아가 냉소를 지었다. "다른 비행기를 타고 갔다? 그럼 어디로 간 걸까요? 아내에게 두 번 다시 연락을 안 한다?" 신시아가 말을 끊었다. "이봐요, 톰. 난 당신이 머치슨에게 무슨 짓을 했는지 알아요. 머치슨의 짐 가방을 오를리 공항에 갖다 놓고……."

톰은 잠자코 있었다. "우리 집 가정부한테 물어봐요. 우리 둘이 그날 집에서 나서는 걸 가정부가 똑똑히 봤어요. 머치슨과 내가 오를리 공항으로 떠나는 모습을요."

톰은 방금 한 말을 신시아가 곧바로 받아치진 않을 것 같았다.

톰이 자리에서 일어섰다. "뭐 마실래요?"

"뒤보네에 레몬 한 조각 넣어 줘요."

톰이 바에 가서 신시아가 주문한 술과 그가 마실 진토닉을 시켰다. 3분 후에 돈을 내고 술잔을 받아 왔다.

"다시 오를리 공항 얘기를 해 보죠." 톰이 앉으며 말을 이었다. "내가 인도에 머치슨을 내려만 주고 주차는 안 했던 거로 기억합니다. 우리 둘 다 이별주가 담긴 잔을 들고 정식으로 작별 인사하는 걸 견디지 못하는 사람들이라."

"당신이 하는 말은 안 믿어요."

그런데 톰은 자기가 하는 말을 믿었다. 아무튼, 지금도 믿었고, 앞으로도 믿을 것이다. 빼도 박도 못하는 증거를 누군가 코앞에 들이밀기 전까지는. "머치슨 부부 사이가 어땠는지 당신이 어떻게 알 것이며, 또 내가 어떻게 알겠습니까?"

"머치슨 부인이 당신을 찾아갔었잖아요." 신시아가 친절하게 되짚어 주었다.

"부인이 빌페르스까지 찾아왔기에 우리 집에서 같이 차를 마셨어요."

"부인이 남편과 관계가 안 좋다고 했었나요?"

"아뇨. 그런 말을 왜 하겠어요? 부인이 날 보러 온 건, 내가 자기 남편을 마지막으로 본 사람이었기 때문이잖아요. 다들 알 텐데."

"그러게요." 신시아가 도도하게 말했다. 톰이 모르는 정보를 자기가 갖고 있다는 듯한 말투였다.

만약 갖고 있다면 무슨 정보일까? 톰이 기다려도 신시아는 더는 말을 꺼내지 않았다. 그래서 톰이 이어서 말했다. "머치슨 부인이 언제든 위작 얘기를 새삼 끄집어낼 수도 있겠지만, 나하고 만났을 때는 자기는 남편이 무슨 말을 하는지 이해하지 못하겠다고 시인했어요. 더와트의 후기 작품이 위작이라고 주장하는 남편의 주장을 이해하지 못하겠다고요."

이제 신시아가 핸드백에서 담뱃갑을 꺼내더니 꾹 참다가 피우는 사람처럼 한 개비를 신중하게 잡아 뺐다.

톰이 라이터를 내밀었다. “머치슨 부인하고는 연락하죠? 롱아일랜드에 사는 거 맞죠?”

“몰라요.” 신시아가 살짝 고개를 저으며 침착함을 유지하면서도 또다시 관심 없는 척했다.

머치슨 부인의 주소를 전화로 묻던 프랑스 경찰과 톰이 동일 인물이라고 의심하는 기미가 신시아에게 조금도 보이지 않았다. 아니면, 신시아가 연기를 잘하는 걸까?

“혹시나 당신이 모를까 봐 물어본 겁니다. 프리처드가 머치슨 일로 문제를 일으키려고 난리도 아니거든요. 그 남자가 유독 날 노리는데, 그게 참 이상해요. 그림에 대해서는 아무것도 모르고, 예술에 관심조차 없으면서 말이죠. 그 남자가 집에 들여놓은 가구나 벽에 걸어 놓은 그림을 당신도 봐야 한다고요!” 톰은 웃음이 터졌다. “내가 술 한잔하러 그 남자 집에 갔었거든요. 친해서 간 건 아니지만.”

신시아가 약간 고소하다는 듯이 미소를 머금었다. 톰이 예상했던 대로였다. “그걸 왜 당신이 걱정하는 거죠?”

톰이 유쾌한 표정을 유지했다. “걱정하는 게 아니라 짜증이 나서 그래요. 프리처드가 일요일 오전에 우리 집을 밖에서 요리조리 찍어 갔어요. 낯선 사람이 허락을 구하지도 않고 그런 짓을 하는데, 당신이라면 좋겠어요? 그 남자가 대체 왜 우리 집 사진을 찍었을까요?”

신시아는 아무 말 없이 뒤보네로 입술을 축였다.

“당신이 프리처드에게 날 괴롭히라고 부추기는 겁니까?” 톰이 물었다.

그 순간, 톰의 뒤에 있는 테이블에서 귀가 찢어질 듯한 폭소가 터졌다.

신시아는 톰처럼 움찔하기는커녕 한쪽 손으로 천천히 머리칼을 쓸었다. 그제야 새치가 몇 가닥 드러났다. 톰은 신시아가 사는 아파트를 상상해 보았다. 세련되긴 해도 고풍스러운 책장이나 가족의 푸근함이 느껴지는 퀼트 같은 건 없을 것이다. 신시아가 입은 옷은 얌전하고 고급스러워 보였다. 톰은 신시아에게 행복하냐고 감히 물어볼 수 없었다. 그랬다간 신시아가 콧방귀를 끼거나 손에 들고 있는 잔을 그에게 집어 던질지도 모른다. 버나드 터프츠가 그린 유화나 소묘를 걸어 두었을까?

“잘 들어요, 톰. 당신이 머치슨을 죽인 다음 사체를 내다 버렸다는 걸 내가 모를 줄 알아요? 잘츠부르크 절벽에서 몸을 던진 사람이 버나드였다는 것도, 버나드의 시신을, 그 사람의 유해를 더와트의 것으로 속였다는 것도 내가 모를 거 같아요?"

톰은 말이 없었다. 몰아붙이는 그녀 앞에서 그 순간만큼은 입을 다물었다.

"이 썩어 빠진 장난 때문에 버나드가 죽었어요. 당신이 짜낸 아이디어 때문에 죽은 거예요. 당신이 더와트 대신 그리라고 버나드에게 권유하는 바람에, 버나드의 인생도 망쳤고, 내 인생도 거의 망가뜨렸다고요. 그런데도 당신은 더와트라고 서명된 그림이 계속 발굴되는 동안에 신경이나 썼나요?"

톰이 담배에 불을 붙였다. 어떤 사람이 바 테이블 앞에 서서 웃는 얼굴로 청동 발 받침에 뒤꿈치를 대고 장난 삼아 쿵쿵 찍으며 소음을 얹었다. "난 버나드한테 그림을 그리라고 강요하지 않았어요. 계속 그리라고 강요한 적은 한 번도 없었다고요." 톰이 조용히 말해서 남들에겐 두 사람의 대화가 들리지 않았다. "그건 내 손에서 벗어난 일이었어요. 누구든 손쓸 수 없는 일이었다고요. 당신도 알잖아요. 내가 위작을 그리면 어떻겠냐고 제안했을 때만 해도, 난 버나드가 어떤 사람인지 잘 몰랐어요. 난 에드하고 제프에게 그걸 재현할 사람이 있냐고 물어보기만 했다고요." 톰은 지금 자기가 하는 말이 사실인지, 자기가 버나드에게 대놓고 제안하지 않은 게 사실인지 확신이 서지 않았다. 톰이 많이 본 건 아니었지만, 버나드의 그림이 더와트의 화풍과 크게 다르지도 않았고, 거기에서 그렇게 어긋나지도 않았기 때문이다. 톰이 말을 이어 갔다. "버나드는 에드와 제프하고 더 친했잖아요."

"그래도 버나드를 부추긴 건 당신이에요. 처음부터 끝까지! 당신이 옆에서 부채질했잖아요!"

이제 톰은 지겨워졌다. 신시아가 하는 말은 반은 맞고 반은 틀렸다. 톰은 격분한 여자를 건드리기가 겁이 났다. 그걸 누가 감당한단 말인가? "버나드는 언제라도 그만둘 수도 있었다는 거, 당신도 알잖아요. 더와트의 모작을 그리는 건, 버나드가 그만두면 그만이었다고요. 버나드는 더와트를 화가로서 사랑한 거예요. 버나드와 더와트가 처음부터 끝까지 사적인 관계로 얽혀 있다는 걸 잊으면 안 돼요. 솔직히 말하자면, 버나드가 위작을 그리는 순간, 결국 우리가 손 쓸 수 없게 된 거죠. 버나드가 더와트인 척 따라 그리기 시작한 초반부터요." 톰은 덧붙였다. "버나드를 말릴 사람이 과연 있었을까요? 그건 나도 궁금해요." 신시아라도 말리지 못했을 거라고 톰은 확신했다. 신시아는 버나드가 위작을 그린다는 사실을 처음부터 알고 있었다. 두 사람은 매우 가까운 사이였고, 둘 다 런던에서 살았으며, 조만간 결혼을 앞두고 있었기 때문이다.

신시아는 계속 입을 다문 채 담배만 피웠다. 순간 빰이 파이자 그녀의 얼굴이 망자나 병자의 얼굴로 변했다.

톰이 술잔을 내려다보았다. "나와 당신 사이에 무슨 정이 있겠어요, 신시아. 그러니 프리처드가 날 괴롭히든 말든 당신이 상관할 바 아니겠죠. 그런데 말이죠, 만일 프리처드가 버나드 이름을 들먹인다면요?" 톰이 또다시 목소리를 낮추었다. "타격을 나만 입을까요? 말도 안 되는 소리죠!"

신시아가 톰에게 시선을 고정했다. "그럼 버나드도 입는다는 소린가요? 말도 안 돼. 지금껏 버나드 얘기를 꺼낸 사람이 있었나요? 이제 와서 누가 버나드를 끌어들이겠어요? 머치슨이 버나드란 이름을 알기나 했을까요? 몰랐을 거예요. 알았다고 해도 뭐 어쩌겠어요? 머치슨은 이 세상 사람이 아닌데. 프리처드가 버나드 이름을 꺼냈나요?"

"내 앞에선 안 했어요." 톰이 대답했다. 톰은 그녀가 레드 와인을 끝까지 비우는 모습을 지켜보았다. 신시아는 둘의 만남을 마무리하려는 것 같았다. "한 잔 더?" 톰이 그녀가 비운 잔을 쳐다보며 물었다. "당신이 마신다면 나도 마실게요."

"아뇨, 됐어요."

톰은 재빨리 생각을 정리하려고 애썼다. 버나드의 이름이 위작과 관련해 언급된 적이 일절 없었다는 사실을 신시아가 인지하고 있다는 게, 확신하고 있다는 게 아쉬웠다. (톰의 기억에 따르면) 톰이 머치슨에게 버나드의 이름을 말한 적은 있었다. 그때 톰은 위작에 대해 캐고 다니지 말라고 머치슨을 설득하려 했었다. 그런데 신시아의 말대로, 머치슨은 이 세상 사람이 아니었다. 대화가 수포로 돌아간 직후에 톰이 머치슨을 살해했기 때문이다. 톰은 신시아의 욕망에 호소할 수는 없었다. 신시아에게도 욕망이 있을 것이다. 버나드의 이름이 신문에 단 한 번도 오르내리지 않았다고 하더라도 그의 이름을 더럽히지 않겠다는 욕망 말이다. 그럼에도 톰은 매달려 보기로 했다.

"설마 버나드의 이름이 끌려 나오는 상황을 바라는 건 아니겠죠? 미치광이 프리처드가 계속 날뛰다가 누구한테 버나드의 이름을 주워듣고 알게 되면 어쩌려고요?"

"누구한테요?" 신시아가 따졌다. "당신이 말할 거예요? 지금 농담하는 거예요?"

"농담 아닙니다!" 신시아는 톰이 협박한다고 받아들였다. "농담하는 거 아니라고요." 톰이 진지하게 반복했다. "사실, 농담하고는 거리가 멀어요. 생각을 전환하니, 훨씬 더 행복한 반전이 떠오르더라고요. 더와트의 그림에 아예 터프츠의 이름을 붙이는 거죠." 톰은 아랫입술을 깨물고 초라한 유리 재떨이를 쳐다보았다. 퐁텐블로에서 재니스 프리처드를 만나 지금처럼 암울한 대화를 나누었을 때도, 누군가 피우다가 버리고 간 꽁초가 재떨이에 남아 있었다.

"그게 무슨 소리죠?" 이제 신시아가 핸드백을 움켜쥐더니 일어날 기세로 허리를 곧게 세웠다.

"버나드가 이 일을 꽤 오래 했잖아요. 6~7년 했었나? 그사이에 버나드의 그림이 새로운 방향으로 발전해 더와트가 된 거죠."

"전에도 이 얘기하지 않았나요? 아니면 당신이 한 말을 제프가 나한테 여러 번 옮긴 건가요?" 신시아가 시큰둥한 반응을 보였다.

톰이 계속 밀어붙였다. "더 중요한 게 있습니다. 만약 더와트 작품 중 절반 이상이 버나드 터프츠가 대신 그린 위작이란 사실이 폭로되는 날이면, 어떤 재앙이 닥칠까요? 오로지 그림만 보면, 버나드가 대신 그린 위작이 밀릴까요? 요즘 뉴스에 오르내리는 잘 그린 위작의 가치에 대해 얘기하는 게 아닙니다. 유행입네, 새로운 화풍입네 하는 위작을 말하는 게 아니라고요. 내 말은, 더와트의 화풍을 발전 계승시킨 화가로서의 버나드를 얘기하는 겁니다."

신시아가 혼란스러워 휘청거리면서도 거의 몸을 일으켜 세웠다. "당신은 죽었다 깨도 모를 거예요. 버나드가 자기가 한 일 때문에 세상 누구보다 괴로워했다는 걸요. 당신도, 에드와 제프도 몰라요. 그래서 우리가 헤어진 거예요. 난……." 신시아가 고개를 저었다.

톰의 등 뒤에 있는 테이블에서 또다시 폭소가 터졌다. 앞으로 30초 안에 버나드가 위작을 그렸을지언정 자신의 작품을 사랑하고 추앙했다는 사실을 신시아에게 어떻게 전달할 수 있을까? 신시아는 더와트의 화풍을 따라 그리려 했던 버나드의 부정직함을 받아들이지 못했던 것이다.

"예술가에겐 각자 운명이 있죠. 버나드도 버나드만의 운명이 있었어요. 난 버나드를 살리려고 최선을 다했어요. 버나드가 우리 집에 와서 지낼 때 나하고 얘기도 했어요. 그러다가 잘츠부르크로 떠나 버렸죠. 버나드는 막판까지 혼란스러워하더니 자기가 더와트를 배신했다고 믿은 거예요. 아무튼, 그랬어요." 톰이 남은 술을 훅 털어 넣고 입술을 축였다. "'잘했어요, 버나드. 이제 다른 사람 대신 그리는 건 그만두고, 우울함을 다 털어 버려요'라며 내가 버나드를 달랬다고요. 난 버나드가 당신하고 다시 통화하기를, 둘이 다시 만나기를 줄곧 바랐지만……." 톰이 말을 멈추었다.

신시아가 얇은 입술을 헤벌린 채 쳐다보았다. "톰, 당신은 내가 살면서 만난 사람 중에 가장 사악한 인간이에요. 그걸 잘했다고 하는 소린가요? 아마 그렇겠죠."

"그게 아니라." 톰도 일어섰다. 신시아가 일어나 어깨에 핸드백을 멨기 때문이다.

톰은 신시아를 따라 밖으로 나갔다. 신시아가 최대한 빨리 헤어지고 싶어 하는 눈치였다. 톰은 전화번호부에 적혀 있던 주소를 상기했다. 만약 신시아가 집으로 간다면 걸어서 갈 만한 거리였다. 톰이 집 앞까지 바래다주는 걸 신시아가 바라진 않을 것이다. 톰은 신시아가 혼자 사는 듯한 인상을 받았다.

"잘 가요, 톰. 술 잘 마셨어요." 밖으로 나오자 신시아가 말했다.

"나야말로."

별안간 톰은 킹스로드를 바라보며 홀로 남게 되었다. 그는 뒤돌아서서 베이지색 스웨터를 입은 신시아가 늘씬한 자태로 인도 위를 걷다가 인파 속으로 사라지는 모습을 지켜보았다. 왜 이것저것 더 꼬치꼬치 캐묻지 않았을까? 프리처드를 부추겨 뭘 얻으려 하는 거냐고 왜 따지지 않은 걸까? 프리처드 부부하고 통화하냐고 왜 대놓고 묻지 못했을까? 톰은 신시아가 대답하지 않으라는 걸 알고 있었기 때문이다. 신시아가 머치슨 부인을 만나기나 했을까?

13

톰은 잠시 애쓴 덕분에 택시를 잡을 수 있었다. 코번트가든으로 가자며 기사에게 에드의 주소를 불러 주었다. 톰이 손목시계를 확인한 시각은 7시 22분. 신호등을 쳐다보던 그는 시선을 지붕 위를 날아가는 비둘기로 올렸다가 목줄에 묶인 채 킹스로드를 건너는 닥스훈트에게로 내렸다. 택시가 돌아서 가는 바람에 반대편에서 내려야 했다. 톰은 상상해 보았다. 만일 그가 신시아에게 프리처드하고 자주 연락하느냐고 물었다면, 신시아는 고양이처럼 웃으며 이렇게 말했을 것이다. '당연히 안 하죠. 뭐 하러 연락하겠어요?'

프리처드 같은 인간은 신시아가 정보를 슬쩍 흘리기만 해서 증거를 더는 찾지 못하는데도 혼자 날뛰며 끝까지 파고들 것 같았다. 프리처드가 톰 리플리를 미워하기로 결심했다는 게 그 이유였다.

톰이 에드의 아파트에 들어가자 제프와 에드가 있었다. 두 사람을 보니 마음이 놓였다. 둘이 에드의 작업실에 있었다.

"오늘 하루는 어땠어요?" 에드가 물었다. "오늘은 뭐 했어요? 나한테 주려고 근사한 드레싱 가운을 산 건 알아요. 제프한테 자랑했거든요."

"오전에는 벅마스터 갤러리에 가서 닉하고 얘기했어요. 그 직원, 볼수록 괜찮던데요."

"참 괜찮죠?" 맞장구쳐 주는 에드의 말투가 형식적으로 느껴지긴 했다.

"에드. 나한테 전화 온 거 있었나요? 내가 엘로이즈한테 이 집 번호를 알려 줬는데."

"아뇨. 내가 4시 반에 들어와서 확인했는데, 없었어요. 지금 엘로이즈에게 전화할 거면……."

톰이 미소를 지었다. "지금 카사블랑카로 전화하라고요?" 톰은 두 여자가 메크네스로 갔을지, 마라케시로 갔을지 생각하며 살짝 걱정했다. 내륙에 있는 두 도시를 떠올리는 순간, 사막과 저 멀리 보이는 지평선이 눈앞에 펼쳐졌다. 낙타는 사막 위를 유유자적 거닐지만, 사람은 무른 모래에 발이 푹푹 빠진다. 퀵 샌드*가 얼마나 위험한지 상상만 해도 머리가 지끈거려, 톰은 눈을 껌뻑였다. "오늘 밤늦게 다시 걸어 보려고요. 당신만 괜찮다면요, 에드."

"여긴 당신 집이나 다름없으니까 편하게 있어요! 진토닉 마실래요?" 에드가 물었다.

"조금 이따가요. 고마워요. 오늘 신시아를 만났어요." 제프의 신경이 톰에게 쏠렸다.

"어디서요? 어쩌다가요?" 제프가 연달아 질문을 퍼붓다가 웃음을 터뜨렸다.

"내가 회사 앞에서 기다렸어요. 6시에요. 근처에서 술이나 한잔하자고 간신히 설득했죠."

"정말입니까!" 에드가 놀랍다는 듯이 목청을 높였다.

톰은 에드가 권하는 안락의자에 앉았다. 제프는 약간 꺼진 소파

* 사람이 빨려 들어가는 유동성 모래

위에 편안히 앉아 있었다. "신시아는 여전하던데요. 좀 어두워 보이던데 그거야……."

"톰, 긴장 풀어요. 금방 올게요." 에드가 주방으로 가더니 얼음을 넣지 않은 진토닉에 레몬 한 조각을 띄운 잔을 들고 금세 돌아왔다.

에드가 주방에 간 사이에 제프가 물었다. "결혼은 했던가요? 어때 보였어요?" 에드가 진지하게 물었지만, 톰이 물어봤더라도 신시아가 대답하지 않았을 거라는 걸 아는 표정이었다.

"안 한 것 같던데, 그냥 그런 느낌을 받았어요." 톰은 대답한 다음 잔을 받아 들었다. "고마워요, 에드. 이건 내 문제지 당신들 문제가 아니에요. 벅마스터 갤러리나 더와트 문제도 아니고요." 톰이 잔을 들었다. "건배."

"건배." 에드와 제프가 따라서 외쳤다.

"내 말은, 신시아가 프리처드를 부추긴다는 게 문제라는 거예요. 신시아는 프리처드를 본 적도 없다고 했지만, 프리처드에게 머치슨 사건을 파 보라고 부추기긴 한 것 같아요. 그래서 내 문제라고 한 거예요." 톰이 인상을 썼다. "프리처드가 아직도 우리 동네에 살잖아요. 지금도 그 남자 아내는 우리 동네에 있고요."

"프리처드든 그 사람 아내든 대체 뭘 할 수 있을까요, 구체적으로요?" 제프가 물었다.

톰이 대답했다. "날 괴롭히겠죠. 신시아의 비위를 계속 맞추면서 머치슨의 시신을 찾겠죠. 하! 그런데 적어도 신시아는 위작에 대해서는 입을 열고 싶은 마음이 없어 보였어요." 톰이 술을 음미했다.

"프리처드는 버나드가 누군지 압니까?" 제프가 물었다.

"모를 거예요. 신시아가 '지금껏 버나드 얘기를 꺼낸 사람이 있었나요?'하고 말하던데, 그 말인즉슨 아무도 그 말은 하지 않았다는 뜻이죠. 신시아가 버나드에 대해서는 방어적인 태도를 보였어요. 하늘에 감사할 일이고, 우리 모두에겐 다행이죠." 톰은 편안한 의자에 등을 기댔다. "실은 내가 불가능한 일을 한 번 더 해 보려고 했었죠." 톰은 머치슨에게 했던 것처럼 신시아에게도 해 보았지만, 실패로 끝나고 말았다. "신시아에게 꽤 진지하게 물어봤어요. 버나드의 그림이 나중에 가서는 더와트가 살아 있었더라면 그렸을 그림만큼 대단한 작품이 되지 않았느냐, 아니 더 낫지 않았느냐. 게다가 화풍마저 더와트와 똑같아지지 않았느냐. 만일 더와트의 이름이 적힌 자리에 터프츠라고 고쳐 적는다고 한들 두려울 게 뭐냐."

"후." 제프가 한숨을 내쉬며 이마를 문질렀다.

"그건 아닐 겁니다." 에드가 팔짱을 낀 채 제프가 앉은 소파 끝에 서 있었다. "그림의 가치로 보면 아닐 겁니다. 그림 수준에 관해서라면……."

"동일한 값을 받아야 하겠지만, 그렇게 되긴 힘들 거예요." 제프가 에드를 쳐다보며 말하며 냉소적으로 웃었다.

"맞아요." 에드가 거들었다. "신시아하고 이 얘기도 했어요?" 에드가 약간 걱정스러운 표정을 지었다.

"심각하게 한 건 아니에요. 가볍게 말하고 넘어갔죠. 혹시라도 신시아가 맹비난을 퍼부을까 봐 김을 빼려고 물은 건데, 화는 내지 않더라고요. 신시아는 내가 버나드의 인생을 망쳤고, 자기 인생도 거의 망가뜨렸다고 했어요. 사실 맞는 말이죠, 뭐." 톰은 그제야 이마를 매만지며 자리에서 일어났다. "손 좀 씻고 올게요."

톰은 서재 겸 침실로 쓰는 방과 에드의 침실 사이에 있는 욕실로 들어갔다. 엘로이즈가 생각났다. 지금쯤 뭘 하려나? 설마 프리처드가 엘로이즈와 노엘을 따라 카사블랑카까지 쫓아간 건 아니겠지?

"신시아가 또 뭐라고 협박했어요?" 톰이 돌아오자 에드가 조용히 물었다. "아니면, 협박할 기미라거나?"

에드가 인상을 찌푸리더니, 신시아를 감당한다는 건 불가능한 일이었다고 털어놓았다. 톰은 알고 있었다. 신시아는 때론 주변 사람들을 불편하게 만들었는데, 남들이 뭐라고 하든 매사에 흔들리지 않는 기운을 내뿜는 사람이었기 때문이다. 당연히 신시아는 톰은 물론이거니와 벅마스터 갤러리의 제프와 에드도 경멸했다. 그렇다고 해도 사실은 변함없었다. 그 사실이란, 신시아가 버나드가 더와트의 위작을 그리는 걸 막지 못했다는 것이다. 아마 노력은 해 봤을 것이다.

"신시아가 협박은 안 했어요." 톰이 단호하게 말했다. "프리처드가 날 괴롭히는 걸 알고는 좋아하던데요. 할 수만 있다면 프리처드가 계속 날 괴롭히도록 들쑤실 겁니다."

"신시아가 그 남자하고 연락해요?" 제프가 물었다.

"전화하냐고요? 거기까진 모르겠지만, 아마 하겠죠. 전화번호부에 신시아의 번호가 올라가 있으니, 프리처드가 하고 싶으면 전화하는 거야 쉽겠죠." 신시아가 위작에 대해 함구한다면, 프리처드에게 알려 줄 중대 사실이 있을까? "신시아는 우릴 괴롭히고 싶어 해요. 우리 모두를요. 원한다면 언제든 진실을 폭로할 수 있으니까요."

"신시아가 폭로할 것 같진 않다고 했잖아요?" 제프가 물었다.

"맞아요. 앞으로도 안 할 겁니다." 톰이 대답했다.

"안 하겠죠." 에드가 따라서 말했다. "떠들어 댈 언론을 생각해 봐요." 에드가 고심하더니 조용히 덧붙였다. 진지한 말투였다.

신시아에게, 버나드 터프츠와 벅마스터 갤러리에, 아니면 모두에게 호의적이지 않은 언론의 관심이 쏠릴까 봐 에드가 걱정하는 걸까? 아무튼, 그런 사태가 벌어진다면 끔찍할 것이다. 유화 분석을 통해서가 아니라, 출발지 기록이 없어서 위작임을 까발리는 게 가능할 것이다. 거기에 제대로 설명되지 않은 더와트의 은둔 생활과 미제로 남은 머치슨과 버나드 터프츠의 실종까지 무게를 더할 것이다.

제프가 큼직한 턱을 들고 느긋하게 활짝 웃었다. 톰이 오랜만에 보는 미소였다. "우리가 위작에 대해서는 전혀 몰랐다는 걸 우리가 증명한다면 얘기가 달라지겠죠." 제프가 당연히 그건 불가능하다는 듯이 말하면서도 웃었다.

"그건 그렇죠. 우리하고 사이가 좋지 않아서 버나드 터프츠가 벅마스터 갤러리에 온 적도 없었다고 하는 거예요." 에드가 덧붙였다. "버나드가 갤러리에 한 번도 오지 않은 게 사실이긴 하잖아요."

"버나드에게 모조리 뒤집어씌우는 거죠." 제프가 계속 웃는 낯을 유지하면서도 더욱 매몰차게 말했다.

"그걸로는 안 될 겁니다." 톰은 자기가 들은 이야기를 곱씹으며 말하더니 잔을 비웠다. "그래서 내가 무슨 생각을 한 줄 알아요? 만일 버나드에게 몽땅 뒤집어씌웠다간 신시아가 손톱으로 우리의 목을 할퀴어서 갈기갈기 찢어 놓을 겁니다. 생각만 해도 몸서리가 쳐지네요." 톰이 폭소를 터뜨렸다.

"안 봐도 뻔하죠!" 씁쓸한 농담에 에드 밴버리가 미소를 지으며 말했다. "그런데 말이죠, 신시아가 우리가 거짓말했다는 걸 어떻게 증명할 수 있을까요? 버나드가 자기가 그린 그림을 멕시코가 아니라 런던에 있는 작업실에서 보낸 거니……."

"이러면 어떨까요, 버나드가 굳이 멕시코로 그림을 보내는 수고를 하는 바람에 우리가 송장을 믿은 거라면?" 제프가 짜릿한 상상이 선사하는 즐거움에 취해 환한 표정으로 말했다.

"버나드가 돈을 주고 친구에게 시켜서 중국에서 그림을 부치라고 한 거죠." 톰이 거들었다.

"친구라!" 제프가 검지를 세운 채 감탄했다. "그거 좋네요! 그 친구가 공범인데, 우리도 못 찾는 그 친구를 신시아가 찾겠습니까, 하하!"

셋이 시끌벅적 웃자 마음이 놓였다.

"말도 안 되는 소리." 톰이 두 발을 앞으로 쭉 뻗었다. 두 친구가 톰이 묘수를 짜내도록 톰에게 아이디어를 던져 주는 걸까? 세 사람과 갤러리가 장차 어떻게 나올지 모를 신시아의 협박을 피하는 동시에, 과거의 죄를 모두 벗어 버릴 방도를 궁리하라고 말이다. 만약 그런 거라면, 가공의 친구를 내세우자는 생각은 통하지 않을 것이다. 톰의 생각이 또다시 엘로이즈에게로 향했다. 그러더니, 런던에 머무는 동안 머치슨 부인에게 연락할 방법에 대한 생각으로 넘어갔다. 머치슨 부인에게 논리적으로, 그럴싸하게 뭘 물을 수 있을까? 톰 리플리로서 전화해야 할까, 아니면 신시아와 성공적으로 통화를 끝낸 프랑스 경찰로서 전화해야 할까? 신시아가 머치슨 부인에게 벌써 전화해 프랑스 경찰이 주소를 알려 달라고 했다는 말을 전했을까? 그러진 않았을 것이다. 신시아보다 머치슨 부인을 속이기가 쉽겠지만, 그래도 조심하는 게 현명한 처사였다. 자만하다가 일을 그르치는 법. 톰은 오지랖 넓은 프리처드가 최근 머치슨 부인에게 전화했는지 알고 싶었다. 사실 그게 가장 궁금했다. 톰은 남편을 찾는 일 때문에 머치슨 부인의 주소와 전화번호를 확인차 전화했다고 연기할 수는 있을 것 같았다. 아니, 반드시 이렇게 물어야 한다. '북아프리카로 간 프리처드 씨와 연락이 안 돼서 그러는데, 머치슨 부인께서는 프리처드 씨가 지금 어디에 있는지 아십니까? 사실 프리처드 씨가 머치슨 씨 일로 저희 경찰에 협조하고 있었습니다만.'

"톰?" 제프가 톰에게 한 발자국 다가와 피스타치오가 든 볼을 내밀었다.

"고마워요. 몇 개 먹어도 되죠? 피스타치오를 좋아해서."

"얼마든지요, 톰. 껍질은 여기 휴지통에 버려요." 에드가 말했다.

"분명한 사실을 지금 막 깨달았어요. 신시아 얘깁니다."

"그게 뭔데요?" 제프가 물었다.

"신시아는 우리를 조롱하는 동시에 프리처드도 조롱할 수는 없어요. 신시아가 머치슨이 제거된 이유가 있었다는 걸, 다시 말해 누군가 위작의 존재를 폭로하려는 머치슨의 입을 틀어막으려고 한 이유가 있었다는 걸 인정하지 않고 머치슨의 행방에 대해서만 의문을 제기하려면, 우리를 가지고 놀든 프리처드를 가지고 놀든 양자택일해야 할 겁니다. 신시아가 계속 이런 식으로 나가다간 버나드가 위작을 그렸다는 사실까지 공개해야 할 테니, 기를 쓰고 버나드는 숨길 겁니다. 버나드가 착취당했다는 사실까지도요.”

두 사람은 잠시 말이 없었다.

“신시아는 버나드가 특이한 사람이었다는 걸 알고 있어요. 사실 우리가 버나드를, 그의 재능을 착취하긴 했잖아요.” 톰이 생각에 잠긴 채 말을 이었다. “신시아가 버나드하고 결혼했을까요?”

“네.” 에드가 고개를 끄덕이며 말했다. “했을 거예요. 신시아는 여러모로 모성애가 강한 여자거든요.”

“모성애라!” 제프가 두 발을 땅에 붙인 채 소파에 앉아서 웃음을 터뜨렸다. “신시아한테 모성애라니!”

“여자들은 다 그렇지 않나?” 에드가 진지하게 물었다. “내가 보기엔 둘이 결혼했을 거야. 그래서 신시아가 그렇게 가슴 아파하는 거겠지.”

“우리 뭐 좀 먹을까?” 제프가 물었다.

“먹자, 먹어야지. 좋은 데를 알아. 이즐링턴에 있는 식당이야. 또 한 군데는 이 근처에 있는 식당인데 어제 갔던 데하곤 달라요, 톰.”

“머치슨 부인에게 전화하고 싶은데요.” 톰이 의자에서 일어나며 말했다. “뉴욕으로 전화하고 싶어요. 부인이 점심을 먹으러 들어왔다면, 전화하기에 딱 좋을 시간이라서요.”

“그럼 어서 걸어 봐요. 거실 전화기로 걸래요? 아니면 여기서?” 에드가 물었다.

얼굴을 구기고 긴장한 톰의 모습을 보면 혼자 있고 싶어 하는 것처럼 보일 것이다. “거실에 나가서 걸게요.” 톰이 말했다.

에드가 그러라고 손짓하자, 톰이 작은 수첩을 꺼냈다.

“편히 걸어요.” 에드가 전화기 근처로 의자를 옮겨 주었다.

톰은 계속 서 있었다. 맨해튼 지역 번호를 돌린 다음 자신을 파리 경찰서장 에두아르 빌소라고 소개하는 프랑스 경찰의 말투를 묵음으로 연습했다. 천만다행으로 실재할 것 같지 않은 그 이름을 머치슨 부인의 집 주소와 전화번호 아래에 적어 놓았다. 적어 놓지 않았더라면 기억하지도 못했을 것이다. 이번엔 너무 드센 악센트로 말하는 대신, 모리스 슈발리에*가 영어를 하듯 감미롭게 말할 작정이었다.

안타깝게도 머치슨 부인은 집에 없었다. 하지만 조만간 들어올 거

* 프랑스 가수

라고 어떤 여자가 말해 주었다. 톰은 가정부나 파출부일 거라고 짐작만 할 뿐 확신할 수 없었기에 불어 악센트가 섞인 말투로 신중하게 이어 갔다.

"그럼, 빌소 경찰서장이 전화했다고 전해 주십시오. 아닙니다. 제가 다시 전화하겠습니다. 오늘 밤이나 내일이요……. 고맙습니다, 부인."

토머스 머치슨 실종 건으로 전화했다는 말을 굳이 안 해도 머치슨 부인이 짐작할 수 있을 것이다. 부인이 조만간 들어온다고 했으니, 톰은 이따가 밤에 다시 전화하기로 했다.

만약 머치슨 부인과 연결되면 뭘 물어보나, 톰은 확신이 서지 않았다. '데이비드 프리처드 씨하고 연락하십니까? 저희 프랑스 경찰이 지금 프리처드 씨와 연락이 되지 않아서요.' 톰이 묻는다고 해도 '아니오'라는 대답이 돌아올 게 뻔했지만, 그래도 뭐라도 묻고 말해야 했다. 머치슨 부인과 신시아가 가끔 연락하는 사이일지도 모르기 때문이었다. 톰이 에드의 작업실로 들어서는 순간, 책상 위에 있는 전화기가 울렸다.

에드가 받았다. "아, 그럼요. 네, 잠시만요. 톰! 엘로이즈 전화예요!"

"아!" 톰이 수화기를 건네받았다. "여보세요, 여보!"

"여보세요, 톰!"

"당신 어디야?"

"여기 카사블랑카야. 바람이 심하게 불긴 해도 좋아! 프리처드가 따라왔더라. 우리가 오늘 오후 1시에 도착했는데, 프리처드도 곧바로 뒤따라온 거 같아. 우리가 묵는 호텔을 알아낸 것 같아. 왜냐하면……."

"그럼 같은 호텔에 묵는 거야? 미라마레 호텔에?" 톰은 무기력한 자신에게 분통이 치밀어 수화기를 움켜쥐었다.

"아니! 그건 아닌데, 프리처드가 우리 호텔을 기웃거렸어. 그 남자가 우리를 봤어. 노엘하고 나를. 그런데 당신이 안 보이니까 주위를 살피더라. 여보, 지금은……."

"지금은 뭐?"

"아까 여섯 시간 전 얘기야. 지금 노엘하고 내가 주위도 살펴보고, 다른 호텔에도 전화해 봤거든. 두 군데. 그런데 프리처드는 없어. 당신이 근처에 안 보이니 떠난 것 같아."

톰은 인상이 펴지지 않았다. "글쎄. 그걸 어떻게 확신하겠어?"

누군가 악의적으로 전화를 차단하듯 뚝 끊기는 소리가 났다. 톰은 숨을 깊이 고르면서 육두문자를 속으로 삼켰다.

이내 엘로이즈의 목소리가 다시 들렸다. 더욱 차분하게 들리긴 했으나 물속에서 웅얼거리는 것 같았다. “지금 여기는 저녁인데 그 남자가 아예 안 보여. 프리처드가 우리를 따라왔다는 게 소름 끼치긴 해. 나쁜 자식.”

프리처드는 톰이 일찌감치 떠났다고 믿고 지금쯤 빌페르스로 돌아가는 중일 것이다. “그래도 조심해. 프리처드는 술수에 능한 놈이야. 혹시 낯선 사람이 같이 가자고 해도 믿으면 안 돼. 어디든 따라가면 안 돼. 상점에 들어가는 것도. 알겠지?”

“알았어, 여보. 우린 지금 낮에만 돌아다녀. 이것저것 구경하고 가죽이나 청동 제품도 사거든. 걱정하지 마. 사실 걱정 안 해도 돼. 여긴 참 재미있어. 헤이! 노엘이 인사하고 싶대.”

톰은 엘로이즈가 ‘헤이’하고 외치는 소리에 종종 놀라곤 했다. 그런데 오늘 밤에는 마음이 놓여서 그런지 미소가 절로 지어졌다. “안녕하세요, 노엘. 카사블랑카에서 잘 지내는 거죠?”

“그럼요, 잘 지내고 있어요. 카사블랑카는 3년 만인데도 항구가 또렷이 기억나요. 탕헤르보다 여기가 훨씬 좋아요. 훨씬 크고…….”

바닷속에 잠긴 듯한 소리가 커지더니 노엘의 목소리를 삼켜 버렸다. “노엘?”

“몇 시간이나마 그 괴물이 안 보이니까 참 좋더라고요.” 노엘이 계속 불어로 떠드는 걸 보니 중간에 통화 상태가 엉망이었다는 걸 눈치채지 못한 게 확실했다.

“프리처드 얘기군요.” 톰이 말했다.

“맞아요. 프리처드. 기분 나빠요. 엘로이즈가 납치당했다고 거짓말이나 하고!”

“그러게요. 정말 나빠요.” 톰은 나쁘다고 따라 해야 데이비드 프리처드에게 미치광이라는 낙인이 찍힐 것 같았다. 모두의 미움을 사는 작자니 철창에 가두어야 한다고 말이다. 젠장, 프리처드 같은 놈이 철창 밖을 싸돌아다니다니. “있잖아요, 노엘. 내가 조만간, 내일이면 빌페르스로 돌아갈 겁니다. 프리처드가 빌페르스로 돌아가 문제를 일으킬지도 모르니까요. 내가 내일도 확인차 전화해도 되죠?”

“물론이죠. 점심때쯤이면 호텔에 들어와 있을 거예요.”

“혹시나 내가 전화 안 해도 걱정하지 말아요. 낮에 통화하기가 만만치 않더라고요." 톰은 미라마레 호텔 번호를 노엘에게 확인했다. 꼼꼼한 노엘이 호텔 번호를 옆에 적어 놓고 있었다. "아시겠지만, 엘로이즈는 상황이 위험해도 걱정을 별로 안 할 때가 있어요. 아내가 혼자서 돌아다니지 않도록 해 줘요, 노엘. 낮에 신문 사러 나가는 것도 안 돼요."

"알겠어요. 톰." 노엘이 영어로 말했다. "여기에서는 무슨 일이든 할 사람을 구하기가 너무 쉬워요."

소름 돋는 생각이었지만, 톰은 고마워하며 말했다. "그러게요. 프리처드가 프랑스로 돌아갔다고 해도 몸조심해요." 톰이 정제되지 않은 불어로 말했다. "소원이 있다면 그 녀석이 물귀신이 되어 우리 동네에서……." 톰은 문장을 끝맺지 않았다.

노엘이 웃었다. "내일 통화해요, 톰!"

톰은 머치슨의 집 전화번호가 적힌 수첩을 다시 꺼냈다. 프리처드를 향한 분노가 들끓었다. 수화기를 들고 다이얼을 돌렸다.

머치슨 부인이 전화를 받은 것 같았다.

톰은 한 번 더 자신을 소개했다. "파리 경찰서장 에두아르 빌소라고 합니다. 머치슨 부인 되십니까?" "그런데요." 톰은 혹시 몰라서 즉석에서 급조한 관할 구와 경찰서 이름을 댈 준비를 했다. 톰이 우아하게 물을 수만 있다면 이렇게 묻고 싶었다. '혹시 오늘 저녁 신시아 그래드노어 양하고 통화하셨습니까?'

톰이 목청을 가다듬고 목소리를 높였다. "부인, 실종되신 부군과 관계된 일입니다. 저희 경찰이 현재 데이비드 프리처드 씨와 연락이 끊겼습니다. 최근까지도 프리처드 씨와 연락하고 있었거든요. 프리처드 씨가 탕헤르에 가신 건 아시죠?"

"네, 알고 있습니다." 톰은 차분한 머치슨 부인의 대답을 들으니 교양 있게 말하던 그녀의 목소리가 이제야 기억났다. "리플리 씨가 부인과 그곳으로 간다고 하니, 프리처드 씨도 탕헤르에 갈지도 모른다고 하셨어요."

"네, 정확합니다, 부인. 그럼 프리처드 씨가 탕헤르로 가신 이후로 연락은 안 하셨나요?"

"안 했어요."

"그럼 신시아 그래드노어 양하고는 연락하시나요? 그래드노어 양이 부인하고 연락하고 지내는 거로 아는데요."

"하긴 하는데, 최근에는 신시아가 편지를 보내거나 전화를 하는 편이에요. 하지만 그건 탕헤르에 가 있는 분하고 관계된 일은 아니라서, 제가 도와드릴 수가 없네요."

"알겠습니다. 고맙습니다, 부인."

"사실 전…… 프리처드 씨가 탕헤르에서 뭘 하시는지 몰라요. 혹시 서장님께서 프리처드 씨를 보내신 건가요? 프랑스 경찰의 생각이었나요?"

리플리를 따라간 건 얼빠진 프리처드의 생각이었다. 리플리를 암살하려는 게 아니라 괴롭히려고 말이다. "아닙니다, 부인. 프리처드 씨가 리플리 씨를 따라 북부 아프리카로 가신 건 저희 경찰의 생각이 아닙니다. 그렇다 해도, 저희 경찰하고 연락을 계속하시는 편이 낫거든요."

"혹시, 저희 남편 일로는 무슨 소식 없나요? 새로운 소식이라도요?"

톰이 한숨을 쉬었다. 머치슨 부인이 있는 곳의 열린 창으로 뉴욕의 자동차가 내는 경적이 두 번 들렸다. "아뇨, 부인. 이런 말씀 드려서 면목 없습니다만, 노력은 하고 있습니다. 민감한 상황이라서요. 리플리 씨는 사시는 곳에서 존경받는 분이시거든요. 저희가 리플리 씨에게 불리한 정보를 캐고는 있습니다. 프리처드 씨가 나름대로 생각이 있다는 걸, 저희도 알고 있습니다. 이해하시죠, 부인?" 톰은 정중한 말투를 이어 가다가 수화기를 서서히 떼면서 목소리가 멀어지게 했다. 그는 빨려 들어가는 듯한 소음에 이어 꾸르륵하는 소리를 내다가 전화를 끊었다. 전화가 저절로 끊긴 것처럼 연기한 것이다.

휴! 톰이 걱정했던 것만큼 나쁘진 않았다. 위기 상황은 전혀 없었다. 그나저나, 머치슨 부인이 진짜로 신시아하고 연락하고 지내다니! 머치슨 부인에게 전화하는 건 이번이 마지막이기를.

톰이 다시 작업실로 가자, 에드와 제프가 저녁을 먹으러 나갈 채비를 끝내 놓았다. 아네트 여사에게는 오늘 밤 말고 내일 아침에 전화하기로 했다. 장 보러 나가는 시간은 정해져 있으니, 여사가 장을 보고 온 후 전화하는 게 나을 것 같았다. 아네트 여사가 충직한 정보병인 준비에브에게 프리처드가 빌페르스로 돌아왔는지 알아 올 테니 말이다.

"흠." 톰이 웃으며 말했다. "머치슨 부인하고 통화했어요. 그랬더니……"

"우리가 당신이 통화하는 근처엔 얼씬거리지도 않는 게 최선일 것 같아서요, 톰." 제프가 관심을 보였다.

"프리처드가 탕헤르에 간다고 머치슨 부인에게 알릴 만큼 서로 연락하고 지내나 봅니다. 믿어집니까! 내가 전화 한 통으로 이걸 다 알아냈다고요. 머치슨 부인 말로는, 신시아가 부인에게 전화나 편지를 한대요. 상황이 꽤 심각하죠?"

"그렇다면 셋이 연락하고 지낸다는 소리네요. 그러게요, 꽤 심각하네요." 에드가 말했다.

"나가서 뭐라도 먹읍시다." 톰이 말했다.

"톰, 에드하고 얘기해 봤는데요." 제프가 말을 꺼냈다. "둘 중 누구든, 아니면 우리 둘 다 프랑스로 건너가 당신을 도울게요. 이……." 제프가 단어를 찾았다. "집요한 미치광이 프리처드를 막아야 하니까요."

"탕헤르라도 따라갈게요." 에드가 곧바로 끼어들었다. "당신이 가는 곳이라면 어디든 갈게요, 톰. 우리가 도움이 된다면 어디든요. 우리는 한배에 탄 운명이니까요. 알죠?"

톰은 그 말을 깊이 받아들이자 큰 위안을 받았다. "고마워요. 내가 뭘 해야 할지, 우리가 뭘 해야 할지 생각해 볼게요. 일단 나갑시다!"

14

톰은 제프, 에드와 함께 저녁을 먹는 동안만큼은 코앞에 닥친 문제를 깊이 생각하지 않기로 했다. 마침내 세 사람은 택시를 타고 제프가 안다던 리틀베니스*에 있는 술집으로 향했다. 작고 조용한 곳이었다. 그날 저녁따라 손님도 없어서 고요하기까지 했다. 톰은 요리 같은 평범한 주제를 이야기하면서도 목소리를 계속 깔고 말했다.

에드는 그간 등한시했던 요리 솜씨를 발휘하는 데에 관심을 쏟고 있다면서, 다음에 둘에게 요리를 해 주겠다고 했다.

"내일 저녁은 어때? 내일 점심도 좋고." 제프가 못 믿겠다는 듯이 웃으며 물었다.

"내가 『상상력이 풍부한 요리사』라는 책을 보는데, 그 책에선 여러 가지를 섞어서……."

"남은 음식을 섞는다는 거지?" 제프가 버터가 뚝뚝 떨어지는 아스파라거스를 집어 들더니 한쪽 끝을 입에 넣었다.

"신났네. 진짜로 다음에 해 준다니까." 에드가 말했다.

* 서부 런던에 있는 부촌. 운하가 교차한 모습이 베니스를 닮았다고 하여 지어진 이름이다.

"내일은 안 해 준다는 거잖아." 제프가 투덜거렸다.

"톰이 내일 밤에도 런던에 있을지 그걸 내가 어떻게 알아? 톰도 모를 텐데."

"나도 몰라요." 톰은 대답하다가, 빈 테이블 두 개 너머에 앉은 금발 미녀가 눈에 들어왔다. 여자는 맞은편에 앉은 젊은 남자와 이야기하고 있었다. 민소매 검정 원피스를 입고, 금귀걸이를 한 여자의 표정에는 행복감과 자신감이 넘쳐흘렀다. 프랑스에서도 흔치 않은 미모라, 톰은 여자에게 계속 눈길이 쏠렸다. 여자를 보니 엘로이즈에게 사다 줄 선물이 떠올랐다. 금귀걸이가 어떨까? 그건 별로였다. 귀걸이가 얼마나 많은데. 그럼 팔찌로 사다 줄까? 톰이 여행 갔다가 오는 길에 작은 거라도 사다가 깜짝 선물을 해 주면 엘로이즈가 좋아했다. 그나저나 엘로이즈는 언제 돌아오려나.

에드가 톰이 넋 놓고 바라보는 여자를 쳐다보았다.

"미인이죠?" 톰이 물었다.

"그러게요." 에드가 맞장구쳤다. "톰, 있잖아요. 주말은 되어야 시간이 날 것 같아요. 빠르면 이틀 후인 목요일까지는 프랑스든 어디든 갈 수 있을 겁니다. 글을 다듬어서 타이핑해야 할 기사가 있거든요. 필요하다면 서두를게요. 당신이 힘들다면요."

톰은 곧바로 대답하지 않았다.

"에드는 워드 프로세서도 안 쓰는 구식이죠." 제프가 끼어들었다.

"내가 워드 프로세서나 다름없다니까." 에드가 말했다. "말 나온 김에 묻자. 그럼 네 오래된 카메라 장비는 뭔데? 몇 개는 구닥다리면서."

"그게 얼마나 좋은 기종인데." 제프가 조용히 반박했다.

이 말에 에드가 반박하지 않고 꾹 참는 모습을 보면서, 톰은 맛있는 양갈비와 고급 레드 와인을 즐겼다. "에드, 정말 고마워요." 톰은 조용히 말하면서 왼쪽을 살폈다. 빈 테이블을 하나 사이에 두고 옆에 세 명이 앉아 있었다. "이 일을 하다가 다칠 수도 있어요. 잘 들어요. 사실 뭘 어떻게 해야 할지 정말 모르겠어요. 예컨대 프리처드가 총을 들고 있는 모습은 본 적도 없으니까요." 톰은 고개를 숙인 채 혼잣말하듯 말했다. "그 개자식과 육탄전을 벌이다가 숨통을 아예 끊어 놓아야 할지도 모른다고요."

톰의 말에 둘 다 즉답을 피했다.

제프가 힘차게 말했다. "내가 힘이 세니 도울 일이 있겠죠, 톰."

힘은 에드보다 제프가 더 셀 것이다. 제프가 키도 더 크고 덩치도 더 좋기 때문이다. 그에 반해, 에드는 필요한 순간에 몸을 잽싸게 놀릴 수 있을 것 같았다. 톰이 말했다. "다들 몸조심합시다. 자 그럼, 부드럽게 넘어가는 식후주 마실 사람?"

제프는 자기가 계산하고 싶다고 했다. 톰이 칼바도스를 시켰다.

"우리가 이렇게 언제 다시 볼지 누가 압니까?" 톰이 말했다.

가게 주인이 칼바도스는 서비스로 주겠다고 했다.

톰은 유리창을 때리는 빗소리에 잠에서 깼다. 세차게 때리진 않아도 뚜렷이 들렸다. 톰은 아직 가격표를 떼지도 않은 새로 산 드레싱 가운을 걸치고 욕실로 가서 세수했다. 그런 다음 주방으로 향했다. 에드는 아직 일어나지 않은 것 같았다. 톰은 물을 끓인 다음 커피를 진하게 내렸다. 그러고는 짧게 샤워하고 면도한 후 넥타이를 매는데, 에드가 방에서 나왔다.

"좋은 아침! 기분 좋은 날이네요." 에드가 웃으며 인사했다. "새 가운 입은 거 보이죠?"

"보여요." 톰은 아네트 여사에게 전화할 생각을 하고 있었다. 프랑스가 한 시간 빠르니, 20분 후면 여사가 장을 보러 나갔다가 돌아올 거라는 기분 좋은 생각을 하고 있었다. "커피 내려 놨으니 마시고 싶으면 마셔요. 침대는 어떻게 할까요?"

"일단 정리만 해 두죠. 어떻게 될지 두고 보자고요." 에드가 주방으로 갔다.

톰은 그가 침대를 정리하고 싶은 건지, 아예 침대보를 벗기고 싶은 건지 말하지 않아도 잘 알고 있어서 좋았다. 게다가 침대를 정리만 해 두라는 소리는, 필요하다면 하룻밤 더 자도 좋다는 뜻이었다. 에드가 오븐에 크루아상을 넣고 데우더니 오렌지주스도 따랐다. 톰은 주스만 마셨다. 너무 긴장했는지 음식이 넘어가지 않았다.

"12시에 엘로이즈에게 전화해 보려고요. 내가 이미 말했다면 못 들은 거로 해 줘요." 톰이 말했다.

"전화라면 얼마든지 써요."

톰은 12시경에는 여기에 없을 것만 같았다.

"고마워요. 상황을 지켜보죠." 전화벨이 울리자 톰은 자리에서 일어났다.

톰이 에드가 말하는 소리를 살짝 들어보니 업무 관련 통화였다. 사진 밑에 들어갈 설명에 관한 내용이었다.

"좋아요, 그게 좋겠네요. 내가 복사본을 갖고 있어요……. 11시 전에 다시 전화하겠습니다. 문제없습니다."

톰은 손목시계를 확인했다. 마지막으로 확인한 이후 분침이 거의 움직이지 않았다. 에드한테 우산을 빌려서 오전에 여기저기 돌아다니다가 벅마스터 갤러리에 가서 살 만한 소묘나 하나 고를 생각이었다. 버나드 터프츠가 그린 스케치 말이다.

에드가 조용히 돌아와 커피포트로 다가갔다.

"지금 집에 전화해 보려고요." 톰이 주방 의자에서 일어서며 말했다.

톰은 거실에서 벨옹브르로 전화를 걸었다. 신호가 여덟 번 갔다. 두 번 더 울리게 둔 다음 수화기를 내려놓았다.

"가정부가 장 보러 가서 수다 떠나 봐요." 톰이 웃으며 에드에게 이렇게 말했지만, 실은 아네트 여사의 청력이 예전 같지 않다는 걸 실감하고 있었다.

"나중에 걸어요, 톰. 난 옷이나 갈아입을게요." 에드가 방으로 들어갔다.

몇 분 후에 톰이 다시 전화했다. 아네트 여사가 다섯 번째 신호에 받았다.

"어머나, 어디세요?"

"아직 런던입니다. 엘로이즈하고는 어제 통화했는데, 잘 있대요. 카사블랑카에서요."

"카사블랑카에 계시는군요! 집에는 언제 오신대요?"

톰이 웃었다. "그건 나도 몰라요. 벨옹브르에는 별일 없죠? 그거 물어보려고 전화했습니다." 톰은 염탐꾼이 나타났다면, 다시 말해 프리처드가 프랑스로 돌아와 기웃거릴 시간이 있었다면, 여사가 그 이름을 언급할 거라 생각했다.

"별일 없어요, 리플리 씨. 앙리는 안 왔지만 여긴 똑같아요."

"혹시 프리처드 씨가 빌페르스로 돌아왔나요?"

"아직은요. 멀리 갔던 프리처드 씨가 오늘 온대요. 오늘 아침에 빵집에서 준비에브한테 들었는데요, 준비에브는 전기공인 위베르 씨의 부인한테 들었대요. 위베르 씨가 오늘 오전에 프리처드 집에 가서 일을 해 줬다네요."

"그렇군요." 톰은 아네트 여사의 정보력에 감탄하며 말했다. "오늘 온다고요?"

"네, 확실해요." 아네트 여사는 해가 뜨고 지는 현상을 얘기하듯 차분히 말했다.

"내가 어디든 가게 되면 출발하기 전에 다시 전화하죠. 몸조심하세요, 여사님!" 톰은 전화를 끊고 숨을 크게 골랐다.

오늘은 집으로 돌아가야 한다는 생각이 들었다. 당장 파리행 비행기표부터 사야 했다. 톰은 침대로 가서 침대보를 벗기기 시작했다. 그런데 에드가 딴 손님을 재우기도 전에 톰이 다시 런던으로 돌아올지 몰라서 침대보를 도로 씌웠다.

"아까 이불 정리 다 하지 않았어요?" 에드가 서재로 들어오며 물었다.

톰이 설명했다. "프리처드가 오늘 빌페르스로 돌아온다니 가서 만나야죠. 필요하다면, 프리처드를 런던으로 유인할 생각입니다. 여기라면……." 톰은 에드를 보며 씩 웃었다. 지금 톰은 자기가 쓴 소설을 읊고 있었다. "도로도 복잡하겠다, 밤에는 컴컴하잖아요. 연쇄 살인마 잭이 귀신같이 사람들을 해치운 곳 아닙니까? 그놈이……." 톰이 말을 멈추었다.

"프리처드가 어떻게 나올까요?"

"프리처드가 날 망가뜨려서 무슨 득을 보려는지 나야 모르죠. 남을 괴롭혀서 만족감이야 얻겠지만, 아무것도 증명하진 못할 겁니다. 무슨 뜻인지 알죠, 에드? 그렇다고 해도 나한테 좋을 게 없어요. 녀석은 날 어떻게든 죽이고 홀로 남은 엘로이즈가 불행하게 사는 걸 확인한 다음 파리로 돌아가겠죠. 난 벨옹브르에서 엘로이즈가 혼자 사는 모습은 못 봐요. 그렇다고 딴 남자하고 재혼해서 그 집에 사는 꼴도 못 봅니다."

"톰, 망상은 그만해요."

톰은 기지개를 켜며 애써 긴장을 풀었다. "미친놈들은 도저히 이해할 수가 없다니까요." 그래도 버나드 터프츠만큼은 십분 이해할 수 있었다. "이제 비행기표를 알아봐야겠어요. 괜찮죠, 에드?"

톰은 에어 프랑스에 예약하려고 전화를 걸었다. 당일 오후 1시 40분에 히스로 공항에서 출발하는 표를 구하자, 에드에게 알렸다.

"짐을 꾸려서 출발해야죠." 톰이 말했다.

에드는 타자기 앞에 앉아서 일하려던 참이었는지 책상 위에 일거리를 펼쳐 놓았다. "조만간 또 봅시다, 톰. 런던에서 봐서 참 좋았어요. 내 마음은 당신과 함께할 겁니다."

"혹시 더와트가 그린 소묘 중에 파는 거 있나요? 원칙상 판매는 안

한다고 들었는데."

에드 밴버리가 미소를 지었다. "그 원칙을 고수하고 있지만, 당신이라면……."

"몇 점이나 있어요? 그리고 값은요?"

"50점 정도 갖고 있고, 가격은 2천 파운드에서 최대 1만 5천 파운드까지 나갈 겁니다. 말 안 해도 알겠지만, 그중 일부는 버나드 터프츠가 그린 거예요. 잘 그린 건 더 비싸요. 크기에 꼭 비례하는 건 아니에요."

"정상가로 사려고요. 당연한 소리지만."

에드가 웃음을 터뜨릴 뻔했다. "마음에 드는 게 있다면 당신한테는 선물로 줄게요! 어차피 그 수익이 누구 주머니로 들어가는데요? 우리 셋이 나눠 가지잖아요!"

"오늘 갤러리에 가서 둘러볼 시간은 될 것 같아요. 혹시 이 집에는 없나요?" 톰은 에드가 갖고 있을 거라 확신하며 물었다.

"침실에 한 점 있어요. 보고 싶으면 봐도 됩니다."

둘이 짧은 복도를 지나 에드의 침실로 들어갔다. 에드가 액자에 끼워진 소묘를 집어 들었다. 소묘는 뒤집힌 채 서랍장에 기대져 있었다. 크레용과 목탄으로 그린 소묘는 수직선과 빗금으로 이젤을 표현한 것처럼 보였다. 뒤에는 이젤보다 약간 더 큰 형상이 그려져 있었다. 터프츠가 그린 걸까? 더와트가 그린 걸까?

"근사하네요." 톰은 눈을 가늘게 떴다가 크게 뜨며 다가갔다. "작품명이 뭐죠?"

"〈작업실의 이젤〉이에요. 난 포근한 주황색이 마음에 들어요. 여기 두 개의 선을 보면 작업실 크기가 가늠되는데, 전형적인 기법이죠. 이걸 항상 벽에 걸어 두진 않아요. 1년에 6개월만 걸어 놓아야 질리지 않거든요."

소묘는 가로 50에 세로 76센티미터 정도였고, 회색과 중간색이 섞인 어울리는 액자에 끼워져 있었다.

"버나드?"

"더와트가 그린 건데, 산 지 몇 년 됐어요. 헐값에 샀죠. 40파운드나 줬으려나. 어디에서 찾았는지는 까먹었어요! 더와트가 런던에서 그린 거겠죠. 여기 손을 봐요." 에드가 그림과 동일한 포즈로 소묘를 향해 오른손을 뻗었다.

그림 속에서 화가는 가느다란 붓을 들고 오른손을 내밀고 있었다.

이젤로 다가가려고 내디딘 화가의 왼쪽 구두 밑창에는 진회색이 칠해져 있었다.

"그림을 그리러 가는 화가를 묘사한 장면인데, 이걸 보면 용기가 샘솟아요. 이 스케치를 보면요." 에드가 말했다.

"그러게요." 톰이 입구로 돌아섰다. "소묘 구경하러 갤러리에 들렀다가 택시 타고 공항으로 가려고요. 환대해 줘서 고마웠어요, 에드."

톰은 우비와 작은 가방을 집어 들었다. 전화비로 좁은 탁자 위에 20파운드짜리 지폐 두 장을 꺼내 놓고 그 위에 열쇠를 올려놓았다. 에드가 오늘이나 내일이면 발견할 것이다.

"내가 언제 가야 하는지 말해 주면, 그때 가면 되는 거죠? 내일 와라, 이렇게 말만 해요, 톰." 에드가 말했다.

"상황을 지켜보죠. 내일 밤에 전화할게요. 혹시 전화 안 해도 걱정은 말아요. 별일 없으면 오늘 저녁 7~8시경이면 집에 도착할 겁니다."

둘이 현관 앞에서 악수하며 손을 꽉 잡았다.

톰은 택시가 잘 잡힐 것 같은 모퉁이까지 걸어갔다. 택시를 타고 기사에게 올드본드스트리트로 가자고 했다.

톰이 갤러리에 도착하자, 이번에는 닉이 혼자 있다가 책상에서 일어났다. 소더비 카탈로그를 보고 있었다.

"좋은 아침이군, 닉." 톰이 유쾌하게 인사를 건넸다. "더와트가 그린 소묘를 한 번 더 보고 싶어서 다시 왔는데, 혹시 될까?"

닉이 특별한 요청을 고심하는 듯이 허리를 꼿꼿이 펴더니 미소를 지었다. "그럼요, 선생님. 이쪽이에요. 아시겠지만요."

톰은 닉이 처음 꺼내서 보여 준 그림이 마음에 들었다. 창틀에 앉은 비둘기를 스케치한 것이었다. 더와트가 외곽선을 여러 겹 그려 넣은 덕분에 비둘기가 놀라서 날아가는 것처럼 보였다. 종이는 누리끼리했는데, 애당초 아주 하얀 건 아니었다. 질이 좋은 도화지임에도 가장자리가 바스러지고 있었다. 그래도 마음에 들었다. 목탄과 크레용으로 그린 소묘가 투명 비닐 파일 속에 들어가 있었다.

"값은?"

"1만 파운드일 겁니다. 그래도 확인은 해 봐야 할 것 같아요."

톰은 화첩에 있는 다른 소묘도 보았다. 북적거리는 식당의 실내를 그렸는데, 톰에겐 감흥이 없었다. 런던의 어느 공원에 있을 법한 나무 두 그루와 벤치를 그린 소묘도 있었다. 아니, 비둘기가 좋겠군. "내가 할부로 사겠다고 하면, 자네가 밴버리 씨에게 보고해야 하지?"

톰은 수표에 2천 파운드라고 적어 넣은 다음 책상에 앉은 닉에게 건넸다. "단지 서명이 없어서 아쉬운 게 아니라, 더와트의 서명이 없어서 아쉽군." 톰은 닉이 뭐라고 대답할지 궁금해하며 말했다.

"아, 그러게요, 선생님." 닉은 유쾌하게 대답하며 체중을 뒤꿈치로 옮겼다. "더와트의 작품이 맞는다고 들었습니다. 즉석에서 스케치는 해 놓고 나중에 서명하려다 까먹은 거죠. 그러다가 더와트가 영영 저희 곁을 떠나는 바람에……."

톰이 고개를 끄덕였다. "그러게 말야. 잘 있게, 닉. 밴버리 씨가 내 주소를 아네."

"아, 그렇습니까. 문제없습니다."

히스로 공항에 도착했다. 공항은 올 때마다 점점 복잡해지는 것 같았다. 여성 청소부가 빗자루와 바퀴 달린 쓰레기통을 끌고 다니며 치우는데도, 사람들이 버리고 간 휴지며 비행기표를 담는 봉투를 다는 감당하지 못했다. 톰은 짬을 내 엘로이즈에게 줄 영국제 비누 6종이 들어 있는 상자도 사고, 벨옹브르에서 마실 페르노도 한 병 샀다.

대체 엘로이즈는 언제 보려나.

톰은 신문을 샀지만, 비행기에는 들고 타지 않았다. 기내식 점심으로 가재와 화이트 와인을 먹고 잠시 눈을 붙였다. 눈을 뜨니 승무원이 안전띠를 매라고 했다. 깔끔한 연두색과 그보다 짙은 녹색과 갈색이 조각보처럼 기워진 프랑스의 들판이 저 아래로 펼쳐졌다. 비행기 동체가 기울어졌다. 톰은 힘이 불끈 나더니 무슨 일이 닥쳐도 괜찮을 것 같았다. 그날 아침 런던에서 이런 생각을 했었다. 신문 아카이브가 있는 곳이라면 어디든 찾아가 데이비드 프리처드에 관한 기록을 찾아봐야겠다고 말이다. 프리처드가 미국에서 톰 리플리의 기록을 뒤졌던 것처럼. 그런데 데이비드 프리처드가 본명이라고 한들 과연 관련 기록이 있을까? 경범죄? 과속 딱지? 열여덟 살에 마약 범죄로 체포된 기록? 미국에선 기록으로 남길 가치도 없는 죄명들이었다. 영국이나 프랑스에서는 관심조차 보이지 않을 것들이었다. 그럼에도, 프리처드가 열다섯 살에 개를 학대 끝에 죽였다는 기록이 남아 있을지도 모른다. 컴퓨터를 죽자 사자 뒤지고 기록을 복사하다 보면, 사소하지만 섬뜩한 범죄 기록 정도는 런던에서 찾을 수 있을지도 모른다. 비행기가 매끄럽게 착륙해서 속도를 줄이는 사이에, 톰은 마음을 다잡았다. 흥미진진하나 의심스러운 톰의 기록이 정리되어 있겠지만, 그럼에도 그는 기소를 피했다.

톰은 여권 심사를 받은 후, 옆에 있는 공중전화 부스로 가서 집으로 전화를 걸었다.

아네트 여사가 여덟 번째 신호에 받았다. "리플리 씨! 어디세요?"

"드골 공항입니다. 운이 좋으면 두 시간 후면 집에 도착할 겁니다. 별일 없죠?"

톰은 평소와 다를 바 없음을 확인했다.

톰은 택시를 타고 집으로 향했다. 집에 가고 싶은 마음이 굴뚝 같아서, 택시 기사가 그의 자택 주소에 관심을 보이든 말든 신경 쓰지도 않았다. 날은 덥고 해가 났다. 톰은 택시의 양쪽 유리창을 살짝 열었다. 기사가 바람이 들이친다며 투덜대지 않았으면. 프랑스 사람들은 바람을 아주 살짝만 들이는 편이었다. 톰은 런던을 생각했다. 갤러리에서 일하는 젊은 닉과 필요하다면 언제든 기꺼이 돕겠다는 제프와 에드. 재니스 프리처드는 뭘 하고 있을까? 재니스가 남편을 어디까지 거들고, 또 얼마나 감싸고 돌까? 그리고 그런 문제로 남편을 얼마나 닦달할까? 그러다가 남편이 그녀를 필요로 하는 순간, 남편을 바람맞혀 실망시키려는 걸까? 재니스처럼 연약한 여자에게 붙일 별명치곤 어색하지만, 그녀는 언제 터질지 모를 폭탄이었다.

택시 바퀴가 앞마당의 자갈밭 위를 구르는 소리를 들을 만큼의 청력이 아네트 여사에게 남아 있었다. 여사가 대문을 열어 놓고 있다가 택시가 들어와 서기도 전에 돌로 된 현관 앞까지 나왔다. 톰은 택시비를 내고 팁을 준 다음 짐 가방을 들고 현관으로 갔다.

"아니, 아니, 내가 들게요! 가벼운 거나 들어 줘요."

아네트 여사는 오랜 버릇을 버리지 못하고 제일 무거운 짐을 들겠다고 우겼다. 자기가 가정부이니 들겠다는 것이다.

"아내 전화는요?"

"없었어요."

톰은 희소식으로 받아들였다. 현관에 들어서며 코에 익은 장미꽃 향기를 들이켰다. 라벤더 왁스 냄새는 나지 않았다. 그러자 영국에서 사 온 왁스 생각이 났다.

"차 드시겠어요? 아니면 커피? 얼음 넣어서 술 갖다드릴까요?" 아네트 여사가 그의 우비를 걸고 있었다.

톰은 망설이다가 거실을 가로질러 프렌치 도어 너머로 정원의 잔디를 바라보았다. "그럼, 커피로 부탁합니다. 잊지 말고 술도요." 오후 7시가 막 넘었다.

"알겠습니다. 아 참, 베르틀랭 부인께서 전화하셨어요. 어젯밤에요. 그래서 두 분 다 안 계시다고 말씀드렸습니다."

"고마워요." 베르틀랭 부부. 자클린과 뱅상 베르틀랭은 몇 킬로미터 떨어진 다른 마을에 사는 이웃이었다. "고맙습니다. 내가 전화할게요." 톰은 계단으로 걸어가며 말했다. "다른 전화는 없었나요?"

"없었어요. 없었던 것 같아요."

"10분 후에 내려오죠. 아 참, 일단." 톰은 가방을 바닥에 내려놓고 연 다음 비닐 백에 담아 온 왁스 깡통을 꺼냈다. "집에서 쓰시라고 사왔어요."

"아, 라벤더 왁스네요! 늘 반가운 선물이죠. 고맙습니다!"

톰은 10분 후에 다시 1층으로 내려왔다. 옷을 갈아입고 운동화를 신었다. 기분 전환을 위해 작은 병에 든 칼바도스를 커피와 마시기로 했다. 아네트 여사는 왔다 갔다 하면서 자기가 차릴 저녁 메뉴가 마음에 드는지 확인했지만, 사실 그녀의 요리는 언제나 만족스러웠다. 톰은 여사가 하는 설명을 한쪽 귀로 듣고 한쪽 귀로 흘려보냈다. 언제 터질지 모를 폭탄 같은 재니스 프리처드에게 전화할 생각에 골몰했기 때문이다.

"말만 들어도 입맛이 도는데요." 톰이 예의를 차리며 말했다. "엘로이즈도 같이 먹으면 얼마나 좋을까요."

"언제 오신대요?"

"모르겠어요. 엘로이즈가 좋은 친구와 즐겁게 지내는 중이라서요."

이제 톰이 홀로 남았다. 재니스 프리처드. 톰은 노란 소파에서 일어나 일부러 천천히 주방으로 걸어가 아네트 여사에게 물었다. "프리처드 씨는요? 오늘 온다면서요?" 톰은 아직은 서먹한 옆집 사람 얘기를 묻듯이 대수롭지 않게 말을 꺼냈다. 그는 먹을 것을 가지러 온 척하며 냉장고를 열고 치즈 조각이든 뭐든 아무거나 눈에 들어오는 걸 꺼냈다.

아네트 여사가 작은 접시와 칼을 꺼내 그를 거들어 주었다. "오늘 오전까지는 안 왔다던데, 지금쯤이면 도착했을 거예요."

"프리처드 부인은 아직 이 동네에 있죠?"

"그럼요. 가끔 장을 보던데요."

톰은 작은 접시를 들고 도로 거실로 나가서 술잔 옆에 내려놓았다. 복도 탁자 위에 메모장이 있었지만, 아네트 여사는 절대로 손을 대지 않았다. 톰은 프리처드의 집 전화번호를 찾았다. 아직 전화번호부에 정식으로 올라가지 않은 번호였다.

톰이 전화기로 손을 뻗으려는 순간, 아네트 여사가 다가오는 게 보였다.

"리플리 씨, 까먹기 전에 말씀드리려고요. 오늘 오전에 들었는데, 프리처드 부부가 빌페르스에 집을 샀대요."

"그래요? 그렇군요." 톰은 관심 없다는 듯이 말했다. 아네트 여사가 뒤돌아서 갔다. 톰은 전화기를 노려보았다.

만일 프리처드가 받으면 아무 말 없이 끊을 작정이었다. 재니스가 받으면, 과감히 부딪혀 보기로 했다. 데이비드의 턱은 어떠냐고 물을 것이다. 프리처드가 재니스한테는 탕헤르에서 둘이 몸싸움했다는 사실을 털어놓았을 것이다. 남편이 아네트 여사에게 미국식 악센트가 섞인 불어로 엘로이즈가 납치됐다고 거짓말한 사실을 재니스가 알고 있을까? 톰은 그 얘긴 꺼내지 않기로 했다. 어디까지가 예의고 어디서부터가 광기일까? 혹은 그 반대로, 어디까지가 광기고 어디서부터 예의일까? 톰은 몸을 꼿꼿이 폈다. 공손하고 예의 바르게. 이것만 지키면 실수하는 경우가 드물다는 사실을 상기하며 다이얼을 돌렸다.

재니스 프리처드가 미국인이 노래하듯 전화를 받았다. "여보세요오오오?"

"여보세요, 재니스. 톰 리플리입니다." 톰은 얼굴에 미소를 머금고 말했다.

"어머나, 리플리 씨! 북아프리카에 계신 거 아니었어요?"

"갔다가 왔어요. 남편을 그곳에서 봤어요, 아시겠지만." 네 남편이 나한테 두들겨 맞아 정신을 잃었었다고, 그런 생각을 하다 톰은 재니스가 수화기 너머로 쳐다보고 있다는 듯이 다시 정중한 미소를 장착했다.

"네, 알아요." 재니스가 말을 멈추었다. 말투는 감미롭고 부드러웠다. "몸싸움하셨다면서요."

"심하게 한 건 아닙니다." 톰이 공손히 대답했다. 데이비드 프리처드가 아직 오지 않은 것 같았다. "데이비드가 괜찮았으면 좋겠습니다."

"당연히 괜찮죠. 그이가 무슨 짓을 자처했는지 제가 알아요." 재니스가 진심 어린 목소리로 말했다. "뿌린 대로 거두는 거, 아닌가요? 그이가 왜 탕헤르까지 갔겠어요?"

톰의 온몸에 소름이 돋았다. 그 말에는 재니스가 아는 것 이상의 심오한 뜻이 담겨 있었다. "데이비드가 곧 돌아오나요?"

"네, 오늘 밤이면 도착할 거예요. 그이가 전화하면 제가 퐁텐블로 역으로 데리러 나가기로 했어요." 재니스가 차분하고 진실되게 말했다. "그이가 조금 늦는다고 했어요. 오늘 파리에서 스포츠용품을 사겠대요."

"아, 골프?"

"아뇨. 낚시용품일걸요. 잘은 모르지만요. 데이비드 말투 아시잖아요. 빙빙 돌려서 말하는 거."

톰은 몰랐다. "혼자서도 잘 지내는 거죠? 외롭거나 지루하진 않고요?"

"전혀요. 불어 문법 강의 테이프 들으면서 공부해요." 웃음소리가 살짝 들렸다. "동네 사람들도 참 좋아요."

그건 사실이었다. 톰은 두 집 건너에 사는 그레 부부가 곧바로 떠올랐다. 그렇다고 그레 부부를 아느냐고 묻고 싶진 않았다.

"다음 주엔 그이가 테니스 라켓을 사겠다고 할지도 몰라요."

"데이비드만 좋다면 괜찮은 거 아닙니까." 톰은 웃으며 대답했다. "덕분에 우리 집엔 관심을 뚝 끊겠네요." 톰은 화를 억누르며 재미있다는 투로 잠시 무언가에 흠뻑 빠진 아이를 대하듯 말했다.

"아, 그건 아닐걸요. 그이가 이 집을 샀어요. 당신한테 홀딱 반했다면서요."

톰은 카메라를 들고 사진을 찍으며 염탐하던 남편을 벨옹브르에서 태우고 가면서 기분이 좋았는지 활짝 웃던 재니스의 모습이 다시금 떠올랐다. "남편이 하는 일이 뭔가 마음에 안 드는 모양이군요. 남편을 말려야 할 일이 생긴 건가요? 그래서 남편을 떠날 겁니까?" 톰이 도발했다.

신경질적인 웃음소리가 들렸다. "여자는 남편을 버리지 않아요. 그래 봤자 남편이 날 쫓아올 테니까요!" 그녀가 막판에 웃음이 섞인 소리를 꽥 내질렀다.

톰은 소리 내어 웃지 않았고, 미소를 머금지도 않았다. "이해합니다." 톰은 달리 해 줄 말이 없어서 이렇게 말했다. "당신은 남편밖에 모르는 여자잖아요! 두 분이 행복하길 빌겠습니다, 재니스. 우리 부부하고 조만간 봅시다."

"그래요. 전화해 줘서 고마워요, 리플리 씨."

"그럼 이만." 톰은 전화를 끊었다.

이게 무슨 헛소리인가! 조만간 보자니! 톰은 좀 전에 '우리 부부'라고 했었다. 엘로이즈가 집에 있는 것처럼 말이다. 못 할 소리 한 것도 아니잖아! 프리처드가 그 말을 듣고 모험이나 대담한 행동에 나설지도 모른다. 톰은 프리처드를 죽이고 싶은 욕망이 일었다. 마피아를 죽이고 싶었던 욕망과 비슷하긴 하나, 그때는 사심이 섞이진 않았다. 그는 마피아 자체를 혐오했다. 마피아를 조직적으로 협박을 일삼는 무자비한 범죄 집단이라 여겼다. 그들 중 누구를 죽이든 그건 중요하지 않았다. 톰이 둘을 죽였다고 한들, 그건 마피아 전체 집단에서 단 두 명만 줄어들었을 뿐이다. 반면, 프리처드는 사사로운 감정이 개입된 문제였다. 프리처드는 위험을 자초하며 자기 무덤을 제 손으로 파고 있었다. 재니스가 톰을 도와주려나? 재니스를 믿으면 안 된다고, 톰은 다짐했다. 재니스라면 막판에 톰의 뒤통수를 치고 자기 남편을 구할 여자였다. 그래야 남편에게 휘둘리며 정신적 신체적 고통을 더더욱 즐길 수 있을 테니 말이다. 라 하파에서 왜 프리처드의 숨통을 끊어 놓지 않았을까? 주머니엔 새로 산 칼도 들어 있었는데 말이다.

평화를 얻으려면 프리처드 부부를 둘 다 죽여야 할지도 모른다고 생각하며 톰은 담배에 불을 붙였다. 둘이 이 동네를 떠나겠다고 하면 모를까.

톰은 칼바도스와 커피를 마셨다. 잔을 비운 후에 컵과 받침을 주방에 갖다 놓았다. 아네트 여사가 상을 다 차리려면 5분은 있어야 할 것 같았다. 톰은 힐끔 쳐다본 후 여사에게 전화나 한 통 더 하겠다고 했다.

이번에는 그레 부부에게 걸었다. 그 번호는 톰이 외우고 있었다.

아녜스가 받았다. 뒤에서 달그락거리는 소리가 들렸다. 한창 식사 중인 아녜스를 톰이 방해한 것 같았다.

"네, 오늘 런던에서 돌아왔습니다. 제가 방해했군요."

"아니에요! 실비하고 지금 뒷정리하는 중이에요. 엘로이즈도 왔어요?"

"아직 북아프리카에 있어요. 제가 돌아왔다고 알려 드리려고 전화한 겁니다. 엘로이즈가 언제 돌아올지는 저도 모르겠어요. 혹시 이웃에 사는 프리처드 부부가 그 집을 샀다는 소문 들으셨어요?"

"들었죠!" 아녜스가 곧장 대답했다. 술집에 갔다가 마리한테 들었다고 했다. "얼마나 시끄러운지." 아녜스가 깜짝 놀랐다며 이야기를 이어 갔다. "지금 그 집에 그 여자 혼자 있는데 온종일 록 음악을 얼마나 시끄럽게 트는지 몰라요! 참 내. 혼자 춤도 추나 봐요."

아니면 변태 비디오를 보려나? 톰은 눈을 껌뻑였다. "말도 안 돼." 톰이 웃으며 대답했다. "거기까지 들려요?"

"바람이 방향만 맞으면 들려요! 매일 밤 그러진 않지만, 앙투안이 지난주 일요일 밤에는 화를 내더라고요. 그렇다고 그 집에 쫓아가서 닥치라고 따질 만큼 화난 건 아니었어요. 그 집 번호를 전화번호부에서 찾을 수가 있어야죠." 아네스가 다시 웃었다.

통화가 끝났다. 좋은 이웃들끼리 유쾌하고 화기애애하게 통화한 것이다. 톰은 잡지를 펴 놓고 혼자 식탁에 앉았다. 맛이 끝내주는 고기찜을 먹으면서 프리처드 부부가 벌인 소란을 속으로 곱씹다가, 이내 낚시 장비를 사 들고 올 데이비드를 떠올렸다. 머치슨을 찾겠다고 낚시하려는 건가? 왜 듣자마자 이 생각을 못 했지? 머치슨의 시신을 찾겠다는 거잖아?

톰은 읽고 있던 잡지에서 눈을 떼고 등을 뒤로 젖힌 후 냅킨으로 입술을 훔쳤다. 낚시 장비? 그럼 노 젓는 낚싯배 말고도 쇠갈고리와 튼튼한 밧줄도 있어야 할 것이다. 동네 사람들이 운 좋게 식용 가능한 허연 물고기를 잡듯이 가느다란 낚싯대와 낚싯줄을 들고 강가나 운하 제방 위에 서 있는 것만으론 부족할 테니 말이다. 재니스가 남편이 돈은 많다고 했으니, 프리처드가 근사한 모터보트라도 장만하려나? 거기에 조수까지 고용하고?

순간, 톰은 자기가 헛다리를 짚었을지도 모른다고 생각했다. 데이비드 프리처드가 진짜로 낚시를 좋아할지도 모른다.

그날 밤 톰이 마지막으로 해야 할 일은 그가 거래하는 국립 웨스트민스터 은행에 부칠 봉투에 주소를 적는 것이었다. 예치금을 당좌예금 계좌로 옮겨서 그가 써서 준 2천 파운드짜리 수표를 지급해야 했다. 하지만 타자기 옆에 놓인 봉투를 보는 순간, 내일 아침에 하자며 미루었다.

15

다음 날 아침, 톰은 커피 첫 잔을 마시고 테라스를 거쳐 정원으로 나갔다. 밤새 비가 와서 그런지 달리아가 싱그러워 보였다. 시든 꽃은 잘라 주고, 몇 송이는 꺾어서 거실에 꽂아 두면 좋을 것 같았다. 아네트 여사는 톰이 어떤 색 꽃을 자를지 그날그날 정하기를 좋아한다는 걸 알기에, 자기가 나서서 꽃을 잘라 오는 경우는 드물었다.

지금쯤이면 데이비드 프리처드가 집에 왔을 텐데, 톰은 기억을 상기했다. 어젯밤에 돌아왔으니 오늘은 낚시하러 가려나? 과연 그럴까?

톰은 고지서를 납부하고, 정원에서 한 시간가량 물을 준 다음 점심을 먹었다. 아네트 여사는 오늘 아침에 빵집에 갔다가 프리처드 부부의 소식을 들었다는 얘기는 하지 않았다. 톰은 차고 안에 있는 두 대를 살펴보고, 차고 밖에 세워 둔 스테이션왜건도 둘러보았다. 석 대 모두 시동이 제대로 걸렸다. 톰은 세 대 모두 유리창을 닦아 주었다.

그런 다음 빨간 벤츠에 올라탔다. 톰이 이 차를 모는 일은 드물었다. 아내의 차라고 생각했기 때문이다. 서쪽으로 차를 몰았다.

평평한 풍경을 가로지르는 도로가 꽤 익숙하긴 했지만, 모레나 퐁텐블로에 쇼핑하러 갈 때 타고 가는 길은 아니었다. 톰은 버나드와 함께 머치슨의 시체를 처리하던 날 밤에 달렸던 길이라는 확신도 서지 않았다. 그날의 유일한 목적은, 천으로 둘둘 싸서 묶어 놓은 시체를 간단히 내다 버릴 만한 강이나 운하를 찾아 멀리 가는 것이었다. 시체를 감싼 천 안에 큼직한 돌을 여러 개 쑤셔 넣어 시체가 뜨지 않고 가라앉도록 해 두었던 일도 기억났다. 톰이 아는 한, 머치슨의 시신은 여태 수면 위로 떠오르지 않았다. 접힌 지역 지도가 글러브 박스 안에서 언뜻 보였다. 그럼에도 톰은 지금은 육감에 기대기로 했다. 이 지역에는 루앙강, 욘강, 센강 같은 본류 하천이 흐르고 여기에 속하는 수많은 운하와 지류가 있었는데, 이 중에는 명칭조차 없는 지류도 있었다. 톰은 세 개의 강 중 한 곳에 머치슨의 시신을 내다 버렸다는 것만 기억하고 있었다. 그래도 직접 가서 보면 다리 난간은 알아볼 것 같았다.

찾아 나선다는 게 부질없는 짓처럼 느껴졌다. 멕시코 모처에 사는 더와트를 찾겠다고 평생을 바쳐 돌아다니는 짓하고 뭐가 다를까. 더와트는 멕시코에서 산 적이 아예 없었고, 런던에서만 살다가 그리스로 건너가 생을 마감했기 때문이다.

톰은 연료 통 눈금을 확인했다. 기름이 절반 이상 남아 있었다. 그는 안전한 지점에서 유턴한 다음 북동쪽으로 향했다. 차는 고작 3분에 한 대만 지나가곤 했다. 빽빽하고 높이 자란 옥수수밭이 좌우로 푸르게 펼쳐졌다. 까마귀가 가축용 사료로 키우는 옥수수밭 위를 맴돌면서 깍깍 울어 댔다.

톰이 기억하기론, 그날 밤 버나드와 함께 빌페르스에서 서쪽으로 7~8킬로미터는 달린 것 같았다. 집으로 돌아가 지도를 펼쳐서 빌페르스 서쪽을 중심에 놓고 원을 그려 봐야 하나? 이제야 톰은 어떤 길로 막 들어섰다. 이 길을 따라가면 프리처드의 집이 나오고, 이어서 그레 부부의 집이 나올 것이다.

톰은 뜬금없이 베르틀랭 부부에게 전화해야겠는 생각이 들었다.

프리처드 부부는 엘로이즈가 빨간 벤츠를 타고 다니는 걸 알까? 모를 것이다. 톰은 속도를 줄이고 하얀 이층집으로 향하면서도 시선은 최대한 도로에 두려 했다. 현관 앞 진입로에 서 있는 흰 픽업트럭이 그의 시선을 끌어당겼다. 스포츠용품을 배달하는 트럭인가? 시커먼 짐이 트럭 적재함 뒤로 돌출된 채 실려 있었다. 남자 목소리가 언뜻 들린 것 같았다. 남자 둘이 말하는 소리 같은데, 확실하진 않았다. 톰이 탄 차가 프리처드의 집을 지나쳤다.

짐칸에 실린 게 소형 보트일까? 그 위에 덮어 놓은 회색 방수포 때문에, 톰은 토머스 머치슨을 둘둘 쌌던 누런 방수포가 떠올랐다. 누런 천으로 쌌었나. 제길! 데이비드 프리처드가 픽업트럭도 사고 보트까지 산 걸까? 게다가 도와줄 사람까지 구했나? 노 젓는 보트일까? 그렇다면 혼자 노를 저어서 어떻게 운하로 나간다는 걸까(수문을 여닫을 때마다 수위가 변한다)? 보트에 모터를 장착한 다음 몸에 줄을 매고 잠수하려는 걸까? 운하 양옆의 제방은 몹시 가팔랐다. 프리처드가 배달 온 픽업트럭 기사나 앞으로 같이 일할 조수와 수고비를 협상하는 걸까?

만약 데이비드 프리처드가 집으로 돌아왔다면, 믿지 못할 아군인 재니스에게 남편 얘기를 물어볼 수 없을 것이다. 데이비드가 전화를 받거나 엿듣고 있다가 재니스의 가녀린 손에서 수화기를 낚아챌지도 모르기 때문이다.

지금은 그레 부부의 집에 사람이 없어 보였다. 톰은 좌회전해서 텅 빈 도로로 들어선 다음 몇 미터 더 가서 우회전했다. 이 길을 따라가면 벨옹브르가 나온다.

부아시. 머릿속이 번쩍했다. 뜬금없이 부아시라는 지명이 생각난 것이다. 갑자기 불이 탁 켜진 듯했다. 톰이 머치슨의 시체를 내다 버린 강이자 운하가 있는 인근 마을이 바로 부아시였다. 서쪽이었는데. 아무튼, 지도에서 찾아보면 될 것 같았다.

톰은 집에 도착하자마자 퐁텐블로 지역의 상세 지도부터 폈다. 서쪽으로 조금만 더 가면 되는 위치였다. 상스에서 그리 멀지 않았다. 루앙강 옆에 부아시가 있었다. 톰은 마음이 놓였다. 머치슨의 시체가 움직였다면 센강이 있는 북쪽으로 떠내려갔겠지만, 그러진 않았을 것이다. 폭우가 내렸거나 강이 역류했다면? 강이 역류한 적이 여태 있었던가? 내륙 하천의 경우엔 없었다. 강이라 다행이었다. 운하였다면 수리하려고 물을 빼는 경우가 왕왕 있었다.

톰은 베르틀랭 부부의 집으로 전화를 걸었다. 자클린이 받았다. 톰은 엘로이즈와 탕헤르에 며칠 다녀왔다면서 엘로이즈는 아직 그곳에 남아 있다고 했다.

"아드님 내외도 잘 지내죠?" 톰이 물었다. 베르틀랭의 아들인 장피에르는 미학 학위 과정을 마치긴 했으나, 지금은 결혼한 아내와 연애할 때 2년간 학업을 중단하기도 했었다. 장피에르의 아버지인 뱅상은 당시 연인이었던 며느리를 극렬히 반대했었다. "그럴 만한 여자가 아니라니까!" 뱅상이 호통을 쳤었다.

"저희 아이는 잘 지내요. 12월이면 손주가 태어난답니다." 자클린이 들뜬 목소리로 말했다.

"어머, 축하드려요! 이제 손주도 보시게 되었으니, 집을 좀 따뜻하게 해 놓고 사셔야죠!"

자클린이 웃으며 톰이 건넨 뼈아픈 말을 인정할 수밖에 없었다. 자클린과 뱅상 부부는 수년간 온수도 없이 살았다고 시인하면서, 손님방 옆에 변기와 세면대가 딸린 화장실을 하나 더 만들기로 했다고 전했다.

"거참 잘됐네요!" 톰이 웃으며 말했다. 이유는 모르겠지만 베르틀랭 부부는 교외에서 불편을 자청하며 살았다. 주방 스토브 위에 주전자를 올리고 물을 끓여서 씻을 물을 마련하고 야외에 있는 화장실을 사용했다.

두 사람은 조만간 만나자고 약속했다. 누군가에게는 늘 바쁘다는 핑계로 말로만 끝나는 약속이겠지만, 그래도 톰은 통화하고 나니 기분이 한결 나아졌다. 이웃과 좋은 관계를 맺는 건 소중한 일이었다.

톰은 소파에 앉아서 『헤럴드 트리뷴』을 보면서 긴장을 풀었다. 아네트 여사가 자기 방으로 들어갔는지 텔레비전 소리가 나는 것 같았다. 여사는 드라마 광으로, 아주 오래전에는 리플리 부부에게 종종 드라마 얘기를 하곤 했다. 두 사람이 드라마는 보지 않는다는 걸 알기 전까지는 그랬었다.

4시 반, 해가 여전히 높게 떠 있었다. 톰은 갈색 르노를 몰고 부아시 방향으로 달렸다. 햇빛이 쏟아지는 오늘의 들판과, 버나드와 같이 움직이던 그날 밤의 들판은 상당히 달라 보였다. 기억 속 그날 밤은 달도 뜨지 않아서 어디로 가는지 몰랐었다. 지금까지도 톰은 혼잣말하고 있었다. 머치슨을 수장한 곳이야말로 가장 성공적인 은신처였으며, 지금까지도 그러하다고 말이다.

부아시를 알리는 표지판부터 보이더니, 이내 부아시가 보였다. 엄밀히 말하면 좌측으로 휘어지는 숲 뒤편에 자리 잡고 있어서, 마을은 보이지 않았다. 오른편으로 강을 가로지르는 다리와 양쪽 끝에 있는 경사진 진입로가 보였다. 다리 길이는 30미터는 족히 될 것 같았다. 버나드하고 같이 허리까지 오는 저 난간 위로 머치슨을 넘겨 버렸었다.

톰은 느리지만 정속으로 차를 몰았다. 다리가 나오자, 우회전해 다리를 건넜다. 이 길을 따라가면 어디가 나오는지도 모르면서 신경 쓰지 않았다. 그가 기억하기론, 차를 세운 다음 둘이서 방수포에 싸인 시신을 다리 위로 질질 끌고 갔었던 것 같았다. 아니, 차를 다리 중간에 세웠었나?

톰은 처음 보이는 적당한 자리에 차를 세우고 지도를 들여다보았다. 조금만 가면 교차로가 나온다는 걸 알고는 차를 계속 몰았다. 교차로에 가면 표지판이 있을 테니 느무르나 상스가 어느 방향인지 알게 될 것이다. 톰은 방금 건너온 강을 생각하고 있었다. 매끄러운 풀로 뒤덮인 제방에서 2미터 아래(아무튼, 오늘 수위는 그랬다)로 지저분하고 시퍼런 강물이 흐르고 있었다. 저 제방 위를 걷다가 균형을 잃기라도 하면, 미끄러져 강에 빠질 게 뻔했다.

빌페르스에서 훨씬 가까운 곳에 20~30킬로미터가 넘는 강과 운하가 있는데, 데이비드 프리처드가 무슨 명목으로 부아시까지 오려고 할까?

톰은 집으로 돌아와 셔츠와 청바지를 벗고 침대에서 낮잠을 청했다. 더욱 안심돼서 그런지 마음이 더 느긋해졌다. 45분 정도 달콤한 낮잠을 즐기고 나니, 탕헤르에서 들었던 부담감은 물론이거니와 런던에서 신시아와 얘기할 때 밀려오던 불안감을 벗어 버린 것만 같았다. 프리처드가 보트를 샀을 거란 걱정까지 사라진 듯했다. 톰은 벨옹브르의 오른쪽 뒤편에 있는 방으로 들어갔다. 그의 스튜디오이자 작업실이었다.

오래됐지만 고급스러운 오크나무 마루는 이 집의 다른 곳에 있는 마룻바닥만큼 반짝거리거나 광이 나진 않지만, 그래도 여전히 좋아 보였다. 톰은 작업실 마룻바닥에 낡은 천과 범포를 군데군데 길게 깔아 두었다. 보기에도 좋고, 물감이 떨어져도 바닥에 얼룩이 지는 일을 막을 수 있으며, 붓을 쓱 닦거나 빨고 싶을 때 걸레로 사용하기에도 좋았다.

〈비둘기〉라는 누리끼리한 소묘를 어디에 걸까? 거실에 걸어 놓고 친구들과 같이 봐야겠다.

톰은 그가 그린 작품 한 점을 잠시 응시했다. 지금은 벽에 기대 놓았다. 아네트 여사가 그가 마실 커피 잔과 컵 받침을 들고 있는 모습을 그린 작품이었다. 톰은 아네트 여사가 포즈를 잡느라 힘들지 않게 밑그림을 후다닥 여러 장 그린 후 이 그림을 완성했었다. 여사는 보라색 원피스에 하얀 앞치마를 매고 있었다. 이제 톰은 엘로이즈를 그린 그림으로 시선을 옮겼다. 그림 속 엘로이즈는 톰의 작업실 한쪽 구석에 있는 둥근 창문으로 바깥을 내다보며 오른손은 창틀에, 왼손은 허리에 대고 있었다. 이 작품 역시 밑그림을 그렸던 거로 톰은 기억하고 있었다. 엘로이즈는 내리 10분 넘게 포즈를 잡는 걸 싫어했다.

창밖 풍경이나 그려 볼까? 3년 전에 그린 게 마지막이었다. 그가 사는 집 부지 너머에 짙고 빽빽하게 녹음이 진 숲이 있었다. 그 숲에서 머치슨의 시신이 처음으로 안식을 취했었다. 산뜻한 기억은 아니었다. 톰은 다시 그림 구상으로 생각의 방향을 틀었다. 좋아, 내일 아침에 밑그림을 몇 장 그려 봐야지. 전면 양쪽에는 탐스러운 달리아를, 뒤에는 분홍 장미와 붉은 장미를 그려야지. 목가적인 모습을 보면서 서정적이고 아름다운 풍광을 그릴 수도 있지만, 그런 그림은 톰의 의도와는 거리가 멀었다. 그는 팔레트 나이프만 사용해 그림을 그려 볼 생각이었다.

톰은 아래층으로 내려가 현관 입구에 있는 옷장에서 하얀 면 재킷을 꺼내 들고 주방으로 향했다. 벌써부터 아네트 여사가 부산하게 움직이고 있었다. "벌써 요리하는 겁니까? 아직 5시도 안 됐는데요."

"버섯을 다듬고 있었어요. 미리미리 준비해 두면 좋거든요." 아네트 여사가 싱크대 앞에 서서 하늘색 눈동자로 톰을 쳐다보며 미소를 지었다.

"30분만 나갔다 올게요. 뭐 필요한 거 사다 드려요?"

"네, 『르 파리지앵 리베레』 신문 좀 부탁드려요."

"그러죠." 톰이 밖으로 나갔다.

그는 혹시나 까먹을까 봐 바에 가자마자 신문부터 샀다. 남자들이 퇴근하고 들르기엔 이른 시각인데도, 바는 이미 평소처럼 북적이고 있었다. "여기 레드 와인 작은 거로 한 잔 주세요, 조르주!"라고 누군가 외쳤다. 마리는 초저녁에 걸맞게 자신만의 리듬을 타기 시작했다. 바 테이블 왼쪽 끝에 서 있던 마리가 톰에게 손을 흔들었다. 톰은 주변을 재빨리 훑어보며 데이비드 프리처드가 왔는지 확인하는 자신을 발견했다. 프리처드는 보이지 않았다. 프리처드가 왔다면 눈에 띄었을 것이다. 남들보다 키가 크고 둥근 뿔테 안경까지 써서 도드라져 보이는 프리처드가 사람들과 어울리지 않고 톰을 노려만 보고 있었을 테니 말이다.

톰은 다시 빨간 벤츠를 타고 퐁텐블로 방향으로 달리다가 뜬금없이 좌회전했다. 이제 차가 남서쪽을 향해 달리고 있었다. 지금 엘로이즈는 뭘 할까? 오후에 쇼핑한 물건을 비닐봉지와 새로 산 바구니에 잔뜩 담아 들고 노엘과 함께 카사블랑카 미라마레 호텔로 걸어가고 있을까? 둘 다 샤워하고 눈 좀 붙였다가 저녁 먹자고 얘기하고 있으려나? 이따가 새벽 3시에 엘로이즈한테 전화해야 하나?

톰은 빌페르스 표지판이 보이자 집으로 차를 몰았다. 표지판에는 그가 사는 마을까지는 8킬로미터를 가야 한다고 적혀 있었다. 톰은 속도를 점차 줄이다가 아예 차를 세웠다. 농장에서 일하는 소녀가 기다란 막대를 들고 거위를 몰며 길을 건너고 있었다. 흐뭇한 장면이었다. 하얀 거위 세 마리가 평소처럼 뒤뚱뒤뚱 농장으로 걸어가고 있었다.

톰이 완만하게 휘어지는 구간을 돌자, 앞에서 느릿느릿 달리는 픽업트럭 때문에 속도를 줄여야 했다. 트럭 적재함 뒤로 회색 물체가 삐죽 튀어나와 있는 게 한눈에 들어왔다. 게다가 도로 오른편으로 대략 80미터 떨어진 곳에 강이 흐르고 있었다. 프리처드와 동행인이 탄 걸까? 아니면 프리처드 혼자 타고 있을까? 톰은 픽업트럭 뒤 유리창으로 들여다보려고 차를 바싹 붙였다. 운전석과 조수석에서 두 사람이 얘기하고 있었다. 둘이서 우측에 있는 강을 쳐다보며 얘기하고 있는 것 같았다. 톰은 계속해서 차를 천천히 몰았다. 앞에 보이는 픽업트럭이 프리처드 집 마당에 서 있던 픽업트럭과 같은 차라는 확신이 들었다. 뒷마당이든 앞마당이든, 부르기 나름이었다.

톰은 좌측이든 우측이든 아무 길로나 빠지려다가, 아예 픽업트럭을 추월하기로 했다.

톰이 속도를 내려는데, 맞은편에서 차가 달려왔다. 회색 푸조 대형 승용차가 거침없는 기세로 달려오고 있어서, 톰은 속도를 줄이고 일단 푸조부터 보냈다. 그런 다음 액셀러레이터를 밟았다.

픽업트럭에 탄 두 남자가 아직도 얘기하고 있었다. 운전석에 앉은 건 프리처드가 아니라 처음 보는 남자로, 구불거리는 연한 갈색 머리였다. 톰이 추월하는 순간에는 조수석에 앉은 프리처드가 오른쪽에 있는 강을 가리키며 떠들고 있었다. 둘 다 톰을 보지 못한 게 확실했다.

톰은 빌페르스를 향해 쉬지 않고 달렸다. 혹시 픽업트럭이 강을 더 자세히 살피러 들판을 가로지르는지 백미러에서 끝까지 눈을 떼지 않았다. 톰이 주시하는 동안에는 그런 일은 벌어지지 않았다.

16

그날 밤 식사를 마친 톰은 가만히 있을 수가 없었다. 기분 전환 삼아 텔레비전이나 볼까, 클레그 부부나 아네스그레에게 전화나 해 볼까 했지만, 둘 다 내키지 않았다. 제프 콘스턴트나 에드 밴버리에게 SOS를 쳐야 하나. 둘 중 하나는 퇴근했을 것이다. 전화해서 뭐라고 하지? 최대한 빨리 프랑스로 와 달라고 부탁할까? 톰은 둘 중 누구에게든 도와 달라고 매달려야 할 것 같았다. 만일의 경우, 육체적 조력을 요청해야 할지도 모른다. 에드와 제프에게라면 톰이 거리낌 없이 사실대로 털어놓을 수 있을 것이다. 아무 일도 벌어지지 않는다면 둘에겐 짧은 휴가가 될 수도 있을 테니 말이다. 만일 프리처드가 대엿새 동안 낚싯대든 갈고리든 들고 씨름하다가 허탕을 치면 포기하려나? 집요한 미치광이라서 몇 주든 몇 달이든 매달리려나?

생각만 해도 끔찍했지만 그럴 수도 있었다. 제정신이 아닌 인간이 무슨 짓을 벌일지 누가 예측하겠는가? 심리학자라면 그럴 수도 있겠지만, 예측이란 건 과거 병력, 유사성, 가능성을 토대로 하는 것이기에 의사라 해도 단언할 수 있는 건 전무했다.

엘로이즈. 그녀가 벨옹브르를 비운 지 엿새째였다. 엘로이즈와 노엘이 같이 있다고 생각하니 톰은 마음이 흐뭇했다. 게다가 프리처드가 두 여자 옆에 없다는 걸 알고 나니 더더욱 흐뭇해졌다.

톰은 전화기를 노려보며 제프보다 에드에게 먼저 전화해야겠다고 생각했다. 이따가 전화하고 싶어져도 런던이 파리보다 한 시간 느리니 다행이었다.

지금은 9시 12분. 아네트 여사는 주방 일을 끝내고 텔레비전에 푹 빠져 있을 것이다. 톰은 창밖 풍경을 담을 유화를 그리기에 앞서 밑그림부터 두어 장 그려 보려 했다.

그가 계단으로 걸어가는데 전화벨이 울렸다.

톰이 복도에서 전화를 받았다. "여보세요?"

"안녕, 리플리 씨." 누군가 웃으며 인사했다. 자신감 넘치는 미국식 악센트였다. "나야, 디키. 또 전화했어. 기억나지? 널 계속 지켜보고 있어. 난 네가 어디 갔다 왔는지 알아."

프리처드의 목소리 같았다. 평소보다 목소리를 조금 더 높여서 젊게 들리려고 애쓰는 것 같았다. 톰은 프리처드의 표정을 상상했다. 억지 미소를 지으며 뉴요커처럼 말꼬리를 길게 늘이거나 일부러 특정 자음을 생략하려고 애쓰느라 입술을 뒤트는 표정.

"두려운가 봐, 톰? 옛날에 알던 사람 목소리라 그런가? 아니면 죽은 사람 목소리라 그런가?"

재니스가 뒤에서 말리는 걸까? 아니면 환청일까? 작게 낄낄거리는 소리가 들린 것 같기도 했다.

수화기 너머에서 목청을 가다듬었다. "심판의 날이 멀지 않았어, 톰. 모든 행동에는 대가가 따르는 법이니까."

이게 무슨 뜻일까? 아무 의미 없는 말이라고 톰은 치부했다.

"듣고 있어? 겁나서 입이 들러붙었나, 톰."

"전혀. 지금 통화를 녹음하고 있거든, 프리처드."

"아닌데, 디키라니까. 내 말을 점점 진지하게 받아들이는군. 맞지, 톰?"

톰은 침묵을 지켰다.

"난…… 프리처드가 아니야." 높다란 목소리가 이어졌다. "그래도 프리처드가 누군지는 알아. 날 도와 무슨 일을 해 주고 있거든."

조만간 둘이 내세에서 만나겠군, 톰은 이렇게 생각하며 다른 말은 하지 않기로 했다.

프리처드가 계속 떠들었다. "무슨 일이냐고? 좋은 일이지. 우리 둘이 무슨 일을 완성해 가는 중이거든." 잠시 말이 끊겼다. "듣고 있지? 우린……."

톰은 수화기를 살짝 내려놓으며 통화를 끝냈다. 심장이 평소보다 빨리 뛰는 게 싫었지만, 살면서 이보다 더 빨리 뛴 적도 꽤 있었다면서 자신을 토닥였다. 계단을 한 번에 두 칸씩 뛰어 올라가는 바람에 체내에서 아드레날린이 뿜어져 나올 때와 비슷했다.

톰은 작업실로 들어가 형광등을 켜고 연필과 싸구려 스케치북을 꺼냈다. 서서 작업하기에 좋은 테이블 앞에 서서 창밖 풍광부터 그렸다. 익숙한 모습이었다. 집 정원 언저리를 따라 쭉 뻗은 나무들과 쑥쑥 자란 풀숲과 관목이 뒤덮은 쪽은 그의 땅이 아니었다. 선을 이리저리 옮겨 가며 재미있게 구도를 잡으려다 보니, 프리처드 생각을 잠시 미뤄 놓을 순 있었지만, 완전히 떨쳐지진 않았다.

톰은 비너스 연필을 내려놓고 생각했다. 망할 놈이 겁도 없이 디키인 척 두 번이나 전화하다니! 엘로이즈가 받은 것까지 세면 세 번이었다. 프리처드와 재니스가 합심해서 전화하는 것 같았다.

톰은 새 도화지 위에 거친 선을 그어 날것의 프리처드 초상화를 그렸다. 검정 뿔테 안경과 짙은 눈썹을 그려 넣고, 무슨 말을 하려는 듯이 벌어진 동그란 입술도 그렸다. 찌푸리지 않은 눈썹으로 그리자, 프리처드가 자신의 행동에 뿌듯해하는 것처럼 보였다. 색연필을 들고 입술은 붉게 칠하고, 눈 밑에는 보라색과 녹색으로 그늘을 그려 넣으니, 다소 강렬한 인상을 풍기는 캐리커처가 완성되었다. 톰은 도화지를 뜯어서 접은 다음, 천천히 갈기갈기 조각내 휴지통에 버렸다. 그가 프리처드를 제거할 경우, 누구한테든 이 그림은 보이지 않는 게 좋을 것이다.

이제 톰은 침실로 들어가 전화기 코드를 꼽았다. 엘로이즈의 침실에 있는 전화기는 거의 코드를 뽑아 놓고 살았다. 제프한테 전화할까. 이제 런던은 밤 10시가 다 되었다.

톰은 스스로 질문을 던졌다. 망할 놈의 프리처드가 끼어드는 바람에 내가 무너져 내리는 걸까? 내가 겁을 먹고 도와 달라고 징징대는 걸까? 프리처드와 주먹다짐에서 이긴 건 나였다고. 프리처드가 조금은 더 버텨야 했는데도 버티지 못했다.

톰이 전화를 막 걸려는 찰나, 전화벨이 울렸다. 프리처드가 다시 전화한 것 같았다. 톰은 계속 선 자세로 수화기를 들었다. "여보세요?"

"여보세요, 톰. 제프입니다."

"아, 제프!"

"네, 에드한테 물어봤더니, 전화를 안 했다고 해서요. 어떻게 지내요?"

"아, 그게…… 상황이 어려워지고 있어요. 프리처드가 우리 동네로 돌아오면서 보트를 사 온 것 같아요, 잘은 모르겠지만요. 바깥에 모터가 달린 소형 보트인 것 같더군요. 픽업트럭 뒤에 천으로 덮인 채 실려 있던데, 내가 프리처드의 집 앞을 지나가다가 봤어요."

"정말입니까? 그걸 어디다 쓰려는 걸까요?"

톰은 제프가 짐작하리라 믿었다. "강바닥을 훑어서 그걸 건져 올리려는 거겠죠!" 톰이 웃음을 터뜨렸다. "쇠갈고리를 들고 뭐라도 찾으려면 시간이 꽤 걸릴걸요. 내가 장담해요."

"무슨 말인지 알겠어요." 제프가 목소리를 낮추었다. "참 집요한 사람 같은데, 아닌가요?"

"아니긴요." 톰이 맞장구쳤다. "아직은 프리처드가 일을 시작하진 않았지만, 미리 대비해서 나쁠 거야 없죠. 내가 상황을 다시 알려 줄게요."

"톰, 우리가 옆에 있으니, 필요하면 말만 해요."

"내게 많은 걸 말해 주는 말이군요. 고마워요, 제프. 에드한테도 고맙다고 전해 줘요. 그건 그렇고, 프리처드가 탄 보트가 바지선에 받혀서 침몰했으면 좋겠어요. 하하."

둘은 서로의 안녕을 빌며 전화를 끊었다.

톰은 옆에서 도와줄 사람이 있다고 생각하니 위안이 되었다. 제프 콘스턴트는 버나드 터프츠보다 힘도 더 세고 눈치도 더 빨랐다. 자동차 헤드라이트만 켜고 소리를 거의 내지 않은 채 톰의 정원 너머로 보이는 숲속에 암매장한 머치슨을 파낼 때, 톰은 버나드에게 번번이 요령과 목적을 설명해 줘야 했었다. 게다가 혹시라도 경찰 조사를 받게 될 경우, 해야 할 말도 일러 줘야 했었다. 조사는 딱 한 번 받았었다.

톰은 혼자 중얼거렸다. 현 상황에서 목표는 머치슨의 사체가 조금이라도 남아 있다면 천에 쌓여 물속에 가라앉은 상태로 계속 썩어 가게 두는 것이다.

4~5년간, 아니 3년 정도 시체가 물속에 잠겨 있으면 어떻게 될까? 시체를 싼 방수포든 천이든 절반은 썩어서 없어졌을 것이다. 그 안에 넣어 둔 돌덩어리가 유실되었다면 시신이 쉽게 떠내려갔을 테고, 만일 살점이 조금이라도 남아 있다면 수면으로 떠오를지도 모른다. 그런데 수면으로 떠오른다는 게 단순히 부패로 인한 팽창 때문만은 아니겠지? 톰은 살갗이 물에 불어서 허물을 벗듯 허옇게 벗겨지다 못해 녹아내리는 '표모피'라는 단어가 떠올랐다. 그럼 어떻게 되는 걸까? 물고기 밥? 강물에 살점이 흩어져 뼈 말고는 아무것도 남지 않는 건가? 수면 위로 떠오를 시기는 아주 오래전에 지나가 버렸을 것이다. 머치슨 같은 경우는 어디에서 정보를 얻을 수 있을까?

다음 날 아침을 먹은 후, 톰은 아네트 여사에게 퐁텐블로나 느무르에 가서 정원용품을 살까 하는데 필요한 물건이 있느냐고 물었다.

아네트 여사는 없다면서 고맙다고 했지만, 보아하니 그가 출발하기 직전에야 살 물건이 있다고 얘기할 것 같았다.

아네트 여사는 톰이 10시 전에 출발할 때까지 아무 말도 없었다. 톰은 일단 느무르로 가서 정원 가위부터 사야겠다고 마음먹었다. 시간이 넉넉하자, 이번에도 이름 모를 도로를 달렸다. 방향을 알려 주는 표지판이 여러 개 모인 곳이 처음으로 나오자 살펴보았다. 톰은 주유소에 들러서 기름을 넣었다. 오늘 타고 나온 차는 갈색 르노였다.

그는 북쪽으로 올라가는 도로를 타고 2킬로미터 정도를 달리다가 좌측 느무르 방향으로 빠질 참이었다. 트랙터가 누런 그루터기만 남은 들판을 갈면서 천천히 지나가는 모습이 열린 차창 너머로 보였다. 톰이 추월한 차들은 대부분 뒷바퀴가 승용차만큼 거대한 농업용 사륜구동 차량인 경우가 많았다. 이제 다른 운하가 보이기 시작했다. 운하를 가로지르며 놓인 검은 아치형 다리가 보였다. 다리 끝 양쪽에 모여 있는 나무들이 목가적으로 보였다. 이 길을 계속 따라가면 저 다리를 건너게 될 것이다. 톰은 따라오는 차가 보이지 않자 속도를 줄였다.

톰이 검은 철교로 막 들어서는 순간, 보트에 탄 두 남자가 노 젓는 모습이 우측으로 보였다. 한 명은 앉아서 널찍한 갈퀴처럼 생긴 것을 손에 쥐고 있었고, 또 한 명은 서서 밧줄을 오른손으로 쥐고 높이 쳐들고 있었다. 톰은 잠시 앞쪽 도로 상황을 확인한 후에 두 남자에게 다시 시선을 보냈다. 둘 다 그를 신경 쓰지도 않았다.

앉아 있는 남자는 검은 머리에 밝은색 셔츠를 입고 있었는데, 데이비드 프리처드가 분명했다. 서 있는 남자는 베이지색 바지에 셔츠를 입고 있었는데, 처음 보는 얼굴이었다. 키가 크고 금발이었다. 둘 다 1미터가 넘는 쇠막대에 최소 여섯 가닥으로 갈라진 갈고리가 달린 도구를 들고 있었다. 톰이 그걸 보자마자, 쇠갈고리를 확대해 놓은 것 같다는 생각이 들었다.

이런, 이런. 둘 다 몰입하는 중이라 고개를 들어 톰이 탄 차는 쳐다보지도 않았다. 지금쯤이면 톰의 차가 데이비드 프리처드의 눈에 익었을 법도 한데 말이다. 반대로, 프리처드가 톰의 차를 알아봤다면 녀석의 자신감만 키워 주는 꼴이 되었을 것이다. 톰 리플리가 걱정하다 못해 프리처드가 뭘 하고 다니는지 알아보려고 돌아다닌다고 착각했을 테니, 프리처드가 손해 볼 일은 없었다.

두 남자가 외부 모터가 달린 보트를 타고 갈고리가 달린 도구 두 개를 사용한다는 사실을 톰이 알게 된 것이다.

만일 바지선이 나타나면 두 남자가 보트를 운하 한쪽으로 바싹 붙여야 한다는 사실도, 바지선 두 대가 서로 지나가겠다고 하면 둘이 혼비백산할 거라는 것도 당장은 톰에게 그다지 위로가 되지 않았다. 프리처드와 그의 조수는 사업하느라 맡은 바 임무를 끝까지 다하려는 것처럼 보였다. 프리처드가 옆에서 거드는 저 남자에게 돈을 주겠지? 저 남자가 프리처드의 집에서 먹고 잘까? 대체 저 남자는 누굴까? 이 동네 사람일까, 파리에서 데려왔을까? 프리처드가 저 남자에게 뭘 찾자고 했을까? 아네스 그레라면 금발의 이방인에 관해 뭐라도 알 것이다.

프리처드가 머치슨을 발견할 가능성은? 현재 프리처드는 그가 찾고자 하는 목표물에서 12킬로미터는 떨어져 있었다.

하늘을 날던 까마귀가 톰의 오른편으로 빠르게 내려오며 귀가 따갑게 되바라진 소리를 냈다. 깍깍깍, 비웃는 건가. 까마귀가 누굴 비웃는 걸까? 톰일까, 프리처드일까? 당연히 프리처드일 것이다. 톰은 두 손으로 핸들을 더 움켜잡고 억지 미소를 지었다. 저 프리처드는, 오지랖 넓은 저 망할 놈은 스스로 무덤을 파게 될 것이다.

17

며칠째 엘로이즈에게 연락이 없자, 톰은 두 여자가 카사블랑카에 쭉 있다가 엽서나 두어 장을 빌페르스로 부쳤을 거로 추측했다. 그 엽서는 엘로이즈가 집으로 돌아오고도 며칠 후에나 배달될 것이다.

톰은 마음이 싱숭생숭해서 클레그 부부에게 전화를 걸어 편안하고 기분 좋은 대화를 나누었다. 탕헤르 얘기도 하고, 엘로이즈가 앞으로 어디를 더 갈지에 대해서도 얘기했다. 그럼에도 술 약속을 잡자는 얘기가 나오자, 톰은 슬그머니 대답을 회피했다. 클레그 부부는 영국인이었다. 남편은 은퇴한 변호사로 상당히 믿을 만하고 예의 바른 사람이었다. 톰이 벅마스터 갤러리와 관계있다는 사실은 전혀 모르고 있었다. 머치슨이란 이름은 듣고도 잊어버렸을 것이다.

톰은 새로운 영감이 떠오르자, 다음 작품으로 실내 풍경을 그리기로 하고 스케치를 몇 장 해 보았다. 복도와 연결된 뒷방을 그리기로 한 것이다. 보라색과 검은색에 가까운 무채색으로 배색 구도를 잡고, 연한 색 물체를 하나 배치해 무거움을 덜어 내기로 했다. 꽃병이 어떨까. 빈 꽃병이든, 빨간 꽃 한 송이만 꽂힌 꽃병이든 나중에 그려 넣기로 했다.

아네트 여사가 톰을 보고 말했다. "사모님께서 편지도 안 보내셔서 그런지 약간 울적해 보이세요."

"그러게요." 톰이 웃으며 말했다. "그쪽은 우편 서비스가 형편없으니까요."

어느 날 밤 9시 30분쯤에 톰은 기분 전환하러 술집으로 향했다. 그 시간대 술집에 온 손님들은 5시 반에 퇴근하고 온 손님들과는 약간 달랐다. 지금은 남자 몇 명이 카드놀이를 하고 있었다. 다들 총각일 줄 알았는데 알고 보니 아니었다. 상당수의 유부남들이 저녁에 집에서 텔레비전을 보느니, 동네 술집에서 노닥거리길 좋아했다. 사실 텔레비전을 볼 때도 마리와 조르주가 운영하는 술집에서 봤다.

"제대로 모르면 입 좀 다물어요!" 마리가 생맥주를 잔에 받으면서 누군가를 향해, 혹은 홀에 대고 고함을 빽 질렀다. 마리는 톰을 보더니 붉은 립스틱이 발린 입술로 잠시 활짝 웃으며 고개를 가볍게 숙였다.

톰은 바 테이블에서 빈자리를 발견했다. 바에 서서 마시는 걸 선호했기 때문이다.

"리플리 씨, 오셨어요?" 조르주가 바 맞은편에 서서 알루미늄 싱크대 가장자리에 두툼한 손을 올린 채 인사했다.

"생맥주 한 잔 주세요." 톰이 주문하자 조르주가 맥주를 받으러 갔다.

"칠칠맞지 못한 놈이야, 그놈은!" 톰의 우측에 앉은 남자가 말하자, 같이 온 일행이 남자의 어깨를 밀치며 공격하듯 농담조로 쏘아붙이며 웃었다.

톰은 취기가 오른 두 남자를 피해 왼쪽으로 자리를 옮겼다. 주변에서 대화하는 소리가 언뜻 들렸다. 미국 이야기도 들리고, 어디선가 건물을 올리는데 건설사에서 최소 여섯 명의 석공을 채용한다는 이야기도 들렸다.

"프리처드 맞지?" 훗 하는 웃음이 터졌다. "낚시한다며!"

톰은 고개는 돌리지 않고 귀만 바싹 세웠다. 그가 앉은 좌측 뒤쪽 테이블에서 말소리가 들렸다. 톰이 힐끔 쳐다보았다. 작업복 차림의 세 남자가 앉아 있었는데, 모두 40대로 보였다. 그중 한 명이 카드를 섞고 있었다.

"낚시해서……."

"제방에 서서 낚시하면 될 텐데." 다른 남자가 말했다. "작은 보트까지 동원했더라." 차라락 소리를 내며 카드를 섞었다. "그 말도 안 되는 보트를 타다가 빠져 죽으려고 작정했나!"

"그 남자가 지금 뭘 하는지 알아?" 다른 남자가 말했다. 조금은 젊어 보이는 남자가 잔을 들고 주위를 서성였다. "낚시하는 게 아니라 강바닥을 훑더라니까! 갈고리가 달린 도구로!"

"그러게. 나도 봤어." 남자가 카드를 만지작거리며 무덤덤하게 말하더니 다시 카드 게임을 하려고 준비했다.

남자가 카드를 나눠 주고 있었다.

"그런 거로는 잉어 한 마리도 못 잡을 텐데."

"못 잡지. 낡은 고무장화 한 켤레하고 정어리 통조림 깡통이랑 자전거만 건졌다던데! 하하."

"자전거라니!" 조금 젊어 보이는 남자가 여전히 선 채로 말했다. "농담이 아니야. 프리처드가 자전거는 이미 건졌어! 내가 봤어!" 남자가 귀가 따갑게 웃었다. "녹슬고 휘어진 자전거였다니까."

"대체 뭘 찾는 건데?"

"골동품이나 찾겠지! 미국인 취향을 내가 알 게 뭐야!" 나이가 조금 더 들어 보이는 남자가 말했다.

웃음소리에 이어 누군가의 기침 소리도 들렸다.

"조수도 데리고 다니던데." 테이블에 앉은 남자가 목청을 높였다. 모터사이클 게임을 하던 사람이 잭팟을 터뜨리자, 그쪽(입구 근처)에서 함성이 터지면서 잠시 다른 소리들을 삼켜 버렸다.

"그 남자도 미국인이야. 내가 둘이 얘기하는 걸 들었어."

"뭘 낚겠다는 건지, 어이없군."

"미국 사람들이잖아……. 엉뚱한 짓을 해서라도 돈만 번다면야……."

톰은 맥주를 음미하며 천천히 담배에 불을 붙였다.

"프리처드가 정말 열심이던데. 모레 근처에서도 봤어."

톰은 마리와 다정하게 몇 마디를 나누면서도, 등 뒤 테이블 얘기에 계속 귀를 열고 있었다. 그런데 세 남자가 더는 프리처드 얘기를 하지 않았다. 카드 게임을 하느라 그들만의 닫힌 세계로 다시 들어가 버렸기 때문이다. 톰은 남자들이 아까 말한 잉엇과에 속하는 두 종의 어류에 대해 알고 있었다. 로치의 일종인 붕어와, 역시 잉엇과에 속하며 식용이 가능한 몰개였다. 톰은 프리처드가 그런 은빛이 감도는 물고기를 낚으려는 게 아니라는 것도, 낡은 자전거를 건져 올리려는 것도 아니라는 걸 알고 있었다.

"엘로이즈 부인은요? 휴가를 또 가신 거예요?" 마리는 자기도 모르게 젖은 행주로 바 테이블의 나무 상판을 훔치며 물었다. 검은 머리와 검은 눈동자가 평소보다 약간 거칠어 보였다.

"아, 네, 뭐 그런 셈이죠." 톰은 돈을 내려고 지갑을 찾으며 말했다. "모로코가 워낙 매력이 넘치는 곳이잖아요."

"모로코! 정말 아름다운 곳이죠! 사진으로 봤어요."

마리는 며칠 전에도 똑같은 말을 했던 거로 톰은 기억하고 있었다. 사실 마리는 바쁜 여사장이라 밤이든 낮이든 백 명이 넘는 손님들을 친절하게 대해야 했다. 톰은 말보로 한 갑을 사서 술집을 나섰다. 담배를 사면 엘로이즈가 조금 더 빨리 집으로 돌아올 것만 같았다.

톰은 집으로 돌아와서, 내일 그림 그릴 때 쓸 유화 물감을 고르고 캔버스를 이젤에 올려놓았다. 어둡고 강렬하게 구도를 짰다. 배경에서 좀 더 어두운 부분에 초점을 맞추면, 빛이 들어오지 않는 골방처럼 어디가 어딘지 분간이 가지 않고 애매해 보일 것이다. 스케치도 여러 장 해 두었으니, 내일은 하얀 캔버스 위에 연필 긋기부터 시작할 참이었다. 오늘 밤에는 연필을 잡지 않을 것이다. 살짝 피곤하기도 했고, 실패할까 봐, 물감이 번질까 봐 걱정되기도 했다. 게다가 그가 그릴 그림이 그저 그런 그림으로 끝날까 봐 겁이 났다.

밤 11시까지 전화는 한 통도 오지 않았다. 런던 시각으로는 밤 10시. 런던에 사는 두 친구는 톰이 연락하지 않으니 무소식이 희소식이라 여길 것이다. 신시아는 뭘 하고 있을까? 오늘 밤에는 책을 읽을 것 같았다. 톰이 머치슨을 살해한 범인이 확실하다고 우쭐대겠지. 신시아는 디키 그린리프가 의문스러운 이유로 생을 마감했다는 것도 알고 있을 테니, 운명이 결국 톰을 덮쳐 그에게 낙인을 찍어 주리라 자신할 것이다. 톰을 끝장낼 낙인.

톰은 그날 밤 침대에서 읽을 책으로 리처드 엘먼이 쓴 오스카 와일드 평론집을 골랐다. 문장 하나하나 음미하며 읽으니 좋았다. 오스카 와일드의 생에 관한 글을 읽다 보니, 잡생각이 사라졌다. 한 사람의 운명이 그 안에 압축되어 있었다. 착하고 재능 있는 인간이, 타인에게 즐거움을 선사하는 뛰어난 재능을 가진 인간이 앙심을 품은 일반 대중에게 공격당해 몰락하고 말았다. 대중은 오스카가 몰락하는 모습을 보며 가학적 쾌락을 얻었다. 톰은 오스카의 일대기를 읽으며 예수의 일생을 떠올렸다. 선하고 인자한 인간이자, 의식의 확장과 삶의 기쁨이라는 비전을 제시했던 예수. 오스카 와일드와 예수는 동시대 사람들의 오해를 샀고, 사람들은 가슴속 깊이 활활 타오르는 시기심에 사로잡혀 멀쩡한 그들이 죽기를 바라며 그들을 조롱하고 괴롭혔다. 톰은 놀랍지도 않았다. 나이를 불문하고 그런 부류는 오스카의 작품에서 눈을 떼지 못하면서도 자기들이 매료된 이유조차 깨닫지 못했다.

이런 생각이 머리를 훑고 지나가는 동안, 톰은 책장을 넘기다가 렌넬 로드*의 첫 번째 시집에 관한 글귀를 발견했다. 오스카의 친구였

* 영국의 하원 의원이자 시인

던 로드는 오스카 와일드에게 자신이 쓴 첫 번째 시집을 선물하면서 이탈리아어로 글귀를 손수 적어 보냈는데, 내용이 묘했다. 번역은 아래와 같다.

> 네가 순교하면, 욕심 많고 잔인한 인간들이
> 네가 말을 걸던 사람들이 모여들 것이다.
> 다들 네가 십자가에 매달리는 모습을 보러 오겠지만
> 널 불쌍히 여기는 자는 한 명도 없을 것이다.
> —린넬 로드, 『남부의 노래』(1881)

이제야 예언적인 시어가 묘해 보였다. 전에 다른 데서 이 시를 봤었나? 다른 데서 본 기억은 없었다.

톰은 책장을 넘기다가 오스카 와일드가 힘겨운 시골 생활을 끝내고 돌아온 지 얼마 되지 않았을 때, 옥스퍼드 재학생 중 최고의 시를 쓴 학생에게 수여하는 뉴디게이트상을 받게 되자 얼마나 좋아했을지 상상해 보았다. 톰은 침대에 앉아 베개에 몸을 기댄 채 편안한 자세로 다음 장에 나올 내용을 기대했다. 그러면서도 프리처드와 모터가 달린 보트가 생각났다. 옆에서 프리처드를 거드는 남자도 떠올랐다.

"젠장." 톰은 중얼거리며 침대를 박차고 일어났다. 그는 인근 지역에 있는 강과 운하가 궁금해졌다. 이 근방의 지도는 일찌감치 찾아보긴 했지만, 그래도 다시 봐야 할 것 같았다.

톰은 『타임스』에서 발행한 큼직한 지도책을 펼쳤다. 『전 세계 상세 지도책』이었다. 퐁텐블로, 모레, 몽트로 이남 인근 지역의 강과 운하가 『그레이 해부학』에 나오는 인체 혈액 순환계의 일부처럼 뒤엉켜 있었다. 가늘고 굵은 정맥과 동맥처럼, 강과 운하가 갈라졌다가 교차했다. 그럼에도 프리처드가 장만한 모터 달린 소형 보트 정도로는 어디든 충분히 지나갈 너비는 되어 보였다. 프리처드가 일을 제대로 해낼지도 모른다.

프리처드가 재니스와 얘기하며 얼마나 신이 났을까! 재니스가 이 일을 어떻게 생각하려나? '재수가 좋았어, 여보? 저녁에 먹을 물고기는 잡은 거야? 이번에도 고물 자전거나 건진 건 아니지? 설마 겨우 장화?' 프리처드는 자기가 뭘 그리 열심히 찾는지 아내에게 말했을까? 아마 사실대로 털어놓았을 것이다. 머치슨을 찾고 있다고 말이다. 말 못 할 이유가 없지 않은가? 프리처드가 지도나 기록은 갖고 있을까? 아마 그릴 것이다.

톰은 처음 찾아봤을 때 동그라미를 쳐 놓은 지도를 여태 보관하고 있었다. 그가 연필로 그려 넣은 원이 부아시를 살짝 넘겼다. 『타임스』에서 발행한 세계 지도책에는 운하와 강이 조금 더 세세히 실려 있었고, 그 수도 훨씬 많았다. 프리처드가 '넓은 반경'에서 시작해 점점 안으로 좁혀 오려나, 아니면 가까운 곳에서 시작해 점점 넓혀 나가려나? 톰은 후자일 거로 추측했다. 사체를 처리해야 할 사람이 20킬로미터나 달려갈 여유는 없었을 테니 10킬로미터 정도에서 타협했을 것이다. 톰은 부아시가 빌페르스에서 8킬로미터 떨어져 있다는 사실을 상기했다.

톰이 재빨리 셈해 보았다. 반경 10킬로미터 이내에 있는 강과 운하의 길이를 모두 더하면 54킬로미터는 될 것이다. 저걸 다 훑으려면 엄청나게 힘들겠군! 프리처드가 모터보트도 한 대 더 동원하고 사람도 둘이나 더 쓰려나?

강바닥을 훑는 일을 하면 금방 지치겠지? 톰은 프리처드가 정상이 아니라는 걸 상기했다.

프리처드가 이레, 아니 아흐레 동안 얼마나 이 잡듯이 뒤지려나? 논리적으로 따져 보자. 배를 운하 한가운데 띄워 놓고 운하를 따라 한 시간에 2킬로미터씩 내려간다고 치고, 오전에 3시간, 오후에 3시간 작업하면 하루에 12킬로미터를 훑게 된다. 여기에는 30분에 한 대씩 다른 배가 지나가거나, 보트를 픽업트럭에 싣고 다른 운하로 옮기는 고된 상황은 고려하지 않았다. 운하가 아니라 강이라면, 넓은 강폭을 죄다 커버하려고 보트를 타고 앞뒤로 왔다 갔다 움직여야 할 것이다.

그럼 사체가 가라앉은 자리에 그대로 있고 약간의 행운이 따른다고 가정할 경우, 대략 50킬로미터를 훑게 되는 3주 후에는 머치슨이 발견될지도 모른다.

그래도 3주라는 기간이 애매하긴 하네, 톰은 속으로 살짝 몸서리를 치며 혼잣말했다. 만일 머치슨이 톰이 예상하는 지점을 벗어나 북쪽으로 떠내려갔다면?

게다가, 방수포에 싸인 머치슨이 몇 달 후 운하로 떠내려갔는데 때마침 운하를 수리하려고 물을 완전히 뺐다가 발견됐다면? 톰은 어딘가에 있는 수문을 잠가서 아예 물을 말려 버린 운하를 본 적이 여러 번 있었다. 그랬더라면 머치슨의 유해는 당연히 경찰에 인도되었겠지만, 신원 확인은 불가능했을 것이다. 톰은 신문에서 신원을 확인할 수 없는 유골이 든 가방이 발견되었다는 기사는 본 적이 없었다. 사실 기사를 찾아본 건 아니었지만, 그런 일이 반드시 신문에 나란 법이 있나? 반드시 났을 것이다. 프랑스 사람이든 다른 나라 사람이든 대중은 그런 기사를 좋아하기 때문이다. 「신원 미상의 뼈가 든 가방 강에서 발견」이라는 제목으로 이렇게 실렸을 것이다. '일요일에 취미로 낚시하던 사람이 강에서 건져 올린 가방에서 남자의 뼈로 추정되는 인골이 들어 있었다. 폭력이나 살인의 희생자로 추정되고 자살로 보이지는 않는다.' 톰은 경찰이든 누구든 머치슨을 발견하지 못했다는 게 믿기지 않았다.

어느 날 오후였다. '뒷방'을 그리는 유화 작업이 착착 진행되자, 톰은 재니스 프리처드에게 전화해 보고 싶어졌다. 데이비드가 받으면 조용히 끊고, 재니스가 받으면 통화를 이어 가면서 살짝 동태를 살펴보고 싶었다.

톰은 황토색 물감이 묻은 붓을 팔레트 옆에 살짝 내려놓고 아래층으로 내려가 복도 전화기가 있는 쪽으로 걸어갔다.

톰이 제일 꼼꼼히 청소한다고 인정하는 클루조 여사가 지금 아래층 화장실을 청소하느라 분주했다. 아래층 화장실에는 세면대도 있지만, 문이 하나 있는데, 그 문을 열면 지하실로 내려가는 계단이 나왔다. 톰이 알기론, 클루조 여사도 영어라면 까막눈이었다. 지금 여사와의 거리는 4미터. 톰은 적어 놓은 프리처드 부부의 집 전화번호를 확인한 다음 수화기로 손을 뻗었다. 때마침 전화벨이 울렸다. 재니스의 전화라면 얼마나 좋을까. 톰이 수화기를 들었다.

아니었다. 국제 전화였다. 양쪽 교환원이 서로 중얼거리다가 한쪽이 목소리를 높여 물었다. "톰 리플리 씨 되십니까?"

"네, 그렇습니다." 엘로이즈가 어디 아픈가?

"잠깐만요."

"여보세요, 톰!" 엘로이즈의 목소리가 밝았다.

"여보세요. 여보! 잘 지내지? 왜 연락을……."

"우린 정말…… 마라케시야! 응…… 내가 엽서 보냈어. 봉투에 넣어서. 알잖아, 당신도……."

"괜찮아, 고마워. 일단 가장 중요한 건…… 당신, 잘 지내는 거지? 어디 아픈 데는 없고?"

"없어, 톰. 노엘이 아주 끝내주는 약을 발견했어! 필요하면 사면 돼."

뭐, 물론, 참 잘된 일이긴 했다. 톰은 기괴한 아프리카 질병에 관해 얘기를 듣긴 했었다. 그가 침을 삼켰다. "그래서 언제 올 거야?"

"그게……."

최소 일주일은 더 있을 거라는 소리가 들렸다. "이런."

"우리가 보고 싶은 게……." 지지직거리는 소리에 이어 거의 연결이 끊기는 듯하다가 엘로이즈의 차분한 목소리가 다시 들렸다. "메크네스에 갈 때는 비행기를 타려고. 지금 일이 생겨서 그만 끊을게, 톰."

"무슨 일인데?"

"잘 지내, 톰."

통화가 끊겼다.

대체 무슨 일이 생겼다는 걸까? 다른 사람이 전화를 쓰자고 한 걸까? 엘로이즈가 호텔 로비에서 전화한 것 같았다(뒤에 다른 사람 소리가 들리긴 했었다). 그렇다면 전화를 끊는 게 당연했다. 톰은 조금 화가 나긴 했지만, 적어도 이 순간만큼은 엘로이즈가 잘 있다는 걸 확인한 것이다. 만일 엘로이즈가 메크네스로 갈 때 비행기를 탄다면 북쪽 탕헤르 방향일 것이다. 그럼 그곳에서 집으로 오는 비행기를 탈 게 확실했다. 톰은 겨를이 없어서 노엘과 통화하지도 못하고, 두 사람이 묵는 호텔 이름도 듣지 못해 아쉬웠다.

톰은 기운이 났다. 엘로이즈의 전화를 받은 덕분으로 보였다. 톰은 다시 수화기를 들고 시간을 확인한 다음—오후 3시 10분—프리처드의 집으로 다이얼을 돌렸다. 다섯 번, 여섯 번, 일곱 번 울린 끝에야 재니스가 미국 악센트가 섞인 높다란 음성으로 전화를 받았다. "여보세요오오?"

"안녕하세요, 재니스. 톰입니다. 잘 지냈어요?"

"어머나, 목소리 들으니 반갑네요. 저흰 잘 지내요. 리플리 씨는요?"

그녀의 음성이 묘하게 다정하면서도 쾌활하게 들렸다. "네, 덕분에요. 날씨가 참 좋은데 잘 지내시죠? 저는 잘 지내고 있습니다."

"날씨가 참 좋죠? 좀 전에 밖에서 장미 주변에 올라온 잡초를 뽑느라 전화벨 소리가 잘 안 들렸어요."

"데이비드가 낚시한다면서요?" 톰은 억지로 웃으며 말했다.

"하하. 낚시요?"

"아닌가요? 근처 운하를 지나가다가 본 것 같아서요. 잉어를 잡는 건가요?"

"아니에요, 리플리 씨. 익사체를 찾고 있어요." 재니스가 즐겁게 웃는 목소리로 재잘거렸다. 잉어와 익사체의 발음이 살짝 비슷해서 재미있어하는 눈치였다. "정말 웃기죠. 그이가 찾긴 뭘 찾겠어요? 아무것도 못 찾을걸요!" 다시 웃었다. "그래도 그 바람에 그이가 운동 삼아 나가느라 집을 비우네요."

"익사체라면 누구 익사체 말인가요?"

"머치슨이라는데, 당신도 아는 사람이라고 그이가 그러던데요. 게다가 그이는 당신이 그 남자를 죽였다고 생각하더라고요. 상상이 가세요?"

"말도 안 돼!" 톰이 웃음을 터뜨리다가 놀란 척했다. "내가 그 남자를 언제 죽였대요?" 톰이 기다렸다. "재니스?"

"미안해요. 그이가 돌아오는 줄 알고 잠시 착각했지 뭐예요. 다른 차였어요. 당신이 몇 년 전에 머치슨을 죽였다는데, 정말 말도 안 되는 소리잖아요. 리플리 씨!"

"그러게요. 그래도 말씀하신 대로 운동은 되겠네요."

"운동이야 되겠죠!" 재니스가 웃음 섞인 말투로 남편이 운동하러 나가면 너무 좋다고 털어놓았다. "갈고리로 훑으면서……."

"옆에 누가 있던데, 혹시 친한 친구인가요?"

"아니에요! 음악을 공부하는 미국인인데, 데이비드가 파리에서 데려왔어요! 다행히 사람이 참 괜찮더라고요. 날로 먹진 않아요." 재니스가 낄낄거렸다. "저희 집에 묵고 있거든요. 그래서 제가 그 남자가 괜찮다는 말도 하는 거예요. 이름이 테디예요."

"테디." 톰은 따라서 말하면서 테디가 이름이 아니라 성이기를 바랐지만, 테디는 성으로는 잘 쓰이지 않았다. "데이비드가 언제까지 저럴까요?"

"그걸 찾을 때까지는 계속할걸요. 그이가 얼마나 열심인데요. 그래서 기름도 사고, 베인 손가락에 드레싱도 해 주고, 두 남자에게 요리해 주느라 제 생활이 얼마나 바빠졌는지 몰라요. 언제 커피나 차 마시러 오세요."

톰은 깜짝 놀랐다. "고맙습니다만, 지금은……."

"부인이 지금 멀리 여행가셨다고 들었어요."

"네. 몇 주는 더 있다가 올 겁니다."

"어디 가셨는데요?"

"이제 그리스로 갈 겁니다. 친구하고 휴가를 보내고 있거든요. 전 정원 일을 해야 해서요." 톰이 웃었다. 클루조 여사가 양동이와 대걸레를 들고 아래층 화장실에서 나와 뒤에 서 있었다. 톰은 재니스 프리처드에게 커피든 술이든 마시러 오라는 말은 하지 않을 것이다. 재니스가 곧이곧대로, 혹은 악의적으로 데이비드에게 그 말을 옮길지도 모른다. 그랬다간 톰이 데이비드가 무슨 일을 하고 다니는지 애가 타서 걱정하는 것처럼 보일 것이다. 데이비드는 자기 아내가 어디로 튈지 모르는 성격의 소유자란 사실을 분명 알고 있을 것이다. 그런 면모가 두 사람이 즐기는 가학적 재미의 일정 부분을 차지할 테니 말이다. "재니스, 남편의 행운을 빌겠습니다. 이웃이 빌어 주는 행운이라고 해 두죠." 톰은 말을 멈추었다. 재니스도 잠자코 기다렸다. 데이비드가 탕헤르에서 톰에게 두들겨 맞았다는 얘기를 들은 것 같았다. 그런데도 프리처드 부부의 세계에서는 옳고 그름, 예의와 무례는 중요하지도 않았고, 심지어 기억조차 되지 않는 듯했다. 사실 게임하는 것보다 이상했다. 적어도 게임에는 룰이라는 게 존재하기에.

"그럼 이만, 리플리 씨. 전화해 주셔서 고마워요." 재니스가 평소와 다름없이 다정하게 통화를 마무리했다.

톰은 정원을 내다보다가 이상한 프리처드 부부에 대해 곱씹어 보았다. 데이비드가 뭘 알아냈을까? 그 남자라면 그 짓을 끝까지 해낼지도 모른다. 말도 안 돼, 설마 그럴 리가! 지금부터 한 달 후면, 데이비드는 주변 75킬로미터 이내에 있는 강바닥을 훑게 될 것이다. 미쳤군! 테디가 입이 쩍 벌어질 만큼 어마어마한 돈을 받는 게 아니라면 지쳐서 나가떨어질 것이다. 프리처드는 돈이 바닥날 때까지 다른 사람을 다시 구할 게 뻔했다.

지금 프리처드와 테디는 어디에 있을까? 보트를 하루에 두 번은 픽업트럭에서 내렸다가 도로 실으려면 기운이 있어야 할 텐데. 지금도 둘이서 부아시 인근 루앙강 바닥을 훑고 있으려나? 톰은 그곳으로 달려가고픈 충동이 일었다. 흰색 스테이션왜건으로 바꿔 타고 달려갈 경우, 3시 반이면 호기심을 채울 수 있을 것이다. 하지만 그렇게 한다는 건, 사체를 유기한 현장 주위를 또다시 얼쩡거린다는 건 무척이나 두려운 일이었다. 그가 부아시로 차를 몰고 다리를 건너던 그날, 혹시라도 누가 톰을 알아보고 얼굴을 기억하고 있다면 어떻게 될까? 괜히 그곳에 갔다가 갈고리로 바닥을 훑고 있는 데이비드와 테디와 정면으로 마주치기라도 한다면 어떻게 될까?

그런다면 데이비드와 테디가 목적을 달성하지 못한다고 해도 톰은 잠을 설치게 될 것이다.

톰은 완성된 유화를 쳐다보았다. 다른 작품보다 더 만족스러웠다.

그림 좌측에 푸른빛이 감도는 붉은색으로 세로로 선을 덧그려 실내에 걸린 커튼을 표현했다. 뒤로 보이는 검고 네모난 복도는 테두리를 파란색과 보라색과 검은색으로 진하게 칠했다가 점차 옅게 표현했다. 복도는 중심에서 벗어나 있었고, 그림은 가로보다 세로가 더 길었다.

또다시 화요일이 되었다. 톰은 하프시코드를 가르쳐 주던 로제 르프티가 생각났다. 평소라면 르프티가 화요일마다 왔겠지만, 톰과 엘로이즈는 북아프리카로 여행 갔다가 언제 돌아올지 몰라서 잠시 레슨을 중단했다. 톰은 귀국한 후에도 르프티에게 전화는 안 해도 연습은 놓지 않았다. 그레 부부가 주말에 식사하러 오라고 초대했지만, 톰은 고맙지만 사양하겠다고 했다. 그랬던 톰이 주중에 아네스 그레에게 전화하더니 오후 3시쯤 놀러 가겠다고 자청했다.

남의 집에 가자 톰은 눈이 즐거워졌다. 톰과 아네스는 그레 부부가 쓰임새 있게 잘 정리해 놓은 주방 대리석 테이블에 앉아 있었다. 여섯 명이 앉아도 될 만큼 널찍했다. 에스프레소 커피 잔 옆에 칼바도스 잔도 나란히 놓고 마셨다. 톰은 엘로이즈와 두세 번 통화했는데, 한 번은 통화하다가 중간에 끊겼다고 얘기하며 웃었다. 그리고 한참 전에 부친 편지가, 그가 그곳을 떠난 지 사흘 후에 엘로이즈가 적어서 보낸 편지가 어제야 도착했다고 했다. 톰이 아는 한 엘로이즈가 잘 지내고 있다고 했다.

"이웃에 사는 남자가 미친 듯이 낚시만 해요." 톰이 웃으며 말했다. "한다고 들었어요."

"낚시라." 아네스 그레의 갈색 눈썹이 잠시 가운데로 몰렸다. "그 남자가 뭘 찾긴 찾는데, 뭘 찾는지는 말을 안 한대요. 작은 갈고리로 강바닥을 긁는데, 옆에 있는 사람도 같이 훑으면서 다닌대요. 제가 본 건 아니지만, 사람들이 정육점에서 하는 소리를 들었어요."

빵집이나 정육점은 늘 수다 꽃이 피는 장소다. 빵집과 정육점은 사람들이 모이는 곳으로 주인이 손님을 응대하는데 시간이 좀 걸리기 때문이다. 그래서 그곳에 오래 머물수록 소문을 더 많이 듣는다.

톰이 마침내 말했다. "운하든 강이든 끝내주는 물건을 건져 올릴 수 있을 겁니다. 제가 이 동네 쓰레기 수거장에서 뭘 찾았는지 알면 놀라실 겁니다. 당국이 그곳을 폐쇄하기 전 일이지만, 미술 전시회장만큼 좋은 게 많더라고요. 앤티크 가구도 있었어요! 조금만 손보면 쓸 만한 하겠던데요. 저희 집 벽난로 옆에 있는 철제 주전자 두 개는 19세기 말에 물을 담아 놓던 거였는데, 둘 다 쓰레기 수거장에서 건진 거예요."

톰이 웃음을 터뜨렸다. 쓰레기 수거장은 빌페르스를 벗어나는 도로 한쪽으로 보이는 평야에 있었다. 마을 사람들은 망가진 의자나 오래된 냉장고, 책 같이 낡은 물건을 그곳에 버리는 게 허용되었다. 톰은 그 수거장에서 여러 가지를 가져오곤 했다. 이제 그 평야는 현대화의 일환으로 철제 펜스와 자물쇠로 폐쇄되고 말았다.

"사람들 말로는 그 남자가 고물을 수집하는 건 아니래요." 아네스는 무심한 말투로 말했다. "그 남자가 철로 된 물건을 건지고도 강으로 다시 버린다던데, 그러면 안 되잖아요. 차라리 쓰레기 줍는 사람들이 주워라도 가게 제방 위로 던지면 되잖아요. 그래야 우리 마을에 도움도 되고." 그녀가 미소를 지었다. "한 잔 더 하실래요, 톰?"

"괜찮습니다, 아네스. 이제 집에 가야겠어요."

"왜 지금 가시게요? 썰렁한 집에 가서 일하시려고요? 혼자서도 잘 지내신다는 거 알죠. 그림도 그리시고, 전용 하프시코드도 치시고……."

"하프시코드는 제 전용이 아니라 저희 부부 공용입니다."

"그렇군요." 아네스가 머리카락을 뒤로 넘기며 톰을 쳐다보았다. "조금 긴장하신 것 같은데, 집에 가시는 게 좋겠어요. 엘로이즈가 오늘은 집으로 전화했으면 좋겠어요."

톰이 일어서면서 미소를 지었다. "혹시 아나요?"

"저희 집엔 차든 식사든 아무 때나 오셔도 된다는 거, 아시죠?"

"전화부터 드리고 오겠습니다." 톰은 유쾌한 말투를 유지했다. 오늘은 주중이었다. 앙투안은 금요일 저녁이나 토요일 낮이나 되어야 올 테고, 아이들은 이제 곧 학교에서 돌아올 것이다. "잘 있어요, 아네스. 맛있는 에스프레소 잘 마시고 갑니다."

아네스가 주방 입구까지 그를 배웅했다. "좀 우울해 보이세요. 오랜 친구들이 옆에 있다는 거 잊지 말아요." 톰이 차로 걸어가기 전에 아네스가 그의 팔을 토닥여 주었다.

톰이 마지막으로 차창 밖으로 손을 흔들고 도로로 나서려는데, 반대편에서 노란 스쿨버스가 와서 서더니 에두아르와 실비 그레를 내려 주었다.

톰은 아네트 여사를 생각했다. 여사는 9월 초에 휴가를 간다고 했다. 원래 프랑스 사람들이 휴가 가는 달은 8월이지만, 여사는 어디를 가든 차가 너무 막히기 때문에 8월에는 휴가를 갈 마음이 없다고 했다. 게다가 8월이면 같은 마을 다른 집에서 일하는 가정부들이 평소보다 쉴 시간이 훨씬 많았다. 주인들이 휴가를 가기 때문에, 아네트 여사와 친구들은 시간을 내 서로의 집을 오갈 수 있었다. 아네트 여사에게 당장 휴가 가라고 해야 하나? 톰은 여사가 가겠다고 하면 보낼 생각이었다.

만일을 위해 그래야 할까? 톰은 아네트 여사가 마을에서 보거나 듣는 것들에 선을 그어 주고 싶었다.

톰은 자기가 걱정하고 있다는 걸 자각하는 순간, 더욱 약해지는 것만 같았다. 그런 기분을 털어 내려면 뭐라도 해야 한다. 빠르면 빠를수록 좋다.

톰은 제프나 에드에게 전화하기로 했다. 이제 둘 다 똑같이 톰에게 소중한 존재가 되었다. 톰에겐 친구라는 존재가 필요했다. 그가 필요로 할 때 도와주겠다며 손을 내밀어 주는 친구. 결국, 프리처드는 테디의 손을 잡았다.

프리처드가 머치슨의 사체를 찾으면 테디가 뭐라고 할까? 프리처드는 테디한테 자기가 뭘 찾는다고 말이나 했을까?

톰의 웃음소리가 느닷없이 두 배로 커졌다. 톰은 거실을 천천히 돌아다니다가 쓰러질 뻔했다. 음악을 공부한다는 테디가 시체나 찾고 있다니!

바로 그때, 아네트 여사가 거실로 나왔다. "어머나, 기분 좋게 웃으시는 걸 보니 참 좋네요."

톰이 웃어서 시뻘겋게 얼굴이 달아올랐다. "웃긴 농담이 방금 생각나서요. 아니, 안 되겠네요, 여사님. 불어로 번역하려니 잘 안 되네요!"

18

톰은 아네트 여사와 잠시 얘기를 나눈 후, 에드의 런던 집 전화번호를 확인하고 다이얼을 돌렸다. 에드가 자동 응답기에 녹음해 둔 음성이 들렸다. 이름과 전화번호를 남겨 달라는 말에 톰이 입을 막 떼려는 순간, 다행히 에드가 수화기를 들었다.

"여보세요, 톰! 네, 막 들어왔어요. 새로운 소식은요?"

톰이 숨을 골랐다. "새로운 소식이랄 건 없고, 데이비드 프리처드가 우리 동네에서 낚시하고 있어요. 보트 위에서 갈고리를 들고 강바닥을 긁고 다녀요." 톰은 부러 차분하게 말했다.

"말도 안 돼! 얼마나 됐어요? 열흘, 아니다, 일주일은 넘었겠네요."

에드는 대놓고 날짜를 세지 않았고, 톰도 마찬가지였다. 그럼에도 톰은 프리처드가 그 짓을 벌써 2주 넘게 하고 있다는 걸 알았다. "열흘은 됐을 겁니다. 솔직히 말할게요, 에드. 만일 프리처드가 동네방네 티를 내며 이 짓을 계속하면, 그걸 찾을지도 몰라요. 무슨 말인지 알죠?"

"알아요. 말도 안 돼. 내가 당신을 도와야겠군요."

에드가 무슨 말인지 알아들은 것 같았다. "도와주면 좋겠어요. 프리처드가 사람을 구했다는 얘기는 내가 제프한테는 했어요. 테디라는 남자예요. 둘이 노 젓는 작은 보트에 모터를 달고 지치지도 않는지 양쪽에서 갈고리로 강바닥을 긁고 다녀요. 정확히 설명하자면, 노에 갈고리를 단 건데, 이 짓을 한 지가 꽤……."

"내가 프랑스로 건너갈게요, 톰. 내가 가서 할 수 있는 일이면 뭐든 할게요. 빠르면 빠를수록 좋겠군요."

톰은 망설였다. "그렇게 해 준다면 나야 든든하죠."

"최대한 서두를게요. 금요일 정오까지 끝내야 하는 일이 있는데, 내일 오후까지 마치도록 해 볼게요. 제프한테는 얘기했어요?"

"아뇨. 혹시 당신이 못 온다고 하면, 제프한테 전화하려 했어요. 금요일 오후나 저녁때까지는 올 수 있습니까?"

"상황을 봐야 하겠지만, 그보다 일찍 갈 수 있을 거예요. 금요일 낮까지 갈 수 있을 것 같긴 한데, 비행기 시간을 알아보고 다시 전화할게요, 톰."

톰은 한결 가벼워진 마음으로 아네트 여사에게 곧장 달려가서 주말에 손님이 온다고 전하려 했다. 런던에서 신사가 온다고 말이다. 아네트 여사의 방문이 닫혀 있었고, 아무 소리도 나지 않았다. 낮잠 자나? 원래 낮잠을 자는 사람이 아닌데.

그는 주방 창으로 밖을 내다보았다. 아네트 여사가 허리를 숙이고 오른편에 있는 야생 바이올렛 화단을 구경하고 있었다. 연보라색 바이올렛은 찬바람을 맞아도, 해충에 공격당해도 끄떡없어 보였다. 톰이 정원으로 나갔다. "아네트 여사님?"

여사가 허리를 폈다. "리플리 씨! 아주 가까운 곳에서 자라는 바이올렛을 보며 감탄하고 있어요. 정말 앙증맞죠?"

톰이 맞장구쳤다. 바이올렛은 월계수와 회양목 주변에 흩뿌려진 듯 자라고 있었다. 톰이 희소식을 전했다. 손님이 올 테니 요리하고 손님방도 정리해야 한다고 말이다.

"친한 친구분이 오신다니 기운이 나시겠어요. 전에도 오셨던 분인가요?”

둘이 주방으로 통하는 쪽문으로 걸어갔다.

“아닐걸요. 우리 집에 온 적은 없을 겁니다. 거참 신기하네요.” 에드와 알고 지낸 세월을 헤아려 보니, 진짜 이상했다. 더와트 위작 때문에 에드는 알게 모르게 톰과의 연락을 꺼렸을 것이다. 설상가상으로, 버나드가 벨옹브르에 왔다가 돌이킬 수 없는 길로 떠나 버린 사건도 이유가 됐을 것이다.

“그분이 뭘 드시면 좋아하실까요?” 아네트 여사는 자신의 공간인 주방으로 돌아와 물었다.

톰은 웃으며 생각해 보았다. “프랑스 요리를 먹어 보고 싶어 하지 않을까요. 이런 날씨면…….” 푹푹 찌는 날씨는 아니지만 덥긴 더웠다.

“차가운 랍스터 요리에 라타투유*도 같이 낼까요? 그게 좋겠네요! 차가운 요리와 함께 얇게 저민 송아지고기에 마데르 소스를 곁들이면 되겠네요.” 여사의 하늘색 눈동자가 반짝거렸다.

“맛있겠네요.” 아네트 여사가 말하는 내내 톰의 입에 침이 고였다. “좋은 생각이에요. 아마 금요일에 올 겁니다.”

“부인도 같이 오시나요?”

“그 친구 미혼이에요. 에드 혼자 올 겁니다.”

톰은 차를 타고 우체국에 가서 우표를 산 다음, 엘로이즈가 두 번째로 부친 우편물이 있는지 알아보았다. 우체국에는 도착했는데 아직 집으로 배달하지 않은 우편물이 있는지 말이다. 엘로이즈가 겉봉에 손으로 주소를 적은 봉투가 하나 있었다. 그걸 보는 순간, 톰은 심장이 쿵쾅거렸다. 마라케시 소인이 워낙 흐리게 찍혀 있어서 잘 보이지 않았다. 봉투 안에는 그녀가 보낸 엽서가 들어 있었다.

톰에게

우린 잘 지내고 있어. 여긴 참 한적하고 아름다워. 저녁이면 모래밭이 보랏빛으로 물들거든. 아픈 데도 없고, 정오면 꼬박꼬박 제대로 챙겨 먹어. 이제 비행기를 타고 메크네스로 가려고 해. 노엘이 안부 전해 달래. 정말 사랑해.

엘

* 채소 스튜

톰은 엽서를 받아서 좋았다. 두 여자가 마라케시에서 메크네스로 출발한다는 사실은 며칠 전에 들어서 알고 있었다.

톰은 무슨 바람이 불었는지 정원 일을 시작했다. 삽을 들고 앙리가 작업하다가 놓친 정원 가장자리를 정리했다. 앙리는 꼭 해야 하는 허드렛일을 하다 말고 변덕을 부리곤 했다. 식물에 관해서라면 노련하게 제대로 대처했지만, 가끔은 옆길로 새서 안 해도 될 일을 깔끔하게 해 놓기도 했다. 그렇다고 앙리가 품삯을 더 달라거나 거짓말하진 않았다. 톰은 불평해서는 안 된다고 혼잣말했다.

톰은 정원 일을 마치고 샤워한 다음, 오스카 와일드의 일대기를 이어서 읽었다. 아네트 여사가 장담한 대로, 손님이 온다고 생각하니 기운이 났다. 신문을 보며 오늘 밤 텔레비전 편성표를 확인하기도 했다.

구미에 당기는 방송은 없었지만, 별다른 일이 없으면 10시에 텔레비전을 보기로 했다. 톰은 밤 10시에 텔레비전을 켰다가 5분 만에 껐다. 손전등을 들고 에스프레소를 마시러 마리와 조르주가 하는 술집으로 향했다.

오늘도 카드 게임을 하는 사람들이 있었다. 전자 오락기에서 철컹, 쾅 하는 소리가 났다. 오지랖 넓은 낚시꾼 데이비드 프리처드에 관한 소식은 들리지 않았다. 톰은 프리처드가 녹초가 된 나머지 밤늦은 시각에 술을 마시러 나오지 못하는 게 당연하다고 생각하면서도, 출입문이 열릴 때마다 혹시 프리처드가 들어오는지 여전히 살피고 있었다. 톰은 계산하고 나가려다가 출입문으로 시선을 보냈다. 문이 막 열리더니, 프리처드를 돕는 테디가 들어왔다.

테디는 일행이 없이 혼자 온 것 같았다. 막 씻고 나와 베이지색 셔츠에 면바지로 갈아입은 듯했다. 약간 뚱한 표정이었는데, 피곤해서 그런 것 같았다.

"여기 에스프레소 한 잔 더요, 조르주." 톰이 말했다.

"그러죠, 리플리 씨." 조르주는 톰을 쳐다보지도 않고 대답하더니, 살집이 있는 몸통을 에스프레소 머신을 향해 돌렸다.

테디라는 남자는 옆에서 누가 손가락으로 가리키며 알려 주어도 톰인지 알아보지 못할 것 같았다. 테디가 출입구에 가까운 바 테이블 끝에 서서 자리를 잡자, 마리가 맥주를 갖다주며 인사를 건넸다. 둘이 안면이 있어 보였다. 마리가 무슨 말을 했는지는 들리지 않았다.

톰은 모험을 해 보기로 했다. 그래서 낯선 사람보다 더 티 나게 테디를 자꾸 힐끔거렸다. 혹시나 테디가 자기를 조금이라도 알아보는지 확인해 보고 싶어서였다. 그러나 테디는 톰이 누군지 알아보지 못했다.

테디가 인상을 쓴 채 맥주잔을 내려다보았다. 왼쪽에 앉은 남자와 건조한 표정으로 잠시 시선을 주고받으면서도 웃지는 않았다.

테디가 프리처드에게 발을 빼려고 고민하는 걸까? 파리에 있는 여자 친구가 보고 싶은 걸까? 기괴한 관계가 형성된 데이비드와 재니스 프리처드 부부가 사는 집안 분위기에 질려 버린 걸까? 오늘 프리처드가 찾고자 하는 물건을 찾지 못했다고 침실에서 아내를 폭행하는 소리를 들은 걸까? 테디는 바람을 쐬고 싶어서 나왔을 것이다. 손을 보니, 머리가 아니라 몸을 쓰는 타입 같았다. 음악학도라고 들었는데? 톰은 미국의 일부 음대에서는 경영학 커리큘럼을 따라가는 곳도 있다고 들었다. '음악 공부'를 한다고 해서 음악에 대해 안다거나 관심을 가져야 하는 건 아니었다. 중요한 건 학위였다. 테디는 키가 180센티미터가 넘었는데, 테디가 이 일을 하루라도 빨리 그만둬야 톰이 더 행복해질 것 같았다.

톰은 추가로 마신 커피 값을 내고 출입문으로 향했다. 모터사이클 오락기 앞을 지나가는데, 화면 속 플레이어가 장벽을 들이받는 순간 별이 번쩍거리더니 그대로 화면이 정지했다. 게임 끝. '동전을 넣으시오. 동전을 넣으시오. 동전을 넣으시오.' 구경꾼들의 입에서 흘러나오던 나지막한 신음이 웃음으로 바뀌었다.

테디라는 남자는 톰을 쳐다보지도 않았다. 프리처드가 테디에게는 자기가 뭘 찾는지 밝히지 않았다고, 톰은 결론을 내렸다. 머치슨의 사체를 찾고 있다는 말을 테디에게 해 주지 않은 것이다. 프리처드가 침몰한 요트에서 보석을 건지자고 꼬드겼을까? 값진 것들이 든 가방을 찾자고 했을까? 보아하니, 프리처드는 한동네에 사는 이웃과 관련된 물건이란 말은 해 주지 않은 것 같았다.

톰이 출입구에서 뒤돌아보았다. 테디는 여태 등을 웅크린 채 맥주만 쳐다보며 누구와도 말을 섞지 않았다.

날씨가 덥다 보니, 아네트 여사는 손님 접대 메뉴로 랍스터 요리를 골랐다. 톰은 여사에게 퐁텐블로에 같이 가서 장도 보고 제일 좋은 수산물 가게에도 들르자고 했다. 이번에는 별로 힘들이지 않고도 아네트 여사를 설득해 같이 갈 수 있었다. 톰이 번번이 한 번 더 권해야, 아네트 여사가 못 이기는 척 그러자고 했기 때문이다.

두 사람은 장 볼 목록도 정리하고 장바구니와 바구니도 챙겼다. 세

탁소에 맡길 톰의 옷까지 들고서 9시 반에 집을 나섰다. 오늘도 날이 화창했다. 아네트 여사는 주말 내내 해가 날 거라는 날씨 예보를 라디오에서 들었다고 하더니, 에드 밴버리 씨가 무슨 일을 하느냐고 물었다.

"기자입니다. 내가 그 친구 불어 실력을 시험해 본 적은 없지만, 조금은 할 줄 알 겁니다." 톰은 웃으면서 과연 에드의 실력이 어떨지 상상해 보았다.

장바구니와 바구니가 가득 찼다. 랍스터는 큼직한 흰 비닐봉지 속에 꽁꽁 묶여 있었다. 수산물 가게 사장은 톰에게 두 겹으로 쌌으니 안심하라고 했다. 톰은 주차 미터기에 동전을 더 집어넣고, 아네트 여사에게 근처 카페에 가서 차나 한잔하자고 했다(이번에도 두 번 권해야 했다). 여사는 웃으며 그러자고 했다.

큼직한 초코 아이스크림 덩어리를 올리고 손가락 모양의 카스텔라 두 조각을 토끼 귀처럼 꽂은 다음 귀와 귀 사이에 휘핑크림을 잔뜩 뿌린 디저트는 아네트 여사가 고른 거였다. 여사는 옆 테이블에서 아무 얘기나 떠드는 아줌마들을 쓱 둘러보았다. 과연 아무 얘기나 떠드는 걸까? 다들 활짝 웃으며 다디단 디저트를 먹고 있었지만, 아줌마들이 무슨 얘기를 떠드는지는 아무도 단언할 수 없었다. 톰은 에스프레소를 시켰다. 아네트 여사는 자기가 시킨 디저트가 마음에 들었는지 맛있다고 했다. 그걸 보니 톰도 기분이 좋았다.

둘이 차로 걸어가는 사이, 톰은 이번 주말에는 아무 일도 없을 것 같은 예감이 들었다. 에드가 얼마나 있다가 가려나? 화요일까지는 있겠지? 제프한테도 전화해야 하나? 여기에서 문제는, 프리처드가 그 짓을 언제까지 하느냐였다.

"사모님이 오시면 더 좋으시겠네요, 리플리 씨." 아네트 여사가 빌페르스로 돌아가는 차 안에서 말했다. "사모님께서 새로운 소식을 또 전하셨나요?"

"새로운 소식이라! 나도 듣고 싶네요. 전화국보다 우체국 사정이 더 안 좋은가 봐요. 엘로이즈가 일주일 안에는 돌아오겠죠."

톰이 빌페르스의 중심가로 접어드는 순간, 프리처드의 흰색 픽업트럭이 오른쪽에서 나와 지나가는 모습이 보였다. 톰은 안 줄여도 되는 속도를 줄였다. 모터를 떼어 낸 보트 선미가 픽업트럭 적재함 밖으로 삐죽 튀어나와 있었다. 점심 먹는 동안 보트를 강에서 건져 올린 건가? 그런 것 같았다. 제방에 무방비로 묶어 놓았다간 도난당하거나 바지선과 충돌할 수도 있으니 불안했을 것이다. 시커먼 방수포는 지금 보트 옆 적재함 바닥에 벗겨져 있었다. 점심을 먹고 둘이 다시 강으로 나가는 것 같았다.

"프리처드 씨가요." 아네트 여사가 말했다.

"네. 그 미국인."

"운하에서 뭘 찾고 있대요. 다들 그 얘기만 해요. 그런데 뭘 찾는지 말을 안 한대요. 시간이며 돈이며 그렇게 펑펑 쓰면서……."

"사연이 있겠죠……." 그제야 톰은 웃으며 말할 수 있었다. "여사님도 아시겠지만, 강바닥에 가라앉은 보물이나 금화라든가, 아니면 보석 상자가 있을지도 모르잖아요."

"별의별 물건들을 물에서 건져 올려 제방 위에 쭉 늘어놓는대요. 프리처드 씨나 옆에서 거드는 남자가 제방 위로 물건을 모조리 내던진대요! 그래서 그 근처에 사는 사람들이 걸어 다닐 때 걸리적거려서 짜증을 내나 봐요."

톰은 그 얘긴 듣고 싶지 않았지만, 들을 수밖에 없었다. 이제 우회전한 다음 아까 열어 두고 간 벨옹브르의 대문 안으로 들어갔다.

"프리처드는 이 동네에서 행복해질 수가 없어요. 이 동네에 살면서 행복해할 남자가 아닙니다." 톰은 아네트 여사를 힐끔거리며 말했다. "그 남자가 이 동네에 진득이 사는 모습이 상상이 가지 않아요." 톰이 조용히 말하는데, 심장이 쿵쾅거렸다. 프리처드라면 이가 갈렸다. 새로운 소식은 들리지 않았다. 아네트 여사 앞이라, 톰은 프리처드에게 욕을 해 댈 수도 없었고, 조용히 읊조릴 수도 없었다.

톰과 아네트 여사는 주방에 들어가 넉넉히 산 버터도 냉장고에 집어넣고, 싱싱한 브로콜리와 상추, 치즈 세 종과 최고급 커피는 물론 등급 좋은 로스팅용 쇠고기도 정리했다. 살아 있는 가재 두 마리도 냉장고에 집어넣었다. 톰이 랍스터에 손댈 생각은 추호도 없으니, 아네트 여사가 알아서 요리해 줄 것이다. 여사에게 가재 삶기란, 끓는 물에 강낭콩 데치기보다 쉬운 일이었다. 그럼에도 톰은 가재가 끓는 물에 잠기는 순간, 비명을 내지르다가 점차 그 소리가 잦아드는 장면이 머릿속에 그려졌다. 톰은 전자레인지에 가재를 요리(가재를 익히는 요리였을 것이다)하는 기사를 읽었을 때처럼 기분이 가라앉았다. 기사에 따르면, 전자레인지 스위치를 누르고 15초 안에 주방에서 뛰쳐나가지 않으면, 가재가 전자레인지 유리문을 집게발로 쾅쾅 두드리다가 죽어 가는 소리를 듣거나, 그 장면을 지켜봐야 한다고 경고했다. 가재가 익어 가면서 죽음을 맞이하는 사이, 감자 껍질을 까다가 몇 초나 지났더라?

하는 사람들도 있다던데 아네트 여사가 그런 부류라는 게 톰은 믿기지 않았다. 이러나저러나, 벨옹브르에는 전자레인지가 없었다. 아네트 여사나 엘로이즈는 그걸 장만할 생각조차 하지 않았다. 만일 둘 중 누구든 사고 싶어 했다고 해도, 톰이 반대했을 것이다. 전자레인지로 감자를 익히면 구운 감자가 아니라 삶은 감자에 가깝다는 기사를 읽은 적이 있는데, 톰 부부와 아네트 여사가 이 점을 심각하게 받아들인 것이다. 요리에 있어서 아네트 여사는 결코 서두르는 법이 없었다.

"리플리 씨!"

톰이 온실에 있는데, 아네트 여사가 뒤뜰 테라스 계단에 서서 부르는 소리가 들렸다. 혹시 몰라서 톰은 온실 문을 살짝 열어 두고 있었다. "네?"

"전화 왔어요!"

톰은 걸음을 재촉하며 기도했다. 에드의 전화이기를. 혹시 엘로이즈? 한 번에 두 칸씩 성큼성큼 테라스 계단을 올라갔다.

에드였다. "내일 점심때쯤 도착할 것 같은데, 괜찮죠, 톰? 정확한 시간을 알려 줄 테니 받아 적어요."

"불러요." 톰은 샤를 드골 공항에 11시 25분에 도착하는 212편 항공기를 받아 적었다. "공항으로 마중 나갈게요, 에드."

"좋죠. 번거롭지 않다면요."

"그럴 리가요. 드라이브하면 나도 좋거든요. 혹시 신시아가 연락했나요? 다른 사람 소식은요?"

"전혀요. 그쪽은요?"

"아직도 그놈이 낚시하고 다니는데, 어디 두고 보자고요. 아 참, 그리고 하나만 물어봅시다, 에드. 〈비둘기〉, 그거 얼맙니까?"

"1만 5천 파운드인데, 당신한테는 1만 파운드만 받을게요." 에드가 웃었다.

둘이 기분 좋게 통화를 끝냈다.

톰은 〈비둘기〉 소묘를 끼울 액자를 구상해 보았다. 밝은 갈색 나무 액자로 맞추되 테두리는 얇은 게 좋을까, 두꺼운 게 좋을까? 도화지가 누리끼리하니 포근한 톤이 좋을 것 같았다. 그는 주방에 가서 아네트 여사에게 아까 말한 손님이 내일 점심때쯤 올 거라는 소식을 전했다.

톰은 정원으로 나가 온실 일을 마무리 짓고 온실 바닥을 비로 쓸었다. 집에서 들고나온 고운 빗자루로 온실 속 기울어진 창문에 내려앉은 먼지도 털었다. 에드 같은 오랜 지인에게만큼은 가장 근사한 집을 보여 주고 싶었다.

그날 저녁, 톰은 영화 〈뜨거운 것이 좋아〉를 비디오로 보았다. 그가 찾던 영화였다. 남자 코러스가 억지 미소를 짓는 어이없는 장면이 나오긴 해도, 가볍게 부담 없이 볼 만한 영화였다.

톰은 잠자리에 들기 전에 작업실에 가서 편안히 서서 그리기에 좋은 테이블 앞에서 스케치를 몇 장 해 보았다. 에드의 얼굴을 떠올리며 검은 선을 두껍게 썼다. 에드에게 밑그림용 스케치를 그리려 하니 5분에서 10분 정도 포즈를 취해 달라고 부탁해 볼까. 금발에 대단히 영국적인 에드의 얼굴을 초상화로 그리면 재미있을 것 같았다. 이마는 점점 넓어지고 연갈색 직모는 가늘어지고, 눈빛은 예의 바르면서도 약간 놀란 듯한 얼굴이었다. 톰이 시키면, 당장이라도 웃거나 앙다물 준비가 된 얄팍한 입술을 가진 에드의 얼굴을 그려 보고 싶었다.

19

톰은 평소보다 일찍 일어났다. 약속이 있는 날이면 버릇처럼 그랬다. 6시 반까지 면도를 끝낸 다음, 리바이스 청바지와 셔츠를 입고 아래층으로 내려갔다. 일부러 발소리를 죽이고 거실을 가로질러 주방에 가서 물을 끓일 생각이었다. 아네트 여사는 보통 7시 15분에서 7시 반 사이에 일어나는 편이었다. 톰은 쟁반에 드리퍼와 커피 잔과 받침을 담아서 거실로 나왔다. 커피를 내리는 사이에 현관으로 갔다. 현관문을 열어서 상쾌한 아침 공기도 들이고, 차고를 보며 공항에 타고 갈 차로 빨간 벤츠가 좋을지, 르노가 좋을지 정하기로 했다.

발밑에 놓인 기다랗고 시커먼 포대처럼 생긴 꾸러미를 보는 순간, 톰은 주춤거리며 뒤로 물러섰다. 현관 앞에 가로로 놓인 형체를 보자마자, 온몸에 소름이 돋았다. 톰은 그게 뭔지 정체를 알고 있었다.

보아하니, 프리처드가 시커먼 천으로 '새로' 한 번 더 싼 것 같았다. 프리처드가 보트 위에 덮어 놓았던 바로 그 천으로 둘둘 말아 밧줄로 묶은 것이다. 게다가 칼인지 가위를 쥐고 포대를 여기저기 마구 찔러 놓았다. 왜 그랬을까? 손가락을 집어넣어 붙들 데를 만들려고 그런 건가? 프리처드가 혼자서 이 물건을 이곳까지 옮겨 놓은 것 같았다. 톰은 궁금한 나머지 허리를 굽힌 채 새로 싸 놓은 천 자락을 들쳐 보았다. 그 순간, 예전에 쌌던 천이 보였다. 삭아서 올이 다 드러나 너덜너덜해진 천 밑으로 거무튀튀한 백골이 보였다.

벨옹브르의 철제 대문은 지금도 닫혀 있었고, 안에서 빗장도 걸려 있었다. 프리처드가 톰의 집 정원 옆으로 보이는 오솔길에 차를 대 놓고 잔디밭을 가로질러 자갈밭을 10미터 정도 지나 현관 앞까지 이 포대를 질질 끌거나 들어서 갖다 놓은 게 분명했다. 마당에 깔린 자갈을 밟았다면 당연히 소리가 났겠지만, 톰과 아네트 여사의 방이 모두 주택 뒤편에 있어서 들리지 않았을 것이다.

악취가 날 줄 알았는데, 축축하고 퀴퀴한 냄새만 났다. 어쩌면 그 냄새조차 환후일지도 몰랐다.

일단 스테이션왜건으로 옮기는 게 좋을 것 같았다. 다행히 아네트 여사가 아직 일어나지 않았다. 톰은 다시 현관 복도로 들어가 복도 탁자에 놓아 둔 열쇠고리를 움켜쥔 다음, 밖으로 나와 스테이션왜건 트렁크 문부터 열었다. 그러고는 포대에 감긴 두 군데의 밧줄 밑으로 손을 각각 밀어 넣고 단단히 쥐고 들어 올렸다. 꽤 묵직할 것 같았다.

그런데 재수 없는 포대의 무게는 물 무게까지 다 더해도 고작 15킬로그램도 안 되는 것 같았다. 톰은 물이 조금씩 뚝뚝 떨어지는 포대를 들고 비틀거리면서 흰 스테이션왜건을 향해 걸음을 옮겼다. 현관 앞에서는 놀라서 온몸이 잠시 굳었었다. 두 번 다시 이런 일이 있어서는 안 돼! 톰은 어느 쪽이 머리고 어느 쪽이 발인지 분간하지도 못한 채 일단 포대를 왜건 트렁크에 쑤셔 넣은 다음, 운전석에 타서 밧줄을 잡아당겼다. 덕분에 트렁크 문을 닫을 수 있었다.

피는 흐르지 않았다고 생각하는 순간, 톰은 멍청한 소리라는 걸 단박에 깨달았다. 버나드 터프츠의 도움을 받아 천 속에 쑤셔 넣었던 돌덩이는 이미 오래전에 어디론가 굴러가 버린 게 확실했다. 살점이 죄다 녹아 버린 까닭에, 남은 뼈만 내내 물속에 잠겨 있었던 것이다.

톰은 트렁크 문을 걸고 옆문도 걸었다. 스테이션왜건은 차 두 대를 세울 수 있는 차고 바깥에 주차되어 있었다. 이제 어쩌지? 커피를 마시러 안으로 들어가 아네트 여사에게 아침 인사부터 해야 하나. 커피를 마시면서 생각하자. 대책을 세워야 해.

그는 현관으로 돌아갔다. 현관 앞 계단과 매트 위에 물이 몇 방울 떨어진 모습을 보는 순간, 부아가 치밀었다. 그래도 해가 뜰 테니 9시 반쯤이면 물기가 다 마를 것이다. 그때쯤이면 아네트 여사가 장을 보러 나가겠지만, 부엌으로 난 쪽문으로 드나들었다. 톰은 집 안으로 들어가 복도에 있는 화장실 세면대에서 손부터 씻었다. 오른쪽 허벅지에 젖은 흙이 묻은 자리는 세면대에 대고 최대한 털었다.

프리처드가 저걸 언제 찾았을까? 어제 오후 늦게? 아니, 어제 오전에 찾은 다음 보트에 숨겨 두었을 것이다. 재니스한테 말했을까? 했을 것이다. 말 못 할 이유가 없지 않은가? 재니스는 가뜩이나 뭐가 옳고 그르다거나, 뭘 찬성하고 반대해야 하는지에 대한 판단은 아예 하지 않는 사람이니 남편을 판단할 리 없었다. 판단했다면 그런 남편 옆에 지금까지 붙어살지 않았을 것이다. 톰은 생각을 바로잡았다. 재니스도 데이비드만큼이나 정신 나간 인간이라고 말이다.

톰은 기분 좋은 척 거실로 들어왔다. 아네트 여사가 커피 테이블 앞에서 그가 먹을 토스트에 버터와 마멀레이드를 바르고 있었다. "맛있겠네요! 고마워요. 좋은 아침이에요, 여사님."

"안녕히 주무셨어요, 리플리 씨. 일찍 일어나셨네요."

"손님이 오는 날이면 번번이 눈이 일찍 떠져서요." 톰이 토스트를 한 입 베어 물었다.

톰은 포대 위에 뭐라도 덮어 놓아야 할 것 같았다. 신문지든 뭐든 덮어 놓아서, 혹시라도 누가 차창으로 들여다봐도 뭐가 뭔지 알아보지 못하게 해 놓아야 했다.

지금쯤이면 프리처드가 테디를 내보냈겠지? 그게 아니라, 테디가 자기와는 무관한 일에 공범으로 엮일까 봐 겁이 나 제 발로 그만두겠다고 했겠지?

프리처드는 톰이 천에 싸인 뼈를 어떻게 하리라고 예상할까? 프리처드가 당장이라도 경찰을 대동하고 나타나 이렇게 외치려나? '보세요! 이 안에 실종된 머치슨의 유골이 들어 있다고요!'

이런 망상에 다다르자, 톰은 인상을 쓴 채 손에 커피를 들고 자리에서 벌떡 일어났다. 사체는 강에 도로 내던지면 그만이다. 지옥에나 떨어져라, 프리처드. 테디는 프리처드와 같이 뭔가를 발견했는데, 알고 보니 사람 뼈였다고 증언할 게 뻔했다. 그런데 그 뼈가 머치슨의 유골이란 걸 어떻게 증명한단 말인가?

톰은 손목시계를 확인했다. 8시 7분 전. 에드를 데리러 가려면 아무리 늦어도 9시 50분에는 집을 나서야 했다. 톰은 입술을 축인 다음 담배에 불을 붙였다. 거실을 천천히 돌아다니면서 아네트 여사가 다시 나오면 걸음을 멈출 준비를 했다. 머치슨 손에 끼워진 반지 두 개를 그냥 두기로 했던 기억이 되살아났다. 치아, 치과 기록이 있다면? 프리처드가 미국까지 가서, 혹은 머치슨 부인을 통해 경찰 조서에 들어 있는 사진 복사본까지 구했으려나? 톰은 자기 자신을 들볶고 있었다. 주방에 있는 아네트 여사가 창밖을 내다보다가 당장이라도 밖으로 나가 스테이션왜건 안에 뭐가 실려 있는지 제대로 보려고 하려나? 그럼 큰일이다. 스테이션왜건이 주방 창과 나란히 주차되어 있기에, 혹시라도 아네트 여사가 내다보기라도 하면 천에 싸인 물체가 살짝 보일 것이다. 그런데 여사가 굳이 그렇게까지 할까? 게다가 9시 반이면 우체부도 올 것이다.

톰은 스테이션왜건을 차고 안에 세워 놓고 살펴보기로 했다. 지금 당장. 톰은 침착하게 담배를 끝까지 피운 다음, 복도 탁자에 있는 스위스 칼을 주머니에 넣고 벽난로 옆에 놓인 바구니에 담아 놓은 날짜 지난 신문지도 몇 장 집어 들었다.

톰은 공항에 타고 가려고 채비하는 척하며 빨간 벤츠를 후진해서 뺀 다음, 그 자리에 흰색 스테이션왜건을 댔다. 가끔은 차고 안에 있는 콘센트에 작은 진공청소기 코드를 꽂고 청소하기도 했지만, 지금 그랬다간 아네트 여사가 달려 나와 자기가 청소하겠다고 나설 것이다. 차고 문과 주방 창이 직각을 이루고 있었다. 그럼에도 톰은 스테이션왜건이 있는 쪽 차고 문은 닫고, 르노가 있는 쪽만 열어 두었다. 그리고 오른쪽 벽에 달린 그물 철망이 씌워진 등을 켰다.

그는 스테이션왜건 뒷자리로 들어가 어느 쪽이 머리고 어느 쪽이 발인지 확인해야 했다. 쉽지 않았다. 만약 이게 머치슨이라면 키가 좀 줄어든 것 같다고 생각하는 순간, 머리가 없어진 걸 깨달았다. 머리뼈가 떨어져 나간 것이다. 톰은 다리 쪽도, 어깨 쪽도 더듬어 보았다.

머리가 없었다.

마음이 편안해졌다. 그렇다면 치아도, 특징을 파악할 수 있는 코뼈나 턱뼈도 사라졌다는 뜻이다. 톰은 뒷좌석에서 내려서 운전석과 조수석 창문을 열었다. 천에 싸인 사체에서 곰팡내가 난다는 게 웃겼다. 시체 썩은 내가 아니라, 아주 축축한 물체에서 나는 냄새 같은 게 피어올랐다. 반지를 확인하려면 손부터 봐야 했다. 두개골이 사라졌다면 대체 어디로 갔을까? 데굴데굴 굴러서 강물에 떠내려갔을까? 아니면 거슬러 올라갔을까? 강이라면 그럴 리는 없었다.

톰은 장비 상자 위에 걸터앉으려다가 너무 낮아서, 결국 자동차 앞 펜더에 몸을 기대고 고개를 숙여야만 했다. 기절할 것 같았다. 에드가 프랑스로 건너와 정신적으로 힘이 되어 주기 전까지, 과연 버틸 수 있을까? 톰은 도저히 사체를 자세히 살필 수 없다는 사실에 부딪히고 말았다. 어쩌지…….

톰은 허리를 펴고 머리를 쥐어짰다. 프리처드가 경찰을 대동하고 나타날 경우, 톰은 유골이 든 역겨운 가방을 당연히 치울 수밖에 없었다고 말해야 한다. 그 안에 뼈가 들어 있는 걸 눈으로도 봤고 손으로도 확실히 만져 봤다면서, 가정부가 보지 못하도록 치워야 했다고 말이다. 그 바람에 속이 너무 울렁거려서 아직까지 경찰에 직접 신고하지 못한 거라고 둘러댈 것이다.

만일 톰이 공항으로 에드를 데리러 간 사이에 (프리처드의 신고로) 경찰이 집에 올 경우, 매우 불쾌한 상황이 벌어질 것이다. 아네트 여사가 경찰을 상대해야 하는데, 경찰은 보나 마나 프리처드가 신고한 천에 싸인 시체부터 수색할 것이다. 그럼 30분도 안 돼 찾아낼 것이다. 톰은 허리를 숙인 다음 집 옆 통로에 있는 야외 수도꼭지에 대고 얼굴을 씻었다.

그제야 기분이 나아졌다. 그럼에도 톰은 용기를 북돋아 줄 에드가 오기를 기다리고 있다는 걸 깨달았다.

머치슨의 시신이 아니라 다른 사람의 것이라면? 어이없게도 이런 생각이 머리를 스쳤다. 톰은 아까 그 누런 방수포가 굉장히 눈에 익은 천이라는 사실을 상기했다. 그날 밤 버나드와 함께 시체를 둘둘 감싸서 버린 방수포처럼 보였다.

프리처드가 시체를 건져 올린 후에도 그 근방에서 여태 두개골을 찾는 걸까? 부아시 사람들이 뭐라고 할까? 뭐라도 눈치챈 사람이 있을까? 그럴 가능성은 반반. 여자든 남자든 사람들이 종종 그쪽 강둑을 따라 지나다니곤 하는데, 다리 너머에서 보면 훨씬 잘 보일 것이다. 불행하게도, 물에서 건져 올린 그 물건은 시체처럼 보였다. 톰과 버나드가 두 군데(세 군데였나?) 묶어 놓은 밧줄이 풀리거나 끊기지 않은 채 그대로 버텨 주었는데, 버티지 못했더라면 방수포도 다 풀려 버렸을 것이다.

톰은 30분 정도 정원에서 일하며 마음을 가다듬으려 해도, 마음이 동하지 않았다. 아네트 여사는 아침 장을 보러 나갈 채비를 했고, 톰은 이제 30분 후면 에드를 데리러 가야 했다.

톰은 아침에 샤워했는데도 2층으로 올라가 후다닥 다시 샤워했다. 그러고는 다른 옷으로 갈아입었다.

톰이 아래층으로 내려가자 집이 고요했다. 지금 전화가 와도 받지 않기로 했다. 엘로이즈의 전화라고 해도 말이다. 두 시간 가까이 집을 비우기가 찜찜했다. 손목시계가 9시 55분을 가리켰다. 톰은 바 카트로 걸어가서 목이 긴 잔 중에 가장 작은 잔을 고른 후 레미 마르탱을 아주 조금 따랐다. 그러고는 혀로 살짝 찍어 맛을 음미한 후, 잔에 코를 대고 킁킁거렸다. 주방으로 들어가 잔을 헹궈서 물기를 닦은 다음 바 카트에 도로 갖다 놓았다. 지갑, 열쇠, 준비 끝.

톰은 밖으로 나가 현관문을 걸었다. 세심한 아네트 여사가 톰이 나갈 수 있게 대문을 열어 놓았다. 톰은 활짝 열린 대문을 그대로 둔 채, 북쪽으로 출발했다. 빠르지 않게 평소와 같은 속도로 차를 몰았다. 사실 시간이 넉넉하긴 했지만, 외곽 순환 도로 상황이 어떨지는 아무도 몰랐다.

톰은 라 샤펠 다리로 빠져서 광활하고 음울한 공항을 향해 북쪽으로 차를 몰았다. 아직도 샤를 드골 공항에 정이 가지 않았다. 히스로 공항은 광활하다 못해 그 끝이 어디인지 상상할 수 없을 정도라 짐을 들고 족히 1킬로미터는 걸어야 했다. 반면, 오만하고 불편하기 짝이 없는 샤를 드골 공항은 어디가 어딘지 쉽게 머릿속에서 그려졌다. 원형 청사를 중심으로 통로가 정신없이 뻗어 있긴 해도, 표지판이 붙어 있었다. 그럼에도 첫 번째 표지판을 못 보고 지나치면 되돌아가기까지 너무 오래 걸렸다.

톰이 야외 주차장에 차를 대고 나니, 15분이나 남았다.

에드를 만났다. 에드가 목 단추는 끄르고 하얀 셔츠를 입고 있었는데, 조금은 더워 보였다. 한쪽 어깨에 배낭을 메고 한 손에는 서류 가방을 들고 있었다.

"에드?" 에드가 톰을 보지 못하자, 톰이 손을 흔들었다.

"안녕하세요, 톰!"

둘이 힘주어 악수했다.

"차를 멀지 않은 곳에 세워 두었어요. 셔틀버스를 타야 해요. 런던에는 별일 없죠?"

에드가 별일 없다고 했다. 프랑스로 올 때 그리 힘들지 않았고, 아무도 귀찮게 하지 않았다고 했다. 별다른 일이 없으면 월요일까지는 있을 거고, 필요하면 더 있겠다고 했다. "당신은요? 새로운 소식은 있나요?"

톰은 노란색 소형 셔틀버스에 타서 손잡이를 잡고 있다가 코를 찡그리더니 인상을 썼다. "사실 일이 있긴 있어요. 나중에 얘기합시다. 여기서는 곤란해요."

일단 둘이 차에 탔다. 에드가 모로코에 있는 엘로이즈의 안부를 물었다. 톰이 벨옹브르에 온 적이 있었느냐고 묻자, 에드는 없다고 했다.

"재미있네요! 믿기지 않아요." 톰이 말했다.

"그래도 일은 꽤 잘 풀렸잖아요." 에드가 자상하게 미소 지으며 말했다. "사업상 친분 관계, 아닌가요?"

에드는 자기가 말해 놓고도 어이없다는 듯이 웃음을 터뜨렸다. 어찌 보면, 두 사람의 친분은 우정과는 달라도 우정만큼 진하긴 했다. 한쪽이 배신이라도 하는 날엔 망신살이 뻗칠 것이다. 벌금형에 그치는 게 아니라, 감옥에 가야 할지도 모른다. "맞아요." 톰이 맞장구쳤다. "말 나온 김에 물어봅시다. 제프는 이번 주말에 뭐 한답니까?"

"나도 정확히는 모르겠어요." 에드는 창문으로 들어오는 여름 바람을 즐기는 것 같았다. "어젯밤에 전화해서 당신을 만나러 프랑스로 간다고 알려 주면서, 당신이 부를지도 모른다고 했죠. 나쁠 거 없잖아요, 톰."

"맞아요. 나쁠 거야 없죠."

"제프를 불러야 할 일이 생길까요?"

외곽 순환 도로가 막히자, 톰은 인상을 구겼다. 주말 행렬이 이미 시작된 것이다. 현재는 남쪽으로 내려가는 차가 월등히 많았다. 톰은 에드에게 사체 얘기를 털어놓기에 점심 먹기 전이 좋을지, 후가 좋을지 고민하고 있었다. "아직은 나도 몰라요."

"프랑스 들판은 정말 아름답군요!" 차가 퐁텐블로에서 동쪽으로 달려가는 내내 에드가 감탄했다. "영국보다 훨씬 넓어 보여요."

톰은 아무 말 하지 않았지만 흐뭇했다. 눈이 멀었는지 창밖을 바라보면서도 몽상에 잠긴 채 입을 꾹 다물고 있던 손님도 있었다. 에드는 벨옹브르를 보더니 아까처럼 감탄했다. 인상적인 대문을 보더니 입을 쩍 벌렸다. 톰은 웃으면서 총알을 막아 주진 못한다고 에드에게 농을 던졌다. 에드는 정면에서 바라본 주택 구조가 균형 잡혀 있다며 찬사를 늘어놓았다.

"자, 그럼 이제……." 톰이 현관에서 멀지 않은 곳에 벤츠를 후진해 세워 놓았다. "에드, 이제부터 세상에서 가장 불쾌한 얘기를 할 겁니다. 나도 오늘 아침 8시 전까지는 몰랐던 일이에요. 진짜예요."

"난 당신을 믿어요." 에드가 손에 가방을 든 채 인상을 찌푸리며 말했다. "뭔데요?"

"저기 저 차고 안에……." 톰이 목소리를 낮추더니 에드에게 한발 다가갔다. "프리처드가 오늘 아침에 우리 집 현관 앞에 시체를 두고 갔어요. 머치슨의 시체를요."

에드의 표정이 더욱 구겨졌다. "설마…… 농담이겠죠!"

"천에 싸인 유골이 있어요." 톰은 거의 속삭이듯 말했다. "가정부는 모르니, 그냥 저렇게 둡시다. 저쪽 스테이션왜건에 실어 놓았어요. 무게는 별로 안 나가지만, 저걸 어떻게든 치워야 해요."

"치워야죠." 에드도 속삭였다. "저걸 들고 숲으로 가서 버리고 오자는 소린가요?"

"모르겠어요. 생각해 봅시다. 내가 생각해 봤는데, 지금 얘기하는 게 나을 것 같았어요."

"여기 이 현관 앞에 두고 갔다고요?"

"바로 여기에요." 톰이 턱으로 그 자리를 가리켰다. "프리처드가 어두울 때 갖다 놓은 게 확실해요. 자면서 아무 소리도 안 났거든요. 아네트 여사도 무슨 소리를 들었다는 말은 안 하더라고요. 내가 오늘 아침 7시경에 발견했어요. 프리처드가 저쪽 옆길로 왔을 거예요. 테디라고 도와주는 남자하고 같이 왔을 수도 있겠지만, 혼자서도 별로 어렵지 않게 끌고 올 수 있었을 겁니다. 저쪽 오솔길에서부터요. 지금은 잘 안 보이지만, 프리처드가 차를 타고 와서 세워 놓고 정원으로 들어올 수 있거든요." 톰이 그쪽을 살펴보자, 잔디가 살짝 눌린 것 같기도 했다. 사람이 걸어 다니면 눌리면서 만들어지는 길처럼 말이다. 유골이 별로 무겁지 않아서 질질 끌 필요도 없었을 것이다.

"테디라고요." 에드가 생각에 잠긴 채 말하더니 몸을 현관문 쪽으로 반쯤 돌렸다.

"네. 프리처드 부인이 이름을 알려 주었다고 내가 말하지 않았나요? 테디가 아직도 그 일을 할까요? 아니면 프리처드는 자기가 할 일을 다 했다고 생각할까요? 일단 들어가서 한잔합시다. 근사한 점심 식사를 즐겨야죠."

톰은 여태 한쪽 손에 쥐고 있던 열쇠로 현관문을 열었다. 아네트 여사가 주방에서 정신없이 음식을 준비하다가 두 사람을 봤겠지만, 잠시 둘이 얘기하고 싶어 하는 걸 눈치챈 것 같았다.

"정말 근사해요! 정말이에요, 톰. 거실이 멋지네요. 이렇게 근사한 곳에 우비를 걸어 놓고 싶어요?"

아네트 여사가 거실로 나오자, 톰이 인사를 시켜 주었다. 아니나 다를까, 이번에도 아네트 여사가 가방을 2층으로 들고 올라가겠다고 우겼지만, 에드가 웃는 낯으로 마다했다.

"원래 자기가 들겠다고 하는 사람이에요. 자, 방을 보여 드리죠." 톰이 말했다.

톰이 방을 구경시켜 주었다. 아네트 여사가 드레싱 테이블 위에 연분홍 장미를 한 송이를 꺾어다 좁다란 꽃병에 꽂아 놓았는데, 효과가 대단했다. 에드는 방이 근사하다고 했다. 톰은 옆에 있는 욕실도 보여 주면서, 편히 있다가 점심때 한잔할 테니 내려오라고 했다.

오후 1시가 막 넘은 시각이었다.

"혹시 누가 전화했었나요?"

"아뇨. 제가 시장에 갔다가 10시 15분에 들어왔는데, 전화는 없었어요."

"잘됐네요." 톰이 차분하게 말했다. 아주 잘됐어, 그는 생각했다. 프리처드는 자기가 무슨 짓을 했는지 재니스에게 말했을까? 재니스는 실소를 터뜨리는 것 말고 어떤 반응을 보였을까?

톰은 CD 장으로 가서 스크랴빈이 작곡한 아름답지만 몽환적인 현악곡과, 브람스의 작품 39번 사이에서 고민하다가 브람스를 틀기로 했다. 총 열여섯 곡의 발랄한 왈츠를 피아노로 연주한 작품이었다. 그와 에드에게는 이런 곡이 필요했다. 톰은 에드도 브람스의 곡을 좋아하길 바라며 너무 크지 않게 볼륨을 조절했다.

톰은 자기가 마실 진토닉을 만들었다. 레몬 조각을 쥐어짜고 잔 속에 집어넣는데, 에드가 내려왔다.

에드도 같은 거로 달라고 했다.

톰은 진토닉을 만든 다음, 주방에 가서 아네트 여사에게 5분만 있다가 점심을 차려 달라고 했다.

톰과 에드는 잔을 높이 든 채 아무 말 없이 서로 시선만 교환했다. 그리고 브람스의 음악을 즐겼다. 톰은 마시자마자 술기운이 올라왔다. 브람스 때문에 피가 빨리 도는 것 같기도 했다. 빠르고 짜릿한 멜로디가 연달아 나오는 음악을 들으니, 위대한 작곡가가 실력을 뽐내는 것 같았다. 재능이 있는데 뽐내지 못할 게 뭔가?

에드가 테라스가 보이는 프렌치 도어로 걸어갔다. "하프시코드가 참 예뻐요! 전망도 참 아름답고요, 톰! 저게 다 당신 땅이에요?"

"아뇨, 낮은 관목이 있는 데까지만 우리 땅이에요. 그 뒤는 주인 없는 숲인 셈이죠."

"음악도 좋고."

톰이 미소를 지었다. "잘됐네요."

에드가 다시 거실 한복판으로 걸어왔다. 상큼한 파란색 셔츠 차림이었다. "프리처드의 집이 여기에서 멀어요?" 에드가 목소리를 낮추고 물었다.

"2킬로미터 정도 떨어져 있어요." 톰은 왼쪽 어깨 뒤편을 가리켰다. "그건 그렇고, 가정부가 영어를 몰라요. 모를 겁니다." 톰이 웃으며 말을 이었다. "나만 그렇게 믿고 싶은 걸지도 모르지만요."

"영어를 못한다는 말을 들었던 기억이 나네요. 모르는 게 편하죠."

"맞아요. 몰라서 편할 때도 있어요."

두 사람은 점심으로 차가운 햄과 파슬리를 뿌린 코티지 치즈를 먹었고, 아네트 여사가 직접 만든 감자 샐러드도 먹었다. 검정 올리브를 안주 삼아 그라브산 고급 화이트 와인을 차갑게 마셨다. 후식으로 셔벗을 먹었다. 겉으론 기분이 좋아 보였지만, 톰은 다음에 해야 할 일 때문에 고민이었다. 에드도 고민하는 것 같았다. 둘 다 커피는 됐다고 했다.

"청바지로 갈아입고 올게요. 기분은 괜찮은 거죠? 왜건 트렁크에 쪼그리고 앉아야 할지도 몰라서요."

에드는 이미 청바지 차림이었다.

톰은 2층으로 재빨리 올라가서 옷을 갈아입고 1층으로 내려와서 복도 탁자에 있는 스위스 칼을 다시 집어 들었다. 그리고 에드에게 고갯짓했다. 둘 다 현관으로 나갔다. 혹시라도 아네트 여사의 시선을 끌까 봐, 톰은 일부러 주방 창은 쳐다보지도 않았다.

톰과 에드는 열린 차고 문 쪽에 대 놓은 갈색 르노를 지나쳤다. 차고 안에 세워 둔 두 대 사이에는 칸막이가 없었다.

"최악의 상황은 아니에요." 톰이 최대한 힘차게 말했다. "머리가 없어졌거든요. 지금 걱정이 되는 건……."

"없어졌다니요?"

"굴러가지 않았을까요? 벌써 3~4년이나 됐으니, 연골이 녹아내리면서……."

"어디로 굴러갔을까요?"

"사체가 내내 물속에 잠겨 있었어요, 에드. 루앙강에요. 강물이 운하처럼 역류할 리는 없고 한쪽으로 쉬지 않고 흘러갔겠죠. 반지가 있는지 확인해야겠어요. 머치슨이 반지 두 개를 끼고 있었는데, 내가 그대로 두었거든요. 준비됐습니까?"

에드가 고개를 끄덕이면서 준비된 척했지만, 톰은 에드가 용쓰고 있다는 걸 알았다. 톰이 옆문을 여는 순간, 시커먼 천에 싸인 형체가 대부분 드러났다. 그 위에 두 군데를 밧줄로 둘둘 감아 놓았었는데, 하나는 허리춤이 확실했고, 다른 하나는 무릎 근처였다. 톰은 사체의 어깨 쪽이 운전석 쪽을 향한 것 같다고 추정했다. "어깨가 이쪽일 겁니다." 톰이 어깨 쪽을 가리키며 말했다. "실례 좀." 톰이 차에 먼저 타서 사체 건너편으로 넘어가서 에드가 탈 공간을 마련해 주었다. 그러고는 스위스 칼을 꺼냈다. "손부터 살펴보려고요." 톰이 밧줄을 자르기 시작했다. 금세 끝날 일은 아니었다.

에드가 부대 끝쪽에 손을 밀어 넣더니 발끝을 쥐고 들어보았다. "꽤 가벼운데요."

"내가 말했잖아요."

톰은 자동차 바닥에 무릎을 꿇고 앉아 밑에서 위로 밧줄을 갈기 시작했다. 작은 칼날을 위쪽으로 해 톱질하듯 썰었다. 프리처드가 새로 묶어 놓은 밧줄이었다. 밧줄이 잘렸다. 톰은 밧줄을 풀어헤친 후, 마음을 다잡았다. 그가 사체의 복부 쪽에 앉아 있었기 때문이다. 상해서 쿰쿰한 냄새가 살짝 나긴 했지만, 굳이 상상하지 않는 한 속이 울렁거릴 정도의 악취는 아니었다. 이제야 여태 썩지 않고 남아 있는 살점이 드러났다. 핏기라곤 다 빠져 버린 살점이 척추에 들러붙은 채 늘어져 있었다. 당연한 얘기지만, 복부는 푹 꺼져 있었다. 손을 찾아야 해, 톰은 스스로 주문을 걸었다.

에드가 자세히 들여다보며 웅얼거리는 듯했지만, 입에서 저절로 나오는 감탄사인 것 같았다.

"손을 확인해야 해요." 톰이 말했다. "이게 왜 가벼운지 알겠죠."

"이런 거 처음 봐요."

"두 번 다시 볼 일이 없어야죠." 톰은 프리처드가 둘둘 싸 놓은 천을 풀어헤친 다음, 거의 다 삭아 버린 누런 방수포도 젖혔다. 방수포가 산산조각이 날 것만 같았다. 미라를 감싸고 있던 붕대가 바스러지는 것처럼 말이다.

손과 손목뼈가 두 개의 팔뚝 뼈에서 거의 분리된 것처럼 보여도 정말 분리된 것은 아니었다. 오른손이었다(머치슨은 엎드려 있었다). 톰은 자주색 스톤이 박힌 묵직한 금반지를 단박에 찾았다. 기억을 더듬어 보니, 졸업 반지 같다고 생각했던 기억이 어렴풋이 떠올랐다. 톰은 새끼손가락에서 반지를 살살 뺐다. 반지가 쉽게 빠졌다. 톰은 가녀린 새끼손가락 뼈를 분리하고 싶진 않았다. 톰은 반지를 자기 엄지에 끼워 돌리며 훑은 다음, 리바이스 청바지 앞주머니에 집어넣었다.

"반지가 두 개였다면서요?"

"내 기억엔 그랬어요." 시체의 왼팔이 구부러지지 않고 몸통 옆에 곧게 펴져 있어서 톰은 몸을 세워야 했다. 방수포를 조금 더 풀고 몸을 돌려 등 뒤에 있는 창문을 열었다. "괜찮겠어요, 에드?"

"그럼요." 에드는 얼굴이 하얗게 질렸다.

"금방 끝나요." 톰은 사체의 왼손을 더듬었지만, 반지는 없었다. 뼈 아래쪽도 살피며 반지가 빠진 건 아닌지 확인하고, 프리처드가 싸 놓은 천까지 살펴보았다. "결혼반지인 것 같던데." 톰이 에드에게 말했다. "여기엔 없네요. 어디서 빠졌나 봐요."

"논리적으로 따져 보면 빠졌을 가능성이 있죠." 에드가 말하더니 목청을 가다듬었다.

톰은 힘들어하는 에드가 보지 않는 편이 나았겠다는 생각이 들었다. 톰은 대퇴골과 골반 밑을 한 번 더 더듬었다. 곱게 혹은 거칠게 부스러진 가루 같은 게 만져졌지만, 반지는 없었다. 톰은 앉은 채로 등을 제쳤다. 겉에 싼 방수포 두 장을 모두 벗겨야 하나? 그래야 했다. "반지를 찾아야 해요, 이 안에서요. 혹시 아네트 여사가 소리치면, 전화 왔다고 소리치면, 당신이 밖으로 나가서 우리가 차고에 있다고 말해야 해요. 내가 금방 따라 나갈게요. 가정부는 우리가 여기에 있는지 모를 겁니다. 혹시나 물으면, 묻지도 않겠지만, 뭘 하고 계시느냐고 물으면, 지도를 찾고 있다고 둘러댈게요."

톰은 다시 투지를 다진 후, 작업에 돌입했다. (단단히 매듭이 지어져 있었기에) 온실에서 가지치기용 톱이라도 들고 오고 싶었지만, 나머지 밧줄도 아까와 같은 방법으로 잘랐다. 톰은 발목과 종아리뼈를 들어 올린 채 눈으로 확인하고 손으로는 바닥을 샅샅이 더듬었다. 소용없었다. 왼발 새끼발가락 뼈가 사라지고 없었고, 손가락뼈 두 개도 유실된 상태였다. 그렇다고 해도, 아까 그 졸업 반지가 머치슨임을 증명해 주었다.

"못 찾겠어요. 그럼 이제……." 톰은 돌덩이 때문에 머뭇거렸다. 버나드 터프츠와 했던 것처럼, 어디서 돌덩이를 주워 와 뼈가 수면 위로 뜨지 않도록 조치해야 하나? 유골을 감싸고 있던 이 천을 대체 어찌해야 하지? "일단 다시 쌉시다. 스키처럼 보이게요."

"프리처드가 경찰을 부르지 않을까요, 톰? 경찰에 신고해 이리로 오라고 하지 않을까요?"

톰은 숨이 턱 막혔다. "그럴지도 모르죠! 우린 미치광이들을 상대하고 있으니, 그들이 어찌 나올지 예측해야 해요, 에드"

"진짜로 경찰이 오면 어쩌려고요?"

"글쎄요……." 톰은 아드레날린이 솟구치는 것 같았다. "경찰한테는 유골을 내 차에 실어 놓았다고 할 겁니다. 손님이 보지 못하도록 치웠다고 한 다음, 내가 유골을 보고 받은 충격에서 회복하자마자 경찰서에 갖다주려고 했다고 하려고요. 그럼 경찰에 신고한 사람이 대체 누구냐? 그자가 범인이겠죠!"

"프리처드가 반지가 있다는 걸 알고 신원 확인을 했을까요?"

"그건 아닐 겁니다. 프리처드가 반지를 확인하진 않았을 겁니다." 톰은 사체의 하반신 부분을 다시 묶기 시작했다.

"상반신은 내가 묶을게요." 에드가 말하더니 톰이 한쪽 바닥에 풀어 놓은 밧줄로 손을 뻗었다.

톰은 고마웠다. "아까 묶인 매듭을 잘라내는 바람에, 세 번 돌리기엔 줄이 짧으니 두 번만 돌려요." 프리처드는 새 밧줄로 세 바퀴를 돌려 묶었었다.

"그건 그렇고…… 이제 이걸 어쩔 셈인가요?" 에드가 물었다.

톰은 어디 운하에 다시 내다 버릴 생각을 하고 있었다. 그러려면 톰과 에드는, 아니 톰은 밧줄을 다시 끄른 다음 프리처드가 싸 놓은 천 속에 돌덩어리를 집어넣어야 한다. 아니면 이 망할 것을 프리처드의 집에 있는 작은 연못에 버리거나. 톰은 갑자기 웃음이 터졌다. "이걸 프리처드한테 도로 갖다줄까 봐요. 그 집 잔디밭에 연못이 있거든요."

에드가 믿지 못하겠다는 듯이 훗 하고 웃음을 터뜨렸다. 밧줄이 풀리지 않도록 마지막 매듭을 지은 다음, 둘이서 양쪽에서 힘껏 잡아 당겼다.

"다행히 창고에 밧줄이 더 있어요. 잘했어요, 에드. 이제 여기에 있는 시체가 어떤 상태인지 알게 됐네요. 머리 없는 시체라 신원 확인은 불가능해요. 살점이 떨어져 나가는 바람에 지문마저 아주 오래전에 사라졌으니까요."

에드가 억지웃음을 지었다. 역겨워하는 것 같았다.

"나갑시다." 톰이 말했다. 에드가 차고 바닥으로 내려섰고, 뒤이어 톰도 차에서 내렸다. 톰은 벨옹브르 앞을 지나가는 쭉 뻗은 도로를 최대한 끝까지 내다보았다. 지금 궁금해서 미칠 지경일 프리처드가 염탐하러 오지 않았다는 게 믿기지 않았다. 톰은 프리처드가 당장이라도 나타나리라 살짝 기대했지만, 굳이 그 말은 에드에게 하고 싶진 않았다.

"고마워요, 에드. 당신이 없었더라면 못 했을 겁니다." 톰이 에드의 팔뚝을 토닥였다.

"농담이죠?" 에드가 억지웃음을 지으려 했다.

"진심이에요. 오늘 아침에 온몸이 그대로 굳어 버렸다니까요." 톰은 밧줄을 더 찾아서 차고 안에 갖다 놓고 싶었다. 그런데 에드의 창백한 얼굴에 핏기가 돌아오지 않았다. "뒤뜰이나 한 바퀴 돌까요? 해도 쬘 겸?"

톰은 차고 안에 있는 등을 껐다. 둘이 주택 한쪽 끝에 자리 잡은 주방을 끼고 돌아 뒤뜰로 향했다. 아네트 여사가 주방 일을 마치고 지금쯤이면 자기 방으로 들어갔을 것이다. 따스하고 밝은 햇살이 두 남자의 얼굴 위로 쏟아졌다. 톰은 달리아 얘기를 떠들었다. 칼을 갖고 나온 김에 지금 두 송이를 잘라야겠다고 하더니, 바로 옆에 있는 온실로 들어가 정원 가위를 갖고 나왔다. 온실에는 정원 가위가 두 개 있었다.

"밤에 온실은 안 잠급니까?" 에드가 물었다.

"평소엔 안 잠가요. 사람들이 이 근처를 지나다니니 잠가야 한다는 걸 알긴 아는데, 안 잠그게 되더라고요." 톰은 집 옆으로 난 흙길을 살피고 있는 자신의 모습을 발견했다. 차가 오는지, 프리처드가 있는지. 프리처드가 유골을 배달한 것도 저 오솔길을 통해서였다. 톰은 푸른 달리아 세 송이를 잘라서 프렌치 도어를 통해 거실로 들고 들어갔다.

"맛있는 브랜디나 한잔할래요?" 톰이 말했다.

"솔직히, 지금은 누워 있고 싶어요."

"그보다 쉬운 일이 어디 있겠어요." 톰은 레미 마르탱을 아주 살짝 따른 다음 에드에게 건넸다. "마셔요. 마음이 진정될 테니. 나쁠 거 없어요."

에드가 웃더니 단숨에 들이켰다. "흠. 고마워요."

톰은 에드와 같이 2층으로 올라간 다음, 손님 욕실에서 핸드 타월을 꺼내서 찬물에 적셨다. 톰은 에드에게 누워서 이마에 젖은 타월을 대고 잠시 눈을 붙이라고 했다.

톰은 아래층으로 내려가서 적당한 꽃병을 주방에서 꺼내서 달리아를 꽂은 다음, 커피 테이블 위에 올려놓았다. 엘로이즈가 비싸게 주고 산 옥으로 만든 던힐 라이터가 커피 테이블 위에 놓여 있었다. 엘로이즈가 이 비싼 라이터를 두고 가다니 현명하군! 톰은 엘로이즈가 이걸 언제 다시 집어 들게 될지 궁금했다.

톰은 아래층 화장실에서 지하실로 내려가는 작은 문을 열고, 그보다 조금 더 작은 문을 하나 더 연 다음 불을 켰다. 계단을 내려가자 와인 저장고가 나왔다. 보관 중인 그림들이 벽에 기대어져 있었다. 낡은 책장이 이제는 미네랄워터와 우유와 음료수병과 감자와 양파를 보관하는 찬장으로 변신했다. 밧줄이 어디에 있더라. 톰은 구석구석 찾느라 곡식을 담아 둔 부대를 들어 올리기도 했다. 마침내 밧줄을 찾았다. 그는 밧줄을 흔들어서 푼 다음 도로 감았다. 5미터는 될 것 같았다. 방수포 안에 돌덩이를 집어넣고 세 바퀴를 돌려도 길이가 충분해 보였다. 톰은 1층으로 올라와 현관을 통해 밖으로 나가는 동안 문이란 문은 죄다 닫았다.

저게 프리처드의 차인가? 흰 차가 왼쪽에서 나오더니 벨옹브르로 천천히 다가오고 있었다. 톰은 차고로 가서 밧줄을 왼쪽 구석이자 르노 자동차의 좌측 바퀴 근처로 멀리 던졌다.

프리처드였다. 프리처드가 톰이 보는 방향에서 대문 오른쪽에 차를 대고 내리더니 카메라를 눈에 갖다 댔다.

톰이 다가갔다. "우리 집 어디에 그렇게 반한 거지, 프리처드?"

"오, 한두 군데가 아닌데. 아직 경찰이 안 왔나 봐?"

"안 왔는데, 경찰이 왜?" 톰은 옆구리에 양손을 대고 가만히 있었다.

"괜한 질문은 하지도 마, 리플리." 프리처드가 뒤돌아서서 차로 걸어가 뒤돌아보더니 흐릿하고도 멍청한 미소를 날렸다.

톰은 프리처드의 차가 떠날 때까지 그 자리에 그대로 서 있었다. 톰도 사진에 찍혔을 것이다. 그래서 뭐 어쩔 건데? 톰은 프리처드가 떠난 방향을 바라보며 자갈 위에 침을 뱉고 뒤돌아서서 현관으로 향했다.

프리처드가 머치슨의 두개골을 갖고 있으려나? 승리의 보증 수표로.

20

톰이 안으로 들어가자 아네트 여사가 거실에 나와 있었다.

"아 참, 리플리 씨. 아까 어디 계신지 몰라서요. 한 시간 전쯤 경찰이 전화했어요. 느무르 경찰서라면서요. 손님하고 산책하러 가신 줄 알았거든요."

"무슨 일로 전화했답니까?"

"혹시 밤사이에 시끄러운 일이 있었느냐고 묻기에, 그런 일 없었다고 했어요."

"무슨 시끄러운 일이요?" 톰이 인상을 쓰며 물었다.

“시끄러운 소리가 났었느냐고 경찰이 묻더라고요. 그래서 제가 ‘아뇨. 아무 소리도 안 났는데요’라고 했어요.”

“나도 못 들었는데. 잘하셨어요. 무슨 소음인지 경찰이 말 안 해 주던가요?”

“해 줬어요. 이 집에 큼직한 소포가 배달됐을 거라고 누가 신고를 했대요. 미국식 악센트가 섞인 말투로 어떤 남자가 전화하더니, 경찰이 관심을 보일 물건이 도착했을 거라고 했대요.”

톰이 웃음을 터뜨렸다. “소포라니! 누가 장난쳤나 보군요.” 톰은 담배를 찾다가 커피 테이블 위에 놓인 상자에서 한 개비를 꺼내 엘로이즈가 두고 간 라이터로 불을 붙였다. “경찰이 다시 전화하겠대요?”

아네트 여사가 반짝거리는 식탁을 훔치다 말고 동작을 멈추었다. “거기까지는 모르겠어요.”

“그 미국인이 누구라고 경찰이 말하던가요?”

“안 했어요.”

“전화해 봐야겠군요.” 톰은 혼잣말하듯 중얼거렸다. 반드시 전화해야 한다. 그래야 혹시라도 경찰이 집으로 찾아올 가능성을 차단할 수 있다. 게다가 자신을 스스로 위험에 노출해 위험을 자초해야 한다는 사실도 알고 있었다. 쉽게 말하면, 거짓말해야 한다는 소리였다. 천에 싸인 유골이 이 집에 있는 한, 무슨 소포를 얘기하는지 모르겠다고 딱 잡아떼야 한다.

톰은 느무르 경찰서 번호를 찾으려고 전화번호부를 뒤적였다. 다이얼을 돌리고 이름을 밝힌 다음 주소를 말했다. “저희 가정부가 그러는데, 오늘 경찰서에서 전화가 왔다고 해서요. 혹시 그쪽 경찰서에서 전화하셨나요?” 전화를 받은 사람이 다른 데로 돌려 주는 동안 톰은 기다려야 했다.

톰은 이번에 받은 사람에게도 같은 말을 반복했다.

“아, 네, 리플리 씨. 제가 걸었습니다.” 남자가 불어로 말을 이었다. “미국식 악센트가 있는 남자가 전화하더니 경찰이 관심을 보일 만한 물건이 리플리 씨 댁에 도착했을 거라고 신고를 해서 저희가 댁으로 전화드린 겁니다. 오늘 오후 3시쯤 경찰서로 전화가 왔어요.”

“저는 그런 물건을 받은 적이 없는데요. 오늘은 편지만 두 통 받았고 소포는 없었습니다.”

“아주 큰 소포라던데요, 그 미국인이요.”

“소포는 안 왔어요. 확실합니다. 대체 누가 왜 그런 신고를 했는지 모르겠군요. 그 남자가 이름을 남겼나요?" 톰은 밝고 태평하게 물었다.

"아뇨. 저희가 물었는데도 남자가 이름을 밝히지 않았습니다. 저희가 댁이 어딘지 압니다. 대문이 근사한 집인데……."

"네, 거기 맞아요. 고맙습니다. 소포가 오면 우체부가 초인종을 누르고, 소포가 없으면 밖에 있는 우체통에 편지만 넣고 가거든요."

"보통 그렇죠."

"알려 주셔서 고맙습니다. 안 그래도 제가 좀 전에 집을 한 바퀴 둘러봤는데요, 작든 크든, 소포는 아예 없었습니다."

둘이 기분 좋게 전화를 끊었다.

톰은 경관이 미국식 악센트로 전화한 사람과 지금 빌페르스에 사는 미국인 프리처드를 연결시키지 못해서 기뻤다. 혹시라도 나중에 생각날지도 모르지만 말이다. 톰은 그럴 일은 없기를 바랐다. 그리고 조금 전 통화한 경관이 몇 년 전 머치슨 실종 사건으로 벨옹브르에 들렀던 경관이 아니기를 바랐다. 그때 방문했던 기록이 조서로 남아 있을 것이다. 그때 그 경관이 느무르보다 더 큰 믈룅에서 나왔다고 했었나?

아네트 여사가 조신하게 주변을 왔다 갔다 하고 있었다.

톰이 설명했다. 소포는 받은 적이 없고, 톰과 밴버리 씨가 집 주변을 돌아봤지만, 대문으로 들어온 사람은 아무도 없었고, 심지어 오늘 오전엔 우체부가 집 안으로 들어오지도 않았다고 말이다(오늘도 엘로이즈의 편지는 오지 않았다). 톰은 느무르 경찰이 이상한 소포가 있는지 와서 둘러보겠다고 하는 걸 거절했다고 말했다.

"잘하셨어요, 리플리 씨. 마음이 놓이네요. 소포라니……." 여사가 고약한 장난을 치는 사람들과 거짓말하는 사람들을 참지 못하겠다는 듯이 고개를 내저었다.

아네트 여사마저 프리처드를 용의선상에 올리지 않자 톰은 기분이 좋았다. 여사가 의심했다면 무슨 말이든 했을 것이다. 톰이 손목시계를 확인했다. 오후 4시 15분. 에드가 오늘 스트레스를 받은 후 곤히 낮잠을 자는 게 톰은 좋았다. 차나 한잔할까? 그레 부부의 집에 전화해서 저녁 먹기 전에 식전주나 마시자고 집으로 부를까? 안 될 거 뭐 있나?

톰이 주방에 가서 말했다. "차를 준비해 주세요. 손님은 조만간 깨울 테니 둘이 마실 차로 준비해 줘요. 아니, 샌드위치나 케이크는 필요 없어요. 네, 얼그레이 좋죠."

톰은 거실로 나와 청바지 앞주머니에 두 손을 찔러 넣었다. 오른쪽 주머니에 머치슨의 두툼한 반지가 들어 있었다. 반지와 함께 뼈를 강으로 던져 버리는 게 최선 같았다. 조만간 모레로 가서 다리에서 던져 버려야지. 서둘러 처리하고 싶다면, 주방 쓰레기통에 그냥 버리면 된다. 싱크대 하부장 문을 열면 쓰레기 봉지가 자동으로 벌어진다. 쓰레기 봉지를 길가에 내다 놓으면 수요일과 토요일 오전에 수거해 간다. 내일 아침이면 가져갈 것이다.

톰이 계단을 올라 에드의 방문을 두드리려는 순간, 에드가 배시시 웃으며 방문을 열었다.

"톰! 내가 푹 자는 바람에 난처해진 건 아니죠? 여긴 참 아름답고 고요하네요!"

"난처해질 일이 뭐가 있겠어요. 차 마실래요? 내려갑시다."

두 사람은 차를 마시면서 톰이 정원에 설치한 스프링클러 두 대를 바라보았다. 톰은 경찰이 전화했다는 얘기는 하지 않기로 했다. 무슨 좋은 얘기라고. 괜히 얘기했다간 에드가 더 예민해져서 자신 없어 할 게 뻔했다.

"생각해 봤는데, 오늘 오후 기분 전환도 할 겸 이웃에 사는 부부를 불러서 가볍게 식전주를 마시자고 할까 하는데요. 아네스와 앙투안 그레 부부예요."

"좋죠."

"전화해 볼게요. 다정한 사람들이에요. 근처에 사는데 남편이 건축가예요." 톰은 전화기 앞으로 가서 다이얼을 돌렸다. 톰의 목소리가 들리는 순간, 그레 부부가 프리처드에 대한 소문을 줄줄 읊어 주기를 기대했지만, 그런 일은 벌어지지 않았다. "혹시 앙투안이 집에 왔으면 두 분이 7시쯤에 저희 집으로 오셔서 한잔하실래요? 영국에서 친한 친구가 주말을 보내러 왔거든요."

"어머나, 톰. 정말 잘됐네요. 그이가 왔어요. 차라리 저희 집으로 오실래요? 친구분께 다른 집도 보여 드릴 겸요. 성함이 어떻게 되시죠?"

"에드워드 밴버리인데 에드라고 부르면 돼요. 그럽시다, 아네스. 저희가 가죠. 몇 시까지 갈까요?"

"6시 반이면 너무 이른가요? 아이들이 저녁 먹고 보고 싶은 텔레비전 프로가 있다고 해서요."

톰은 좋다고 했다.

"우리가 그 집으로 가기로 했어요." 톰이 웃으며 에드에게 말했다. "부부가 포탑처럼 생긴 둥근 집에 사는데, 그 위를 덩굴장미가 뒤덮고 있죠. 그 집 다음다음 집이 그 오지랖 넓은 프리처드 부부가 사는 집입니다.” 톰은 프리처드란 이름을 말하면서 목소리를 낮추고 주방과 이어지는 복도를 살폈다. 아니나 다를까, 아네트 여사가 복도에서 나와서 차를 더 마시겠냐고 물었다. “난 됐어요. 고마워요, 여사님. 에드는요?”

“저도 됐습니다. 고맙습니다.”

“아네트 여사님, 우리가 6시 반에 그레 부부네로 가기로 했어요. 7시 반이나 45분쯤에 돌아올 테니, 저녁은 8시 15분쯤에 차려 줘요.”

“그러세요. 아주 잘됐네요.”

“랍스터를 먹을 때 아주 맛있는 화이트 와인을 곁들이고 싶은데, 몽라셰*가 괜찮을 것 같네요.”

아네트 여사가 준비해 놓겠다고 했다.

“재킷에 타이를 메야 하나요?” 에드가 물었다.

“난 안 입을 건데. 앙투안은 벌써 청바지로 갈아입었을걸요. 그것도 반바지로요. 오늘 파리에서 막 돌아왔거든요.”

에드가 자리에서 일어나더니 술잔을 마저 비웠다. 톰은 에드의 시선이 창밖 차고 쪽을 향하고 있다는 걸 눈치챘다. 에드는 톰을 쳐다보다가 시선을 피했다. 에드가 무슨 생각을 하는지 톰은 짐작이 갔다. 저걸 어쩔 셈이냐고, 지금 에드가 묻지 않아서 톰은 좋았다. 대답을 준비하지 못했기에.

톰이 2층으로 올라가자 에드도 올라갔다. 톰은 검정 면바지와 노란 셔츠로 갈아입은 다음, 바지 오른쪽 주머니에 반지를 집어넣었다. 이유는 모르겠지만, 그 반지를 갖고 다녀야 마음이 한결 놓일 것 같았다. 차고로 나갔다. 톰은 갈색 르노와 차고 밖에 세워 둔 빨간 벤츠를 번갈아 쳐다보았다. 혹시나 아네트 여사가 창문 밖으로 내다볼지도 모르니, 뭘 타고 갈지 고민하는 것처럼 보이기 위해서였다. 그런 다음 한쪽 문만 열어 둔 차고로 들어가 천에 싸인 사체가 스테이션왜건 안에 그대로 실려 있는지 확인했다.

그가 집을 비운 사이에 경찰이 온다면, 톰은 간밤에 그가 알지 못하는 사이에 누군가 저 물건을 갖다 두었다고 둘러댈 작정이었다. 그랬다간 데이비드 프리처드가 등장해 자기가 밧줄을 묶어 놓은 모양새가 달라졌다고 하려나? 그럴 것 같진 않았다. 아무튼, 톰은 이런 얘기

* 부르고뉴산 화이트 와인

까지 해서 에드를 더 긴장하게 만들고 싶진 않았다. 차라리 에드가 없을 때 경찰이 왔으면. 아니면, 둘 다 있을 때 경찰이 와서 물으면, 에드가 톰이 하는 거짓말에 동조해 주기를 바랐다.

에드가 내려왔고, 둘이 집을 나섰다.

그레 부부가 따뜻하게 맞아 주더니 새 손님을 궁금해했다. 런던에 사는 기자 에드 밴버리를 10대 남매가 슬쩍 쳐다보다가, 에드의 악센트를 듣고 놀란 것 같았다. 톰이 예상했던 대로 앙투안은 반바지 차림이었다. 그을리고 알이 배긴 종아리 근육은 지치지 않을 것 같았다. 프랑스 국경을 따라 뛰는 마라톤이라도 완주할 듯한 다리였다. 그런 두 다리로, 오늘 밤 앙투안은 고작 거실과 주방만 왔다 갔다 했다.

"신문 기자이신가요, 밴버리 씨?" 아녜스가 영어로 물었다.

"프리랜서 기자라서 소속은 없습니다."

"놀라운 건 에드와 알고 지낸 세월이 얼만데, 에드가 저희 집에 한 번도 놀러 온 적이 없네요. 우리가 그렇게 친한 사이는 아니라는 걸 인정할 수밖에 없어요. 그래도 이 친구가 저희 집을 보고 감탄하는데 제가 다 좋더라고요."

"집이 굉장히 근사하더라고요." 에드가 말했다.

"있잖아요, 톰. 어제 새로운 소문을 들었는데요, 프리처드를 옆에서 돕던 조수가 떠났대요. 어제 오후에요." 아녜스가 말했다.

"아, 그래요?" 톰은 시큰둥하게 대답했다. "우리 동네에 보트 타고 다니는 남자가 있거든요." 톰이 진토닉을 마시며 설명했다.

"다들 앉으시죠." 아녜스가 권했다. "앉고 싶은 사람? 저요."

앙투안이 에드와 톰에게 집 구경을 시켜 주느라 다들 서 있었다. 앙투안은 자칭 '관람대'라 부르는 2층을 보여 주었다. 2층에는 앙투안의 작업실이 있었다. 곡면으로 이어진 맞은편에 두 개의 침실은 물론, 아들 에두아르가 쓰는 방과 다락방도 있었다.

다들 자리에 앉았다.

"맞아요, 그 남자 이름이 테디에요." 아녜스가 설명을 이어 갔다. "제가 어제 4시 무렵에 우연히 그 남자를 봤는데, 혼자서 픽업트럭을 타고 프리처드 집에서 나오더라고요. 그래서 전 '오늘은 일찍 낚시를 끝냈군' 이렇게 생각했죠. 두 남자가 이 동네 강바닥을 훑고 다니는 걸 밴버리 씨도 아시나요?"

톰은 에드를 보며 영어로 설명했다. "이상한 두 남자가 있다고 내가 말했을 겁니다. 둘이서 강바닥을 훑으면서 보물을 찾거든요." 톰이 웃었다. "이 동네엔 이상한 커플이 두 쌍 있어요. 한 쌍은 프리처드 부부, 또 한 쌍은 프리처드와 그 조수." 톰이 불어로 아네스에게 물었다. "둘이 찾는 게 대체 뭐죠?"

"아무도 몰라요!" 그제야 아네스와 앙투안이 웃음을 터뜨렸다. 둘 다 거의 동시에 대답했기 때문이다.

"아무도 몰라요. 진짜로요, 오늘 오전에 빵집에 갔더니……."

"빵집이라!" 앙투안은 빵집이 여자들이 모여서 소문을 퍼뜨리는 진원지라는 듯이 경멸하면서도 관심이 있는지 귀를 세웠다.

"빵집에서 시몬 클레망한테 들은 얘긴데요, 시몬은 마리와 조르주한테 들었대요. 어제 테디가 두 사람이 하는 술집에 와서 두 잔을 연거푸 마시더니 프리처드하고는 다 끝났다면서 기분이 별로라고 조르주를 붙잡고 하소연했대요. 그러면서도 이유는 말을 안 하더래요. 둘이 싸웠나 봐요. 잘 모르지만요, 그래 보였대요." 아네스가 웃으며 마무리 지었다. "아무튼 오늘은 테디도, 테디가 타고 다니던 트럭도 안 보여요."

"이상한 사람들이에요. 가끔 보면 미국인들은 이상하다니까요." 앙투안은 이렇게 말해 놓고, 자기가 한 '이상한'이라는 표현에 톰이 기분 나빠 할 거라고 생각했는지 말을 돌렸다. "엘로이즈한테는 연락이 왔었나요, 톰?"

아네스가 자그마한 소시지 카나페와 그린 올리브가 담긴 볼을 들고 한 번 더 권했다.

톰은 엘로이즈 소식을 앙투안에게 전했다. 동시에, 테디가 떠나면서 불쾌해했다는 게 결정적으로 유리한 상황으로 보였다. 프리처드가 찾던 게 뭔지 결국 알게 된 테디가 그와는 얽히지 않는 게 상책이라고 생각한 걸까? 발을 빼는 게 정상 반응 아닐까? 테디가 아무리 돈을 많이 받았다고 해도, 프리처드 부부의 괴팍한 성질머리에 질려 버린 걸까? 심각한 별종들 때문에 범인들이 불안해지는 법. 톰은 머리론 딴생각을 하면서도 입으로는 여전히 다른 얘기를 주절거리고 있었다.

5분 후, 에두아르가 다시 나타나더니 정원에서 뭘 해도 되는지 허락을 구했다. 그사이 톰은 딴생각에 빠졌다. 테디가 파리 경찰에 유골을 찾았다고 신고할지도 모르지만, 그게 꼭 오늘일 필요는 없다. 테디는 프리처드가 보물을, 물속에 가라앉은 트렁크를 찾는다고 들었는데, 설마 시체를 찾는 줄은 몰랐다면서, 경찰이 그 사체에 대해 알아야 할 것 같아서 신고한다며 솔직히 털어놓을 수도 있다. 만일 테디가 신고할 마음이 있다면, 그렇게 하는 게 프리처드의 뒤통수를 치는 최고의 방법이 될 것이다.

지금까지는 좋은 소식뿐이었다. 굳어 있던 톰의 얼굴에 긴장이 풀렸다. 톰은 카나페만 집어 들고 술은 새로 받지 않았다. 에드가 앙투안과 불어로 곧잘 얘기하고 있었다. 아네스가 수가 놓이고 퍼프 반소매가 달린 시골풍의 흰 블라우스를 입고 있었는데, 그 모습이 유난히 아름다워서 톰이 찬사를 늘어놓았다.

"오늘 엘로이즈가 전화를 또 할 거예요." 톰과 에드가 나서는데 아네스가 말했다. "오늘 밤에 엘로이즈가 전화할 거라는 느낌이 왔어요."

"느낌이 왔어요?" 톰이 웃으며 물었다. "난 아닌 것 같은데요."

톰은 생각했다. 오늘 하루가 근사하게 마무리되는 것 같군, 지금까지는.

21

남은 하루도 작은 행운이 함께했다. 랍스터 두 마리가 산 채로 끓는 물에 들어가 비명을 지르다가 죽는 장면을 목격하거나 상상할 필요가 없었다. 톰은 촉촉한 가재 살을 따뜻한 레몬 버터에 살짝 찍어 먹다가, 그와 에드가 그레 부부의 집에 가느라 집을 비운 사이에 경찰이 찾아오지 않았다는 사실이 떠올랐다. 경찰이 왔었더라면 아네트 여사가 곧바로 얘기했을 것이다.

"맛있네요, 톰. 매일 저녁 이렇게 먹어요?"

톰이 씩 웃었다. "그건 아니고, 대접하려고 차린 거예요. 입에 맞는다니 다행이네요." 톰은 루콜라 샐러드를 한 입 먹었다.

치즈를 곁들인 샐러드를 다 먹고 나니, 전화벨이 울렸다. 경찰이 전화한 걸까, 아니면 아네스의 예언대로 엘로이즈가 전화한 걸까?

"여보세요?"

"여보세요, 톰!" 엘로이즈가 지금 막 노엘하고 샤를 드골 공항에 도착했다면서 오늘 밤늦게 퐁텐블로역으로 데리러 나올 수 있느냐고 물었다.

톰이 숨을 깊이 골랐다. "엘로이즈, 여보. 당신이 돌아왔다니 정말 반갑긴 한데, 오늘만 노엘의 집에 가서 자면 안 될까?" 톰은 노엘의 집에 빈방이 있다는 걸 알고 있었다. "영국에서 온 손님이 오늘 밤 집에 계셔."

"누구?"

"에드 밴버리." 톰은 마지못해 말해 주었다. 에드가 벅마스터 갤러리 관장이기에 이름을 안다는 것만으로도 엘로이즈가 위험해질 수도 있다는 생각이 막연히 들었기 때문이다. "내일이면 모르겠는데, 오늘 밤엔 우리가 할 일이 있어서 그래. 노엘은 잘 지내지? 잘됐네. 안부 전해 줘. 당신도 괜찮은 거지? 오늘 밤에 파리에서 자도 괜찮은 거지? 내일 오전에 아무 때나 전화해."

"알았어, 여보. 역시 프랑스가 최고네!" 엘로이즈가 영어로 말했다.

통화가 끝났다.

"이런, 이런." 톰이 식탁으로 돌아오며 말했다.

"엘로이즈군요." 에드가 말했다.

"오늘 밤에 집으로 오고 싶다더니, 노엘 하슬러라는 친구 집에서 자겠대요. 다행이에요." 차고로 옮겨 놓은 사체는 뼈만 남은 상태라 신원 확인이 불가능하다 해도, 죽은 사람의 뼈이다 보니 톰은 본능적으로 엘로이즈가 집 근처에 얼씬도 못하게 하고 싶었다. 톰은 침을 삼키고 몽라셰를 한 모금 넘겼다. "에드……."

바로 그때, 아네트 여사가 거실로 나왔다. 저녁 먹은 접시를 치우고 디저트를 낼 차례가 된 것이다. 아네트 여사가 직접 만든 상큼한 라즈베리 무스를 내려놓고 사라지자, 톰이 다시 말을 꺼냈다. 에드가 주변을 살피며 슬쩍 미소를 지었다.

"오늘 밤 그 문제를 해결할 방안이 있어요."

"그럴 줄 알았어요. 이번에도 강에 버릴 거죠? 가라앉긴 할 거예요." 에드가 목소리를 낮춘 채 긍정적으로 말했다. "떠오를 게 없잖아요."

톰은 에드가 돌덩이를 넣지 않아도 유골이 뜨지 않을 거란 뜻으로 한 말이라고 이해했다. "아니, 다른 생각이 있어요. 프리처드 집에 있는 연못으로 곧바로 반납하려고요."

살포시 웃던 에드의 얼굴에 웃음꽃이 활짝 피자 홍조가 돌아왔다. "곧바로 반납한다." 에드가 따라 말했다. 코믹 공포 소설을 읽거나 무서운 얘기를 듣다가 따라 하는 사람 같았다. 그런 다음, 디저트를 한 입 떠먹었다.

"할 수 있을 것 같아요." 톰이 목소리를 낮추고 말하더니 디저트를 먹기 시작했다. "이거 우리 집 정원에 있는 라즈베리로 만든 무스예요. 몰랐죠?"

두 사람은 거실에서 커피만 마시고 브랜디는 마시지 않았다. 톰은 현관으로 걸어가 밖으로 나간 다음 하늘을 올려다보았다. 거의 밤 11시가 다 되었다. 구름이 잔뜩 낀 여름 하늘에는 별이라곤 아예 보이지 않았다. 달은 어디에서 뭘 하나? 둘이 후다닥 일을 해치우면 달빛 걱정은 할 필요가 없을 것이다. 지금은 달이 뜨지 않았다.

톰이 거실로 돌아왔다. "오늘 밤 나하고 같이 움직일 준비는 된 거죠? 프리처드하고 마주칠 일은 없을 겁니다."

"준비됐어요, 톰."

"잠시만요." 톰이 계단을 뛰어올라 리바이스 청바지로 갈아입은 다음 검정 면바지에 넣어 둔 묵직한 반지를 청바지로 옮겼다. 옷을 꼭 갈아입어야 하는 강박이 생기려는 걸까? 옷을 갈아입어야 도움이 되고 힘이 불끈 나는 것 같아서일까? 톰은 작업실로 들어가 무른 연필과 스케치북을 집어 든 다음 계단을 내려갔다. 순식간에 기운이 펄펄 나는 것 같았다.

에드가 노란 소파 끝에 그대로 앉아 있었다. 지금은 담배를 손에 들고 있었다.

"크로키 그리는 동안 잠깐만 가만히 있어 줄래요?"

"날 그리게요?" 아무튼, 에드가 가만히 있어 주었다.

톰은 소파와 쿠션을 배경으로 두고 스케치했다. 톰은 에드가 황금빛 눈썹과 속눈썹을 추켜올린 채 당황해하면서도 집중해서 자기를 바라보는 모습을 그려나갔다. 영국인 특유의 얇은 입술, 단추가 풀려서 편안하게 벌어진 셔츠 칼라가 만들어 낸 선. 톰은 의자를 오른쪽으로 살짝 옮기고 새 도화지로 넘기고는, 이번에도 동일한 모습을 스케치했다. 톰이 에드에게 움직이거나 커피를 마셔도 된다고 하자, 에드가 그렇게 했다. 톰은 20분 정도 그리더니 협조해 줘서 고맙다고 했다.

"협조라뇨! 넋 놓고 있었는걸요." 에드가 웃으며 말했다.

아네트 여사가 커피를 더 내오는 것으로 오늘 일과를 마치려 했다.

"내 작전은, 프리처드의 집으로 갈 때 그레 부부의 집이 있는 쪽 말고, 반대 방향에서 진입하는 거예요. 차에서 내린 다음, 저걸 들고 프리처드의 정원을 가로질러 연못까지 가서 그냥 던져 버리는 거죠. 별로 무겁지도 않잖아요. 대략……."

"10킬로그램은 넘고 15킬로그램은 안 될 걸요."

"그 정도 될 겁니다. 아무튼, 물소리가 나겠죠. 프리처드 부부가 집에 있다면 그 소리를 듣겠죠. 거실에는 연못이 있는 쪽으로 창이 두 개 나 있던 것 같아요. 우린 던지고 유유히 걸어 나오면 돼요. 프리처드가 투덜대든 말든!" 톰이 대범하게 덧붙였다. "프리처드가 경찰에 신고 하든 말든!"

잠시 정적이 흘렀다.

"설마 프리처드가 신고할까요?"

톰이 어깨를 으쓱했다. "미친놈이 무슨 짓을 할지 누가 압니까?" 톰이 체념하듯 말했다.

에드가 자리에서 일어났다. "그럼 가 볼까요?"

톰이 스케치북을 덮더니 커피 테이블 위에 연필과 함께 내려놓았다. 복도 탁자 위에 올려 둔 재킷을 집어 들었다. 혹시나 경찰이 보자고 할지도 모르니 서랍 안에 넣어 둔 지갑도 꺼냈다. 톰은 면허증 없이는 절대로 운전하지 않았다. 생각만 해도 신이 났다. 경찰이 오늘 밤 면허증을 보자고 해도 트렁크에 있는 짐까지 확인하진 않을 것이다. 언뜻 보면 운반하려고 카펫을 돌돌 말아서 묶어 놓은 것처럼 생겼기 때문이다.

에드가 짙은 색 재킷을 손에 들고 운동화로 갈아 신은 다음, 아래층으로 내려왔다. "됐어요, 톰."

톰이 거실등 두 개를 껐다. 둘이 현관으로 나가자, 톰이 현관문을 걸어 잠갔다. 그는 에드의 도움을 받으며 대문을 활짝 열고, 키가 큰 철제 차고 문도 열었다. 아네트 여사의 방에 불이 켜져 있는지는 알 수가 없었다. 그 방이 주택 뒤편에 있어서 톰이 확인할 수도 없지만 신경 쓰지도 않았다. 그가 야심한 밤에 손님을 태우고 드라이브 나가 퐁텐블로에 있는 카페에 다녀오는 일은 특별할 게 없었다. 둘이 차에 탔다. 사실 퀴퀴한 냄새가 풍기지 않았지만, 양쪽 창문을 살짝 내렸다. 차는 벨옹브르 대문을 빠져나가 좌측으로 꺾어졌다.

차가 빌페르스 남부를 가로질러 북으로 가는 도로로 접어들었다. 방향만 맞으면 그만이니 딱히 어떤 길로 가든 상관없었다.

"길을 다 외워요?" 에드가 질문하듯 읊조렸다.

"흠, 다는 아니고 90퍼센트 정도만 외워요. 밤이라 표지판이 보이지 않아서 자칫하면 빠지는 길을 놓치기 쉬워요." 톰은 우회전한 다음 1킬로미터 정도를 달리다 보니 빌페르스에 있는 다른 마을로 가는 길을 알려 주는 표지판이 오른편으로 보였다. 톰은 오른쪽 길로 빠졌다.

이제야 톰이 아는 길이 나왔다. 이 길을 따라가면 프리처드의 집, 빈집, 그레 부부의 집이 순서대로 나온다.

"이 길을 따라가면 프리처드의 집이 나올 겁니다. 이제 내 생각을 말해 줄게요." 톰은 속도를 더 줄이더니 차 한 대를 먼저 보냈다. "우리 둘이 저걸 들고 걸어야 해요. 대략 30미터는 걸어가야 하니, 프리처드 부부한테 우리 차 소리가 안 들릴 겁니다." 대시 보드 위에 달린 시계가 거의 12시 반을 가리키고 있었다. 톰은 헤드라이트의 밝기를 줄인 채, 거의 기어가는 속도로 차를 몰았다.

"저 집이에요? 오른편 흰 집?"

"맞아요." 1층에만 불이 켜져 있었는데, 딱 한 군데였다. 톰이 웃으며 말했다. "파티라도 하면 좋겠지만, 아니군요. 이제 내가 저 뒤에 나무가 우거진 곳에 차를 댈 겁니다. 최고의 결과를 거둬 봅시다." 톰은 후진한 다음 라이트를 껐다. 차를 세운 곳은 길이 휘어지는 지점 근처였다. 우측으로 오솔길이 나 있었는데, 주로 농부들이 다니는 흙길이었다. 이 정도면 다른 차가 지나갈 수 있을 테니, 톰은 자기 차를 굳이 오른쪽으로 더 바싹 붙이지 않았다. 아주 얕긴 해도 바퀴가 도랑에 빠지는 일은 피하고 싶었다. "어디 한번 해 봅시다." 톰이 운전석과 조수석 사이에 놓아 둔 손전등을 집어 들었다.

트렁크 문을 열었다. 톰은 머치슨의 하반신을 묶은 밧줄 밑으로 손을 집어넣고 잡아당겼다. 쉬웠다. 에드가 상반신을 묶은 밧줄을 붙들려는 순간, 톰이 말렸다. "기다려요."

둘이 가만히 숨을 죽인 채 귀를 세웠다.

"무슨 소리가 난 것 같았는데, 잘못 들었나 봐요." 톰이 말했다. 이제 두 사람은 천에 싸인 유골을 꺼내 들었다. 톰은 소리가 날까 봐 트렁크를 살짝 닫아만 두었다. 톰이 턱으로 신호를 보냈다. 출발. 두 남자가 길가 오른쪽에 붙어서 발걸음을 떼기 시작했다. 톰이 앞장섰다. 왼손으로 손전등을 들고 있다가 발밑만 살짝 비춰 보고 바로 껐다. 너무 어두웠기 때문이다.

"잠시만요." 에드가 속삭였다. "잘못 쥐어서." 에드가 밧줄을 손바닥에 올려놓고 잡은 자세에서 편안한 자세로 고쳐 잡았다. 둘이 계속 걸음을 옮겼다.

톰이 다시 걸음을 멈추더니 속삭였다. "10미터만 더 가면 잔디밭으로 들어설 겁니다. 도랑이 있는지는 잘 모르겠어요."

이제 불 켜진 거실 창이 훤히 보였다. 음악을 튼 걸까? 아니, 환청인가? 오른쪽으로 도랑이 보였지만, 담장은 없었다. 왼쪽으로 4미터만 더 가면 진입로가 나온다. 프리처드 부부는 보이지 않았다. 톰은 진입로로 올라서라고 말없이 수신호만 보냈다. 두 남자는 진입로로 올라선 다음, 오른쪽으로 틀어서 연못으로 향했다. 사실 연못은 원형에 가까웠지만, 지금은 시커먼 타원으로 보였다. 잔디가 두 사람의 발소리를 삼켰다. 실내에서 트는 클래식 음악이 정원으로 흘러나오긴 했지만, 오늘 밤에는 시끄럽게 틀지 않았다.

"이제 던지기만 하면 돼요." 톰이 동작을 지휘했다. "하나." 둘이 유골이 든 포대를 앞뒤로 흔들었다. "둘, 셋! 가운데로 던져!"

첨벙! 연못 물이 크게 튀면서 물거품이 부글부글 올라왔다.

톰과 에드가 유유히 돌아 나오는 사이에 연못 물은 더 크게 출렁이며 공기 방울이 보글보글 피어올랐다. 톰이 앞장서서 걸었다. 진입로에서 내려서서 왼쪽으로 틀 때는 발밑을 살피려고 손전등을 살짝 켰다.

진입로에서 스무 발자국 정도 멀어지자, 톰이 발걸음을 늦추다가 아예 서 버렸다. 에드도 섰다. 둘이 뒤를 돌자, 어둠 너머로 프리처드의 집이 보였다.

"어머 어머…… 저게 뭐지?" 여자가 묻는 소리가 토막토막 들렸다.

"아내 목소리예요, 재니스." 톰이 에드에게 귀띔했다. 톰이 오른쪽 뒤를 살폈다. 흰 스테이션왜건의 형체가 어렴풋이 보이긴 해도 시커먼 나뭇잎에 거의 가려져 있었다. 톰은 다시 프리처드의 집으로 시선을 돌렸다. 아까 크게 울려 퍼진 첨벙 소리에 마음을 빼앗긴 상태였다.

"당신…… 뭐라고!" 이번에는 묵직한 음성이 들렸다. 프리처드의 목소리 같았다.

발코니 한쪽 끝 천장에 매달린 등이 켜지는 순간, 밝은 셔츠에 짙은 색 바지를 입고 서 있는 프리처드가 보였다. 프리처드가 발코니에서 좌우를 살피고 손전등으로 정원을 비추고 진입로도 살피더니, 계단을 밟고 잔디밭으로 내려서자마자 연못으로 달려가 물속을 들여다보았다. 그러더니 집으로 고개를 돌렸다.

"연못에……." 프리처드가 연못이라고 한 게 확실히 들렸다. 이어서 거친 발음이 이어졌는데, 욕하는 것 같았다. "정원에…… 망할…… 재니스!"

재니스가 발코니에 모습을 드러냈다. 위아래 모두 밝은색 옷을 입고 있었다. "뭐?" 재니스가 물었다.

"아니, 갈고리 달린 거!" 마음씨 좋은 바람이 프리처드 부부의 대화를 톰과 에드에게 곧장 실어다 주었다.

톰이 에드의 팔을 살짝 건드리자, 긴장했는지 팔뚝이 딴딴했다. "갈고리로 그걸 건지려나 봐요!" 톰은 속삭이더니 터지려는 웃음을 꾹 참았다.

"그만 가야 하지 않을까요, 톰?"

바로 그때, 모습을 감추었던 재니스가 뒤뜰에서 허둥지둥 막대기를 들고 돌아 나왔다. 톰은 허리를 낮추고 프리처드의 정원 가장자리에 제멋대로 자란 풀숲 사이로 살펴보았다. 잡아 거는 갈고리가 달린 갈퀴가 아니라, 삼지창처럼 생긴 갈퀴였다. 정원에서 손이 닿지 않는 곳에 있는 낙엽과 잡초를 긁어모을 때 사용하는 도구로 보였다. 톰에게도 비슷하게 생긴 갈퀴가 있는데, 길이가 2미터가 넘진 않아도 재니스가 들고 온 것보다는 훨씬 길었다.

프리처드가 뭔가 갖다 달라고 했는데, (지금 잔디밭 위에 있는) 전등을 찾는 것 같았다. 프리처드가 막대를 쥐고 연못으로 푹 찔러 넣었다.

"저러다가 건지면 어쩌죠?" 톰이 에드에게 조용히 말하더니, 차가 있는 방향으로 옆걸음질을 쳤다.

에드도 따라서 걸었다.

톰이 에드에게 왼손을 쭉 뻗는 순간, 둘이 그 자리에 멈춰 섰다. 톰은 풀숲 사이로 목격하고야 말했다. 프리처드는 허리를 숙인 채 연못을 들여다보는 자세로 재니스가 건네는 무언가를 받으려고 했다. 그런데 그가 입고 있던 흰 셔츠가 별안간 사라지고 말았다.

프리처드의 괴성이 들리더니, 묵직한 물체가 물에 빠지는 소리가 울려 퍼졌다.

"여보!" 재니스가 총총걸음으로 연못을 반 바퀴 정도 돌며 동동거렸다.

"제기랄, 프리처드가 빠졌어요!" 톰이 말했다.

"사…… 사람…… 살……." 프리처드가 수면 위로 고개를 내밀고 "푸!" 하고 숨을 내뱉었다. 다시 첨벙거리는 소리. 프리처드가 한쪽 팔로 물을 헤치며 수면 위아래를 오가며 허우적거렸다.

"갈퀴는 어쨌어?" 재니스가 비명을 내질렀다. "손에……."

프리처드가 갈퀴를 놓친 것 같았다.

"재니스! 바닥이…… 진흙…… 당신 손!"

"빗자루…… 밧줄이 나을……." 재니스가 불 켜진 테라스로 뛰어가 미친 듯이 돌아다니다가 연못으로 돌아왔다. "막대기가…… 안 보여!"

"손 좀…… 여기……." 데이비드 프리처드가 말을 끝맺지도 못했는데 물 튀기는 소리가 다시 이어졌다.

허연 재니스의 형체가 도깨비불처럼 연못 주위를 두둥실 떠다녔다. "여보, 당신 어딨어? 아!" 재니스가 뭔가를 발견했는지 허리를 숙였다.

연못 물이 부글거리는 소리가 톰과 에드의 귀에까지 들렸다.

"내 손 잡아! 여보! 연못가에 매달려!"

잠깐의 정적에 이어, 재니스가 비명을 내지르더니 첨벙 소리가 울려 퍼졌다.

"세상에, 둘 다 빠졌어요!" 톰이 놀라다 못해 발작하듯 말했다. 조용히 말하려 했지만, 평상시처럼 말이 나왔다.

"연못이 얼마나 깊죠?"

"몰라요, 2미터는 안 될걸요."

재니스가 뭐라고 외쳤지만, 물이 입을 틀어막았다.

"우리가 가서 도와……." 에드가 불안한 눈으로 톰을 쳐다보았다. "저러다가……."

에드의 긴장감이 톰에게 전해졌다. 톰은 체중을 양발로 왔다 갔다 옮기면서 따져 보았다. 도울까, 말까. 톰을 고민하게 한 건, 옆에 에드가 있다는 사실 때문이었다. 연못에 빠진 부부는 톰의 눈엣가시 같은 적들이었다. 혼자 있었더라면 톰은 고민할 것도 없이 가 버렸을 것이다.

허우적거리는 소리가 그쳤다.

"내가 연못으로 떠민 게 아니잖아요." 톰이 매몰차게 말했다. 연못이 있는 방향에서 흐릿하게 소리가 이어졌다. 이제는 한쪽 손만 살짝 내밀고 물을 휘젓는 것 같았다. "갈 수 있을 때 갑시다."

정확히 열다섯 걸음을 옮기자 어둠으로 들어섰다. 운이 참 좋았다고, 톰은 생각했다. 그 일이 벌어지는 5~6분가량 차가 한 대도 지나가지 않았기 때문이다. 둘이 차에 탔다. 후진해서 우측에 있던 오솔길로 들어갔다가 다시 앞으로 빼서 좌회전하자, 아까 왔던 길로 되돌아갈 수 있었다. 그제야 헤드라이트를 최대한 밝혔다.

"이렇게 운이 좋을 수가!" 톰이 웃으며 말했다. 버나드와 함께 부아시 루앙강에 사체를 내다 버린 직후에 밀려들었던 지극한 행복감이 되살아났다. 당시 버나드는 옆에서 아무 반응도 보이지 않았다. 그때 내다 버린 사체와 지금 내다 버린 유골이 동일 인물의 것이라니. 콧노래가 절로 나왔다. 이제야 마음이 놓이면서 기분이 째질 것 같았지만, 에드 밴버리는 그러지 않았다. 그럴 수 없었다. 톰은 눈치껏 운전하면서 입을 다물었다.

"운이 좋다니요?"

"아, 그게 무슨 뜻이냐면……." 이제 톰이 모는 차가 더욱 짙어진 어둠을 가르고 있었다. 다음 교차로나 표지판이 언제 나올지 모르지만, 이 길을 따라가면 다시 빌페르스 남부를 지나 중심가를 직각으로 교차하게 된다는 걸 알았다. "차가 끊겼다고요. 그러니까, 그 무렵 차가 한 대도 지나가지 않았다는 뜻으로 한 말이에요. 쌤통이란 소리가 아니고요. 내일이면 발견될 프리처드 부부든, 연못에 버린 유골이든 도대체 그게 나하고 무슨 상관이죠?" 톰은 시신 두 구가 거의 수면 높이로 둥둥 떠오른 모습을 대충 그려 보았다. 톰은 웃으며 에드를 쳐다보았다.

에드는 담배를 피우다가 톰의 시선을 피해 고개를 숙이더니 손으로 이마를 짚었다. "톰, 난 말이죠……."

"어디 속이 안 좋아요?" 톰이 걱정하며 속도를 줄였다. "차 세울게요."

"그게 아니라, 우리가 도와주지 않고 현장을 빠져나왔으니 둘 다 물에 빠져 죽었을 거라고요."

벌써 죽었지, 톰은 속으로 중얼거리면서 데이비드가 아내를 부르짖던 음성을 재생했다. '당신 손 좀!' 데이비드가 고의로 아내를 잡아당긴 것 같았다. 죽기 직전에 마지막으로 상대에게 폭력을 가해 쾌락을 얻으려 한 것 같았다. 사실 데이비드 프리처드는 발이 닿지 않는데도 살고 싶었을 것이다. 에드가 자기처럼 생각하지 않자 톰은 난감해졌다. "둘이서 얼마나 오지랖을 부리고 돌아다녔나요, 에드." 톰이 다시 운전에 집중했다. 군데군데 흙이 드러난 도로를 계속 달렸다. "오늘 밤에 무슨 일이 있어도 머치슨을 처리해야 했다는 사실을 명심해요. 이 일은……."

에드가 재떨이에 담배를 끄더니 여전히 한 손으로 이마를 문지르고 있었다.

나도 그런 꼴 구경하는 거 별로였다고요, 하고 톰은 말하고 싶었다. 그런데 좀 전에 실실 웃어 놓고 이 말을 한다고 과연 에드가 믿어줄까? 톰은 숨을 골랐다. "두 사람은 위작의 실체를 폭로하려 했어요. 벅마스터 갤러리를 공격하려 했다고요. 머치슨 부인을 이용해 우리 모두를 희롱하려 했다니까요. 프리처드가 노린 건 나였지만, 그 바람에 위작의 실체까지 까발려질 뻔했잖아요. 두 사람은 뿌린 대로 거둔 겁니다, 에드. 아무 상관도 없는 주제에 끼어들더니만." 톰이 목에 힘주어 말했다.

거의 다 왔다. 빌페르스의 목가적인 풍광 속에 조명 몇 개가 왼편에서 반짝였다. 차가 벨옹브르가 있는 도로로 접어들었다. 벨옹브르를 지켜 주겠다는 듯이 길 건너편에서 집을 향해 기울어진 커다란 나무가 이제야 톰의 시야에 들어왔다. 대문은 여전히 열려 있었다. 거실에 등을 약하게 켜 놓은 모습이 현관 왼쪽 창으로 보였다. 톰은 차고 빈자리에 차를 댔다.

"손전등을 켤게요." 톰이 손전등을 들었다. 그리고 차고 구석에 있던 거칠거칠한 천을 집어 들더니 스테이션왜건 트렁크 바닥에 떨어진 모래를 털어 냈다. 희끄무레한 모래 같아 보이는 것들이 과연 모래일까? 이 모래는 어쩌면, 분명, 머치슨 유골에서 떨어져 나왔을 것이다. 설명하기 힘들지만, 인간의 살점이 부스러진 것일 테다. 톰은 얼마 되지 않은 부스러기를 차고 시멘트 바닥으로 쓸어 버린 다음, 발로 쓱 밀었다. 고운 가루가 자갈 사이로 파고들자 적어도 눈에는 보이지 않았다.

톰이 손전등을 들고 현관으로 향했다. 에드는 아주 분주한 하루를 보내면서 톰이 사는 인생의 참맛을 보았을 것이다. 톰이 모두를 지키기 위해 무슨 일을 해야 하는지, 무슨 꼴을 당해야 하는지 깨달았을 것이다. 하지만 톰은 에드에게 짧게라도 그런 말을 언급할 기분이 아니었다. 좀 전에 차에서 하지 않았던가.

"먼저 들어가요, 에드." 톰이 현관 앞에서 에드를 먼저 들여보냈다.

톰은 거실에 불을 하나 더 켰다. 커튼은 몇 시간 전에 아네트 여사가 쳐 놓았다. 톰은 1층 화장실로 들어간 에드가 구토는 하지 않기를 바랐다. 톰은 주방으로 가서 싱크대에서 손을 씻었다. 에드에게 뭘 주나? 차? 독한 스카치? 에드가 진을 더 좋아할 텐데? 핫초코를 먹여서 재울까? 에드가 거실에 있는 톰에게 다가왔다.

에드는 평소와 다름없어 보이려고 용을 썼다. 유쾌한 척하려 했지만, 얼굴엔 당혹스러움과 근심이 드리웠다.

"뭐 마실래요, 에드? 나는 핑크 진 마시려고요. 얼음 없이. 뭐 마시고 싶어요, 차?"

"같은 거로 줘요."

"앉아 있어요." 톰이 바 카트로 가더니 앙고스투라* 병을 흔들었다. 톰이 똑같은 잔 두 개를 들고 왔다.

둘이 잔을 들어 올린 다음 술을 마셨다. "정말 고마워요, 에드. 오늘 밤 옆에 있어 줘서. 당신이 있어서 정말이지 큰 도움이 되었어요."

에드는 억지로라도 웃으려 했지만, 웃을 수가 없었다. "하나만 물어봐도 됩니까. 이제 어쩔 겁니까? 이제 우리 어떻게 되는 거죠?"

톰이 머뭇거렸다 "우리가 뭐요? 왜 무슨 일이 꼭 생겨야 해요?"

* 쓴맛이 나는 액체로 칵테일에 쓰인다.

에드가 다시 술잔에 입을 갖다 대더니 힘겹게 삼켰다. "그 집에서……."

"프리처드 집 말인가요!" 톰이 목소리를 깔았지만, 여태 서서 웃고 있었다. 에드가 질문하자 톰은 기분이 좋아졌다. "내일이면 알게 되겠죠. 이를테면, 우체부가 9시경에 그 집에 들르겠죠. 정원에 갈퀴가, 그러니까 나무 막대기가 연못에서 삐죽 나와 있는 걸 눈여겨보겠죠. 못 볼 수도 있고요. 그런데 대문이 열려 있는 거예요. 바람이 불어서 닫히지 않았다면요. 게다가 불까지 켜져 있죠. 테라스 천장에 달린 등이요." 우체부가 진입로를 따라 중앙 계단을 지나 테라스까지 올라갈 것이다. 그 갈퀴의 길이가 2미터도 되지 않아서 연못 위로 삐져나오지 않을지도 모른다. 연못 바닥이 진흙일 테니 말이다. 어쩌면 하루는 꼬박 지나야 프리처드 부부가 발견될 수도 있다.

"그래서요?"

"두 사람이 발견되기까지 이틀은 넘기지 않을 겁니다. 그래서 뭐요? 머치슨의 신원은 확인할 수 없다에 내 모든 걸 걸겠어요! 그 남자 아내가 와도 못 알아볼걸요." 순간, 톰의 머릿속에 머치슨의 졸업 반지가 떠올랐다. 흠, 그럴 리는 없겠지만 내일 경찰이 들이닥칠 경우를 대비해, 머치슨의 반지를 오늘 밤 집 안 어딘가에 숨겨 놓아야 한다. 프리처드의 집에 불이 종일 켜져 있어도 그들의 생활 방식이 너무 기괴하다 보니, 밤새 불이 켜져 있다면서 그 집으로 찾아가 문을 두드리며 물어볼 이웃은 아무도 없을 것이다. "에드, 이번 일은 내가 지금껏 했던 일 중에 가장 간단했어요. 우리가 손가락 하나 까딱하지 않았다는 거, 당신도 알잖아요?"

에드가 톰을 쳐다보았다. 에드는 노란 의자에 앉아서 팔꿈치를 무릎에 세운 채 몸을 숙이고 있었다. "네, 뭐 그렇게 볼 수도 있죠."

"내 말이 맞다니까요." 톰이 단호하게 말하더니 핑크 진을 편안히 한 모금 넘겼다. "우리는 그 연못에 대해서는 아무것도 모르는 겁니다. 프리처드 집 근처에는 가지도 않은 겁니다." 톰이 조용히 말하며 에드에게 다가갔다. "천에 싸인 유골이 우리 집에 있었다는 걸 누가 알까요? 누가 우리를 의심이나 할까요? 아무도 안 해요. 당신하고 난 퐁텐블로로 드라이브 갔지만, 결국 술집에는 들르지 않고 그냥 집으로 돌아온 겁니다. 45분도 안 돼서 돌아왔으니까요. 맞죠?"

에드가 고개를 끄덕이더니 고개를 들어 다시 톰을 쳐다보며 말했다. "맞아요, 톰."

톰이 담배에 불을 붙이더니 다른 의자에 앉았다. “당신이 불안해 한다는 거 알아요. 하지만 난 이보다 훨씬 더 힘든 일들을 해 왔어요. 이보다 훨씬 더 험한 일들을요.” 톰은 여기까지만 말하고 웃었다. “내일 아침 몇 시에 커피를 올려다 주면 되죠? 차가 더 좋아요? 푹 자야 해요, 에드.”

“차가 더 좋아요. 전에 아래층에서 마셨던 그 우아한 차면 좋겠어요.” 에드가 억지 미소를 지으려고 했다. “9시나 9시 15분 전에요.”

“그러죠. 우리 가정부가 손님에게 대접하는 걸 좋아하니 내가 메모를 남겨 놓을게요. 나도 9시 전에는 일어날 겁니다. 가정부는 7시면 어김없이 일어나거든요.” 톰은 힘차게 말했다. “그런 다음, 갓 구운 크루아상을 사러 걸어서 빵집에 가죠.”

빵집이라. 빵집은 일종의 인포메이션 센터였다. 아네트 여사가 빵집에 갔다가 아침 8시쯤 돌아올 때 무슨 소식을 갖고 오려나?

22

톰은 8시가 넘어서 일어났다. 살짝 열린 창밖으로 새들이 노래했다. 오늘도 날이 좋아 보였다. 톰은 노이로제에 걸린 사람처럼 자기도 모르게 양말을 넣어 둔 서랍장으로 몸이 이끌렸다. 선장이 쓰던 서랍장 맨 아래 칸을 열고 검정 모직 양말 속에 넣어 둔 물건을 더듬었다. 머치슨의 졸업 반지가 그대로 들어 있었다. 모서리에 황동 장식이 달린 서랍을 다시 닫았다. 어젯밤 양말 속에 반지를 넣어 두었다. 반지가 바지 주머니에 들어 있다는 걸 알고도 양말 속에 넣지 않았더라면, 잠을 이루지 못했을 것이다. 의자에 무심코 바지를 걸었다간 카펫 위로 떨어져 반지가 만천하에 공개될 테니 말이다.

톰은 샤워와 면도를 마친 후에 어젯밤에 입었던 리바이스 청바지를 다시 입고 셔츠만 새로 꺼내 입었다. 조용히 아래층으로 내려갔다. 손님방의 방문이 닫힌 걸 보며 에드가 조금 더 자기를 바랐다.

“좋은 아침이네요, 여사님!” 톰은 평소보다 발랄하게 인사를 건넸다.

아네트 여사가 미소로 화답하더니 오늘도 날씨가 좋다고 했다. “커피 드릴게요.” 여사가 주방으로 들어갔다.

혹시라도 여사가 흉흉한 소식을 들었다면, 벌써 떠벌렸을 것이다. 아직 여사가 빵을 사러 나가진 않았어도, 친구가 전화했을 수도 있다. 기다리자, 톰은 혼잣말했다. 그 소식을 들으면 다들 놀라 자빠질 테니,

톰도 놀란 척해야 한다. 당연히 그래야 한다.

톰은 커피 첫 잔을 마신 후 정원으로 나가 싱싱한 달리아 두 송이와 귀엽게 생긴 장미 세 송이를 잘라 왔다. 주방에 있던 꽃병을 꺼내 아네트 여사의 도움을 받으며 꽃을 꽂았다.

그러고는 빗자루를 들고 차고에 가서 바닥을 대충 쓸었다. 얼마 되지 않는 낙엽과 흙먼지를 자갈밭 위로 쓸어 버리자 눈에 보이지 않았다. 스테이션왜건 트렁크를 열고 잘 보이지도 않는 희끄무레한 부스러기마저 털어 낸 다음 자갈밭으로 쓸어 버렸다.

오늘 오전에는 모레로 가는 게 좋을 것 같았다. 에드에게 콧바람도 쐬어 줄 겸, 그쪽에 있는 강에 반지도 버릴 겸. 바라건대, 출발하기 전에 엘로이즈가 몇 시 기차를 타고 오는지 전화로 알려 주면 얼마나 좋을까. 이왕 나간 김에 한꺼번에 볼일을 다 보고 돌아오면 좋을 것이다. 스테이션왜건을 몰고 모레로 드라이브 갔다가 퐁텐블로역에서 엘로이즈를 태우고 집으로 돌아오는 코스. 엘로이즈가 쇼핑한 물건을 담아 오려고 가방도 새로 샀을 테니, 그것까지 다 실으려면 스테이션왜건 정도는 되어야 할 것이다.

9시 반에 도착한 우편물은 엘로이즈가 열흘 전 마라케시에서 보낸 엽서였다. 이럴 줄 알았다. 아무 소식이 없어서 사막처럼 버석했던 지난주에 이걸 받았더라면 얼마나 좋았을까! 엽서에는 시장에서 줄무늬 숄을 파는 여인들의 사진이 실려 있었다.

사랑하는 톰

이번에도 낙타를 탔는데 훨씬 재미있었어! 릴에서 왔다는 두 남자를 만났어. 저녁 식사는 대단했어. 둘 다 아내에게서 벗어나 휴가를 즐기는 중이래. 노엘이 당신과 뺨을 맞대고 인사하고 싶대. 난 당신 뺨에 뽀뽀할래. 쪽쪽쪽!

엘

아내에게서 벗어나되 여자는 멀리하지 않는 남자들이라니. 저녁 식사가 대단했다고 하니 엘로이즈와 노엘이 두 남자와 끝까지 간 것처럼 들렸다.

"좋은 아침이에요, 톰." 에드가 홍조 띤 얼굴로 웃으며 내려왔다. 에드는 가끔 아무 이유도 없이 뺨이 벌게질 때가 있었는데, 영국인의 특징이라고 믿어야 한다는 것을 톰은 이미 알고 있었다.

"잘 잤어요, 에드? 오늘도 날씨가 죽이네요! 이렇게 운이 좋을 수가!" 톰이 벽감에 놓인 식탁을 가리켰다. 한쪽 구석에 두 사람의 식탁이 마련되어 있었다. 안락하니 공간도 넓었다. "해가 들어서 불편해요? 커튼 쳐 줄까요?"

"괜찮아요."

아네트 여사가 오렌지주스와 따뜻한 크루아상과 방금 내린 커피를 들고 나왔다.

"삶은 달걀이 좋아요? 아니면 계란찜? 수란? 우리 집에선 뭐든 다 돼요."

에드가 웃었다. "달걀은 됐습니다. 오늘 왜 그리 기분이 좋은지 알겠네요. 엘로이즈가 오늘 파리에서 집으로 돌아오는군요."

톰이 더 크게 웃었다. "왔으면 좋겠어요. 올 겁니다. 파리에서 정신 팔릴 일만 없다면요. 그런 경우는 생각하고 싶지 않아요. 화려한 카바레 쇼 같은 건 생각도 하지 않을래요. 엘로이즈와 노엘이 좋아하거든요. 엘로이즈가 이제 곧 전화하겠죠. 아 참, 오늘 아침에 엘로이즈가 보낸 엽서를 받았어요. 마라케시에서 여기까지 오는 데 열흘이나 걸리다니, 말이 됩니까?" 톰이 웃었다. "마멀레이드 발라 먹어요. 아네트 여사님이 손수 만든 거예요."

"고마워요. 혹시…… 우체부가 여기부터 들렀다가 그쪽으로 가나요?"

"나도 모르겠어요. 일단 우리 집부터 들렀다가 시내에서 외곽으로 배달 가는 것 같던데, 나도 잘은 몰라요." 톰은 에드의 얼굴에 드리운 근심을 눈치챘다. "오늘 아침에 생각해 봤는데, 일단 엘로이즈의 연락을 받은 후에 모레쉬르루앙 쪽으로 드라이브나 갑시다. 참 아름다운 동네거든요." 톰은 말을 끊었다. 그쪽 강에 가서 반지를 버리고 싶다는 말을 하려다가 조금 더 생각해 보기로 했다. 불안감을 조성하는 물건이라면, 에드가 생각을 덜 하면 할수록 나을 것 같았다.

톰과 에드는 프렌치 도어를 통해 잔디밭으로 내려가 산책을 했다. 찌르레기가 쪼아 대는데 조금도 사람을 경계하지 않았다. 참새는 두 사람을 빤히 쳐다보았다. 검은 까마귀가 듣기 싫은 울음소리를 내며 날아갔다. 톰은 불협화음을 내는 음악 같아서 인상을 찌푸렸다.

"깍, 깍, 깍." 톰이 까마귀 소리를 흉내 냈다. "가끔은 깍, 깍 딱 두 번만 울 때도 있는데, 그게 더 듣기 싫어요. 마음을 졸인 채 세 번째 깍을 기다리게 되거든요. 울음소리가 들리면…….”

전화벨이 울렸다. 정원에 나와 있어서 희미하게 들렸다.

“엘로이즈일 겁니다. 실례할게요.” 톰은 이렇게 말한 다음 발걸음을 재촉했고, 거실에 들어가서는 이렇게 말했다. “아니, 내가 받을게요, 여사님.”

“여보세요, 톰, 제프입니다. 상황이 어떻게 돌아가는지 궁금해서요.”

“전화 잘했어요, 제프. 여기 상황은…… 음…….” 에드가 조용히 프렌치 도어를 지나 거실로 들어오고 있었다. “지금까지는 아주 조용해요.” 톰은 괜히 에드에게 윙크한 후에도 진지한 표정을 유지했다. “딱히 얘기해 줄 만한 일은 없어요. 에드하고 잠깐 통화할래요?”

“네, 옆에 있으면요. 그전에, 언제든 내가 프랑스로 날아갈 수 있다는 거 잊지 말아요. 언제든 말해요. 망설이지 말고.”

“고마워요, 제프. 에드 바꿔 줄게요.” 톰이 복도 탁자 위에 수화기를 내려놓았다. “우린 내내 같이 있었고, 아무 일도 없었던 겁니다.” 둘이 스쳐 지나가는 순간, 톰이 에드에게 속삭였다. “그러는 편이 나아요.” 에드가 수화기를 집어 들자 톰이 말했다.

톰은 노란 소파로 향하다가 아예 지나쳐서 높다란 유리창 옆에 섰다. 그 자리에서는 통화하는 소리가 잘 들리지 않았다. 톰이 있어서 그런가, 에드가 내내 목소리를 낮추고 말했다. 날씨가 좋다는 얘기가 들렸다.

톰은 아네트 여사와 점심 식사에 대해 의논했다. 엘로이즈가 점심때까지는 오지 않을 테니 자기와 밴버리 씨의 식사만 챙기면 된다고 했다. 지금 당장 파리 하슬러 부인의 집에 있는 엘로이즈에게 전화해 일정을 물어보겠다고 했다.

바로 그때, 전화벨이 울렸다.

“엘로이즈 전화일 겁니다!” 톰이 아네트 여사에게 말하고 전화를 받으러 갔다. “여보세요?

“여보세요, 톰!” 귀에 익은 목소리의 주인공은 아네스 그레였다. “소식 들으셨어요?”

“아뇨. 무슨 소식이요?” 톰이 물었다. 에드가 관심을 보이는 게 느껴졌다.

“프리처드 부부가 오늘 아침에 연못에 빠져 죽은 채 발견됐대요!”

“죽다니요?”

"익사했나 봐요. 토요일 아침에 이 동네가 발칵 뒤집혔어요! 르페르 씨 댁 아들, 로베르라고 혹시 아세요?

"모르는데요."

"로베르가 에두아르와 같은 학교에 다니거든요. 아무튼, 로베르가 오늘 아침에 친구하고 둘이서 추첨권*을 팔러 다녔어요. 같이 다닌 친구 이름은 모르겠지만, 아무튼. 저희 집에도 왔길래 두 아이를 도와주려고 열 장이나 사 줬죠. 그러고는 두 아이가 다른 집으로 갔는데, 그게 한 시간 전쯤이었을 거예요. 옆집은 빈집이니 프리처드의 집으로 갔겠죠. 그런데 두 아이가 헐레벌떡 우리 집으로 뛰어오더라고요. 새파랗게 질린 채로요! 아이들 말로는 대문이 열려 있었대요. 초인종을 눌러도 대답은 없는데 불이 켜져 있어서 안으로 들어갔대요. 궁금해서 그랬겠죠. 그러다가 집 옆에 있는 연못을 봤나 봐요. 아시죠?"

"그럼요, 저도 그 연못을 봤는걸요."

"그래서 현장을 목격했나 봐요. 아주 맑은 연못 물에 시체 두 구가 수면 위로 떠오르긴 했는데 완전히 떠오르진 않은 장면을요! 정말 끔찍해요, 톰!"

"세상에나, 그럼 자살한 건가요? 경찰이……."

"그런 것 같아요. 당연히 경찰이 와서 아직도 그 집에 있어요. 저희 집에까지 경찰이 찾아와서 물어봤다니까요. 그래서 저흰 그저……." 아네스가 한숨을 푹 쉬었다. "하, 무슨 말을 하겠어요, 톰. 저 부부가 야심한 밤에 음악을 크게 틀기도 했다고 했죠. 이 동네로 이사 온 지 얼마 안 됐는데, 우리 집에 온 적도 없고, 저희도 그 집에 간 적도 없다고요. 더 끔찍한 게 뭐냐면…… 세상에나, 톰, 무슨 흑마술에 걸리기라도 한 건지, 너무 섬뜩해서!"

"왜요?" 톰은 알면서도 물었다.

"연못 바닥에서, 그러니까 연못에서 경찰이 뼈를 찾았어요."

"뼈라뇨?" 톰이 불어로 다시 물었다.

"유골이요. 사람 뼈가 천에 꽁꽁 싸여 있었다고 이웃 사람한테 들었어요. 사람들이 궁금했는지 그 집에 갔거든요."

"동네 사람들이요?"

"네. 그런데 경찰이 그 밧줄을 푼 거죠. 저흰 안 갔어요. 그렇게까지 궁금하진 않아서요." 아네스가 헛웃음을 지었는데 긴장을 풀려는

* 학교나 교회 등에서 대의를 위한 기금을 조성하려고 만들어 파는 일종의 복권

것 같았다. "뭐라고 해야 하나, 그 부부 미친 거죠? 그래서 자살한 거겠죠? 프리처드가 강에서 건져 올린 게 그 백골일까요? 아무도 답을 몰라요. 둘 다 무슨 생각이었는지, 그걸 누가 알겠어요?"

"그러게요." 톰은 누구 뼈냐고 물어볼까 했지만, 아네스도 모를 것이다. 괜히 물어봐서 궁금해하는 것처럼 보일 필요가 있을까? 아네스처럼 톰도 충격받은 척했다. "아네스, 알려 줘서 고마워요. 정말, 말도 안 되는 일이……."

"영국에서 오신 친구분한테 빌페르스를 소개하기가 퍽이나 좋겠어요." 아네스가 한숨 섞인 웃음을 다시 한 번 내뱉었다.

"그러게요!" 톰이 웃으며 대답했지만, 조금 전 불쾌한 생각이 머리를 스쳤다.

"톰, 저흰 집에 있으려고요. 그이가 월요일 아침에 올라가겠다니 동네에서 벌어진 끔찍한 일은 잊어 보려고요. 그래도 친구들한테 얘기하니 속이 다 후련하네요. 엘로이즈한테 연락은 왔어요?"

"지금 파리에 있어요! 어젯밤에 전화했더라고요. 오늘 집으로 올 겁니다. 파리에 사는 친구 노엘의 집에서 하룻밤 잤거든요. 누군지 아시죠?"

"그럼요. 엘로이즈에게 안부 전해 주세요."

"그럴게요."

"소식이 더 들리면 오늘 다시 전화드릴게요. 하필이면 저희가 근처에 살잖아요."

"하, 그렇군요. 정말 고마워요, 아네스. 앙투안하고 두 아이한테도 안부 전해 주세요." 톰이 전화를 끊었다. "휴!"

에드가 멀찍이 소파 옆에 서 있었다. "지난번에 술 마시러 갔던 그 집이군요. 아네스인가……."

"맞아요." 톰은 두 남학생이 추첨권을 팔러 갔다가 연못에서 부부의 시체를 발견했다고 말해 주었다.

다 아는 사실인데도 에드는 얼굴을 찌푸렸다.

톰은 처음 듣는 소식을 전하듯 이야기를 풀어놓았다. "아이들이 결국 그걸 다 봤으니 이걸 어쩌면 좋습니까. 열두 살밖에 안 된 애들이 그런 처참한 장면을 보다니. 연못 물이 맑았던 것으로 기억해요. 바닥은 진흙이고. 게다가 웃긴 건 가장자리가……."

"가장자리라뇨?"

"연못 주위를 시멘트로 마감했다고 하더라고요. 누가 그랬는데,

연못 가장자리를 시멘트로 두껍지 않게 마감했는데, 잔디 높이까지 올리지 않아서 눈으론 보이지 않는대요. 그래서 연못 언저리에 서 있다가 자칫하면 미끄러지기 쉽다고 했어요. 뭐라도 들고 가다가 빠지기에 십상이라고요. 아 맞다, 아네스가 그러는데, 경찰이 연못 바닥에서 천에 싸인 인골을 찾았대요."

에드가 물끄러미 톰을 쳐다보았다.

"경찰이 여태 그 집에 있다던데, 왜 아니겠어요." 톰이 숨을 깊이 들이쉬었다. "아네트 여사한테 말해 줘야겠어요."

톰이 언뜻 둘러보자 네모나고 넓은 주방이 텅 비어 있었다. 톰이 오른쪽으로 꺾어 아네트 여사의 방에 노크하려고 걸어가려는 찰나, 여사가 짧은 복도로 나왔다.

"리플리 씨! 세상에 이게 무슨 일인가요! 큰일 났어요! 프리처드 부부가요!" 여사가 소문을 읊을 태세였다. 아네트 여사의 방에는 전화기가 따로 있었다.

"그러게요. 저도 방금 아네스 부인에게 들었어요! 이게 무슨 일인지! 둘 다 죽다니요! 그것도 우리 동네에서요! 안 그래도 그 얘기를 하러 가려던 참이었어요."

둘 다 주방으로 자리를 옮겼다.

"마리루이가 전화했더라고요. 준비에브한테 들었다면서요. 동네에 소문이 파다해요! 프리처드 부부가 물에 빠져 죽다니!"

"사고였을까요?"

"사람들 말로는 둘이 싸우다가 한 사람이 미끄러지면서 연못에 빠진 것 같대요. 프리처드 부부는 하루가 멀다 하고 싸웠거든요. 아셨어요?"

톰이 머뭇거렸다. "그렇게 들은 것 같기도 하네요."

"그런데 연못 안에 사람 뼈라니!" 여사가 목소리를 낮췄다. "이상해요. 정말 이상하다고요. 진짜 이상한 사람들이에요." 아네트 여사는 프리처드 부부가 외계에서 왔는지 평범한 사람들의 머리로는 이해하기 힘들다는 듯이 말했다.

"그건 그래요. 다들 기괴한 부부라고 했잖아요. 지금 엘로이즈에게 전화해야겠어요."

톰이 수화기를 들려는 순간, 전화벨이 다시 울렸다. 톰은 이번에는 난감했는지 조용히 욕을 내뱉었다. 경찰인가? "여보세요?"

"여보세요, 톰! 저 노엘이에요! 희소식이 있어요. 엘로이즈가 집에 곧 도착할 거예요."

엘로이즈가 15분 후에 도착한다니. 노엘의 친구 이브가 새 차를 샀는데 길들이겠다고 엘로이즈를 태우고 내려가는 중이라는 것이다. 게다가 그 차에는 엘로이즈의 짐 가방을 실을 자리도 있어서 기차보다 훨씬 편하다고 했다.

"15분 후라니! 고마워요, 노엘. 잘 지내죠? 엘로이즈도 아픈 데는 없죠?"

"저희가 녹초가 된 관광객들 중에 제일 쌩쌩하던데요!"

"조만간 봐요, 노엘."

전화를 끊었다.

"엘로이즈가 지금 차 타고 집으로 오는 중이랍니다. 금방 도착할 거래요." 톰이 에드에게 미소 지으며 말하고, 아네트 여사에게도 전했다. 여사의 얼굴이 단박에 환해졌다. 엘로이즈가 도착한다는 소리를 듣자 연못에 빠져 죽은 프리처드 부부를 생각할 때보다 기운이 불끈 샘솟았다.

"점심은 차가운 요리로 준비할까요? 오늘 아침에 맛있는 파테*를 사 왔거든요."

톰은 굉장히 맛있겠다고 했다.

"오늘 저녁 메뉴로는 투르네도가 어떨까요? 세 분이 드시도록 넉넉히 사 왔거든요. 오늘 저녁에는 부인께서 돌아오실 테니까요."

"감자도 구워 줘요. 가능하죠? 속까지 푹 익혀서요. 아니다, 감자는 내가 밖에서 그릴로 구우면 되겠네요!" 아주 신나게, 맛있게 감자와 투르네도를 굽기엔 그릴이 최고였다. "베어네즈 소스도 곁들입시다!"

"준비하겠습니다. 그리고……."

여사가 오늘 오후에 싱싱한 껍질 콩과 엘로이즈가 좋아하는 치즈를 사 오겠다고 했다. 아네트 여사가 한껏 들떠 있었다.

톰이 거실로 나왔다. 에드가 그날 아침에 온 『헤럴드 트리뷴』을 보고 있었다. "다 잘 됐어요. 같이 산책이나 할까요?" 톰은 조깅을 하든 울타리를 넘든 달리고 싶었다.

"그거 좋겠네요! 다리도 풀 겸!" 에드는 준비가 되어 있었다.

"산책하다 보면 차를 타고 달려오는 엘로이즈와 마주칠지도 몰라요. 운전은 이브가 하겠지만요. 올 때가 되긴 됐거든요." 톰이 다시 주

* 닭의 간을 갈고 밀가루 반죽을 입혀서 구운 프랑스 요리

방으로 갔다. 아네트 여사가 차분히 일하고 있었다. "에드하고 잠깐 산책하러 갔다가 15분 후에 돌아올게요."

톰은 복도에서 에드와 마주쳤다. 톰은 오전에 들었던 맥 빠지는 생각이 또다시 밀려오자 손으로 문고리를 잡은 채 그대로 굳어버렸다.

"왜 그래요?"

"별일 아니에요. 내가…… 당신을 나만 알고 있던 은밀한 일에 끌어들였으니……." 톰이 갈색 머리칼을 손으로 쓸어내렸다. "프리처드가 일기를 썼을 거라는 생각이 오늘 아침에 불현듯 들더라고요. 그 남자 아내도 일기를 분명 썼을 겁니다. 둘 다 강에서 뼈를 건져 올렸다는 얘기도 적었을 테고." 톰은 목소리를 깔고 말하면서 거실과 연결된 넓은 복도를 힐끔거렸다. "어제 우리 집 현관 앞에 그 뼈를 두고 왔다는 얘기도 적었겠죠." 톰은 눈부신 햇살과 신선한 공기가 필요했는지 여기까지만 말하고 현관문을 활짝 열었다. "게다가 자기 집 어딘가에 두개골을 감춰 놓았다는 얘기도 적었을 겁니다."

톰과 에드가 자갈이 깔린 앞마당으로 내려섰다.

"경찰이 일기장을 찾아내면 데이비드 프리처드의 취미가 날 괴롭히기였다는 것까지 알아내겠죠." 톰은 걱정하는 모습을 보이긴 싫었다. 평소라면 금방 걱정이 가시곤 했다. 그래도 에드라면 분명 믿을 만한 사람이라고 톰은 스스로 되뇌었다.

"둘 다 머리가 휙 돈 사람들이잖아요!" 에드가 구겨진 얼굴로 자갈밭을 디딜 때 나는 발소리만큼 목소리를 줄였다. "둘이 일기장에 뭐라고 썼든 그건 망상일 테고, 사실일 리 없잖아요. 만약 사실이라고 해도, 그게 당신한테 해가 될까요?"

"프리처드 부부가 우리 집에 그 뼈를 갖다줬다고 어디에든 적어 놓았다고 해도, 내가 딱 잡아떼면 그만이에요." 톰이 이 문제에 종지부를 찍듯 조용히 단호하게 말했다. "그런 일은 없을 겁니다."

"없죠, 톰."

둘이 예민한 기운을 털어 버리려는 듯 계속 걸어갔다. 지나가는 차가 없어서 나란히 걸었다. 이브의 차는 무슨 색일까? 톰은 상상해 보았다. 요즘도 새 차를 사면 길들여야 하나? 차는 노란 스포츠카일 것 같았다.

"제프가 프랑스로 온다고 할까요, 에드? 놀러 오라고 하려고요. 제프가 당장이라도 시간을 내겠다고 했거든요. 그건 그렇고, 당신이 적어도 이틀은 더 있다가 갔으면 좋겠어요. 에드, 그래 줄 수 있어요?"

"그러죠." 에드가 톰을 쳐다보았다. 에드의 뺨이 영국인 특유의 홍조로 다시 물들었다. "제프한테 전화해서 물어봐요. 괜찮은 제안이니."

"내 작업실에 소파가 있는데 꽤 편하거든요." 톰은 오랜 친구들과 벨옹브르에서 이틀 더 휴가를 즐기고 싶었다. 지금은 12시 10분. 경찰이 프리처드 부부 사건으로 조사하려고 당장 전화할지도 모른다. "저기 오네요! 봐요!" 톰이 폴짝거리며 가리켰다. "노란색 차예요! 역시!"

뚜껑이 열린 자동차가 달려오고 있었다. 엘로이즈가 조수석에서 손을 흔들다가 안전띠가 허용하는 범위 내에서 최대한 몸을 일으키자 금발이 바람에 휘날렸다.

"여보!"

톰과 에드가 자동차가 오는 방향으로 붙어 섰다.

"엘로이즈! 잘 지냈어!" 톰이 양손을 흔들었다. 엘로이즈가 꽤 탄 것 같았다.

브레이크를 밟았는데도 차가 두 사람을 지나서 섰다. 톰과 에드가 왔던 길을 도로 달려갔다.

"여보, 보고 싶었어!" 톰이 엘로이즈의 뺨에 입을 맞추었다.

"이쪽은 이브!" 엘로이즈가 소개했다. 짙은 머리칼의 젊은 남자가 웃는 낯으로 인사했다. "안녕하세요, 리플리 씨!" 이브가 알파 로메오의 운전석에 앉아서 영어로 물었다 "타 보실래요?"

"이쪽은 에드." 톰이 손으로 가리켰다. "아뇨, 됐어요. 우린 따라갈게요." 톰이 불어로 대답했다. "집에서 봐요!"

자동차 뒷자리에는 작은 짐 가방이 빽빽하게 실려 있었다. 톰이 처음 보는 가방도 있는 게 확실했다. 뒷자리에는 강아지 한 마리를 태울 공간조차 없어 보였다. 톰과 에드가 총총걸음으로 따라가다가 달리기 시작했다. 웃음이 터진 두 남자가 노란 알파 로메오를 5미터 이내로 따라붙은 순간, 차가 우회전하더니 벨옹브르의 대문을 통과했다.

아네트 여사가 나오자 서로 인사를 주고받으며 수다가 시작되었다. 다 같이 짐 가방을 안으로 옮겼다. 트렁크에 셀 수 없이 많은 잡다한 물건들이 비닐봉지에 바리바리 담겨 있었다. 이번에 톰은 아네트 여사에게 작은 짐을 2층으로 옮겨도 좋다고 허락했다. 엘로이즈가 왔다 갔다 하면서 어떤 비닐봉지엔 뭐가 들었는지 알려 주었다. "여기엔 모로코에서 산 과자하고 사탕이 들어 있어" 하고 말하더니 세게 누르지 말라고 당부했다.

"주방에 살살 갖다 놓을게." 톰이 비닐봉지를 주방에 갖다 놓고 돌아왔다. "이브, 뭐 마실래요? 점심 드시고 가세요."

이브는 고맙지만 모두 됐다며 사양했다. 퐁텐블로에서 데이트가 있는데 좀 늦었다고 했다. 이브가 작별 인사를 건네자 엘로이즈와 이브가 서로 고맙다고 했다.

아네트 여사가 톰과 에드가 마실 블러디 메리 두 잔과, 엘로이즈가 마실 오렌지주스를 가지고 나왔다. 톰은 엘로이즈에게 눈을 떼고 싶지 않았다. 엘로이즈는 살이 찌지도, 빠지지도 않고 그대로였다. 하늘색 바지를 입은 자태에서 드러난 허벅지의 굴곡이 예술이었다. 엘로이즈는 영어와 불어를 반반씩 섞어 가며 쉬지 않고 모로코 얘기로 수다를 떨었는데, 그녀의 음성이 그에겐 음악과 같아서 스카를라티보다 더욱 감미롭게 들렸다.

톰이 에드를 바라보았다. 에드가 토마토색이 감도는 술잔을 들고 서서 엘로이즈에게 시선을 고정하고 있었다. 엘로이즈가 프렌치 도어로 밖을 내다보더니 앙리에 대해서도 묻고 비가 언제 내렸는지도 물었다. 그러더니 복도에 놔 둔 비닐 백 두 개를 들고 왔다. 한쪽엔 청동 그릇이 들어 있었는데, 평범하고 소박하게 생겼다며 들떠서 설명했다. 아네트 여사가 광을 낼 물건이 하나 더 생겼군, 톰은 생각했다.

"그리고 이것 좀 봐, 톰! 정말 예쁘지! 값도 얼마 안 해! 당신 책상에 올려놓을 서류 가방이야." 엘로이즈가 부드러운 갈색 가죽으로 만든 각진 가방을 꺼냈다. 테두리에만 무늬가 새겨져 있는데, 썩 정교한 솜씨는 아니었다.

무슨 책상을 말하는 건지 톰은 궁금했다. 침실에 편지를 쓰는 책상이 있긴 있지만…….

엘로이즈가 가방을 펼치더니 안에 주머니가 네 개나 있다며 보여 주었다. 양쪽에 두 개씩 달린 안주머니도 가죽이었다.

톰은 엘로이즈를 바라보는 게 여전히 좋았다. 아주 가까이 있는 그녀의 살갗에 코를 대면 햇살 냄새가 날 것만 같았다. "정말 예쁘다, 여보. 나 주려고 산 거면……."

"당연히 당신 주려고 샀지!" 엘로이즈가 웃으면서 에드를 힐끔 쳐다보더니 금발을 뒤로 넘겼다.

이번에도 그녀의 피부가 머리카락 색보다 더 짙을 정도로 많이 탔다. 전에도 이런 적이 여러 번 있었다. "그런데 지갑 같아. 이게 무슨 서류 가방이야. 서류 가방이라면 보통 손잡이가 달려 있어야지."

"여보. 왜 이렇게 진지해!" 엘로이즈가 장난스레 톰의 이마를 밀쳤다.

에드가 웃었다.

"이게 뭐 같아 보여요, 에드? 서류 보관함?"

"영어로……." 에드가 입을 열었지만 말을 끝맺지 못했다. "아무튼, 서류 가방 같진 않아요. 나라면 서류 보관함이라고 할래요."

톰도 맞장구쳤다. "그래도 예쁘긴 정말 예뻐, 여보. 고마워." 톰이 엘로이즈의 오른손을 쥐고 입을 쪽 맞추었다. "마음에 들어. 광이 안 죽게 관리 잘할게."

톰은 생각이 반쯤은 딴 데 팔린 상태였다. 프리처드 부부의 참사를 언제 어디서 말해 줘야 하나? 아네트 여사가 앞으로 두 시간 안에 말해 줄 리 없었다. 점심을 차리느라 정신없을 테니 말이다. 당장이라도 전화가 와서 엘로이즈가 다른 사람에게 듣는다면? 그레 부부가 전화할지도 모른다. 만약 소문이 몇 킬로미터 밖에까지 퍼졌다면, 클레그 부부가 전화할 수도 있다. 톰은 쾌적하게 점심 식사를 즐기기로 한 후, 마라케시 얘기도 듣고, 근사한 저녁 식사를 같이했던 프랑스에서 온 유부남 앙드레와 패트릭 얘기도 들었다. 웃음꽃이 더욱 활짝 피었다.

엘로이즈가 에드에게 말했다. "저희 집에 모실 수 있어서 정말 기뻐요! 계시는 동안 즐겁게 지내셨으면 좋겠어요."

"고마워요, 엘로이즈. 집이 정말 근사하고 정말 편안해요." 에드가 톰을 쳐다보았다.

톰은 순간 생각이 많아지자 아랫입술을 깨물었다. 에드는 톰이 무슨 생각을 하는지 짐작할 것이다. 톰은 엘로이즈에게 프리처드 부부의 사망 소식을 최대한 빨리 알려야 했다. 혹시라도 엘로이즈가 점심을 먹다가 프리처드 얘기를 꺼낸다면, 톰은 말을 얼버무릴 준비가 되어 있었다. 엘로이즈가 프리처드 얘기는 꺼내지 않아서 다행이었다.

23

셋 다 점심만 먹고 커피는 마시지 않겠다고 했다. 에드는 조금 더 산책하고 싶다고 했다. "동네 한 바퀴 빙 돌아보고 싶어요."

"진짜로 제프한테 전화할 거예요?" 에드가 물었다.

식탁에서 담배를 피우는 엘로이즈에게 톰이 설명했다. 톰과 에드가 오랜 친구이자 사진작가인 제프 콘스턴트를 프랑스로 불러서 이틀 정도 쉬었다 가라고 하고 싶다고 했다. "제프가 지금 시간을 낼 수 있다지 뭐야. 제프도 에드처럼 프리랜서야."

"그렇구나. 못 부를 게 뭐 있어? 그럼 잠은 어디서 주무시려나? 당신 작업실?"

"그 생각도 해 봤는데, 내가 며칠만 당신 방에 가서 자고 내 방을 내주려고." 톰이 미소를 지었다. "당신만 괜찮다면." 전에도 그런 적이 있었다. 그것도 여러 번. 엘로이즈가 자기 물건을 톰의 침실로 옮기느니, 톰이 엘로이즈의 침실을 같이 쓰는 편이 더 간편했다. 양쪽 방에 있는 침대는 모두 더블 침대였다.

"당연히 괜찮지, 여보." 엘로이즈가 불어로 말하며 자리에서 일어나자, 톰과 에드도 같이 일어섰다.

"잠시만." 톰이 둘에게 말했지만, 사실은 에드한테 한 말이었다. 톰이 주방으로 갔다.

아네트 여사가 여느 날처럼 접시를 식기세척기에 넣고 있었다.

"여사님, 점심 잘 먹었습니다. 두 가지를 알려 드리려고요." 톰이 목소리를 낮추었다. "내가 지금 아내에게 프리처드 부부의 변고를 말할 겁니다. 남한테 듣는 것보다야 나한테 들어야 그나마 충격을 덜 받을 테니까요."

"맞아요, 리플리 씨."

"그리고 하나 더요. 내일 영국에서 손님이 한 분 더 오실 겁니다. 아직 확실하진 않지만, 일단 그리 알고 계세요. 오게 되면 내 방을 내주려고요. 조금 이따가 런던에 전화해 보고 다시 알려 드리죠."

"정말 잘됐네요. 그럼 식사는…… 메뉴는 뭐로 할까요?"

톰이 씩 웃었다. "혹시 번거롭다면, 내일 저녁은 우리가 나가서 먹겠습니다." 내일은 일요일이었다. 그래도 동네 정육점은 일요일 아침에 문을 열었다.

그는 당장이라도 전화가 올 것 같아서 서둘러 계단을 올랐다. 엘로이즈가 지금쯤이면 돌아왔을 거라며 그레 부부가 전화할 수도 있고, 딴 사람이 전화해서 프리처드 얘기를 꺼낼지도 모른다. 2층에는 톰의 침실에만 전화기가 있었다. 엘로이즈의 방에는 평소처럼 전화기 코드를 빼 놓았지만, 톰의 방에서 전화벨이 울리면 엘로이즈가 받을 수도 있다.

엘로이즈가 자기 방에서 짐을 풀고 있었다. 톰이 처음 보는 면 블라우스 두 장이 눈에 띄었다.

"이거 어때, 여보?" 엘로이즈가 세로로 줄이 간 치마를 허리춤에 댔다. 보라색과 녹색과 붉은색이 섞인 줄무늬였다.

"색다른데."

"그렇지! 그래서 샀어. 이 벨트는 어때? 아네트 여사님한테 주려고 사 온 것도 있어. 그게 어디 있더라……."

"여보." 톰이 말을 끊었다. "할 말이 있어. 별로 좋은 얘긴 아냐." 엘로이즈가 톰에게 집중했다. "프리처드 부부, 기억하지?"

"기억하지, 프리처드 부부." 그녀가 따라 했다. 그들이 이 세상에서 가장 따분하고 매력 없는 사람들이라는 듯이 말했다. "그래서 뭐?"

"그 부부가……." 톰은 엘로이즈가 프리처드 부부를 좋아하지 않는다는 걸 알면서도 말을 꺼내기가 힘들었다. "변을 당했어. 자살한 걸 수도 있고. 어느 쪽인지는 경찰이 밝혀 주겠지."

"둘 다 죽었다고?" 엘로이즈의 입이 헤벌어졌다.

"오늘 아침에 아네스가 전화해서 알려 주더라. 둘 다 정원에 있는 연못에서 발견됐대. 기억하지? 그 연못, 그 집 보러 갔을 때 봤잖아."

"그럼, 기억하지." 엘로이즈가 손에 갈색 벨트를 들고 서 있었다.

"둘 다 발이 미끄러졌을지도 모르고, 한 사람이 먼저 빠졌다가 남은 사람을 잡아끌었을지도 모르지. 내가 그걸 어떻게 알겠어. 연못 바닥이 곤죽 같은 진흙이라서 빠져나오기 힘들었을 거야." 톰은 프리처드 부부가 안쓰럽다는 듯이 얼굴을 찌푸렸지만, 실은 진흙에 파묻혀 죽는다고 상상하니 너무 처참해서 인상을 쓴 것이다. 발밑으로 푹푹 파지는 미끄덩한 진흙 속으로 구두가 박혀 버리다니. 익사하는 장면을 상상만 해도 소름이 돋았다. 톰이 설명을 이어 갔다. 남학생 두 명이 그 집에 추첨권을 팔러 갔다가 그레 부부의 집으로 식겁해서 뛰어오더니, 연못에 두 사람이 죽어서 둥둥 떠 있다는 소식을 전했다고 말해 주었다.

"세상에나!" 엘로이즈가 조용히 읊조리며 침대 모서리에 걸터앉았다. "그래서 아네스가 경찰에 신고한 거야?"

"당연하지. 그러고는…… 아네스가 어쩌다 들은 건지 모르겠지만, 아니 내가 듣고도 까먹었을 수도 있는데, 경찰이 연못 바닥에서 사람 뼈가 든 가방을 발견했대."

"뭐?" 엘로이즈가 충격을 받았는지 헉 소리를 냈다. "사람 뼈?"

"진짜 이상한 부부야. 대단해." 톰은 그제야 의자에 앉았다. "이게 다 고작 몇 시간 전에 들은 얘기야, 여보. 시간이 흐르면 진상이 더 밝혀지겠지만, 당신이 아네스나 다른 사람한테 듣기 전에 내가 내 입으로 말해 주고 싶었어."

"아네스한테 전화해야겠어. 바로 옆집에 살잖아. 궁금한 게 있는데, 그 뼈는 대체 뭘까? 그게 왜 거기에 있었을까?"

톰은 고개를 저으며 일어났다. "경찰이 그 집에서 뭘 더 찾아낼까? 고문 도구? 체인? 둘 다 폰 크라프트에빙*이 성적 도착증을 설명할 때 언급한 것들이잖아! 경찰이 유골을 더 찾아낼지도 몰라."

"소름 끼쳐! 그럼 프리처드 부부가 죽인 사람들 뼈라는 거야?"

"그걸 누가 알겠어?" 사실 톰도 모르면서도, 데이비드 프리처드가 소장한 보물 중에 어디선가 파낸 백골이 있을 거라는 생각이 들었다. 프리처드가 누군가를 죽이고 파묻었을지도 모른다. 데이비드 프리처드는 거짓말이라면 도가 튼 사람이었다. "잊지 마. 데이비드 프리처드는 자기 아내를 재미로 패던 놈이었어. 그런 놈이면 남의 집 여자도 팼겠지."

"톰!" 엘로이즈가 두 손에 얼굴을 파묻었다.

톰은 다가가 아내를 끌어당긴 다음 두 팔로 허리를 감싸 안았다. "괜한 말을 했나. 그럴 수도 있다는 뜻이었어, 난. 그뿐이야."

엘로이즈가 톰을 꽉 끌어안고 말했다. "생각해 봤는데, 오늘 오후에는 우리만 생각하자. 이런 끔찍한 얘긴 하지 마!"

"오늘 밤에도 우리만 생각하자! 시간이야 얼마든지 있어! 아네스한테 전화하고 싶다고 했지? 당신이 먼저 걸어. 그다음에 내가 제프한테 걸게." 톰이 옆으로 물러났다. "당신도 예전에 런던에서 제프를 한 번 봤을 거야. 제프가 에드보다 키도 더 크고 덩치도 더 커. 금발 머리인데 기억나?" 엘로이즈가 톰과 마찬가지로 제프와 에드 역시 벅마스터 갤러리 원년 멤버라는 사실을 곧장 떠올리지 않았으면. 그랬다간 버나드 터프츠까지 생각날지도 모른다. 엘로이즈는 버나드와 있을 때 단 한 번도 편안해한 적이 없었다. 버나드가 눈에 띄게 이상하고 특이하게 굴었기 때문이다.

"이름은 기억나. 당신이 먼저 걸어. 난 늦게 걸면 걸수록 아네스가 더 많이 얘기해 주겠지."

"듣고 보니 그렇네!" 톰이 웃음을 터뜨렸다. "그건 그렇고. 당연한 소리지만, 아네트 여사도 오늘 아침에 그 소식을 들었더라. 마리루이라는 다른 가정부한테 들은 것 같던데." 톰은 웃을 수밖에 없었다. "아네트 여사의 전화 연락망이 아네스보다 더 많은 소식을 알려 줄걸!"

톰은 주소록이 자기 침실에 보이지 않자, 1층 복도 탁자에 놓고 왔

* 독일의 신경학자

다는 게 생각났다. 아래층으로 내려가서 제프 콘스턴트의 번호를 찾아서 다이얼을 돌렸다. 일곱 번째 신호에 제프가 전화를 받았다.

"톰이에요, 제프. 지금 여기는 아주 조용해요. 그래서 말인데, 프랑스로 건너와 나하고 에드하고 같이 잠시 휴가를 즐기면 어떨까요? 당신만 괜찮다면 우리 집에 오래 있어도 돼요. 내일 건너올 수 있어요?" 톰은 지금껏 단 한 번도 도청당한 적도 없으면서 도청당할까 봐 태연하게 얘기하고 있었다. "지금 에드는 잠깐 산책하러 나갔어요."

"내일이라. 좋아요. 갈 수 있을 겁니다. 그러죠. 비행기표만 구할 수 있다면 갈게요. 그건 그렇고, 내가 잘 방은 있는 겁니까?"

"당연히 있죠, 제프!"

"고마워요, 톰. 비행기 시간 알아보고 다시 전화할게요. 한 시간은 안 걸릴 거예요. 괜찮죠?"

당연히 괜찮았다. 톰은 제프에게 공항으로 기꺼이 데리러 나가겠다고 했다.

톰은 엘로이즈에게 전화를 써도 된다고 알려 주면서, 제프 콘스턴트가 내일 집에 와서 이틀간 있을 거라고 얘기했다.

"잘됐네. 그럼 이제 내가 아네스한테 전화한다."

톰은 자리를 피해 주려고 다시 1층으로 내려왔다. 오늘 밤에 피울 석탄 그릴을 확인해 두고 싶었다. 방수 커버를 걷고 그릴을 편안한 자리로 밀어다 놓고 생각에 잠겼다. 만일 프리처드가 머치슨 부인에게 자기가 찾던 걸 찾았다고 알려 줬다면? 오른손 새끼손가락에 끼워진 졸업 반지를 보니 당신 남편이 맞는 것 같다고 했다면?

경찰은 왜 여태 전화가 없을까?

톰의 문제는 아직 끝나려면 멀었다. 프리처드가 머치슨 부인과 신시아 그래드노어에게 자기가 톰 리플리의 집 현관 앞에 유골을 버리고 왔다거나, 버릴 거라고 말했을지도 모른다. 아니, 프리처드가 머치슨 부인에게는 '버렸다'라는 표현 대신, '배달했다'라거나 '두고 왔다'라고 했을 것이다.

톰은 생각이 정신없이 날뛰자 웃을 수밖에 없었다. 프리처드가 머치슨 부인과 통화하면서 유골을 어디에든 갖다 놓을 거라는 말은 하지 않았을 것이다. 그건 고인을 욕되게 하는 짓이었다. 제대로 하려면 그 유골을 그의 집에, 그러니까 프리처드의 집에 모셔 놓은 다음, 프리처드가 했던 것처럼 경찰에 신고해야 했다. 톰이 애당초 묶어 놓았던 밧줄이 그대로 있는 것으로 보아, 프리처드가 반지를 찾지는 않았던 것으로 보였다.

프리처드가 낡은 방수포를 여기저기 쑤셔 놓은 걸 보면, 프리처드가 손수 머치슨의 결혼반지를 빼낸 다음 자기 집 어딘가에 숨겨 두었을지도 모른다. 그렇다면 경찰이 그걸 찾아낼 가능성이 여전히 있었다. 만일 프리처드가 유골을 찾았다고 머치슨 부인에게 전화했다면, 부인은 남편이 항상 끼고 다니던 반지 두 개가 있었다고 얘기했을 것이다. 만일 경찰이 그 반지를 찾는다면, 머치슨 부인이 자기 결혼반지라는 걸 알아볼지도 모른다.

생각이 점점 가닥가닥 흩어지더니 흐려졌다. 마지막으로 든 생각은 실제 상황이 될 리 없었다. 프리처드가 자기만 아는 장소에 그 반지를 숨겼는데(이 경우, 결혼반지가 루앙강 어딘가로 흘러가지 않았다고 가정해야 한다), 전혀 뜻밖의 장소라 아무도 그걸 찾지 못하는 것이다. 프리처드의 집이 홀랑 다 타 버려 재만 남을 경우, 그 재를 일일이 체로 치면 모를까. 설마 테디가…….

"톰?"

톰이 놀라서 고개를 돌렸다. "에드! 잘 다녀왔어요?"

에드가 집을 한 바퀴 돌고 들어와 톰의 뒤에서 나타났다. "놀라게 할 생각은 아니었어요!" 에드가 스웨터를 어깨에 걸쳐 묶었다.

톰은 억지웃음을 지으며 총에 맞은 사람처럼 벌떡 일어났다. "넋 놓고 있었어요. 제프하고 통화했는데, 내일 온대요. 굉장하죠?"

"그러게요! 정말 잘됐네요. 새로운 소식은요?" 에드가 목소리를 낮추고 물었다. "뭐가 더 나왔나요?"

톰이 석탄 통을 테라스 구석에 갖다 놓았다. "지금 두 여자가 각자 들은 소문을 서로 맞춰 보고 있나 봐요." 엘로이즈와 아네트 여사가 현관 복도 근처에 서서 재잘거리는 소리가 들렸다. 두 여자는 동시에 떠들며 했던 말을 또 하면서도 서로 완벽히 이해하는 것 같았다. "가서 알아보죠."

두 사람이 프렌치 도어를 통해 거실로 들어섰다.

"여보, 경찰이…… 밴버리 씨, 다녀오셨어요?"

"에드라고 불러 주세요." 에드가 당부했다.

"그 집을 수색했는데." 엘로이즈가 말을 이었다. 엘로이즈가 영어로 말하는데도 아네트 여사가 집중해서 듣고 있었다. "아네스 말로는, 경찰이 오늘 오후 3시 넘어서까지 그 집에 있다가 그레 부부네 집으로 다시 찾아와서 또 물어보고 갔대."

"그럴 것 같더라. 그래서, 경찰이 사고라고 그랬대?" 톰이 물었다.

"유서가 없대! 그래서 경찰이 사고사로 보는 것 같다고 아네스가 그랬어. 둘이 연못으로 뭘 던졌다던데……."

톰이 아네트 여사를 힐끔거렸다. "유골." 톰이 목소리를 깔고 말했다.

"그래 맞아, 유골. 으윽!" 엘로이즈가 역겨운지 두 손을 신경질적으로 내저었다.

아네트 여사는 유골을 뜻하는 영어 단어를 모르는지 할 일을 하러 주방으로 가 버렸다. 진짜로 모를 것이다.

"경찰이 누구 유골인지 못 알아냈지?" 톰이 물었다.

"응. 아니면 알면서도 말을 안 하는 걸 수도 있고." 엘로이즈가 대답했다.

톰이 인상을 썼다. "아네스와 앙투안이 유골은 봤대?"

"아니. 남학생 둘이 그 집에 가서 잔디밭 위에 펼쳐진 유골을 봤는데, 경찰이 나가라고 했대. 프리처드의 집 주변에 출입 통제선을 쳐 놓고 경찰차까지 대 놨나 봐. 아네스 말로는 상당히 오래된 백골이라던데. 경찰이 그렇게 말했대. 몇 년은 물속에 잠겨 있었던 것 같다고."

톰이 에드를 쳐다보았다. 에드가 진지한 표정으로 흥미롭게 듣는 척하는 모습은 경이로울 경지였다. "그럼 프리처드 부부가 유골을 건지려다가 연못에 빠진 걸까?"

"그랬겠지! 아네스가 경찰도 그렇게 생각하는 것 같대. 연못 안에 정원용 갈고리 같은 장비가 빠져 있었대."

에드가 말했다. "경찰이 신원 확인을 하려고 파리든 어디든 유골을 보내겠죠. 그 집 전 주인이 누구였죠?"

"몰라요. 하지만 그거야 금방 알 수 있죠. 이미 경찰이 다 파악했을 겁니다."

"연못 물이 참 맑았는데!" 엘로이즈가 말했다. "그때 그 모습이 기억나. 예쁜 물고기가 살 것 같은 물이었다고"

"대신 바닥이 진흙이었잖아, 여보. 일단 뭐든 그 바닥에 가라앉으면 찍소리도 못하고 숨이 끊기겠던데."

셋 다 지금 소파 근처에 서 있을 뿐, 아무도 앉을 생각을 하지 않았다.

"노엘도 벌써 알고 있더라. 오후 1시 라디오 뉴스에 나왔대. 텔레비전 뉴스는 아니고." 엘로이즈가 허리를 뒤로 젖혔다. "여보, 나 차 마실래. 에드도 드시고 싶으시죠? 여사님한테 말해 줘. 난 이제 좀 혼자 걸을래. 정원에서."

톰은 반가웠다. 혼자만의 시간을 가지면 엘로이즈의 긴장이 풀릴 것이다. "그렇게 해, 여보! 내가 가서 차 달라고 할게."

엘로이즈가 밖으로 나가 계단을 총총 내려간 다음 잔디 위에 섰다. 흰 바지에 테니스 신발을 신고 있었다.

톰이 아네트 여사에게 가서 셋 다 차를 마시겠다고 했다. 바로 그때, 전화벨이 울렸다.

"런던에 사는 친구 전화일 겁니다." 톰은 아네트 여사에게 말한 다음 다시 거실로 나가서 전화를 받았다. 지금은 에드가 보이지 않았다.

제프였다. 도착 시각을 알려 주었다. 내일 오전 11시 25분에 도착하는 브리티시 항공 926편이었다. "오픈으로 끊었어요. 혹시 몰라서요."

"고마워요, 제프. 다들 기대하고 있어요. 날씨가 좋긴 하지만 스웨터도 챙겨 와요."

"뭐 다른 거 필요한 거 있어요, 톰?"

"몸만 와요." 톰이 웃었다. "맞다, 혹시 괜찮으면 체더치즈 1파운드만 사다 줘요. 런던에서 사 온 게 더 맛있더라고요."

셋이 거실에서 차를 마셨다. 엘로이즈가 소파 한쪽 끝에 찻잔을 들고 등을 기댄 채 아무 말이 없었다. 톰은 신경 쓰지 않고 6시 텔레비전 뉴스를 기다렸다. 앞으로 20분. 때마침, 우람한 앙리가 온실 구석에서 있는 게 보였다.

"이런, 이런, 앙리가 무슨 일로 온 거지." 톰이 잔을 내려놓으며 말했다. "가서 알아봐야겠어. 혹시 무슨 일이 있나. 실례 좀."

"당신이 불렀어, 여보?"

"아니, 안 불렀는데." 톰이 에드에게 설명했다. "내가 가끔 부르는 정원사예요. 다정한 거인이죠."

톰이 밖으로 나갔다. 아니나 다를까, 앙리가 토요일 이 시간에 일을 시작할 리 없었다. 그 대신, 프리처드 집에서 벌어진 참사에 대해 얘기하고 싶어 했다. 앙리는 두 명이나 자살했다고 하면서도 그 큰 덩치로 호들갑을 떨거나 긴장하진 않았다.

"그러게, 나도 들었네. 그레 부인이 오늘 오전에 전화했는데, 얼마나 놀랐는지!"

앙리가 밑창이 두꺼운 부츠를 신고 전후좌우로 발을 왔다 갔다 옮겼다. 큼직한 손으로는 활짝 핀 라벤더 주위에서 고개를 까딱거리던

클로버 줄기 끝을 잡고 뱅글뱅글 돌렸다. “연못 속에서 뼈도 나왔대요.” 앙리가 불안한지 목소리를 낮추었다. 어찌 됐든 그 뼈로 인해 프리처드 부부에 대한 판단을 굳힌 것 같았다. “사람 뼈라뇨, 리플리 씨!” 클로버가 뱅글뱅글 돌아갔다. “정말 이상한 부부가 우리 동네에 살았다는 거잖아요! 우리 코앞에서요!”

톰은 앙리가 이렇게까지 불안해하는 모습은 처음이었다. “혹시…….” 톰은 잔디로 시선을 보냈다가 다시 앙리에게 보냈다. “둘이 동반 자살을 감행한 걸까?”

“그걸 누가 알겠어요?” 앙리가 짙은 눈썹을 추켜세우며 반문했다. “이상한 게임을 하다가 그렇게 됐겠죠. 둘이서 뭔가를 하려다가……. 그런데 대체 그게 뭘까요?”

톰은 무슨 말을 하는지 감을 잡지 못했지만, 앙리가 하는 말에는 이 동네 사람들이 수군대는 온갖 생각이 녹아 있었다. “경찰이 수사 내용을 발표하면 재미있겠군.”

“그러게요!”

“그거, 누구 뼈래? 혹시 아는 사람이 있나?”

“아뇨, 리플리 씨. 나이가 좀 있는 사람의 뼈래요. 아시겠지만, 프리처드가 이 동네 강이며 운하 바닥이며 죄다 훑고 다녔잖아요. 대체 왜 그랬을까요? 재미로요? 동네 사람들이 추측하기론, 프리처드가 강에서 그 뼈를 건져 올렸는데, 둘이 그 뼈를 두고 몸싸움했을 거래요.” 앙리는 프리처드 부부에 관한 불미스러운 비밀을 폭로하듯 톰을 쳐다보았다.

“뼈를 두고 몸싸움이라니.” 톰은 진짜로 시골에 사는 사람처럼 따라 말했다.

“이상해요, 리플리 씨.” 앙리가 고개를 저었다.

“그러게, 진짜 이상해.” 톰은 체념하듯 말하며 한숨을 내쉬었다. 하루하루 알쏭달쏭한 일들이 벌어지지만, 그저 수긍하며 살아갈 수밖에 없다는 듯이 말이다. “만약 방송국에서 빌페르스처럼 좁은 동네를 휘젓고 다녔다면, 오늘 저녁 뉴스에 새로운 내용이 나오겠군. 앙리, 이제 난 안으로 들어가 봐야겠어. 런던에서 오신 손님이 계셔서 말이지. 내일은 한 분 더 오실 거고. 설마, 이 시간에 일하러 온 건 아닐 테고?”

앙리는 아니라고 하면서도 온실에 있던 와인 잔은 받아 들었다. 톰은 늘 온실에 와인을 한 병 갖다 두었다가 가끔 바꿔 놓곤 했다. 그래야 와인이 상하지 않기 때문이다. 앙리를 위해 와인 잔도 두 개 갖다 놓았다. 잔 두 개가 아주 깨끗하진 않아도, 둘이 와인 잔을 들고 와인을 마셨다.

이제 앙리가 목소리를 낮추고 말했다. “두 사람이 우리 동네에서 사라지니 좋아요. 그 뼈도 없어져서 좋고요. 그 부부는 별종이었다고요.”

톰은 동감한다는 듯이 고개를 근엄하게 끄덕였다.

“부인께 안부 전해 주세요, 리플리 씨.” 앙리가 말하더니 잔디를 가로질러 옆길로 사라졌다. 톰은 차를 마시려고 거실로 들어갔다.

에드와 엘로이즈가 런던 브라이턴 지역을 비롯해 온갖 얘기를 떠들고 있었다.

톰은 뉴스 시간이 다 되자 텔레비전을 켰다. “국제 뉴스 할 시간에서 1분을 빼 빌페르스 사건에 할애할지 두고 보면 재밌겠어.” 톰이 엘로이즈에게 말했다. “아니면 국내 뉴스를 줄이려나.”

“아마 그러겠지!” 엘로이즈가 앉은 채 허리를 세웠다.

톰은 바퀴 달린 텔레비전을 밀어서 거실 한복판으로 옮겨 놓았다. 첫 번째 꼭지는 제네바에서 열린 회담 관련 뉴스였다. 모처에서 열린 보트 경주 뉴스가 이어졌다. 세 사람이 주의 깊게 보다 집중력이 떨어지자, 에드와 엘로이즈가 영어로 다시 수다를 떨었다.

“나온다, 나와!” 톰이 차분하게 말했다.

“그 집이야!” 엘로이즈가 말했다.

셋이서 뉴스를 보았다. 프리처드가 살던 강기슭 이층집이 뒤로 보이며 기자의 음성이 깔렸다. 카메라 기자가 집 앞 도로에서 촬영한 걸 보니 더는 가까이 가서 찍을 수 없었던 것으로 보였다. 집 안은 아예 촬영 금지였다. 기자가 리포트를 시작했다. “오늘 오전, 모레 인근 빌페르스라는 마을에서 기괴한 사건이 발생했습니다. 30대 미국인인 데이비드와 재니스 프리처드 부부가 자택 정원에 있는 수심 2미터의 연못에서 익사한 채 발견되었습니다. 사망한 부부는 옷을 입고 신발을 신은 상태였으며, 사고사로 추정됩니다. 프리처드 부부는 최근 이 집을 구입했으며…….”

기자는 유골에 관한 언급 없이 프리처드 부부 사건을 마무리 지었다. 톰이 에드를 쳐다보았다. 살짝 올라간 눈썹을 보니 에드도 같은 생각을 하는 것 같았다.

그제야 엘로이즈가 말했다. “기자가 백골 얘기는 한 마디도 안 하네.” 그녀가 불안한 시선으로 톰을 바라보았다. 엘로이즈는 유골 얘기를 할 때마다 힘들어했다.

톰이 생각을 정리했다. “유골을 어디론가 보내서 얼마나 오래된 뼈인지 감정하느라 경찰이 그 얘긴 언급할 수 없었겠지.”

“경찰이 그 집에 출입 통제선을 죄다 쳐 놓은 게 신기하네요. 연못은 아예 한 컷도 못 찍게 하고 멀리서 집만 찍으라고 한 걸 보니, 경찰이 경계하는 것 같군요.” 에드가 말했다.

톰은 에드의 말을 경찰이 아직도 조사 중이라는 뜻으로 받아들였다.

전화가 왔다. 톰은 자리에서 일어나 전화를 받으러 가면서도 누가 전화했는지 정확히 예측했다. 조금 전 저녁 뉴스를 본 아네스가 전화한 게 분명했다.

“그이가 ‘잘 없어졌다’라고 하더라고요. 정신 나간 부부가 어쩌다가 유골을 건지는 바람에 너무 들떠서 연못에 빠진 거래요.” 아네스가 웃음을 참는 것 같았다.

“엘로이즈하고 통화하시겠어요?”

아네스가 하겠다고 했다.

엘로이즈가 전화를 받자, 톰은 에드가 있는 데로 가서 계속 서 있었다.

“사고였죠.” 톰은 고심하는 척하며 중얼거렸다. “정말 사고였을 거예요.”

“그러게요.” 에드가 대답했다.

두 남자는 엘로이즈가 아네스와 열심히 수다 떠는 소리가 귀에 들리지 않았고, 들으려고도 하지 않았다.

“2층에 올라가서 좀 쉬었다가 7시 45분쯤에 숯불을 피우려고요. 테라스에 나가서요.” 톰이 씩 웃었다. “근사한 저녁을 보내자고요.”

24

톰이 셔츠를 새로 갈아입고 스웨터를 걸친 채 계단을 내려오는데, 전화벨이 울렸다. 복도에 있는 전화를 받았다.

어떤 남자가 느무르 경찰서의 에티엔 로마르라고 이름을 밝히더니, 집으로 찾아갈 테니 잠시 얘기할 수 있느냐고 물었다.

“잠깐이면 됩니다. 몹시 중요한 일이라서요.”

“되긴 되는데, 지금 오십니까? 그러시죠.”

경찰은 톰의 집이 어딘지 알고 있는 듯했다. 엘로이즈가 아네스 그레와 통화했는데, 경찰이 아직도 프리처드의 집에 있으며 경찰차 두 대가 집 앞에 서 있다고 톰에게 말해 주었다. 톰은 당장 2층으로 올라가 에드에게 주의를 주려다가 그러지 않기로 했다. 톰이 무슨 말을 할지, 경찰이 집에 왔을 때 옆에 있지 않아도 된다는 것쯤은 에드도 알고 있을 것이다. 대신 톰은 주방으로 갔다. 아네트 여사가 샐러드에 넣을 채소를 씻고 있었다. 톰은 경찰이 5분 후에 올 거라고 했다.

"경찰이 오는군요." 아네트 여사는 자기가 책임질 일이 아니라서 그런지 별로 놀란 기색이 아니었다. "잘됐네요."

"문은 내가 열어 주죠. 오래 있진 않을 겁니다."

톰은 주방문 뒤에 달린 고리에 걸어 둔 좋아하는 앞치마를 꺼내 목에 걸고 허리끈을 묶어 맸다. 정면에 달린 빨간 주머니에 '점심은 외식'이라는 글귀가 검은색으로 찍혀 있었다.

톰이 거실로 나가자 에드가 계단을 내려오고 있었다. "조만간 경찰이 올 겁니다. 우리 부부가 프리처드 부부와 아는 사이였다는 걸 경찰이 안 모양이에요." 톰이 어깨를 으쓱했다. "그거야 서로 영어가 통하니까요. 이 동네에 영어 하는 사람이 많지 않거든요."

현관문을 두드리는 소리가 났다. 현관에는 노크용 쇠고리와 초인종이 달려 있었다. 톰은 둘 중 뭘 사용하는가로 사람을 판단하지 않았다.

"내가 자리를 피하는 게 낫겠죠?" 에드가 물었다.

"술 한잔해도 좋고, 하고 싶은 대로 해요. 당신은 우리 집에 온 손님이니까요."

에드가 거실 한쪽 구석에 놓인 바 카트로 향했다.

톰이 현관문을 열고 경찰관을 맞이했다. 두 명이 왔는데, 둘 다 톰에겐 초면이었다. 그들은 이름을 밝힌 후 모자를 매만졌다. 톰은 두 사람을 안으로 들였다.

두 명의 경찰관은 소파가 아니라 의자에 앉겠다고 했다.

에드가 보이자, 톰은 자리에 앉지 않고 에드를 소개했다. 영국에 사는 오랜 친구가 주말에 쉬러 왔다고 했다. 그제야 에드가 술잔을 들고 테라스로 나갔다.

두 명의 경찰관은 나이도 엇비슷하고 계급도 같아 보였다. 아무튼, 둘 다 질문했다. 그들이 찾아온 이유는, 뉴욕에 사는 토머스 머치슨 부인이 프리처드의 집으로 전화해 프리처드 부부 중 아무나 바꿔 달라고 했는데, 그 전화를 경찰이 받았다는 것이다. 경찰이 물었다. "머치슨 부인을 아십니까?"

"알죠." 톰이 진지하게 대답했다. "머치슨 부인이 몇 년 전 저희 집에 한 시간 정도 방문한 적이 있습니다. 남편이 실종된 직후에요.”

“맞아요! 머치슨 부인도 같은 얘기를 했습니다, 리플리 씨! 그럼…….” 경찰관이 진지하면서도 자신감 넘치는 말투로 물었다. “머치슨 부인 말로는, 금요일인 어제…….”

“목요일이라니까.” 옆에 앉은 경찰관이 고쳐 주었다.

“그런가……. 앞서 통화한 건 목요일이 맞네요. 데이비드 프리처드가 머치슨 부인에게 전화해 뼈를 찾았다고 했대요. 남편의 유골을 찾았다고요. 그러더니 그 일로 당신한테 유골을 보여 주면서 얘기할 거라고 했대요.”

톰이 인상을 썼다. “저한테 유골을요? 이해가 안 되는데요.”

“배달한다고 했다잖아.” 옆에 있던 경찰관이 동료에게 말했다.

“아, 맞다. 배달이라고 했지.”

톰이 숨을 골랐다. “프리처드 씨는 저한테 유골 얘기는 하지도 않았어요. 그러니까 머치슨 부인에 따르면, 프리처드 씨가 저한테 전화한다고 했다는 거죠? 그건 사실이 아닙니다.”

“프리처드 씨가 유골을 배달할 거라고 한 게 맞나, 필립?” 다른 경찰관이 물었다.

“맞아. 머치슨 부인이 뭐라고 했냐면, 프리처드 씨가 금요일, 그러니까 어제 아침에 유골을 배달할 거라고 자기한테 말했다고 했습니다.” 동료 경찰관이 말했다.

두 명의 경찰관은 모자를 벗어서 무릎 위에 올려 두고 있었다.

톰이 고개를 저었다. “저희 집에 배달 온 건 아무것도 없는데요.”

“프리처드 씨는 아시죠?”

“동네 술집에 갔는데 프리처드 씨가 제게 말을 걸더군요. 그래서 술 한잔하러 그 집에 딱 한 번 갔었어요. 몇 주 전에요. 프리처드 부부가 우리 부부를 초대했지만, 저만 갔습니다. 그쪽 부부가 저희 집에 온 적은 없었고요.”

키가 더 크고 더 짙은 금발의 경찰관이 목을 가다듬더니 옆에 있는 동료에게 말했다. “사진 얘기 해야지?”

“아, 맞다. 프리처드 씨 댁에서 이 집을 찍은 사진이 두 장 나왔습니다, 리플리 씨. 밖에서 찍은 사진이던데요.”

“그래요? 저희 집 사진이요?”

“네, 확실합니다. 그 집 벽난로 선반 위에 두 장이 놓여 있더라고요.”

톰은 경찰관이 내민 사진 두 장을 살펴보았다. "정말 이상하네요. 저흰 이 집을 매물로 내놓은 적이 없습니다만." 톰이 씩 웃었다. "아무튼, 저희 집이 맞네요! 얼마 전에 프리처드 씨를 집 앞에서 본 적이 있어요. 몇 주 전이었을 거예요. 가정부가 밖을 보라면서 절 부르더군요. 어떤 사람이 평범한 소형 카메라를 들고 우리 집 사진을 찍는다면서요."

"그때 그 사람이 프리처드 씨라는 걸 아셨습니까?"

"당연히 알았죠. 프리처드 씨가 사진을 찍는 게 싫었지만, 그냥 무시했어요. 아내도 봤고, 그날 저희 집에 놀러 온 아내 친구도 봤습니다." 톰이 인상을 찌푸리며 기억을 더듬었다. "프리처드 부인이 차에 타고 있던 모습도 봤는걸요. 잠시 후 남편을 태우더니 가 버리더라고요. 이상했어요."

바로 그때 아네트 여사가 거실로 나오자 톰이 여사에게 눈길을 주었다. 여사는 두 명의 경찰관에게 무슨 음료를 대접해야 하는지 묻고 싶어 하는 눈치였다.

"두 분 와인 한 잔씩 하시겠어요? 파스티스는 어떠세요?"

둘 다 근무 중이라면서 정중히 사양했다.

"그럼 저도 됐습니다, 여사님. 아 참, 여사님, 목요일이나 금요일에 날 찾는 전화가 왔었나요?" 톰이 경관을 쳐다보며 물었다. "프리처드 씨가 우리 집에 뭘 배달하겠다고 전화했었나요?" 톰은 정말로 궁금하다는 듯이 물었다. 프리처드가 아네트 여사와 배달 건으로 통화했는데 (그럴 리 없겠지만) 여사가 까먹고 톰에게 전하지 않았을지도 모른다는 생각이 들었다.

"아뇨, 리플리 씨." 여사가 고개를 저었다.

톰이 두 경찰관에게 말했다. "물론 저희 가정부도 오늘 아침에 프리처드 부부가 변을 당했다는 소식을 들어서 알고 있습니다."

두 경찰관이 서로 중얼거리며 상의했다. 원래 그런 소식은 날개 달린 듯이 퍼져 나가는 법이다.

"아네트 여사님께 배달 건으로 뭐든 여쭤 보셔도 됩니다." 톰이 말했다.

경찰관이 묻자, 아네트 여사가 한 번 더 고개를 저으며 배달 온 물건은 없었다고 했다.

"배달 온 게 없었어요, 경찰관님." 아네트 여사가 분명히 말했다.

"이 일은……." 톰이 단어를 골랐다. "이 일은 머치슨 씨 일과도 관계있어요, 여사님. 기억하시죠? 오를리 공항에서 실종된 남자. 몇 년 전에 저희 집에서 하룻밤 자고 갔던 미국인이요."

"기억나요. 키가 큰 분이셨어요." 아네트 여사가 기억을 더듬으며 말했다.

"맞아요. 저희가 그림 얘기를 했었죠. 저희 집에 있는 더와트 작품 두 점에 대해서요." 톰이 프랑스 경찰을 위해 벽을 가리켰다. "머치슨 씨가 더와트 작품을 한 점 들고 왔는데, 그 그림이 오를리 공항에서 사라졌어요. 제가 그다음 날 오를리 공항까지 모셔다드렸거든요. 12시경이었던 걸로 기억합니다. 기억하시나요, 여사님?"

톰은 힘주어 말하는 대신 대수롭지 않게 물었다. 운이 좋게도, 아네트 여사도 가볍게 대답하면서 톰에게 힘을 보태주었다.

"네, 리플리 씨. 제가 그분 가방을 차에까지 실어 드린 기억이 나네요."

톰은 그거면 충분하다고 생각했다. 그런데도 여사는 머치슨 씨가 현관을 나가서 차에 타는 모습을 봤다는 말까지 했다.

그때 엘로이즈가 계단으로 내려왔다. 톰이 일어서자 경찰관들도 자리에서 일어났다.

"아내입니다, 엘로이즈." 톰이 소개했다.

두 명의 경찰관이 다시 자신들을 소개했다.

"프리처드 부부 얘기를 하고 있었어. 뭐라도 마실래?" 톰이 물었다.

"아니 됐어. 기다릴게." 엘로이즈는 자리를 피해 정원으로 나가고 싶어 하는 눈치였다.

아네트 여사가 주방으로 돌아갔다.

"리플리 부인, 혹시 소포 같은 걸 보셨나요? 길이는 이 정도 되는 물건인데 이 집 어딘가에 배달오진 않았나요?" 경관이 팔을 펼쳐서 길이를 알려 주었다.

엘로이즈가 당황했다. "플로리스트가 보낸 소포를 말씀하시는 건가요?"

경찰은 웃을 수밖에 없었다.

"아닙니다, 부인. 천에 싸여 밧줄에 묶인 물건이 목요일 오후나 금요일쯤에 왔을 텐데요."

톰은 참견하지 않고 엘로이즈가 얘기하게 두었다. 엘로이즈는 오늘 점심때 파리에서 막 돌아왔다면서 금요일 밤은 파리에서 묵었고, 목요일까지는 탕헤르에 있었다고 했다. 그걸로 대답이 되었다.

두 경찰관이 상의하더니 한 명이 입을 열었다. "런던에서 오신 손님께 여쭤 봐도 될까요?"

에드는 장미 화단 옆에 서 있었다. 톰이 소리치자 에드가 빠른 걸음으로 왔다.

"경찰이 우리 집에 배달 온 소포에 관해 묻고 싶어 하십니다." 톰이 테라스 계단에 서서 말했다. "나도 못 봤고, 엘로이즈도 못 봤거든요." 톰은 그가 등을 돌리고 선 테라스로 경찰관이 나온 지도 모르고 편안히 얘기했다.

경관이 에드에게 1미터가 넘은 회색 포대 같은 걸 본 적이 있느냐고 물었다. 진입로나 산울타리 밑, 아니면 대문 밖이라도 좋다면서 어디서든 본 적이 있냐고 물었다. "없는데요. 못 봤습니다." 에드가 대답했다.

"이 집엔 언제 오셨나요?"

"어제 금요일 낮에 왔어요. 점심을 여기서 먹었습니다." 에드의 중후한 금발 눈썹 덕분에 표정마저 무척 진솔해 보였다. "리플리 씨가 드골 공항으로 데리러 나왔죠."

"고맙습니다. 무슨 일을 하십니까?"

"기자입니다." 에드가 대답했다. 그는 경찰관이 내민 수첩에 이름과 런던 주소를 적어야 했다.

"머치슨 부인께 안부 전해 주세요. 혹시 다시 통화하실 일이 있다면요. 어렴풋한 기억이지만 전 부인을 좋게 기억하고 있습니다." 톰이 웃으며 말했다.

"부인과 통화를 하긴 할 겁니다." 갈색 직모의 경찰관이 말했다. "머치슨 부인은 뭐랄까, 저희가 발견한 그 뼈가, 그러니까 프리처드가 찾아낸 그 뼈가 남편의 유골일지도 모른다고 생각하시더라고요."

"남편이라." 톰이 믿기지 않는다는 듯이 말했다. "그런데, 프리처드 씨가 그걸 어디에서 찾았을까요?"

"저희도 잘 모릅니다만, 이 동네에서 멀지 않은 곳에서 찾았겠죠. 10킬로미터, 15킬로미터 이내로 보고 있습니다."

부아시 사람들이 목격한 것을 경찰에 아직 제보하지 않은 것 같았다. 프리처드도 부아시 얘기는 하지 않은 듯했다. 아니, 했을까? "그렇다면 유골의 신원을 확인할 수 있겠네요?" 톰이 물었다.

"유골이 온전치가 않아요. 두개골이 없는 상태입니다." 금발의 경찰관이 진지한 표정으로 말했다.

"끔찍해라!" 엘로이즈가 중얼거렸다.

"일단 유골이 수중에 얼마나 잠겨 있었는지부터 판단해야 할 겁니다."

"옷은 남아 있던가요?" 톰이 물었다.

"하! 이미 다 썩어서 없어졌죠. 당시 시신을 감싼 방수포 안에는 단추조차 남아 있지 않았습니다. 물살에 쓸려 내려간 것 같습니다."

"강물에 쓸려간 거죠." 동료 경찰관이 손짓하며 거들었다. "죄다 물에 쓸려 갔습니다. 옷도, 살점도……."

"장!" '그만해! 앞에 부인이 계시잖아!'라고 말하듯 옆에 있던 경찰관이 황급히 손을 내저었다.

잠시 정적이 흐른 후, 장이 말을 이었다. "기억하시나요, 리플리 씨? 오래전 그날, 머치슨 씨가 오를리 공항 출발 게이트로 들어가는 모습은 보셨습니까?"

톰은 또렷이 기억하고 있었다. "그날 전 차를 주차장에 세우는 대신 인도에 잠깐 대기만 했습니다. 그런 다음 머치슨 씨의 짐 가방과 포장에 싸인 그림을 내려 드린 후 차를 몰고 떠났습니다. 출발 게이트 앞 인도에 내려 드렸으니, 머치슨 씨가 짐을 수월히 들고 가셨겠죠. 상황이 여의치 않아서 머치슨 씨가 들어가는 모습은 보지 못했습니다."

두 명의 경찰관이 서로 조용히 상의하며 수첩을 뒤척였다.

그들은 몇 년 전 톰이 경찰에 진술한 내용을 확인하는 것 같았다. 당시 톰은 머치슨의 짐 가방을 오를리 공항 출발 게이트 앞 인도에 내려 주고 갔다고 진술했는데, 자신이 그런 취지로 한 말이 기록으로 분명 남아 있을 거라는 말은 굳이 말하지 않을 작정이었다. 게다가 용의자가 머치슨을 살해하려고 이 동네로 데려왔다거나, 머치슨이 굳이 이 동네로 돌아와 자살했다는 주장이 기괴하다는 말도 하지 않을 생각이었다. 톰은 자리에서 벌떡 일어나 아내에게 다가갔다.

"당신, 괜찮지?" 톰이 영어로 물었다. "이제 조사는 거의 끝났어. 좀 앉을래?"

"괜찮아." 엘로이즈의 냉랭한 말투에는 남편이 기이하고 불분명한 짓을 저지른 바람에 경찰이 집에까지 찾아왔으며, 경찰이 이 집에 있다는 상황이 언짢다는 의미가 배어 있는 듯했다. 엘로이즈는 경찰과 뚝 떨어진 자리에 서서 팔짱을 끼고 찬장 캐비닛에 몸을 기대고 있었다.

톰이 경찰이 있는 곳으로 돌아가 자리에 앉았다. 어서 빨리 나가 달라고 재촉하는 것처럼 보이지 않으려고 노력한 것이다. "혹시 통화하시게 되면, 머치슨 부인께 제가 다시 통화하고 싶다고 전해 주시겠습니까? 제가 무슨 말을 할지 부인이 다 알고 계시겠지만, 그래도…….” 톰이 말을 끊었다.

필립이라는 금발의 경찰관이 말했다. “그러죠, 리플리 씨. 그렇게 전하겠습니다. 부인이 이 집 번호는 아시죠?”

“전에는 알고 계셨어요.” 톰이 유쾌하게 말했다. “저희 집 번호는 그대롭니다.” 다른 경찰관이 동료에게 손가락 하나를 세우더니 잘 들으라는 듯이 수신호를 보낸 후 말을 꺼냈다. “혹시, 영국에 사는 신시아라는 여성을 아십니까? 머치슨 부인이 말씀하시던데요.”

“신시아라…… 네, 알아요.” 톰이 희미하게 기억난다는 듯이 말했다. “알긴 알죠. 그런데 왜요?”

“최근 런던에서 두 분이 만나신 거로 아는데요.”

“네, 맞아요. 영국 술집에서 만나서 술 한잔했습니다.” 톰이 씩 웃었다. “그걸 어떻게 아셨죠?”

“머치슨 부인께 들었습니다. 그분과 연락하신다고. 신시아…… 성이 뭐였더라…….”

“그래드노어.” 금발의 경찰관이 수첩을 들치더니 옆에서 거들어 주었다.

톰은 마음이 불안해지자 앞으로 무슨 일이 벌어질지 가늠해 보려 했다. 이제 무슨 질문이 나오려나.

“런던에서 만나셨다니……. 무슨 특별한 이유가 있었나요?”

“있었죠.” 톰은 대답하더니 의자를 돌려 앉다가 에드를 쳐다보았다. 에드가 의자 등받이에 등을 기대고 있었다. “신시아라고 기억하죠, 에드?”

“네, 어렴풋이요.” 에드가 영어로 말했다. “못 본 지 몇 년은 됐어요.”

“만난 이유는.” 톰이 경찰을 보며 설명을 이어 갔다. “프리처드 씨가 제게 뭘 원하는지 물어보고 싶어서였어요. 아시겠지만, 프리처드 씨가 괜히 친한 척하면서 저희 집에 초대받고 싶어 했거든요. 사실 전 제 아내가 프리처드 부부를 집으로 부를 마음이 없다는 걸 눈치채고 있었죠.” 톰이 여기에서 웃음을 터뜨렸다. “한 번은 제가 그 집에 술을 마시러 간 적이 있었어요. 프리처드 씨가 신시아…….”

“그래드노어 씨입니다.” 경관이 도와주었다.

“아, 맞아요. 제가 그 집에 술 한잔하러 갔는데, 프리처드 씨가 신시아라는 여자가 절 안 좋게 본다는 얘기를 언뜻 흘리더군요. 저에게 반감이 있다는 듯이요. 그래서 신시아가 저를 싫어하는 이유가 뭐냐고 프리처드 씨에게 물어봤지만, 말을 안 해 주더군요. 그래서 기분이 별로 좋지 않았어요. 사실, 프리처드 씨는 원래 그런 사람이에요! 그래서 제가 런던에 갔을 때, 그래드노어 부인의 전화번호를 어찌어찌 알아낸 후에 만나서 물어봤어요. 대체 프리처드 씨가 왜 저러느냐고요." 여기까지 말하자, 톰은 (톰이 생각하기에) 신시아 그래드노어는 버나드 터프츠에게 위작 화가라는 꼬리표가 붙는 일만은 막고 싶어 한다는 게 문득 떠올랐다.

"그래서요? 그랬더니 뭐라던가요?" 갈색 머리의 경찰관이 흥미롭게 물었다.

"안타깝게도 별 얘기 없더라고요. 신시아는 프리처드를 만난 적이 아예 없다고 했어요. 마주친 적도 없는 사이인데 프리처드 씨가 뜬금없이 신시아에게 전화를 했대요." 톰은 신시아와 프리처드 양쪽 모두를 아는 조지라는 남자가 갑자기 생각났다. 런던 기자들이 참석한 대형 파티에 조지도 갔었다. 그 자리에 프리처드는 물론 신시아도 있었다. 두 사람과 친분이 있던 조지는 프리처드가 리플리 얘기를 떠드는 걸 보고 이 자리에 리플리라면 치를 떠는 여자가 왔다고 프리처드에게 전한 것이다. 그래서 프리처드가 신시아의 이름을 알게 된 것이다(신시아도 그렇게 프리처드의 이름을 들었을 것이다). 하지만 두 사람은 그곳에서 서로 만나진 않았다. 톰은 이런 얘기까지 경찰에 제공할 마음이 없었다.

"이상하네요." 금발 머리 경찰관이 중얼거렸다.

"이상한 건 프리처드죠!" 톰이 너무 오래 앉아 있었더니 온몸이 뻣뻣해졌다는 듯이 자리에서 일어났다. "8시가 다 되었으니 저는 진토닉을 마실까 하는데요. 두 분은 뭐로 드시겠어요? 레드 와인 한잔하실래요? 아니면 스카치? 뭐든 원하시는 거로 드시죠."

뭐라도 꼭 마셔야 한다는 듯이 권하는 톰의 말에, 경찰은 그럼 둘 다 레드 와인으로 달라고 했다.

"내가 가서 말할게." 엘로이즈가 주방으로 향했다.

경찰은 더와트 작품을 보며 찬사를 늘어놓았다. 특히 벽난로 위에 걸린 작품을 보며 감탄했다. 버나드 터프츠가 그린 위작이었다. 톰이 소장하고 있는 수틴에도 칭찬을 아끼지 않았다.

"그림이 마음에 드신다니 저도 좋네요. 이런 그림을 집에 걸어 둘 수 있어서 참 행복합니다."

에드가 바에서 술을 막 따르자, 엘로이즈도 합류했다. 다들 손에 술잔을 들자 분위기가 한결 가벼워졌다.

톰이 갈색 머리 경찰관에게 목소리를 낮추고 말했다. "두 가지만 말씀드리죠. 하나는, 신시아 부인과 통화하면 좋겠습니다. 부인이 원하신다면요. 그리고 또 하나는, 혹시……." 톰이 주위를 둘러보았지만, 지금은 아무도 두 사람을 주시하지 않았다.

필립이라는 금발의 경찰관이 모자를 겨드랑이에 끼고서 엘로이즈에게 반했는지 유골이니 살점이니 같은 얘기 말고 들뜬 채 시답잖은 소리나 지껄이고 있었다. 에드도 엘로이즈와의 대화에 합류했다.

톰이 말을 이었다. "프리처드가 자기 연못에 있던 그 유골로 뭘 하려 했을까요?"

장이라는 경찰관이 고심하는 것 같았다.

"강에서 건진 유골이라면, 그걸 굳이 다시 연못에 던지고는 왜 자살했을까요?"

경찰관이 어깨를 으쓱했다. "사고사였을 겁니다. 한 사람이 발이 미끄러지는 바람에 연못에 빠지자, 남은 배우자마저 빠졌겠죠. 정원용품을 들고 두 사람이 뭔가를 건지려고 했던 것으로 보입니다. 텔레비전은 켜진 상태였어요. 커피도 있었는데." 어깨를 으쓱했다. "거실에서 마시다 만 것 같더라고요. 유골을 잠시 숨기려고 했던 것 같습니다. 내일이나 모레면 뭐라도 더 밝혀지겠죠. 아닐 수도 있지만요."

두 명의 경찰관이 목이 긴 잔을 들고 서 있었다.

톰은 다른 생각을 하고 있었다. 바로 테디였다. 톰은 테디 얘기를 하려고 엘로이즈와 대화하는 사람들 쪽으로 다가갔다. "경관님." 톰이 필립에게 말을 걸었다. "프리처드 씨에게는 조수가 있었어요. 강에서 낚시할 때 한 남자하고 같이 다녔거든요." 톰은 '수색'이란 단어 대신 '낚시'라고 했다. "듣자 하니, 그 남자 이름이 테디랍니다. 혹시 테디라는 남자하고 얘기해 보셨나요?"

"테디라면, 아, 테오도르 말씀이시군요." 두 명의 경찰관이 서로 시선을 교환하더니 장이 말했다. "네, 고맙습니다. 리플리 씨. 친하게 지내신다는 그레 부부가 그 남자 얘기를 하더군요. 부부가 아주 친절하시던데요. 저희가 테디라는 이름을 파악한 후 프리처드 씨 집 통화 기록을 뒤져서 테디라는 남자가 사는 파리의 집 전화번호를 알아냈습니다. 오늘 오후에 파리에 있는 테디와 통화했는데요, 테디 말로는 프리처드가 강에서 유골을 건져내는 순간, 프리처드 씨와의 작업이 종료

됐다고 하더군요. 그래서 테디가…….” 경관이 머뭇거렸다.
“떠났다.” 필립이 문장을 완성해 주었다. “장, 미안해.”
“맞아요, 떠난 거죠.” 장이 톰을 힐끔거리며 말했다. “테디는 프리처드가 찾던 게 뼈였다는 걸, 유골이었다는 걸 알고는 놀란 것 같았습니다.” 이쯤에서 장이 톰을 지그시 쳐다보았다. “테디라는 남자는 유골을 보자마자 파리로 돌아간 거죠. 학생이라 돈을 벌고 싶었대요. 그게 다랍니다.”
필립이 무슨 말을 하려고 했지만, 장이 저지하자 입을 다물었다.
톰이 과감히 말했다. “제가 이 동네 술집에서 들은 이야기가 있습니다. 테디가 놀라서 프리처드에게 그만두겠다고 했다던데요.” 이번엔 톰이 어깨를 으쓱할 차례였다.
두 명의 경찰관은 아무 말도 하지 않았다. 톰이 권하는데도 저녁은 먹지 않겠다고 했다. 사실 톰은 그들이 식사도, 술도 더는 응하지 않을 거라는 걸 알고 있었다.
“저녁 잘 보내세요, 부인. 고마웠습니다.” 둘 다 엘로이즈에게 정중히 허리를 숙였다.
경찰이 에드에게 얼마나 더 있을 거냐고 물었다.
“이 친구가 앞으로 사흘은 더 있으면 좋겠어요.” 톰이 웃으며 말했다.
“잘 모르겠어요.” 에드가 유쾌하게 웃었다.
“저희가 여기에 있으니.” 톰이 두 경찰관에게 단호히 말했다. “아내와 제가 여기에 있으니 언제든 도와드리죠.”
“고맙습니다, 리플리 씨.”
경찰은 저녁을 잘 보내라는 말을 남긴 채 앞마당에 세워 둔 경찰차를 타고 떠났다.
톰이 현관으로 돌아와 말했다. “꽤 유쾌한 경찰이네요! 안 그래요, 에드?”
“그러게요.”
“엘로이즈, 여보. 불은 당신이 피워 주라. 조금 늦긴 했지만 근사하게 식사하자!”
“내가? 나더러 불을 피우라고?”
“테라스로 나가서 석탄에 불을 붙여 줘. 성냥은 여기에 있어. 나가서 긋기만 하면 돼!”
엘로이즈가 성냥 통을 들고 테라스로 나갔다. 줄무늬 긴 치마를 입은 자태가 우아하기 그지없었다. 입고 있는 연두색 면 블라우스의 소매는 반쯤 걷어 올렸다. “이거 원래 당신이 하던 일이잖아.” 엘로이즈가 투덜대며 성냥을 그었다.

“오늘 밤은 특별하니까. 당신이…….”

“여신이니까요.” 에드가 거들었다.

“이 저택의 여신이지.” 톰이 말했다.

석탄에 불이 붙었다. 노랗고 파란 불꽃이 석탄 위에서 넘실대며 춤을 췄다. 아네트 여사가 포일에 싸 놓은 감자가 적어도 여섯 개는 넘었다. 톰이 다시 앞치마를 입고 나섰다.

그때 전화벨이 울렸다.

톰이 으르릉거렸다. “엘로이즈, 당신이 받아. 아네스 아니면 노엘이겠지. 안 봐도 훤해.”

톰이 거실로 들어가는 순간, 아네스 그레의 전화라는 걸 알았다. 역시나, 엘로이즈가 경찰이 무슨 말을 했고 무슨 질문을 했는지 떠들고 있었다. 톰은 주방에 가서 아네트 여사에게 베어네즈 소스는 잘되고 있냐고 물은 다음, 아스파라거스부터 내 달라고 했다.

저녁 식사는 기억에 남을 정도로 기막히게 맛있었다. 에드도 맛있다며 감탄했다. 전화는 오지 않았다. 아무도 전화 얘기는 꺼내지 않았다. 톰은 아네트 여사에게 내일 아침을 먹고 영국에서 오는 콘스턴트 씨가 묵을 수 있도록 톰의 침실을 정리해 달라고 했다. 오전 11시 반이면 드골 공항에 손님이 내릴 거라고 했다.

아네트 여사의 얼굴이 기대감으로 환해졌다. 남들은 꽃이나 음악이 있어야 집에 생기가 돈다고 하지만, 여사는 손님이나 친구가 있어야 집에 생기가 돈다고 믿는 것 같았다.

톰은 거실에서 커피를 마시다가 엘로이즈에게 물었다. 아네스와 앙투안 그레 부부가 말해 준 소식이 더 있냐고 말이다.

“아니. 그 집에 여태 불이 켜져 있대. 그레 부부네 남매 중 한 아이가 개를 데리고 그 집까지 산책하러 갔다 왔는데 경찰이 아직도 뭔가를 찾고 있대.” 엘로이즈가 심드렁하게 말했다.

에드가 톰을 쳐다보더니 은근히 웃었다. 톰은 에드도 그 생각을 했는지 궁금했지만, 입 밖으로 꺼낼 수는 없었다. 혼잣말도 할 수 없는 마당에, 엘로이즈가 있으니 더더욱 말할 수 없었다. 기괴했던 프리처드 부부를 생각하면, 경찰이 찾고 있는 물건이 뭔지, 나올 물건이 뭔지 상상하는 문제에서만큼은 아무리 극단으로 치닫는다 해도 절대로 지나치지 않았다.

25

다음 날 아침에 커피 첫 잔을 마신 후, 톰은 아네트 여사에게 시내에 나가는 김에 살 수 있으면 아무 신문이나 사다 달라고 했다(일요일이었기 때문이다).

"그 일만 아니면 저는 당장이라도 나갈 수 있어요."

여사가 말하는 그 일이란, 엘로이즈가 일어나면 아침에 마실 차와 자몽을 갖다주는 일이었다. 톰은 엘로이즈가 일어나면 자기가 갖다주겠다고 했다. 에드 밴버리가 언제 일어날지는 사실 톰도 몰랐다. 둘이 어젯밤 늦게까지 얘기했기 때문이다.

아네트 여사가 외출했다. 보나 마나 신문도 사고, 빵집에 가서 동네에 도는 소문도 들을 것이다. 신문과 빵집 중에 어디가 더 믿을 만할까? 빵집에서는 생생하나 과장된 소문이 돌았다. 하지만 부풀려진 부분만 살짝 걷어 내면 사실을 추릴 수 있었다. 당연한 얘기지만, 신문보다 빵집이 몇 시간은 더 빨랐다.

톰이 시들어 버린 장미꽃과 달리아를 따 주고, 흐드러지게 핀 오렌지색 달리아 한 송이와 노란 달리아 한 송이를 고르고 있었다. 그때 대문에서 철컥하는 소리가 나면서 아네트 여사가 돌아왔다.

톰은 주방에서 신문을 보았다. 아네트 여사가 장바구니에서 크루아상과 길쭉한 플루트를 꺼내고 있었다.

"경찰이 머리뼈를 찾는대요." 이 얘기를 들을 사람이 톰밖에 없는데도 아네트 여사가 목소리를 낮추고 말했다.

톰이 인상을 썼다. "그 집을 뒤지고 있나요?"

"여기저기 다 찾고 있대요!" 다시 속삭였다.

톰이 신문을 보았다. 기사에는 「모레쉬르루앙의 특이한 부부」라는 제목이 달려 있었다. "데이비드와 재니스 프리처드 부부는 30대 미국인으로 자택 연못에서 유명을 달리했는데, 사고사인지 자살인지는 불분명하다. 부부는 열 시간 전에 익사한 것으로 보인다고 경찰이 밝혔다. 열네 살 된 두 남학생이 익사체를 발견한 직후 이웃에 알렸다고 한다. 경찰은 또한 연못 바닥인 진흙 속에서 유골이 든 부대를 건져 올렸으나, 두개골과 한쪽 발이 유실된 상태였다고 한다. 유골은 성인 남성의 것으로 보이며, 아직 신원이 확인되지 않았다. 프리처드 부부는 무직이었으나, 남편 데이비드가 미국 본가에서 경제적 지원을 받았다고 한다. 일부만 남은 유골은 수년간 물속에 잠겨 있었던 것으로 추정된다. 이웃 사람들은 프리처드가 인근 강과 운하 바닥을 훑고 다녔다면서 유골을 찾으려 했던 게 분명하다고 증언했다. 지난주 목요일 유골의 일부를 발견한 직후, 프리처드가 작업을 중단했기 때문이다.”
두 번째 신문은 골자는 동일하나 훨씬 짧게 요약되어 있었다. “프리처드 부부는 그 집으로 이사 온 지 석 달 동안 유독 외부와의 접촉 없이 조용히 지내는 듯 보였다. 그런데, 사건이 발생한 이층집에서 밤늦은 시각까지 음악을 크게 틀고 둘만의 즐거움을 누리는 등 고립된 생활을 자처하더니 결국 운하와 강바닥을 훑고 다니는 데에 취미를 붙인 것으로 추정된다. 경찰은 프리처드 부부의 양쪽 본가에 가까스로 연락을 취했다. 익사체가 발견될 당시, 집에는 불이 켜져 있었고 대문은 열린 상태였으며 거실에는 마시다 만 음료가 있었다.”
톰은 새로운 소식이 없는데도 관련 기사를 읽을 때마다 살짝 가슴이 내려앉았다.
“경찰이 지금은 뭘 찾고 있을까요, 여사님?” 톰은 뭔가를 알고 싶은 마음도 있었고, 아는 것을 나누기를 좋아하는 아네트 여사에게 장단을 맞춰 주고 싶은 마음도 있었다. “머리뼈는 확실히 아닐 테고.” 톰이 목소리를 깔고 진지하게 말했다. “실마리를 찾는 거겠죠? 자살이냐, 사고사냐.”
아네트 여사가 싱크대에 서서 물일을 하다가 톰에게 몸을 돌렸다. “오늘 아침에 듣기론, 채찍이 발견됐대요. 위베르 부인이 그러던데, 자기 남편이 전기공인데 그 집에서 체인도 나왔다고 했대요. 굵은 건 아니고 평범한 체인이었대요.”
에드가 1층으로 내려오자, 톰이 인사하며 거실에서 신문 두 부를 내밀었다.
“차, 커피?”
“커피에 따뜻한 우유를 좀 타 주세요. 됩니까?”
“그럼요. 식탁에 앉아요. 거기가 더 편하니.”
에드가 크루아상에 마멀레이드를 발라 달라고 했다.
톰은 에드의 주문을 전달하러 가면서 상상해 보았다. 경찰이 프리처드의 집에서 두개골을 발견한다면? 뜬금없는 장소에서 결혼반지를 발견한다면? 이를테면, 마룻장과 마룻장 사이에 벌어진 틈새에 반지를 대고 망치로 두드려서 집어넣었을 수도 있지 않을까? 이니셜이 새겨진 결혼반지일까? 두개골은 다른 데 숨겨 두었는데, 결국 그걸 계기로 테디가 견디지 못한 걸까?
“나도 공항에 같이 나가도 되죠?” 톰이 돌아오자 에드가 물었다.
“그게 좋을 것 같아요.”

"물론이죠! 같이 나가면 나도 좋죠. 스테이션왜건을 타고 나갑시다."

에드가 신문을 읽었다. "별 얘긴 없네요."

"내가 보기에도 없더라고요."

"있잖아요, 톰. 저기……." 에드가 말을 하다 말고 미소를 지었다.

"말해 봐요. 신나는 얘기 같은데!"

"그게 말이죠, 내가 산통을 깼네요. 놀래 주려고 했는데. 제프가 올 때 가방에 당신이 산 〈비둘기〉 소묘를 가져올 겁니다. 내가 출발하기 전에 제프한테 말해 뒀거든요."

"좋다뿐이겠어요!" 톰이 소리치며 거실 벽을 훑어보았다. "그걸 어디에 거나!"

아네트 여사가 쟁반을 들고 나왔다.

그로부터 한 시간이 채 지나기도 전에, 톰과 엘로이즈는 제프가 쓸 톰의 침실을 다시 한번 확인한 후 목이 긴 유리 화병에 빨간 장미 한 송이를 꽂아 드레싱 테이블 위에 올려놓았다. 톰과 에드가 출발했다. 톰은 아네트 여사에게 점심때 돌아오겠다면서, 운이 좋으면 오후 1시가 조금 넘으면 도착할 거라고 했다.

톰은 양말을 넣어 두는 서랍을 열고 검정 모직 양말 속에 넣어 둔 머치슨의 반지를 꺼내 왼쪽 바지 주머니에 챙겨 왔다. "모레에 들렀다 갑시다. 근사한 다리가 있거든요. 별로 돌아가는 것도 아니에요."

"그럽시다. 좋아요." 에드가 말했다.

날씨도 좋았다. 그날 새벽 6시경에 비가 내렸다. 안 그래도 톰이 정원과 잔디밭에 물을 주려고 했는데, 그럴 필요가 없어졌다.

모레에 있는 루앙강을 지나는 다리 양쪽 끝에 선 타워가 보이기 시작했다. 1층짜리 타워가 다부지게 서 있었다. 분홍색이 감도는 누런 타워가 모레를 지켜 주겠다는 듯이 위엄 있게 솟아 있었다.

"강 가까이 가서 살펴봅시다. 다리가 양방향 통행이긴 한데, 타워를 통과할 때는 도로 폭이 좁아져서 기다렸다가 번갈아 지나가야 할 때도 있어요."

타워에는 통로가 둥글게 뚫려 있었는데, 차 한 대가 간신히 지나갈 너비였다. 톰은 앞에서 오는 차 두어 대가 지나가도록 잠시 멈춰서 기다려 주었다. 그러고는 루앙강을 건넜다. 톰이 그토록 반지를 던지고 싶어 하던 루앙강이었건만, 차를 세울 데가 없었다. 일단 다리 건너편 타워까지 통과한 후 왼쪽에 차를 댔다. 인도를 따라 노란색 실선이 그어져 있는데도 말이다.

"다리로 걸어가서 잠깐 보고 오죠." 톰이 말했다.

둘이 다리에 도착했다. 톰은 주머니에 왼손을 집어넣어 반지를 쥐고서 주먹을 뺐다. 손에는 반지가 들려 있었다.

"16세기 건축물다운 요소가 많죠. 나폴레옹이 엘바섬을 빠져나와 파리로 돌아오면서 이곳에서 하룻밤을 묵었어요. 나폴레옹이 묵은 집에 현판이 걸려 있을 겁니다." 톰이 양쪽 손바닥으로 반지를 꾹 누르고 있다가 오른손으로 옮겨 쥐었다.

에드는 아무 말 없이 모든 것을 받아들이려고 애쓰고 있었다. 차 두 대가 등 뒤로 지나가자, 톰이 다리 난간에 몸을 바싹 붙였다. 몇 미터 아래에서 흐르는 루앙강은 충분히 깊어 보였다.

"선생님!"

톰이 놀라서 고개를 돌리자, 청색 바지에 하늘색 반소매 셔츠를 입고 선글라스를 낀 경찰관이 보였다.

"부르셨습니까?" 톰이 대답했다.

"저쪽에 세워 둔 흰색 스테이션왜건이……."

"네." 톰이 말했다.

"주차 금지 구역에 주차하셨네요."

"아, 그렇습니까! 죄송합니다. 당장 옮기겠습니다. 고맙습니다, 경관님!"

경찰이 주의를 주더니 가 버렸다. 허리춤에 찬 흰 권총집에는 권총이 들어 있었다.

"저 경찰이 당신을 아나요?" 에드가 물었다.

"모를걸요. 딱지를 끊지 않은 걸 보니 괜찮은 경찰이네요." 톰이 미소를 지었다. "설마 안 끊겠죠. 갑시다." 톰은 팔을 뒤로 넘겼다가 루앙강 한복판을 겨냥하며 반지를 휙 집어 던졌다. 현재는 강이 최고 수위는 아니었다. 반지가 강 한복판으로 쏙 빨려 들어가는 순간, 톰은 뿌듯한 마음에 에드를 보며 씩 웃었다. 두 사람은 스테이션왜건을 향해 다시 걸어갔다.

모든 걸 알게 된 에드가 욕을 했을지도 모르지만, 그랬다면 오히려 잘된 일이라고 톰은 생각했다.

추천의 말
실내 인간의 범죄 연대기
김용언, 『미스테리아』 편집장

"암흑가를 경험하신 거로 아는데요, 리플리 씨?"
"다들 그렇지 않나요?" _『리플리를 따라간 소년』

1.
어린 시절 부모를 여의고 보스턴의 냉혹한 이모 댁에서 성장했던 톰 리플리는 배우가 되고 싶었다. 그에게는 기가 막히게 타인을 잘 흉내 내는 재능이 있었다. 하지만 대도시 뉴욕은 이 빈털터리 야망 덩어리를 기꺼이 받아들여 주지 않았다. 그는 "하루 벌어 하루 먹고사는 신세"에 "은행 잔고는 바닥"이었다. 스물다섯 살이 된 톰 리플리는 얼마 전까지 국세청의 말단 직원이었지만 주 5일 노력해서 벌어들이는 주급 40달러로는 자신이 간절히 원하는 약간의 호사스러움과 여가를 사들이기가 불가능하다는 걸 일찌감치 깨달았다. 지금은 당시 사무실에서 슬쩍해 온 국세 관련 서식 용지를 이용해서 남들을 등쳐 먹는 일로 겨우 생계를 유지하는 중이다. 그런 그에게 디키 그린리프의 아버지라고 소개하는 신사가 다가온다. 누군가의 파티에서 스친 적이 있던 디키, 잘생기고 돈도 많으며 여유로웠다는 인상만 희미하게 남아 있다. 디키의 아버지는 미국을 떠나 나폴리에 머무르며 시간을 낭비하고 있는 아들을 다시 불러들이기 위해 '친구'의 도움이 필요하다는 요청을 한다. 여행 경비를 대주겠다는 제안을 받아들여 나폴리로 무작정 떠난 톰은 디키의 나른한 매력에 사로잡히는 동시에, 디키에 대한 애정과 환멸 사이에서 방황한다. 디키 그린리프, 리플리를 충분히 좋아하면서도 남들로부터 동성애자라는 의심을 받기 싫어 "비인간적인 오만함"과 "퉁명스러운 무례함"으로 그를 밀어냈던 배신자. "딱 한 번만이라도 왜 숙이질 않는 거지? 뭘 얼마나 대단한 걸 가졌기에 저렇게 뻗대는 걸까?" 리플리는 "애증과 조바심과 절망이 뒤섞여 미칠 것 같은 감정"으로 어쩔 줄 몰라 하다가, "디키를 후려갈기고 올라타서 입을 맞춘 다음 배 밖으로 내던질 수도 있"다는 가능성 앞에 잠시 저울질하다가 결국 그를 죽여 버린다.

위의 줄거리는 『재능 있는 리플리』의 삼분의 일에 해당하는 내용이다. 범죄소설에서 살인이라는 끔찍한 범죄 행위는 인물 간의 갈등이 쌓여 가고 긴장이 서서히 고조되다가 그 결과로 계획적이든 우발적이든 벌어지는 클라이맥스인 경우가 대부분이다. 하지만 『재능 있는 리플리』에서의 살인은 톰 리플리라는 인물의 변곡점, 그의 삶에서 꼭 거쳐야 했던 정류장 같은 순간으로 제시된다. 톰 리플리는 왜 살인을 저질러야 했으며 그 살인을 통해 그가 어떤 사람으로 바뀌는가가 더 중요한 초점이다.

2.

무엇보다 리플리가 견딜 수 없어 하는 부분은 디키와 그의 패거리들(마지와 프레디)이 예술을 대하는 태도다. 디키는 "화가로서 세상을 깜짝 놀라게 할 일은 없겠지만, 그래도 그림을 그리며 큰 기쁨을 얻"는다고 짐짓 겸손한 척하지만, 리플리는 아마추어티가 팍팍 나는 디키의 그림을 바라보며 "디키가 그린 그림이라면 머리에서 죄다 지우고 싶었다"라고 생각한다. 디키의 주변을 계속 맴도는 마지 같은 경우, "글을 쓰는 둥 마는 둥"하며 "하루에 절반은 해변에 늘어지게 누워서 저녁에 뭘 먹을까 고민이나 하"는 사람이다. 그리고 "미국 호텔 체인 소유주의 아들로 극작가"라고 하는 프레디 역시 지금까지 희곡을 겨우 두 편 썼지만 그걸 무대에 올리지도 못했다. 디키와 마지, 프레디 모두 부모의 돈으로 여유로운 삶을 누리면서 자신들의 행운을 아주 자연스러운 상태로 인지한다. 그야말로 무작위적인 행운이었음을 아예 자각하지 못하고, 돈을 벌 필요가 없이 그저 소비하기만 하면 되는 상황에서 자신들의 품위를 '예술'에 종사한다는 자부심에서 찾으려고 한다는 점을, 리플리는 냉소한다.

2권 『지하의 리플리』에서 서른한 살의 리플리는 엘로이즈와 결혼하여 파리 인근의 시골 마을 빌페르스에서 행복한 가정을 꾸렸다. 그는 아내와 사이가 좋지만, 아내와 함께 정착한 아름다운 저택 벨옹브르를 더욱 사랑한다. 더 이상 디키의 살해 의혹을 피해 유럽 전역을 떠돌아다니며 전전긍긍할 필요가 없이, 오로지 자신의 취향대로 꾸민 작은 왕국에서 리플리는 더 없는 안락함을 느낀다.

예술을 경애하는 리플리는 영국 화가 더와트와 그의 친구들 무리에 끼게 됐고, 더와트의 요절 이후 그의 친구였던 화가 버나드가 심혈을 기울여 완성한 위조품을 판매하는 작업에 개입한다. 리플리는 진심으로 버나드의 위조품이 걸작이라고 생각한다. "어떤 화가가 자신의 화풍으로 그릴 때보다 남의 화풍으로 그리는 경우가 잦아지다 보면, 자신의 화풍보다 모방한 화풍에 점차 익숙해지고 편안해져서 아예 몸에 배어 버리다 못해 독창적인 창작물로 승화시키지 않을까? 마침내 굳이 따라 그리려고 애쓰지 않아도 위작 화가가 그린 가품이 또 다른 진품의 반열에 오르는 건 아닐까?" 그러다가 리플리는 "화가라면 단색이든 조색이든 일단 다른 색으로 넘어가겠다고 결심한 후엔 예전에 사용하던 색으로는 절대로 회귀하지 않는다"라며 더와트(정확하게는 버나드)의 작품 진위 여부를 따지고 드는 미국인 사업가 머치슨을 살해한다. 머치슨은 위조자가 또 다른 창조자로 도약할 수 있는 노력의 가치를 깎아내렸고, "화가의 화풍에는 그 사람의 진심과 진솔함이 담겨" 있으므로 타인이 그걸 베낄 권리가 없다는 주장을 굽히지 않았기 때문에 때 이른 죽음을 맞았다. 다분히 충동적이었지만, 창조자 더와트, 위조자 버나드, 그리고 디키를 죽인 다음 디키가 되었던 리플리 자신의 명예를 지키기 위한 어쩔 수 없는 선택이었다. "화가는 애쓰지 않고 물 흐르듯 그림을 그린다. 어떤 힘이 화가의 손을 이끄는 것이다. 그에 반해, 위작 화가는 따라하려고 애를 쓰는데, 만약 그가 성공한다면 진정한 성취를 이룬 것이다."

시리즈 속에서 리플리는 더와트, 버나드, 트레바니, 프랭크처럼 정체성 앞에서 흔들리는 이들에게 연민을 느끼고, 그들의 명예를 지켜 주고 싶어 했다. 그들에게는 무너질 이유가 없다. 살인의 기억에 사로잡히기보다 스스로의 어둠을 직시하고 다시 살아가는 법을 체득하며 세상 어딘가에서 자신의 동료이자 일족으로 존재하길 기원하기 때문에, 리플리는 그들을 공격하는 사람들을 기꺼이 죽였다. "완벽하게 옹호하는 건 아예 불가능하겠지만, 그래도 태도는 갖춰야 했다. 살면서 실수하게 될 경우, 태도로 만회해야 한다고 톰은 생각했다. 올바른 태도를 보일 수도 있고, 잘못된 태도를 보일 수도 있다. 건설적인 태도를 보일 수도 있고, 자멸적인 태도를 보일 수도 있다. 만약 어떤 사람이 실수했을 때 타인에게 올바른 태도를 보일 수 있는데도 그렇게 하지 않는다면 얼마나 참담할까."(『리플리를 따라간 소년』) 그러나 더와트, 버나드, 트레바니, 프랭크는 자꾸 타인의 시선에 기댄 환상과 희망을 붙잡으려 하거나, '진짜'라고 하는 것의 절대적인 기준에 가닿으려는 과욕을 부렸다. 그들은 어느 순간 자기 자신을 "흉내 내는 것 같은"(『지하의 리플리』) 기분에, 자신이 저지른 죄가 뼛속 깊이 실감되는 순간을 견디지 못하고 스스로를 파괴한다.

반면 리플리는 타인의 죽음과 자신의 죽음 앞에서 반드시 선택해야만 하는 순간이 올 때 절대로 망설이거나 회의하지 않는다. 그에게는 "자기방어"(『심연의 리플리』)가 최우선이며, 그래서 살아남는다. 리플리가 다양한 방식으로 저질렀던 살인들은, 노력의 가치를 알지 못하는 어리석고 불친절한 사람들, 세계를 향한 자신의 심미안을 이해하지 못한 채 "철없는 남정네들이 앞길 망치는 장난을 저지르자 못마땅해하는 나이 먹은 여자" 같은 고지식한 이들에 대한 복수였다. 리플리의 말마따나, "고약하고 더러운 의심 때문에 벌어진 일이었다."(『재능 있는 리플리』) 리플리는 더 이상 타인이 자신을 싫어할까 봐 두려워하는 이들, 타인의 호의와 잣대에 자신의 인생을 건 채 안달복달하며 불공정한 내기에 패배한 채 죽어가는 이들의 전철을 밟지 않는다.

3.

무엇보다 외부로부터 가해지는 끝없는 공격 속에서 리플리가 진심으로 보존하고 싶어 하는 건 가족의 인정, 타인의 평가, 개인의 양심 같은 거대한 기준이 아니다. 그는 아내 엘로이즈와 가구, 옷, 하프시코드, 정원, 그림 같은 소유물들을 지키고자 한다. 그 모든 소유물을 집약하는 '집'이라는 공간은 너무나 중요하다. 심지어 리플리는 어린 시절 자신을 매몰차게 대했던 이모가 약간의 유산을 그에게 남겼을 때도, 좁아터진 낡은 집을 다른 사람에게 줬다는 사실을 아쉬워했다. 이모와 함께했던 삶은 불행했지만, 리플리라는 인간의 토대를 형성했던 시절의 증거는 오로지 그 좁은 집에 들어찬 공기와 벽에 스며든 기억들뿐이다. 시간을 간직할 수 있는 유일한 방법은 시간을 보냈던 공간을 소유하는 것이다. 그래서 리플리의 유일한 결핍은, 미국에서의 25년을 기억할 만한 실체를 가지지 못했다는 점이다. 그는 그저 여행자나 방문객의 입장에서만 과거의 근처를 가끔 맴돌 수밖에 없다.

하지만 그 결핍이 리플리의 발목을 잡을 순 없다. 『재능 있는 리플리』에서 디키를 죽인 다음 리플리가 가장 먼저 한 일은 로마의 아파트를 구입한 것이다. 손님을 초청할 생각도 없으면서 손님 접대실과 넓은 거실이 갖춰진 아파트에서 자신의 취향을 과시할 수 있는 방식으로 치장하는 일에 그는 몰두했다. "그런 물건들이 그의 자존심을 채워 주었다. 과시할 수 있어서가 아니라 엄선된 물건의 품질이, 그리고 그 품질을 고이 간직하려는 애정이 살아 있음을 느끼게 해 주었다. 덕분에 톰은 자기 존재를 즐기게 되었다. 이렇게 간단할 수가. 그렇다면 자기 존재를 즐긴다는 게 뭔가 가치 있는 일 아닐까? 톰이라는 존재는 존재했다. 돈이 아무리 많아도 자기 존재를 즐길 줄 아는 이는 세상에 그리 많지 않았다.” 『재능 있는 리플리』에서 멋진 구찌 여행 가방을 산 다음 황홀경에 휩싸여 밤마다 영양 크림으로 세심하게 가죽을 손질하던 그는, 4권 『리플리를 따라간 소년』에 이르면 “콧대가 너무 높아진” 구찌 대신 마크 크로스라는 브랜드에서 새롭게 여행 가방을 구입한다.

3권 『리플리의 게임』에서 마피아의 테러 위협에 시달릴 때도, 리플리는 “하프시코드가 불에 타거나, 폭탄이 터져서 산산조각이 나는 모습”을 상상하는 것만으로도 못 견뎌 하면서 “주로 여자들에게 보이는 집과 가정에 대한 애착을 그 역시 갖고 있음을 인정할 수밖에 없었다.” 그는 타인과의 접촉보다 집(을 채우는 사물들)에 대한 애착으로 세계와 관계 맺는다. “소파 모서리의 굴곡이 어깨에 딱 맞아서 그런지, 남의 팔을 베고 누운 것 같”(『재능 있는 리플리』)은 느낌이 그에게는 훨씬 편안한 것이다.

5권 『심연의 리플리』에서 리플리는 자신의 과거를 파헤치는 프리처드 부부가 무례한 시선으로, 카메라 렌즈로, 전화로 그의 안락한 실내 생활을 훼손하고 간섭하는 것에 격분한다. 그는 프리처드 부부 같은 인간들이 자신의 집에 발을 들여놓지 못하게 하겠다고 맹세한다. 디키와 그 친구들처럼 부모의 돈으로 유유자적할 수 있는 프리처드는 그런 행운에 감사하기는커녕, 타인의 오래된 비밀을 파헤치고 협박하는 즐거움에 전심전력한다는 점에서 가장 쓸모없는 현실주의자이자 최악의 방해꾼이었다. 부부의 진짜 속셈이 무엇인지 알아내기 위해 프리처드의 집을 방문했을 때 리플리는 즉각적으로 혐오감을 느낀다. “가짜 앤티크”가 확실한 식탁을 들여놓고, 어디서나 볼 법한 평범한 꽃무늬 벽지와 그림이 집 안 곳곳을 차지한 광경은 프리처드 부부의 얄팍함과 저속함을 그대로 내비치는 거울이다. 아름다움을 알아보는 감각이 없는데다가 타인의 ‘추한’ 과거를 킁킁거리며 쫓는 데에만 열성적으로 덤벼드는 이에게 베풀 관용은 없다. “프리처드의 몸에 닿은 거라면 그게 뭐든 못마땅했다.” 리플리는 그 집을 곧장 미워하게 되고, 결국 그 집이 프리처드를 ‘잡아먹는’ 덫으로 작동하게끔 이끈다.

4.

1권 『재능 있는 리플리』를 제외하고 나머지 시리즈는 일종의 우화처럼 읽히기도 한다. 그러니까 살인범이자 사기꾼, 양성애자(하이스미스는 리플리가 동성애자가 아니라고 인터뷰에서 강력하게 부인했지만, 리플리는 아내 엘로이즈와 '정상적인' 부부 생활을 자주 즐기지도 않는다)라는 정체성을 간직한 채 자신의 행복을 지키기 위해 고군분투하는 리플리라는 특별한 인물이 거의 초인처럼 유럽 전역을 누비며 법망의 감시를 완벽하게 빠져나가는 상황이 되풀이되는데, 현실적 잣대는 물론이거니와 범죄소설의 잣대로 보기에도 가끔 터무니없을 때가 있기 때문이다. 그 이유를 굳이 생각해 보자면, 시리즈의 발표 시점을 떠올려 볼 수 있다.

1955년 매카시즘의 광풍 직후 발표된 『재능 있는 리플리』 이후, 냉전의 1970년대와 새로운 물질주의의 향연이 펼쳐진 1980년과 1991년에 이르기까지 총 다섯 권의 시리즈물이 차례로 등장했다. 놀랄 만큼 죄의식이 없는 성실한 개인주의자이자 지독한 쾌락주의자로서의 '취향의 인간'인 리플리가 각 시대의 특징적 양식에 기민하게 대응하는 모습을 통해 20세기 중후반의 디오라마를 만들고자 한 건 아닐까. 이를테면 1권 『재능 있는 리플리』는 1955년에, 2권 『지하의 리플리』는 1970년에 발표됐는데, 작중에서는 단 6년만 흐른 것으로 되어 있다. 작가는 1960년대를 통째로 건너뛴 것이다. 기존의 질서를 모두 뒤집어 버리겠다며 혁명과 사랑과 평화를 부르짖는 시절과 리플리가 어울리지 않기 때문일까. 정확하게는, 리플리를 위한 무대일 수 없기 때문일까.

이 비밀스러운 남자는 탁 트인 공간으로 나가길 열망하지 않고, 안락한 밀실 안에서 자신만의 자유를 만끽하길 원하며, 취향과 기억의 아카이브로서의 밀실을 엄격하게 수호하고자 한다. 그래서 역설적으로 리플리는 수많은 개인의 부르짖음으로 절절 끓는 시절보다, 개인을 억압하는 고집스러운 질서와 규칙이 지배하는 시절, 혹은 개인이 완전히 압도당할 만큼 거센 쾌락의 추구가 만연한 시절에 더 잘 어울린다. 개인주의자의 성취를 돋보이게 하려면 거대한 전체주의적 배경이 필요하기 때문이다. 또한 살인이라는 범죄야말로 내밀한 속성의 극단적인 사례 아닌가. 섹스와 더불어 가장 사적인 행위인 살인을 저지르기 위해, 그에게는 자신만의 공간을 찾아내고 유지하는 것이 가장 중요했다. 발터 벤야민이 「사유이미지」라는 글에서 '흔적을 보존하는 이들'과 '파괴주의자'를 비교했던 것을 떠올려 본다면, 어떤 의미에서 실내의 살인자 톰 리플리는 모순되게도 가장 보수적인 전통주의자, 자신의 흔적을 세세하게 기록하는 작업에 몰두했던 부르주아의 첨병이었다.

범죄자 리플리의 여정은 그렇게 20세기 후반을 관통하는 특이점이 되어 간다. 위조를 통해 예술에 다다랐고 살인을 통해 생을 보존했던 이의 '집을 찾는 모험담'이라고 부를 수도 있을 것이다.

퍼트리샤 하이스미스는 1921년 미국 텍사스에서 태어났다. 그녀가 태어나기도 전에 부모가 이혼한 까닭에 홀어머니 밑에서 자랐는데, 하이스미스라는 성은 어머니와 재혼한 계부에게 물려받은 것이다. 스스로 '작은 지옥'이라 칭했던 불우하고 우울한 어린 시절을 보내면서 당대 작가들의 추리 소설보다는 톨스토이와 도스토옙스키를 탐독하며 작가의 꿈을 키웠다. 바너드대학을 졸업한 후 1950년에 발표한 데뷔작 『열차 안의 낯선 자들』이 이듬해 앨프리드 히치콕 감독에 의해 영화화되면서 주목받기 시작했다. 이를 계기로 하이스미스는 전업 작가로 집필에만 몰두하게 되었다. 1952년에 두 번째 소설 『소금의 값』을 발표하면서 당시 금기시되던 동성애를 다루느라 클레어 모건이라는 필명을 사용했다. 동성애를 소재로 한 기존 소설들이 주인공의 비극적인 죽음으로 막을 내리는 것과는 달리, 『소금의 값』은 해피엔드로 끝나는 파격적인 이야기로 백만 부 이상 팔려 나가는 대성공을 거두었다.

하이스미스를 범죄소설의 대가로 우뚝 서게 한 작품은 『리플리』 시리즈다. 1955년 『재능 있는 리플리』를 발표하면서 하이스미스 문학의 정수로 꼽히는 『리플리』 5부작의 서막이 화려하게 올랐다. 이 작품은 1957년 에드거 앨런 포 상을 받았으며, 1960년에는 프랑스에서 〈태양은 가득히〉라는 제목으로 영화화되었다. 이로써 리플리는 거짓말을 일삼는 사이코패스의 대명사로 대중의 머릿속에 각인되었다. 계속해서 하이스미스는 톰 리플리를 주인공으로 내세운 후속작을 네 편 더 발표했다. 『지하의 리플리』(1970), 『리플리의 게임』(1974), 『리플리를 따라온 소년』(1980), 『심연의 리플리』(1991)까지 36년에 걸쳐 완결된 『리플리』 5부작은 심리 서스펜스 장르의 대표작으로 자리매김했다.

하이스미스는 1963년 미국 생활을 정리하고 영국, 프랑스, 이탈리아를 거쳐 1982년 스위스에 정착했다. 오랫동안 우울증과 알코올 중독, 거식증과 싸웠고, 나이를 먹으면서 반사회적 기질이 강해져 고양이와 달팽이를 키우며 고립된 생활을 자처했다. 그럼에도 정치적 성향은 공개적으로 드러냈는데, 자신을 사회 민주주의자로 소개하거나 팔레스타인을 지지하는 견해를 거침없이 밝히기도 했다. 평생 미혼이었던 하이스미스는 동성애자임을 감추지 않았지만, 1990년 『소금의 값』

을 『캐롤』이라는 새 제목으로 재출간하면서 클레어 모건이 자신임을 38년 만에 인정하며 '문학적 커밍아웃'을 했다. 평생 넘치는 아이디어로 글쓰기를 멈추지 않았던 그녀는 1995년 스위스 로카르노에서 폐암으로 사망했다.

하이스미스가 창조한 가장 유명한 캐릭터인 톰 리플리는 교양 있고 지적이며 타인을 배려하는 것이 몸에 밴 인물인 동시에 살인을 저지르고도 미꾸라지처럼 빠져나가는 데에 도가 튼 사이코패스다. 『리플리』 5부작 중 1권인 『재능 있는 리플리』에서 톰 리플리는 교활한 거짓말로 선박회사 사장 그린리프를 속여 돈을 타내고, 그 돈으로 그린리프의 아들 디키를 찾으러 유럽으로 떠난다. 톰은 디키와 친해져서 그의 집에 얹혀살지만 디키가 자신을 멀리하기 시작하자 디키의 신분을 가로채려는 모종의 계획을 세운다.

『지하의 리플리』에서는 그로부터 6년이 지난 후에도 이어지는 톰 리플리의 기행을 그린다. 톰은 1권에서 강탈한 부를 발판 삼아 제약회사 딸과 결혼해 프랑스 파리 근교 저택에서 부유하고 한가로운 삶을 누린다. 과거 시끄러웠던 구설수로 더럽혀진 자신의 명성을 지키기 위해 노력하면서도, 한편으로는 고인이 된 화가 더와트의 위작을 그리도록 사주해 수수료를 받아 챙긴다. 그런 그의 앞에 위작임을 눈치채고 이를 폭로하려는 인물이 나타난다.

『리플리의 게임』에서 톰은 파티에서 만난 액자 가게 사장이 자신을 무시했다는 이유로 투병 중인 그의 약점을 이용해 게임을 시작한다. 톰의 계략에 말려든 사장은 죽기 전에 아내와 아들에게 얼마라도 남겨줘야 하지 않겠느냐는 감언이설에 흔들려 제 발로 살인자의 길로 들어선다.

『리플리를 따라온 소년』에서는 미국에서 온 한 소년이 어느 날 밤 톰을 따라오면서 이야기가 시작된다. 소년은 나이와 이름은 물론 출신 배경까지 속였지만, 톰은 소년이 거대 식품 기업의 아들임을 눈치챈다. 소년은 자기가 아버지를 죽였다고 자백하지만, 톰은 살인을 했다고 해서 인생이 달라져서는 안 된다며 자신도 여러 번 사람을 죽였다고 소년을 다독인다.

5부작의 완결편인 『심연의 리플리』에서 톰은 연쇄 살인마로서 최대 위기를 맞이한다. 그가 사는 동네로 미국인 부부가 이사를 왔는데, 그들은 톰의 과거를 아는 눈치다. 탐욕스러운 미국인 남편은 톰이 죽여서 유기했던 시신을 강에서 건져낸다. 이 일로 톰은 그간의 행적이 만천하에 발각될까 봐 불안에 떤다.

톰 리플리는 누구보다 세련되고 고급스러운 취향을 소유한 탐미주의자지만 도덕심이라곤 찾아볼 수 없는 소시오패스이기도 하다. 리플리는 디키 그린리프를 죽인 일만 가끔 후회할 뿐, 그간 몇 명이나 죽였는지 기억하지 못하며 죄책감에 심하게 시달린 적조차 없다고 고백한다. 저택의 정원을 가꾸고 그림을 그리고 외국어를 연마하는 리플리에게는 나름의 윤리 기준이 있다. 꼭 필요한 경우가 아니면 살인하지 않는다는 것. 하이스미스는 자신과 주변인의 이익이 침해될 위기에 처하는 순간 가차 없이 와인 병이나 재떨이를 휘둘러 누구라도 단숨에 숨통을 끊어 버리는 톰 리플리의 머릿속으로 우리를 초대해 그가 왜 그런 기행을 저지를 수밖에 없는지를 이해시키고 그의 시각에서 세상을 보도록 조종한다.

그러다 보니 독자는 연쇄 살인마인 톰이 제발 잡히기를 기원하기보다, 무사히 위기를 넘기고 법망을 빠져나가기를 응원하는 자신을 발견하게 된다. 톰이 이번에는 잡힐지도 모른다는 긴장감이 증폭될수록 이야기 속으로 더 강하게 빨려 들어가는 것이다. 하이스미스가 5부작 내내 이런 음산한 경험을 지속적으로 제공하기에 이 책을 읽다 보면 사이코패스 살인마에게 동조하는 듯한 자신의 모습에, 어쩌면 내 안에도 소시오패스 같은 심리가 숨어 있는 것은 아닌지 의심하는 자각에 거북함을 느끼는 지점에 이르기도 한다.

또한 하이스미스는 리플리를 동성애자라거나 양성애자라고 명확히 기술하는 대신 작품 곳곳에 암시적 묘사를 숨겨 놓았다. 하이스미스는 리플리의 성적 취향에 대해 애매모호한 태도를 보였는데, 1988년 『사이트 앤드 사운드』와의 인터뷰에서 자신은 리플리가 동성애자라고 생각하지 않는다고 말했다. 그러면서 그가 다른 남자의 잘생긴 외모를 감상하는 건 사실이지만 나중에는 여자와 결혼까지 한다면서, 리플리는 성욕이 강하지 않을 뿐이라고 주장했다. 그럼에도 리플리와 여러 등장인물 사이에서 묘한 기운이 흐르는데, 이걸 어떻게 해석할 것인지는 독자의 몫으로 남겨진다.

이 책은 연쇄살인마 톰 리플리의 이중생활이 담긴 심리 서스펜스이기도 하지만, 새로운 시각에서 보면 유럽 곳곳을 소개하는 여행 책자 같다는 인상을 받았다. 하이스미스는 스위스에 정착하기 전까지 유럽 곳곳에서 살았는데, 여러 도시를 거치면서 보고 들은 경험과 그때 연마한 외국어 실력이 『리플리』 5부작을 완성하는 데에 크게 영향을 준 것으로 보인다. 이탈리아, 프랑스, 영국, 오스트리아, 독일, 그리스, 모로코의 주요 도시와 관광 명소가 등장하는데, 하이스미스의 섬세하고 생생한 묘사에 그곳의 풍경이 눈앞에 그려질 정도다. 특히 동서로 나뉜 베를린에 관한 소회와 대화를 읽다 보면, 당시 냉전 시대의 대립과 긴장을 간접 체험할 수 있다. 살인마 톰 리플리가 위기를 모면하는 이야기의 흐름에 주목하면서도 탐미주의자 리플리가 여행하면서 보고 느끼는 것들에도 집중하며 『리플리』 시리즈를 즐긴다면 색다른 유럽 여행 안내서가 될 것이다.

『리플리』 5부작은 따로 읽어도 좋지만, 번역자로서 권하는 방법은 긴 호흡으로 다섯 권을 연달아 읽어보는 것이다. 이 방식으로 읽는다면 고갈되지 않는 소재로 이야기에 살을 붙여 끝까지 힘 있게 밀고 나가는 하이스미스의 저력을 가장 확실히 느낄 수 있을 것이다. 전편에서 스쳐 가듯 등장했던 인물이 다음 편에서는 주요 인물로 활약하기도 하고, 앞에서 완전 범죄로 묻힌 줄 알았던 살인 사건이 마지막 작품에서 큰 걸림돌이 되어 다시 불거지기도 한다. 1권이 가장 유명하긴 하나, 다른 네 권이 그보다 재미가 떨어지는 것은 결코 아니다. 각각의 이야기는 톰이 쓴 가면이 살짝 들리는 순간 숨겨왔던 추악한 얼굴을 드러내며 팽팽한 긴장감과 껄끄러운 쾌감을 저마다 선사한다. 제2차 세계 대전 이후 미국 현대 문학을 총정리하는 시기가 온다면 하이스미스의 『리플리』 5부작은 그녀가 생전에 유럽보다 미국에서 덜 인정받았던 기존의 평가를 크게 뛰어넘을 것이 분명하다.